Injektion

-

Thriller

Melisa Schwermer

E-Mail: melisa.schwermer@gmail.com

www.melisa-schwermer.de

Coverbild: © Martin „Threatening“

https://www.flickr.com/photos/quattrostagioni/

Covergestaltung: Melisa Schwermer

Verlag: Create Space Independent Publishing Platform

ISBN-13: 978-1505245042

ISBN 10: 1505245044

FÜR STEFAN

Wenn jemandem die Kapitelbezeichnungen unpassend erscheinen, dann mag das daran liegen, dass sie eine sehr persönliche Bedeutung für mich haben. Ich bitte darum im Voraus um Entschuldigung und hoffe, dass Sie darüber hinwegsehen können.

Ein Licht in der Nacht

Verdammtes Mistding. Missmutig schleife ich mein Gepäck den mit Matschpfützen gesprenkelten Schotterweg entlang. Wie gewohnt habe ich es beim Packen für das verlängerte Wochenende zu gut gemeint. Meine Tasche ist so schwer, dass ich sie kaum noch heben kann.

Ein ungutes Gefühl begleitet mich den Weg entlang, obwohl ich noch nicht mal richtig in der Einsamkeit angekommen bin. Noch sitzt der Vermieter der Hütte in seinem Auto und beobachtet mich dabei, wie ich mich mit der Tasche abmühe. Vielleicht fühle ich mich gerade deswegen in diesem Moment seltsam.

Nicht allein das Gewicht der Tasche, die lange Autofahrt vom Bahnhof bis auf den Berg oder das nasskalte Regenwetter sind die Ursache für meine miese Laune.

Am meisten ärgert mich, dass ich mich auf diesen vorgeblichen Liebesurlaub in der verlassenen Almhütte eingelassen habe, die mit Sicherheit meinen Tod durch Langeweile verursachen wird. Dass Jörg heute noch nicht freibekommen hat und somit erst morgen hier ankommen wird, trägt das Übrige zu meiner Laune bei.

Wenn du weiter im Regen darüber sinnierst, wie beschissen der Urlaub wird, holst du dir hier draußen den Tod.

Stimmt. Also schnell rein in die Hütte, ins Trockene und Warme.

Um den robusten Messingschlüssel drehen zu können, muss ich ihn mit beiden Händen festhalten, so eingerostet scheint das Schloss zu sein. Endlich springt die Tür auf. Drinnen ist es dunkel, kalt und ungemütlich. Insgesamt stellt es nicht gerade das dar, was ich mir nach den Stunden, die ich mit kreischenden Kindern im Zug verbracht habe, zum Entspannen wünsche.

Das spärliche Licht kommt von einer altmodischen Lampe, welche die Form einer Kerze hat und die einsam an der mit Holz vertäfelten Wand hängt. Ihre Helligkeit ist kaum erwähnenswert und der düstere Eingangsbereich macht mir die Berghütte wenig heimelig. Hinzu kommt der Geruch nach altem, leicht gammeligem Holz.

Klar, ich bin in einer Holzhütte mitten in den Bergen. Was habe ich anderes erwartet? Veilchenduft? Wäre schön gewesen. Jedenfalls besser als dieser Geruch, der mich ständig daran erinnert, wo ich mich befinde.

Ich bin nur froh, dass keine Kühe vor der Hütte weiden. Wobei mich das auch nicht mehr gewundert hätte.

Bevor ich die Tür hinter mir schließe, werfe ich einen Blick zurück. Ich will sicher sein, dass der Fahrer auch wirklich umdreht und den Weg zurück durch den Wald nimmt.

Auf mich wirkt er wenig vertrauenserweckend und ich kann mir gut vorstellen, dass er bei einer jungen Blondine hier oben in der Einsamkeit auf dumme Gedanken kommen könnte.

Erst, als die Rücklichter zwischen den Bäumen verschwunden sind, hänge ich meine Jacke an einen der gusseisernen Haken und schleife meine Tasche ins Schlafzimmer zu meiner Rechten. Nachdem ich das Licht eingeschaltet habe, muss ich feststellen, dass es auch in diesem Raum nicht viel heller ist. Der einzige Unterschied zum Flur besteht darin, dass hier zwei statt einer dieser Kerzenlampen hängen.

Immerhin konntest du den Alten davon überzeugen, dass er dich nicht bis nach drinnen bringen muss. Stell dir nur vor, er und du, hier im Schlafzimmer ...

„Halts Maul", fahre ich die Pessimistin in mir an, die immer dann besonders laut wird, wenn ich schlechte Laune habe.

Doch ich muss zugeben, dass mir der Gedanke nicht geheuer ist. Bereits im Auto auf dem Weg hierher hat er reges Interesse an der jungen Frau aus der Großstadt (mir) gezeigt.

Was ich denn alleine in dieser Hütte wolle und ob ich mich keine Angst hätte, dort im Wald auf dem Berg, fernab von jeglicher Zivilisation. Seine rechte Hand lag dabei beständig auf dem Schaltknüppel, und obwohl ich so weit wie möglich an die Beifahrertür gerutscht bin, streifte er beim Schalten jedes Mal – natürlich rein zufällig – meinen Oberschenkel.

Zum Glück musste ich ihn für morgen früh hier hoch bestellen, damit er mich zum Bahnhof fährt, wo ich endlich Jörg abhole, der mich aus meiner Einsamkeit erlöst. Ich bezweifle, dass der alte Mann tatsächlich so dumm ist mir etwas anzutun, wo es spätestens morgen auffliegen würde.

Wärst du mal lieber mit dem Auto gekommen statt mit dem dämlichen Zug. Dann müsstest du dir keine Gedanken darüber machen, wie du von diesem Berg runterkommst, wenn dir die vertrocknete Holzdecke auf den Kopf fällt.

Ein stechender Schmerz schießt in meinen Rücken und lässt die Pessimistin verstummen, als ich meine Reisetasche auf die freie Seite des Doppelbettes hieve. Die Bettwäsche ist so gestärkt, dass ich befürchten muss, die Tasche könnte von der Bettdecke zurückgeworfen werden und wieder vor meinen Füßen landen.

Zu meiner Erleichterung bleibt sie dort liegen, wo sie aufgekommen ist und ich öffne sie, um meine Wollsocken herauszuholen.

Es ist so kalt, dass ich weder meine Finger noch meine Zehen spüren kann und auch meine Oberschenkel ähneln bereits Tiefkühlfleisch.

Warum zur Hölle hat dieser alte Kauz bloß die Heizung nicht angestellt? Ist ja nicht so, dass wir spontan angereist sind. Er wusste schon eine ganze Weile, dass wir kommen. Wahrscheinlich hat Jörg in seinem Geiz den Mann so sehr heruntergehandelt, dass er es für die kärgliche Miete nicht eingesehen hat, die Heizung aufzudrehen.

Anstatt dich über seine Schludrigkeit zu beschweren, solltest du etwas dagegen tun, dass du hier drin erfrierst.

Ich verdrehe die Augen. Ob sie mich an diesem Wochenende noch einmal alleine lassen wird? Meine Laune ist auch ohne jemanden, der mich anfeuert, schlecht genug.

Als ich eingepackt in meine dicken Wollsocken und einer kuscheligen Strickjacke über meinem Rollkragenpullover in den Wohnraum schlurfe, sehe ich den Grund für das Versäumnis des Vermieters.

In der Ecke des für Hüttenverhältnisse großzügigen Wohnraums steht ein imposanter Kachelofen. Davor liegen einige Holzscheite sowie Anzünder bereit. Zugunsten des alten Mannes mutmaße ich, dass er das Teil nach dem Anfeuern nicht ohne Aufsicht lassen wollte und deshalb nicht für annehmbare Temperaturen gesorgt hat.

Die Anzünder funktionieren gut und bald habe ich ein ordentliches Feuer entfacht.

Meine Hoffnung auf eine baldige Temperaturänderung wird allerdings so schnell enttäuscht, wie sich die Flammen durch die Holzscheite im Kamin fressen. Die nächste Stunde passiert gar nichts. Ohne mich zu verbrennen, kann ich meine Finger auf die altmodischen Kacheln legen. Statt heiß zu werden, fühlen sie sich nur lauwarm an.

Um die Kälte aus meinen Gliedern zu vertreiben, mache ich es mir unter einer kratzigen Wolldecke auf dem Sofa gemütlich.

Nicht gerade einfach auf diesem altmodischen Teil bei diesen Temperaturen, aber irgendwann habe ich eine bequeme Position gefunden. Allerdings nicht für lange. Die Stille in der Hütte zerrt an meinen Nerven, die im Hintergrund dauerhaftes Fernsehgedudel gewöhnt sind.

Jedes Mal, wenn die Dielen im dunklen Flur knarren, fahre ich zusammen, bereit, mich gegen potenzielle Angreifer zur Wehr zu setzen.

Ging da gerade eine Tür? Da lief doch gerade jemand ins Schlafzimmer?! Gibt es hier eigentlich einen Dachboden? Willst du nicht lieber mal nachsehen? Nicht, dass du noch von hinten überrascht wirst ...

Ja, jetzt höre ich es auch. Schritte, eindeutig von oben. Oder etwa nicht?

Nicht wenige Male überlege ich, mir vorsorglich eines der Messer zu holen, um mich gegen Einbrecher zu verteidigen. Immer tiefer rutsche in die Polster des Sofas, als würde ich dadurch für Eindringlinge unsichtbar. Ich könnte schwören, dass jemand in der Hütte herumläuft.

„Angelika reiß dich zusammen", versuche ich mich zu beruhigen.

Beruhigen, beruhigen. Was hilft es dir, ruhig zu sein, wenn du gleich mit einer Axt die Wirbelsäule durchtrennt bekommst.

Schwachsinn. Nicht nur das mit der Wirbelsäule. Aus welchem Horrorbuch meine Fantasie das auch haben mag. Es ist vielmehr unmöglich, dass jemand hier ist. Was sollte dieser jemand ausgerechnet heute in der Hütte wollen?

Außer der Vermieter ...

Schluss jetzt! Ich ignoriere, soweit es mir möglich ist, das Knacken, das in regelmäßigen Abständen zu hören ist. Normalerweise habe ich kein Problem damit, allein zu sein. Immerhin war ich vor Jörg jahrelang Single und habe mein Dasein allein in einer Drei Zimmer Wohnung gefristet.

In einer fremden Umgebung nach der Begegnung mit einem unheimlichen Einsiedler ist mir jedoch alles andere als behaglich zumute. Beim nächsten Geräusch aus dem Flur linse ich vorsichtig über die Rücklehne.

Niemand zu sehen. Kein Wunder. Das hier ist eine alte Hütte und Holz arbeitet. Auch wenn es schon lange tot ist.

Nachdem ich eine Stunde auf der Couch unter der Wolldecke auf die sich nicht einstellende Wärme gewartet habe, beschließe ich, dem Frieren anders entgegenzuwirken. Etwas Warmes zum Trinken sollte Abhilfe schaffen. Tee wird es hier ja hoffentlich geben.

Falsch gedacht, der Küchenschrank ist bis auf das wenige Geschirr komplett leer. Nur ein Laib Brot sowie eine Packung Kaffeepulver liegen auf der Anrichte und ein wenig Milch, und ein Stück Käse stehen im Kühlschrank. Immerhin. Eine warme Milch wird es auch tun. Kaffee sollte ich mir um diese Zeit lieber verkneifen. Er würde mich den Rest der Nacht wachhalten.

Ausnahmsweise werden meine Erwartungen diesmal übertroffen. Die Milch, die sich heute Morgen wahrscheinlich noch im Euter einer Kuh befand, schmeckt vorzüglich. Sogar so sehr, dass ich mir direkt eine weitere Tasse genehmige.

Diesen ersten positiven Aspekt im Niemandsland muss ich mit Jörg zu teilen. Ich schieße ein wunderschönes Foto in bester Foodporn-Manier und wähle Jörg aus meinen Kontakten, um es mit ihm zu teilen. Mein Smartphone enttäuscht mich. Kein Netz. Na so was aber auch. Was hatte ich auch anderes erwartet? Auf der gesamten Hinfahrt habe ich keinen Mast entdecken können, der für Empfang hätte sorgen können. Zu dumm von mir. Dann eben keine Nachricht an Jörg. Umso mehr Gesprächsthemen haben wir morgen.

Dennoch stimmt mich die Tatsache, dass ich keine Möglichkeit der Kontaktaufnahme habe, nachdenklich. Ein weiteres Mal wird mir bewusst, wie abgeschieden ich hier bin und ich fühle mich schrecklich allein und verwundbar. Was, wenn mir etwas passieren würde oder der Vermieter tatsächlich auf dumme Gedanken käme und ich Hilfe bräuchte?

Bevor ich mir weitere Gedanken über jegliche Horrorszenarien machen kann oder sich gar die Pessimistin wieder zu Wort meldet, beschließe ich, im Bett ein wenig zu lesen und anschließend so schnell wie möglich zu schlafen. Wenn ich überhaupt ein Auge zubekomme bei dem Lärm, den das alte Holz von sich gibt.

Zum Glück wird mir der Lesestoff nicht ausgehen, auch wenn dieser dem Einschlafen nicht förderlich sein wird. Hätte ich gewusst, WIE abgelegen es hier ist, wäre meine Wahl für die Wochenendlektüre nicht auf die Werke von Richard Laymon gefallen. Den Meister des Horrors zu lesen, wenn ohnehin jedes Geräusch verdächtig wirkt, erscheint mir momentan als keine gute Idee.

Während ich mich auf dem Sofa vor den imaginären Eindringlingen versteckt habe, ist draußen ein heftiges Unwetter aufgezogen. Vom Bad aus sehe ich, wie die Tannen vor dem Nachthimmel vom Wind hin und hergezerrt werden.

Schwarze Wolken ziehen vor den Mond und lassen die Dunkelheit auf der Wiese vor dem Fenster undurchdringbar erscheinen.

Der Wind peitscht einen Ast gegen das kleine Fenster im Bad und es läuft mir kalt den Rücken herunter.

Klingt wie ein Monster, das mit seinen riesigen krallenbesetzten Klauen am Fenster kratzt. Es will herein, zu dir.

Nein! Es klingt nach dem, was es ist. Nach einem Ast im Wind.

Ich schließe die Augen und prompt tauchen gruselige, schwarzhaarige Mädchen vor meinem inneren Auge auf. Solche, wie die schrecklichen Gören aus *The Ring* oder *Silent Hill*, die einem schon eine Gänsehaut über den Körper jagen, obwohl noch nichts passiert ist. Man kann ihnen einfach ansehen, dass sie menschenmordende Biester sind.

Ob ich mich wirklich an meine mitgebrachte Lektüre wagen sollte? Vielleicht liegt ja eine Bibel im Nachttischchen, die ich durchschmökern könnte.

Der Gedanke treibt mir ein Grinsen ins Gesicht. Ich sollte aufhören, mich wie eine Pussy anzustellen. Selbst wenn ich vor lauter Angst zitternd im Schrank säße und auf das Morgengrauen warten würde, das Letzte, was ich in die Hand nehmen und lesen würde, wäre die Bibel. Dann doch lieber eine schlaflose Nacht mit meinem Lieblingsautor verbringen.

Ich muss ja immerhin nicht selbst ans Steuer morgen früh. Den Schlaf kann ich auf der Hinfahrt und mittags zurück in der Hütte immer noch nachholen.

Die Glühbirne flackert, als die Wolken über der Hütte mit lautem Getöse brechen und den Regen freigeben. Das Geräusch des klappernden Astes wird ersetzt durch das Pochen der Tropfen, die auf das Holzdach niederprasseln und gegen die Scheibe gepeitscht werden.

Ich lösche das Licht und tapse mit nackten Füßen durch den düsteren Flur ins Schlafzimmer. Mit meiner Strickjacke steige ich ins Bett, damit mir beim Lesen nicht die Arme einfrieren. Untenrum trage ich nur meine Schlafanzughose aus Seide. Ein Geburtstagsgeschenk von Jörg, das ich extra für diesen Urlaub eingepackt habe. In dieser Umgebung kommt sie mir allerdings völlig fehl am Platz vor. Etwas Selbstgestricktes oder ein Liebestöter wären angemessener gewesen.

Die Bettdecke ist nicht nur steif, wie ich bereits feststellen durfte, sie ist auch eiskalt und viel zu dünn.

Solange Jörg noch nicht da ist, werde ich mir seine ausleihen. Ab morgen müssen wir uns gegenseitig wärmen oder darauf hoffen, dass der Ofen endlich heiß genug wird, um auch die Temperatur der Hütte auf ein aushaltbares Maß zu bringen.

Nachdem die Decke etwas von meiner Körperwärme angenommen hat und ich mir den Weckruf meines Handys auf halb fünf in der Früh gestellt habe, packe ich mir Laymons *Der Regen* auf den Schoß und beginne zu lesen. Ironischerweise passt das Buch exakt zu meiner Situation.

Mit dem Unterschied, dass hier draußen keine Verrückten herumrennen, die aufgrund des Wetters in eine unerklärliche Mordlust verfallen.

Zumindest hoffe ich das.

Wie automatisch wandert mein Blick zum Fenster. Die Regentropfen an der Scheibe sammeln sich zu kleinen Bächen, die sich den schnellsten Weg nach unten bahnen. Ansonsten kann ich nichts entdecken.

Jedenfalls nichts anderes als mein Gesicht, das sich umrahmt von den weißen Kissen, die ich hinter meinen Rücken gestopft habe, in der Scheibe spiegelt.

Ein lauter Knall lässt mich zusammenfahren.

Das mit Abstand gewaltigste Donnergrollen des bisherigen Abends zieht über die Hütte hinweg. Das Licht flackert und mein Gesicht im Fenster verschwindet. Stattdessen sehe ich die Tannen, die sich im Wind biegen.

Und einen Mann. Er steht direkt vor den Tannen und bewegt sich nicht.

Unwillkürlich ziehe ich die Beine an die Brust, als könnte ich mich dadurch schützen. Mein Buch poltert auf den Boden und jagt mir den nächsten Schrecken ein.

Als das Licht wieder angeht, starre ich in mein entsetzt dreinblickendes Spiegelbild. Der gute Laymon verfehlt seine Wirkung hier oben in der Einsamkeit nicht. Dabei habe ich das Buch bereits zwei Mal verschlungen. Beschreibungen, bei denen ich zu Hause nur müde lächeln kann, machen mich momentan fahrig und überempfindlich.

Eine ganze Weile sitze ich einfach nur da, ohne mein Buch aufzuheben. Wer weiß, was dort unter dem Bett auf mich lauert.

Vielleicht solltest du aufstehen und dich davon überzeugen, dass sich dort draußen niemand herumtreibt. Zumindest niemand außer einigen Rehen und einem Rudel Wildschweine. Aber wenn du dich irren solltest ...

Nein! Aufstehen ist keine Option. Und Licht anlassen auch nicht. Immerhin sitze ich so auf dem Präsentierteller für die Irren, die sich bei diesem Wetter vor eine Tanne stellen, um von dort aus eine wildfremde Frau zu beobachten. Mit einem Fernglas selbstverständlich, sonst könnte er mich auf die Entfernung kaum erkennen.

„Angelika, jetzt mach dich nicht wahnsinnig", ermahne ich mich zur Ruhe.

Es hilft nichts, wenn ich mir die Situation schlimmer rede, als sie ist. Todesmutig strecke ich meinen Arm aus und lösche das Licht. Der Platz vor der Tanne ist leer. Weder Hirsch noch Hase und erst recht kein verrückter Stalker sind dort zu erkennen. Wusste ich es doch. Vielen Dank Richard. Dafür, dass du mich hier oben in ein verängstigtes Mädchen verwandelst.

Aber was ist, wenn der Verrückte nicht verschwunden, sondern näher an die Hütte gekommen ist? Möglichweise kauert er direkt unter deinem Fenster und wartet nur darauf, dass du deine Augen schließt.

Schnell schalte ich das Licht wieder ein. Soll er doch da hocken. Darauf, dass ich einschlafe, kann er lange warten. Ich werde wach bleiben. Und zwar die ganze

Nacht und den ganzen Morgen, bis Jörg hier ist. Wer auch immer da vor dem Fenster lauern mag, er wird bestimmt nicht reinkommen und mich holen, solange ich wach bin.

Ich versuche, mich auf mein Buch zu konzentrieren. Mehr als eine halbe Seite am Stück schaffe ich nicht. Ständig wandert mein Blick zum Fenster. So oft, dass ich die wenigen Zeilen, die ich lese, ein zweites oder auch ein drittes Mal durchgehen muss. Selbst danach weiß ich nicht genau, was dort steht.

Nicht zu lesen ist ebenfalls keine Lösung, die Nacht hat schließlich erst angefangen. Also quäle ich mich durch einige Kapitel, ohne zu wissen, wer gerade wen umgebracht hat und ob es überhaupt noch regnet. Das gilt sowohl für das Buch als auch für die echte Welt vor dem Fenster. Immer wieder fallen mir zwischendurch die Lider zu. Ich lege das Buch auf meinen Schoß, um meinen Augen eine kurze Pause zu gönnen. Nur fünf Minuten. Maximal.

Keiner weiß, was es war

Der Weckton meines Handys reißt mich am nächsten Morgen - oder eher mitten in der Nacht - aus dem Schlaf. Ich lebe also noch, was für ein Glück.

Draußen ist es stockfinster. Im Raum komischerweise auch. Ich kann mich nicht erinnern, das Licht letzte Nacht noch ausgeschaltet zu haben. Muss ich wohl im Halbschlaf erledigt haben.

Noch immer prasselt der Regen mit einem nervtötenden Geräusch gegen die dünnen Fensterscheiben. Schon der Gedanke daran, gleich das Bett und somit die so mühsam aufgewärmte Höhle meiner Decke zu verlassen, treibt mir eine Gänsehaut über den Körper, die meinen Unwillen noch steigert. Es würde mich wenig verwundern, wenn mein Atem hier drin kondensiert.

Allzu viel Zeit sollte ich mir nicht lassen, immerhin will ich mich noch etwas schön machen. Jörg soll es nicht bereuen, dass er sich für mich entschieden hat. Wenngleich das Aufhübschen in dieser Umgebung ebenso fehl am Platz erscheint, wie die Seidenpyjamahose.

Wenn Jörg erst mal in seinen geliebten Bergen angekommen ist, wird er kaum noch ein Auge auf mich werfen. Trotz des Weltuntergangswetters, welches Wald und Wiese wenig ansehnlich wirken lässt.

Ein herbstlicher Wanderurlaub in Deutschland, so ein Quatsch. Wer kam noch mal auf diese Idee?

Ich mit Sicherheit nicht. Was man nicht alles für eine neue Liebe tut. Dabei entspricht Jörg so überhaupt nicht meinem gängigen Beuteschema.

Seine Beine sind ein gutes Stück zu kurz, sein Bauch im selben Maß zu dick. Außerdem ist seine strenge Kurzhaarfrisur nicht unbedingt das, was auf der Einkaufsliste meines „Back-dir-einen-Traummann" Rezeptes steht.

An dem Abend in der Bar wäre er mir zwischen all den

groß gewachsenen Männern auf Brautschau nicht mal aufgefallen, wenn da nicht sein Lachen gewesen wäre. Trotz der lauten Musik konnte man das Kläffen des kleinen Chihuahuas den ganzen Abend über deutlich aus all den anderen Stimmen heraushören. Erst, als er sich mit seinem Kumpel direkt neben mich an die Theke gesetzt hat, fand ich heraus, dass es von einem Menschen und keinem Hund stammt. Die erste Unterhaltung mit ihm war dann derart amüsant, dass ich mich trotz seines Aussehens auf ein Date eingelassen habe.

Angie, Angie, where will it lead us from here?, trällern mir die Stones entgegen. Der Snooze-Timer meines Handys ist abgelaufen.

Zwanzig vor Fünf, ich sollte langsam aufstehen. Wenn ich den Boiler jetzt nicht anschalte, bin ich gezwungen, eiskalt zu duschen. Was für eine beknackte Hütte. Sogar um sein warmes Wasser muss man sich hier selbst kümmern. Ich frage mich, was Jörg für diese Bruchbude bezahlt hat.

Romantische Nächte, eine Küche, damit man sich selbst etwas Leckeres kochen kann. Wahnsinnsgründe, die für diesen alten Schuppen sprechen. Meine Nacht war nicht im Geringsten romantisch.

Selbst dran schuld, schließlich hast du dich drauf eingelassen. Hättest du mal lieber auf dein Gefühl gehört.

Ich wünschte, ich wäre nicht so nachgiebig gewesen und hätte auf mein Hotelzimmer bestanden. Dann könnte ich jetzt nach dem Aufstehen in eine geheizte Lobby gehen, um mich an einem üppigen Frühstücksbüffet zu bedienen. Das alles begleitet von einem leckeren Sekt mit Orangensaft.

Stattdessen muss ich mir gleich dieses Brot einverleiben, das bereits gestern Abend steinhart war. Dazu hat mir der Vermieter nicht mal Butter bereitgestellt. Nur irgendeinen alten Käse, der fast genauso trocken ist, wie das Brot und außerdem verdammt streng schmeckt. Nichts für meinen Scheiblettenkäse-verwöhnten Gaumen.

Zehn vor fünf. Weiteres Zeitschinden ist jetzt nicht mehr drin. Zur Probe strecke ich kurz einen Fuß unter der Decke hervor. Gar nicht so schrecklich kalt, wie ich erwartet habe. Der Kachelofen hat über Nacht sein Bestes gegeben und die Bude einigermaßen aufgeheizt. Dann kann es so schlimm nicht werden.

Ich drücke auf den Schalter der Nachttischlampe. Der Raum bleibt dunkel. Deswegen ist das Licht also aus. Die Glühbirne scheint hinüber zu sein. Verdammt. Dämliche Bruchbude. Von wegen, so schlimm kann es nicht werden. Hätte ich mal lieber den Tag nicht vor dem Abend gelobt. Muss eben mein Handy als Taschenlampe herhalten. Ich greife nach dem Buch auf meinem Schoß, um es zur Seite zu legen.

Es befindet sich nicht mehr dort.

Ich finde es anstelle meines Handys auf dem Nachttisch. Langsam frage ich mich, ob ich schlafwandle. Irgendwann in der Nacht muss ich es dort hingelegt haben.

Plötzlich wird mein Arm von einer heftigen Gänsehaut überzogen. Was, wenn der Verrückte von den Tannen heute

Nacht in mein Zimmer geschlichen kam und das Buch auf den Nachttisch gelegt hat? Wer weiß, was er sonst noch so mit mir angestellt hat, während ich geschlafen habe.

Was, wenn er nicht hier WAR, sondern hier IST? Vielleicht befindet er sich hier im Raum. Sitzt auf dem Stuhl vor deinem Bett und beobachtet dich ...

„Klar, und deswegen hat er extra die Glühbirne kaputtgemacht. Damit er nicht sehen kann, wie du hier vor dich hin schnarchst“, versuche ich mich zu beruhigen.

Ironie gepaart mit Selbstgesprächen ist schon immer ein verlässliches Mittel gegen das Gejammer der Pessimistin gewesen.

Endlich ertasten meine Finger auch mein Handy. Bereits das fahle Licht des Displays sorgt dafür, dass alles nicht mehr so schlimm wirkt. Zudem kann ich ziemlich genau erkennen, dass niemand am Fußende meines Bettes sitzt, um mich im Dunkeln zu beobachten.

Dann bin ich eben in der Nacht aufgewacht und habe das Buch weggelegt. Und Glühbirnen gehen schon mal kaputt. Kein Grund, gleich in Panik zu verfallen oder gar an einem ausgewachsenen Verfolgungswahn zu erkranken.

Bevor ich es mir wieder anders überlege, schäle ich mich aus der warmen Bettdecke und haste ins Bad. Auf dem Weg renne ich mir den großen Zeh an der Kommode im Flur an. Der Schmerz schießt mir ins Hirn und ich stoße einige, nicht jugendfreie Flüche aus. Das wird beim Wandern unheimlich hilfreich sein. Vor allem, da die nagelneuen Wanderschuhe noch nicht eingelaufen und somit ziemlich eng sind.

Blöder Mist. Deutlich verlangsamt humple ich den Rest des Weges zum Bad und schalte den Boiler an.

Bis ich duschen kann, wird es noch eine ganze Weile dauern. Nach diesem Urlaub werde ich mein Zuhause mit fließend warmem Wasser und einer gut funktionierenden Zentralheizung wieder zu schätzen wissen.

Um die Wartezeit auf warmes Wasser zu überbrücken, gehe ich in die Küche und setze mir einen Kaffee auf. Hinter den am Morgen kaum noch bedrohlich wirkenden Tannen lässt sich zwischen den Wolken der dämmernde Morgen erahnen.

Der Weltuntergang scheint vorübergezogen zu sein und mit ein wenig Glück lässt sich die Sonne heute mal blicken. Ich muss zugeben, dass es hier doch fast schon nett ist. Zumindest für einen winzigen Augenblick.

Wenn ich später nicht mehr mutterseelenallein hier bin, kann ich möglicherweise auch wunderbar schlafen.

Keine Autos, die hupend und mit quietschenden Reifen vor meinem Haus vorbeibrausen und sich darüber aufregen, dass die Menschen auch ab und zu in eine Parklücke einparken wollen. Keine idiotischen Jugendlichen, die wie brüllende Affen das Wochenende feiern und sich gegenseitig zum Größenvergleich ihrer Geschlechtsorgane auffordern.

Lediglich ein paar Käuzchen haben lauthals in die Nacht geschrien und mir damit eine Heidenangst eingejagt. Zeitweise klang es, als würde da draußen eine Frau abgeschlachtet werden. Oder aber, es waren keine Käuzchen, sondern tatsächlich eine sterbende Frau.

Wer weiß, vielleicht hatte ich ja Glück, dass die Glühbirne kaputt gegangen ist. So konnte der Verrückte im Dunklen die Hütte nicht finden und hat sich stattdessen eine andere gesucht.

Der Gedanke an einen durch die Dunkelheit irrenden Verrückten, der verzweifelt nach seinem Opfer auf der Alm sucht, ist eher belustigend statt furchterregend. Vergewaltigungen passieren in der Stadt, aber doch nicht hier oben. Mittlerweile freue ich mich zugegebenermaßen fast ein wenig auf die vier Tage.

Der Anblick des langsam heller werdenden Himmels hat mich gefesselt und den Schrecken der letzten Nacht vertrieben. Sieht beinahe aus, wie in einer der Naturdokumentationen, die ich mir regelmäßig am Wochenende im Fernsehen reinziehe.

Erst das schlürfende Geräusch der Kaffeemaschine reißt mich gedanklich zurück in die Hütte. Die Kanne hat sich mit dem braunen Lebenselixier gefüllt.

Aus dem Kühlschrank nehme ich den letzten Rest der frischen Kuhmilch. Bei allem Luxus, den man sich in der Stadt gönnen kann, eine so leckere Milch ist dort nur schwer zu kommen. Nur mit Mühe konnte ich mich gestern Abend zurückhalten, nicht alles auszutrinken, sodass ich heute noch einen Schluck für den Kaffee über habe.

Als ich den Kühlschrank öffne, bleibt alles dunkel. Und kühl ist es auch nicht. Super, nicht nur die Glühbirne an meinem Nachttisch hat aufgegeben, sondern auch dieses antike Teil. Ich nehme die Milch raus und rieche daran.

Sauer.

Erste Sahne. Das ist der Nachteil an frischer Kuhmilch, die nicht pasteurisiert wurde. Aber den Kaffee ohne Milch zu trinken, geht nicht. Also muss ich in den sauren Apfel beißen. Oder wohl eher in die saure Milch. Haha.

Blöder Wanderurlaub. Gerade hatte es angefangen, mir Spaß zu machen und jetzt das. Ohne meinen Kaffee bin ich ungenießbar. Und Kaffee ohne Milch ist für mich ungenießbar. Kaffee mit saurer Milch ebenfalls. Egal, runter mit der Brühe. Wach wird er allemal machen.

Damit ich später nicht noch einen davon trinken muss, esse ich gleich ein Stück Brot dazu. Ohne Flüssigkeit kann ich diesen harten Knorren nicht runterbringen. Unter größter Kraftanstrengung säble ich die letzte Scheibe von dem trockenen Randstück ab und nehme mir einen ordentlichen Brocken Käse dazu.

Nicht gerade ein Traumfrühstück, aber immerhin besser, als den ganzen Morgen zu hungern. Hoffentlich gibt es am Bahnhof einen McDoof. Oder wenigstens einen Bäcker, der fettige Croissants verkauft. Und belegte Brötchen. Und Cappuccino. Mit Sahne statt mit Milch. Mir läuft bei dem Gedanken daran das Wasser im Mund zusammen und ich nutze die Gelegenheit, schnell ein Stück von dem Brot runterzuwürgen.

Kaum habe ich den harten Brocken in meinem Mund, scheint es, als hätte er meinen gesamten Speichel aufgesaugt. Mein Gaumen ist knochentrocken und das Brot klebt daran. Ich nehme schnell einen Schluck von dem Kaffee mit der geronnenen Milch darin.

Er schmeckt bitter und macht die Situation in meinem Mund nicht besser. Ich versuche zu schlucken, doch die Masse auf meiner Zunge scheint wie Beton.

Anstatt den Brei durch mein exzessives Kauen zu verringern, scheint sich das Brot durch den Kaffee zu vermehren. Ich bekomme kaum noch Luft und schnaufe durch die Nase. Angeekelt versuche ich, das Brot auszuspucken. Keine Chance. Es will einfach nicht aus mir herauskommen. Immer größer und dichter wird die Masse in meinem Mund, die Muskeln meines Kiefers schmerzen bereits höllisch.

Ein weiterer Schluck Kaffee soll es richten. Auch er erbringt nicht die gewünschte Wirkung. Wie ein Fisch auf dem Trockenen reiße ich den Mund auf, um der Brot-Kaffee-Masse den Platz zu geben, den sie einfordert. Mit den Fingern schaufle ich das Zeug aus meinem Mund. Doch auch das verschafft mir keine Erleichterung. Alles, was ich aus mir herausbekomme, entsteht wie aus dem Nichts in doppelter Menge in meinem Mund und macht mir das Atmen fast unmöglich.

Ich würge, Tränen laufen mir die Wangen herunter. Das Atmen durch die Nase fällt mir immer schwerer. Magensäure brennt in meiner Kehle und kann doch nirgendwo hin. Der mittlerweile teerartige Brei versperrt ihr den Weg.

Die Schmerzen in meinem Kiefer werden immer heftiger. Ich will schreien, aber mehr als ein Wimmern bekomme ich nicht zustande. Ich versuche, mich an der Tischkante festzuhalten, rutsche aber ab und taumle rückwärts in den Flur.

Ein Licht draußen erregt meine Aufmerksamkeit. Scheinwerfer, die sich den Berg hinaufschlängeln.

Das muss der Vermieter sein. Es kann nicht mehr lange dauern, bis er die Hütte erreicht. Ich muss durchhalten, dann kann er mich retten. Mich zu einem Arzt bringen.

Nach Luft ringend laufe ich zur Haustür. Als ich sie aufreiße, schlägt mir die eiskalte Morgenluft entgegen. Ich bin noch im Pyjama, nicht mal Schuhe habe ich angezogen. Egal, es geht hier um Leben und Tod. Erneut versuche ich, mir Raum zum Atmen zu verschaffen, indem ich mit den Fingern in meinem Mund herumwühle.

Ein lautes Dröhnen dringt an meine Ohren.

Endlich, der Motor, der zu den Scheinwerfern gehört. Hektisch winke ich in die Richtung, in der das Auto gleich um die Ecke biegen muss. Der Fahrer soll mich auf keinen Fall übersehen. Da ich aufgehört habe zu weinen, bekomme ich langsam etwas mehr Luft durch die Nase.

Der Brei in meinem Mund vermehrt sich fröhlich weiter und tropft von meinen aufgerissenen Lippen auf das Nachthemd und von dort auf den Boden, wo er sich mit einer der Matschpfützen vermischt.

Als mein Arm gerade lahm wird, kommt das Auto um die Kurve gekrochen, als befände es sich in einer Spielstraße. Mit letzter Kraft bedeute ich dem Fahrer, dass ich dem Erstickungstod nahe bin. Entweder, er ist zu abgelenkt von meinem Gefuchtel, oder er sieht mich einfach nicht, denn anstatt zu bremsen, fährt er mir ans Knie und kommt erst zum Stehen, als ich bereits auf der Motorhaube liege.

Nachdem er mich endlich doch bemerkt und angehalten hat, rutsche ich wie ein nasser Sack von dem Auto herunter. Meine Beine halten mein Gewicht nicht. Brachial schlage ich rückwärts auf den Schotterweg. Die Steine reißen mir die Unterarme auf, mein Knie ist verdreht und ich weiß nicht, was genau mir an meinem Körper am meisten wehtun soll. Nach einer Ewigkeit, die ich mittlerweile jeglicher Bewegung unfähig auf dem eiskalten Boden im Matsch liege, geht endlich die Autotür auf.

Ich versuche, durch erstickte Laute auf mich aufmerksam zu machen, damit ich nicht wieder übersehen werde. Um die Ecke kommt nicht, wie erwartet, der alte Bauer. Stattdessen erkenne ich einen jungen Mann, der gemütlich auf mich zu geschlendert kommt.

Seine Arme, etwas stimmt mit seinen Armen nicht. Schlaff und dürr hängen sie herunter und reichen fast bis zur Mitte seiner Oberschenkel. Halluziniere ich?

Es sieht fast aus, als käme da ein Affe zu meiner Rettung. Allerdings ein Affe, der es nicht besonders eilig hat.

Es ist doch kein Affe. Unter einem Regenhut blicken mich die braunen Rehaugen des Mannes mitleidig an. Eigentlich ein ganz hübscher Kerl, der mir jetzt das Leben retten will, denke ich mir. Er geht vor mir auf die Knie und tätschelt mir unsanft die Wange. Als er meinen Unterkiefer berührt, entfährt mir ein Schrei, der durch den noch immer aus mir herausquellenden Brei gedämpft wird.

Rehauge zuckt zusammen. Allerdings nicht, weil er mir offensichtlich wehgetan hat. Nein, der Kerl lacht. Er lacht mich aus.

Ich muss mich wohl doch selbst retten. Immerhin bekomme ich wieder einigermaßen Luft. Als ich versuche, mich aufzusetzen, tritt er mir den Arm unter dem Körper weg. Mein Kopf schlägt ungebremst auf den Schotterboden. Er lacht schon wieder, diesmal lauter. Während er mich nun doch mit seinen Affenarmen vom Boden aufhebt, verschwimmt die Umgebung vor meinen Augen.

Festgeklebt in Laken, so seltsam es auch ist

Das nächste Mal, als ich meine Augen öffne, bringt ein grelles Licht mein Gehirn zum Explodieren. Sofort schließe ich sie wieder und nehme den Geruch von Desinfektionsmitteln wahr.

Gott sei Dank, ich lebe noch, ist der erste Gedanke, der mir durch den Kopf schießt. Komisch, das ist bereits das zweite Mal in diesem Urlaub, dass ich so etwas denke.

Ich versuche mich umzuschauen, aber die Muskeln in meinem Hals wollen nicht reagieren. Was ist da los? Ich will mich aufsetzen, aber auch meine Arme gehorchen meinem Befehl nicht. Ebenso meine Beine. Egal, welchen Teil meines Körpers ich versuche zu bewegen, es tut sich nicht das Geringste.

Was ist mit mir passiert? Eben lag ich noch auf dem Feldweg vor einem Auto und jetzt bin ich ...

Ich wage es nicht, den Gedanken zuzulassen. Nicht allein die Tatsache, dass ich mich nicht mehr bewegen kann, macht mir Angst.

Viel bedenklicher erscheint mir, dass ich keinerlei Schmerzen verspüre. Mindestens mein Knie und meine Unterarme sollten irgendetwas melden, da sie bei dem Sturz von der Motorhaube ziemlich in Mitleidenschaft gezogen wurden. Wie kann ein Stück Brot dazu geführt haben, dass ich hier liege und mich nicht mehr bewegen kann? Kann Schimmel so etwas verursachen? Oder die saure Milch? Was, wenn das Stück Brot nicht für mich, sondern für die Mäuse bestimmt und somit vergiftet war?

Schon mal in Betracht gezogen, dass du querschnittsgelähmt sein könntest? Immerhin wurdest du von einem Auto angefahren.

Was für ein Glück. Noch nie habe ich mich so sehr über die Stimme in meinem Kopf gefreut. Solange die Pessimistin noch bei mir ist, scheine ich einigermaßen in Ordnung zu sein.

Soweit es meine Augäpfel zulassen, sehe ich mich in dem Krankenzimmer um. Zu meiner Erleichterung entdecke ich Jörg. Er hat den Kopf gesenkt und würdigt mich keines Blickes. Entweder schläft er oder er begutachtet irgendwas furchtbar Interessantes auf seinem Schoß. Ich nehme an, es handelt sich dabei um sein Handy. Er schafft es kaum eine halbe Stunde auszukommen, ohne nach seinen Mails zu schauen.

„Hey, was ist passiert?“, will ich ihn fragen.

Aus meinem Mund kommt nichts als ein leises

Atemgeräusch, das nur ich vernehme. Jörg reagiert nicht auf mich und im Raum bleibt es vollkommen still.

Es ist, als hätte ich das Sprechen verlernt. Keine Ahnung, welche Muskeln man beim Sprechen verwendet, ich finde sie zumindest momentan nicht. Es bleibt mir nichts anderes übrig als mich zu gedulden, bis Jörg seine Arbeit für zwei Sekunden vergessen kann und mir seine Aufmerksamkeit schenkt.

Lieber Jörg, bitte lass dir nicht allzu viel Zeit.

Leider ist er heute nicht allzu empfänglich für meine telepathischen Botschaften. Er sitzt dort auf seinem Stuhl und starrt mit teilnahmslosem Gesicht auf sein Handy. Bis ihm einfällt, wegen wem er hier ist, muss ich mich wohl noch eine Weile gedulden.

Jörg verdammt, eilt mir die Pessimistin zur Hilfe und schreit ihn an. *Was kann auf deinem verfluchten Handy schon so interessant sein, dass du nicht mal eine Sekunde zu der Person schauen kannst, wegen der du hier rumsitzt?!*

Er hört weder mich noch sie. Eine tolle Verbindung haben wir beide.

Im Endeffekt ist es auch egal. Was sollte mir seine Aufmerksamkeit schon bringen? Selbst wenn er mich bemerkt, wird er mir kaum eine besonders große Hilfe sein. Ich könnte ihm ja nicht mal sagen, wie es mir geht und er wird mir kaum erklären können, was mit mir los ist. Außerdem ist er bestimmt sauer. Dem habe ich ja ganz schön seinen bis ins kleinste Detail geplanten Romantik-Urlaub versaut.

Der arme Junge. Wollte das Wochenende mal so richtig ran, bucht dafür extra eine romantische Berghütte und was ist? Jetzt muss er sich um seine neue Flamme kümmern, die sabbernd auf einer Krankenhauspritsche vor sich hindämmert. Was für ein toller Start in eine Beziehung.

Ob ich wirklich sabbere? Auch mein Gesicht ist von dieser seltsamen Taubheit befallen. Ich spitze die Lippen. Sauber, das funktioniert. Und ich konnte es fühlen. Zumindest ein bisschen. Scheint doch nicht alles hinüber zu sein.

Das bedeutet hoffentlich im Umkehrschluss, dass ich nicht sabbere. Sonst würde ich das ja bemerken, da ich noch Gefühl in den Lippen habe.

Aber warum zur Hölle kommt dann kein Ton aus mir heraus? Da kommt wieder das Brot ins Spiel und mit ihm der Punkt, an dem ich mir keinen Reim mehr auf die Ereignisse machen kann. Ich drehe mich im Kreis.

Warum erscheint denn kein Arzt, um nach mir zu sehen? Bin ich überhaupt im Krankenhaus? In der Hütte bin ich jedenfalls nicht mehr.

Mit einem Ruck wird die Tür zu meinem Zimmer aufgestoßen und bringt Jörg dazu, aus seiner Handystarre zu erwachen. Allerdings schenkt er nicht mir seine Aufmerksamkeit, sondern der Person, die den Raum betreten hat.

Ein Mann, so groß und breit wie ein Bär, schlendert auf mein Bett zu. Obwohl er einen weißen Kittel trägt, bezweifle ich, dass es sich um einen Arzt handelt. Dieser Mann strahlt zu wenig Selbstbewusstsein aus. Beim Gehen lässt er die Schultern hängen und die Arme baumeln unelegant an ihm herunter. Den Kopf hat er so stark zwischen seine Schultern eingezogen, dass sein Hals kaum zu sehen ist. Seine ganze Erscheinung wirkt beinahe so, als wolle er um jeden Preis übersehen werden.

Oder aber wie ein Affe. Ja, ein Gorillamännchen mit dickem Bauch und Armen, die fast bis auf die Knie hängen. Seine Arme sind natürlich nicht so lang, sie wirken nur so.

„Hallo. Ich nehme an, du bist Jörg? Ich bin Bernd, der Pfleger“, sagt die männliche Stimme.

„Richtig. Grüß dich Bernd. Schön, dass wir uns endlich mal persönlich kennenlernen. Läuft bisher alles wie geplant?“, begrüßt Jörg den Hünen und tätschelt mir dabei den Oberschenkel.

Wenn auch nicht in normaler Intensität, so spüre ich doch das Gewicht seiner Hand auf der Decke. Gelähmt bin ich wohl also nicht.

Yeah ... Oder so.

Na wenn du dich darüber schon freust ... Hast du dich bereits komplett aufgegeben oder was? Fünf Minuten hier und du kapitulierst?!

Halts Maul!

„Alles bestens schätze ich. Deine Freundin ist eine einfache Patientin. Sie wird uns keine Sorgen bereiten.“

Ich muss mich verhört haben. Sorgenfrei ist nicht gerade die erste Beschreibung, die mir zu meinem Zustand einfallen würde. Ich für meinen Teil mache mir momentan große Sorgen.

„Das freut mich. Wie lautet denn die Diagnose?“

„Wie besprochen. Der Stadler hat einen anaphylaktischen Schock eingetragen und Chefarztbetreuung angeordnet. Außerdem habe ich mir die Nachtschichten für die nächsten Wochen gesichert.“

In meinen Gedanken runzle ich die Stirn. Anafülldingsda was? Schock?

Nun ja, ich bin fast an einem Stück Brot erstickt, um im Anschluss von einem Auto angefahren zu werden. Wenig verwunderlich, dass ich da einen Schock habe. Herr Doktor Stadler scheint richtig diagnostiziert zu haben. Aber warum bitte muss Jörg sich keine Sorgen machen? Ich liege hier, unbeweglich wie ein tiefgefrorenes Kotelett und der Typ faselt etwas davon, dass es läuft wie geplant?

„Ich sehe schon, ihr habt alles im Griff. Sieh nur zu, dass sie regelmäßig ihre Dosis bekommt. Wir können nicht riskieren, dass sie zu viel mitbekommt.“

„Keine große Kunst.“

Jörg steht mittlerweile neben meinem Bett und widmet mir zum ersten Mal, seit ich aufgewacht bin, seine Aufmerksamkeit. Ich blinzle, als hätte sich ein Insekt in mein Auge verirrt. Dies ist meine einzige Möglichkeit zu schreien: „Hallo, ich bin wach!“

Bei Jörg scheint noch immer nichts davon anzukommen. Er steht einfach nur da und schaut mir dabei zu, wie ich mit meinen Augenlidern einen Regentanz veranstalte.

Als ich gerade aufgeben will, überlegt er sich endlich, dass dies nicht nach unwillkürlichen Muskelzuckungen aussieht:

„Das musst du dir ansehen. Irgendwas stimmt mit ihr nicht."

Na bitte. Ich bin vielleicht ein tiefgefrorenes Kotelett, aber eines, das mit seinen Augen sprechen kann.

Bernds Kopf taucht neben dem von Jörg auf. Erst jetzt bemerke ich, dass er einen Pferdeschwanz trägt. Mit großen Augen stieren mich beide Männer an.

Erneut sende ich ihnen ein eindringliches Zwinkern. Unwillkürlich blinzeln Bernds braunen Augen zurück. Sein Blick ist so sanft und vertraut, dass ich das Gefühl habe, ich würde ihn schon Jahre kennen.

„Nein", sagt Bernd und schüttelt den Kopf so heftig, dass sein Pferdeschwanz hin und herwippt. „Da ist nichts. Klar, sie macht die Augen mal auf, aber ich kann dich beruhigen. Das ist wie bei Hühnern. Wenn man ihnen den Kopf abschlägt, flattern sie noch eine ganze Weile durch die Gegend, obwohl schon längst das Licht aus ist."

Wie bitte? Was ist das denn für ein Vergleich? Erstens habe ich meinen Kopf noch und zweitens bin ich kein Huhn. Und Licht aus ist bei mir noch lange nicht.

Die beiden Männer hingegen scheinen den Vergleich äußerst passend zu finden und lachen gemeinsam fröhlich. Es fehlt nur noch, dass sie sich abklatschen.

Ich blinzle empört, aber Jörg übersieht meine Beschwerde. Stattdessen dreht er sich zum Fenster, während Bernd meine Hand streichelt. Nicht nur seine Arme haben Überlänge, auch seine Finger sehen aus, als hätte er sie aus der Requisitenkiste von E.T., dem Außerirdischen, geklaut. Unter seinen Fingernägeln zeichnen sich dunkle Ränder ab, als hätte er sich seit Tagen die Hände nicht gewaschen.

Wie kann so jemand Pfleger in einem Krankenhaus sein?

Jörg dreh dich gefälligst um und halte diesen Widerling davon ab, mir seine Bakterien ins Gesicht zu schmieren!

Jörg ignoriert mich weiterhin, mittlerweile in Perfektion. Hat er schließlich den bisherigen Tag ausführlich geübt.

„Gut, ich verlasse mich auf dich", sagt er stattdessen zu Bernd. „Heute und morgen gehört sie ganz dir. Sieh zu, was geht und was nicht geht, stelle die Dosis ein und dann besprechen wir den Rest. Ich kümmere mich um die anderen und melde mich bei dir. Hoffen wir, dass du mich nicht enttäuschst."

Während ich hier liege und mich frage, welche Schmutzpartikel Bernd mit seinen dreckigen Händen auf meiner Haut hinterlassen hat, gehen die beiden gemeinsam aus dem Zimmer.

Um mich von den imaginären Bakterien abzulenken, die ein Wettrennen auf mir veranstalten, erkunde ich meine Umgebung genauer. Erfreulicherweise liege ich in einem Einzelzimmer. Jörg hat mir nicht zu viel versprochen, die Zusatzversicherung hat sich gelohnt. Nichts ist für mich unerträglicher als der Gedanke, mit fremden Menschen in einem Zimmer zu schlafen. Da nur mein Bett in dem Zimmer steht, ist es entsprechend klein. Rechts neben mir ist gerade mal Platz für den Stuhl, auf dem Jörg gerade eben noch gesessen und mich ignoriert hat. Ich wünschte, er käme zurück und würde damit weitermachen.

Auf dem Nachttisch daneben stehen keine Blumen und auch sonst kann ich nirgends welche entdecken. Irgendwie verständlich, immerhin bin ich ja ein Fleischklumpen, der lediglich seine Augen bewegen kann. Was soll ich da mit Blumen? Nett wäre es dennoch gewesen. Immerhin kann ich ja eben doch sehen.

Ob Jörg heute noch mal wiederkommt?

Das kommt mitunter darauf an, wo ich eingeliefert wurde. Ich schaue aus dem Fenster und versuche zu erkennen, ob ich noch im Bayrischen Wald bin.

Bilder aus der Schwarzwaldklinik schießen mir durch den Kopf. Es würde mich nicht wundern, wenn Doktor Stadler eine astreine Kopie von Klaus Jürgen Wussow abgeben würde. Hoffentlich sind sie hier so fortschrittlich, wie es das Krankenhaus im Schwarzwald für die damalige Zeit war.

Immerhin ein hochmodernes EKG-Gerät, dessen regelmäßiges Piepsen mir mit der Zeit Migräne bereitet, ist vorhanden. Ich frage mich, ob es ein gutes oder ein schlechtes Zeichen ist, dass es ständig Töne von sich gibt.

Teilt es mir mit, dass ich kurz davor bin abzunibbeln? Wahrscheinlich nicht. Bernd der Pfleger hätte kaum davon gesprochen, dass ich keine Sorgen machen werde, wenn ich mit einem Bein bereits im Jenseits stünde. Außer natürlich, Jörg will nicht, dass ...

Nein! Das ist nicht im Bereich des Möglichen.

Zu den stechenden Kopfschmerzen gesellen sich Hunger und ein unerträglicher Durst. Die Nadel in meinem Arm sorgt sicherlich dafür, dass ich nicht austrockne. Zumindest innerlich. Mein Mund fühlt sich jedoch an, als hätte ich versucht, Sägespäne zu essen.

Schon komisch. Da liege ich hier, im schlimmsten Fall für immer gelähmt oder zumindest für den Moment bedenklich krank, und meine größte Sorge ist, dass ich gerne eine Apfelschorle hätte. Oder eine Cola. Mit Eis. Mhhhhh.

Dazu einen leckeren Burger, Pommes und Majo. Und zum Nachtisch ...

Schluss jetzt mit diesen Gedanken. Die machen das Warten auch nicht erträglicher. Und etwas zum Trinken werden sie erst recht nicht herbeizaubern. Ich sollte versuchen, ein wenig zu schlafen. Wenn ich erst ausgeschlafen bin, sieht die Welt bestimmt schon wieder ganz anders aus. Oder noch viel besser: Es stellt sich heraus, dass ich alles nur geträumt habe.

Ja, genau so wird es sein. Mit diesem Entschluss kneife ich meine Augen fest zu. Gar nicht so einfach zu schlafen, wenn es draußen noch hell und man selbst so ausgeruht ist wie schon lange nicht mehr.

Mitleidlose Augen

Irgendwann gebe ich es auf, meinen Körper zum Schlafen zu überreden und öffne meine Augen. Was ich sehe, überrascht mich: Um mich herum befindet sich nichts weiter als tiefe, schöne Dunkelheit. Das nervige Blinklicht des EKGs, das ich kaum sehe, da es sich in meinem Rücken befindet, stellt die einzige Lichtquelle im Raum dar. Habe ich etwa doch geschlafen? Es scheint so, denn mein Kopf fühlt sich an wie eine überreife Pflaume. Ich gähne ausgiebig und aus meinem Hals dringt ein leises Quietschen.

Meine Mutter hatte damals doch recht: Eine gesunde Mütze Schlaf macht vieles besser. In bestimmten Situationen muss man seinem Körper eben die benötigte Ruhe gönnen.

„Na bitte“, versuche ich zu sagen.

Anstatt meiner penetranten Stimme, ertönt das Geräusch eines Kükens, das unter seiner Eierschale piepst, bevor es mit seinem Schnabel die schützende Kalkschicht durchbricht. Wobei ein solches Küken momentan mehr Kraft besitzt, als es bei mir der Fall ist.

Meine Muskeln, darunter auch meine Zunge, versagen mir weiterhin ihren Dienst. Mein Rachen fühlt sich an, als hätte ich noch immer einen Brocken von dem schrecklichen Brot in meinem Mund. Dieses verdammte Backwerk, das mich in dieses Krankenbett befördert habe. Mein Vater hat früher schon immer gesagt, dass Brot ungesund ist. Zum Frühstück gab es bei ihm lediglich Obst oder Müsli.

Die Erinnerung daran stimmt mich traurig. Es ist lange her, dass ich meine Eltern so schmerzlich vermisst habe wie in diesem Augenblick. Wenn man hilflos an sein Bett gefesselt ist, wünscht man sich die Frau an seine Seite, die einen bereits beschützt und umsorgt hat, als man noch gar nicht auf dieser Welt war. Und mit ihr den Mann, der sich sein Leben lang aufopferungsvoll darum gekümmert hat, dass einem nichts Schreckliches widerfährt. Der spätabends ins Kinderzimmer kam, und heimlich die Kassette ein weiteres Mal umgedreht hat, obwohl eigentlich nur eine Seite zum Einschlafen erlaubt war. Wer dreht mir jetzt die Kassette um? Ich bin noch nicht so groß, dass ich diese Situation ohne meine Eltern überstehen könnte. Zumindest nicht im Innern.

Während ich gerade dazu übergehen will, in Selbstmitleid zu versinken, höre ich ein Klacken. So weit ich kann verdrehe ich meine Augen in die Richtung, aus der das Geräusch kam. Jemand hat die Tür zu meinem Zimmer geöffnet. Ein schmaler Lichtstrahl schiebt sich in den Raum, der sogleich von einem riesenhaften Schatten verdeckt wird. Die breite Silhouette eines Mannes erscheint im Türrahmen. Bernd!

„Nghng“, rufe ich ihm zu.

Hey, ich bin wach, ruf einen Arzt, der meinen Körper dazu bringt, wieder zu funktionieren, ruft auch die Pessimistin.

Der Schatten schließt die Tür. Zuerst befürchte ich, dass er gegangen ist, ohne mir Beachtung zu schenken, denn er hat das Licht nicht eingeschaltet.

Dann plötzlich höre ich ihn atmen. Ganz leise schnauft er vor sich hin. Steht da und atmet und bewegt sich kein Stück. Sagt keinen Ton.

„Gmpfrn?“, frage ich.

Was machst du denn da? Steh nicht nutzlos herum sondern gehe deinen Pflichten nach. Du hast mich schon verstanden, komm her und hilf mir!

Offensichtlich versteht er mich nicht, oder es kümmert ihn nicht, was mit mir ist. Er muss mich doch bemerkt haben … Ich bin bereit zuzugeben, dass ich mich momentan aufgrund meiner misslichen Lage äußerst undeutlich ausdrücke, aber ein ersticktes „Gmpfrn“ oder „Nghng“ sollte doch zu ihm durchgedrungen sein. Zumindest, wenn er nicht gerade extrem schwerhörig oder taub ist.

Gibt es so etwas wie taube Pfleger? Heutzutage ist alles möglich. Fällt bestimmt unter das allgemeine Gleichbehandlungsgesetz. Ob ihre Einstellung, ungeachtet des Einsatzortes, jederzeit sinnvoll ist, wird dabei ja nicht mehr infrage gestellt. Nichts gegen behinderte Menschen, aber als meine Pfleger im Krankenhaus will ich sie nicht unbedingt haben. Jedenfalls nicht, wenn ihre Behinderung dafür sorgt, dass sie ihren Job nicht richtig erledigen können.

Im selben Maß, in dem er sich weigert meine undeutlichen Hilferufe zu verstehen, besitzt er die Fähigkeit meine Gedanken lesen zu können. Nachdem er mich ausgiebig im Dunkeln beobachtet hat, dreht er sich um und verschwindet ebenso schnell und unauffällig, wie er gekommen ist. Ohne nach mir zu sehen, wenn man das Beobachten mal außer Acht lässt.

Kurz ärgere ich mich über sein Verhalten. Dann empfinde ich es aber als angenehm, dass ich sein Schnaufen nicht mehr hören muss. Um ehrlich zu sein, wurde mir das mit der Zeit sogar etwas unheimlich.

Warum stellt sich jemand mitten in der Nacht im Dunkeln in das Zimmer einer Patientin? Ich hoffe darauf, dass morgen ein Arzt kommt, der schlau genug ist zu erkennen, dass ich eben nicht so gut wie tot bin. Im Gegenteil, ich bin sogar ziemlich lebendig. Auch wenn mein Körper versucht, den Leuten um mich herum etwas anderes zu suggerieren.

Du glaubst ja wohl selbst nicht, dass ein Arzt kommt, mit den Fingern schnipst, und du aus dem Bett springst, als wäre nichts gewesen?

Doch, das glaube ich. Weil ich es will. Weil es einfach keine andere Möglichkeit gibt. Ich kann hier nicht in diesem Bett versauern.

Jetzt muss ich mir nur noch die Nacht vertreiben, denn geschlafen habe ich die letzten Stunden genug. In diesem Moment wünsche ich mich zurück in die Hütte, wo ich es gestern zum Sterben langweilig fand und mich in meine Singlewohnung in Bonns Innenstadt gewünscht habe.

Auf dem Berg hatte ich wenigstens meine Bücher sowie einen Verrückten vor dem Fenster, mit denen ich mich ablenken konnte. Hier kann ich nichts tun, außer mich mehr oder weniger deprimierenden Gedanken hinzugeben und zu hoffen, dass die Stunden schnell vorbei gehen.

Wobei es besser wäre, eben dies nicht zu hoffen. Wenn man auf etwas wartet und es sich ganz besonders wünscht, kann man sich darauf verlassen, dass die Zeit einem einen Streich spielt und noch langsamer vergeht. Der gute, alte Einstein. Wenn mir jemals ganz deutlich klar war, was er mit seiner Relativitätstheorie meinte, dann genau in diesem Moment.

Gerade als ich damit anfangen will, meine eigenen physikalischen Theorien über die Zeit aufzustellen, öffnet sich die Tür erneut. Mit einem Flackern erstrahlt die Deckenlampe und brennt in meinen Augen. Bernd der Pfleger schlurft mit noch weiter nach unten hängenden Schultern als heute Mittag auf mich zu.

Wunderbar. Vermutlich musste er erst in sein Pflegerhandbuch schauen, was „Gmpfrn" und „Nghng" so alles bedeuten könnten. Jetzt hat er anscheinend den richtigen Eintrag gefunden und wird sich um mich kümmern. Zielstrebig greift er nach meiner Hand und überprüft die Infusion. Sie scheint leer zu sein, denn er entfernt den Schlauch von der Kanüle in meinem Handrücken.

Anstatt jedoch einen Neuen daran zu befestigen, setzt er eine Spritze an und drückt irgendein Mittel in meine Vene, die sich augenblicklich anfühlt, als müsste sie platzen. Ein brennendes Gefühl breitet sich zuerst in meiner Hand und daraufhin in meinem gesamten Arm aus.

Was zur Hölle hat er mir da verabreicht?

Ich versuche, ein leidendes „Gnah“ von mir zu geben, aber es geschieht nichts. Anstatt mich weiterzuentwickeln, falle ich zurück ins Stadium eines tiefgekühlten Koteletts. Der Pfleger schraubt den Schlauch des offensichtlich doch nicht leeren Infusionsbeutels wieder fest.

Während es mir immer schwererfällt, meine Augen zu bewegen, geschweige denn einen klaren Gedanken zu fassen, nimmt Bernd meine Hand und streichelt mir mit seinen ungewaschenen E.T.-Fingern über den Arm.

Ich nehme seine Berührungen kaum noch wahr, meine Muskeln werden schlaff und ich merke, dass ich kurz davor stehe wegzudämmern. Aber ich will nicht die Kontrolle verlieren, muss irgendwie wach bleiben. Bernd beugt sich über mich und kneift mir nicht gerade sanft in die Wange.

Wehren kann ich mich nicht gegen diese Berührung, mein Geisteszustand befindet sich nicht einmal mehr auf Halbmast. Als ich kurz davor bin, den Forderungen meines Körpers nachzugeben, sorgt ein Adrenalinstoß dafür, dass ich plötzlich wieder hellwach bin.

Hey, pst, fordert die Pessimistin meine Aufmerksamkeit ein. *Sieh mal genau hin. Erkennst du ihn? Ich schon! Denk nach Mädchen, denk nach. Die Arme ...*

Jetzt sehe ich es auch. Ich kenne Bernd.

Und ich weiß in diesem Moment auch, woher. Er ist derjenige, der mich hier eingeliefert hat. Der sich erst fünf Minuten über mich amüsiert hat, bevor er es für nötig hielt, mich von dem nasskalten Schotterweg vor der Hütte aufzuheben.

Kaum habe ich diesen Gedanken gefasst, muss ich den Forderungen meines Körpers letztendlich doch nachgeben. Ich verliere die Kontrolle über meine Muskeln und lasse mein Bewusstsein in die Dunkelheit reißen.

Lachen wird morgen nachgeholt

Mit dröhnendem Schädel, als hätte ich gestern Abend eine ordentliche Portion billigen Fusels in mich hineingeschüttet, erwache ich am nächsten Morgen. Als ich mich umsehe, bemerke ich, dass ich nicht alleine bin.

Neben meinem Bett steht eine Krankenschwester. Beruhigend zu sehen, dass auch noch andere Menschen außer Bernd hier arbeiten. Da sich noch immer kein Arzt hat blicken lassen, bin ich äußerst erleichtert, ein anderes und vor allem weibliches Gesicht zu sehen.

Als trage ihre Anwesenheit nicht genug zu meiner Erleichterung bei, nimmt die Schwester auch noch einen Wattebausch, tunkt ihn in ein Wasserglas und tupft mir mit der feuchten Watte die Lippen ab.

Der Tropfen, der in meinen Mund dringt, schmeckt in diesem Augenblick grandioser als jeder Champagner, den ich in meinem Leben bisher kosten durfte. Viel besser als die Cola aus meiner Vorstellung gestern. Gierig schmatze ich vor mich hin. Die Krankenschwester legt nach und wischt mir erneut über die Lippen, sodass ich in den Genuss eines weiteren Tropfens komme. Im Gegensatz zu Bernd hat sie sogar ihre Hände gewaschen.

Lange bleibt mir ihre Gesellschaft leider nicht vergönnt. Nachdem sie mir ein weiteres Mal den Mund befeuchtet hat, verlässt sie mich und ich bin wieder allein mit meiner Ungewissheit. Was ich auch immer in der letzten Nacht gespritzt bekommen habe, es hat meinem Zustand nicht sonderlich entgegengewirkt. Die einzige erkennbare Folge war - von dem Brennen im Arm abgesehen-, dass ich sofort eingeschlafen bin. Zusätzlich hat es dafür gesorgt, dass ich mich heute noch mieser fühle. Meine Hand kribbelt noch immer und in meinen Arm ist noch etwas weniger Gefühl als im Rest meines Körpers. Abgesehen von meinem Magen, der rebelliert nämlich gerade. Wenn ich etwas gegessen hätte, würde ich es mir jetzt buchstäblich noch mal durch den Kopf gehen lassen.

Überhaupt ist meine Situation ziemlich beschissen. Mein Zustand wird immer schlimmer, statt besser und kein verfluchter Arzt bequemt sich hierher, um nach mir zu sehen. Wenn ich mich doch wenigstens bewegen könnte. Nur ein kleines Bisschen. Irgendwie muss ich meine Muskeln doch wieder unter meine Kontrolle bringen können. Möglichst vor heute Nacht. Ich will nicht wieder alleine mit Bernd sein. In der Dunkelheit seinem Atem zuhören. Eine weitere Spritze bekommen, die mich umhaut. Dämliches Einzelzimmer. Alles wegen Jörgs unsinniger Zusatzversicherung.

Und warum hast du sie abgeschlossen? Weil du viel zu leicht für Schwachsinn zu begeistern bist und nicht auf dich hörst. So auch bei dem verkackten Urlaub.

Das Geräusch der Tür lässt die Pessimistin

verstummen. Endlich, ein Arzt. Mit einer Entourage aus jugendlich wirkenden Studenten, die nahezu allesamt vor Aufregung rot gefleckte Gesichter haben, betritt er mein Zimmer. Während seine Gefolgschaft ihn wissbegierig dabei beobachtet, hört er mich ab, testet meine nicht vorhandenen Reflexe und macht sich Notizen auf seinem Klemmbrett.

„Wer von Ihnen kann mir sagen, welche Folgen ein anaphylaktischer Schock auf den Körper hat?“, fragt er die Statisten in seinem Rücken.

Derjenige, den ich schon anhand seines Aussehens – er trägt eine Hornbrille und setzt immerzu einen aufdringlichen und wissbegierigen Blick auf -als Streber entlarvt habe, gibt sogleich eine offensichtlich aus dem Lehrbuch auswendig gelernte Antwort:

„Ein anaphylaktischer Schock ist eine Überempfindlichkeitsreaktion des Immunsystems auf eine bestimmte Substanz und im schlimmsten Fall lebensbedrohlich.“ Er macht eine bedeutsame Pause und wartet ab, bis der Doktor ihm aufmunternd zunickt. Dann fährt er mit seinem Fachchinesisch fort:

„Zu Beginn zeigen sich Symptome wie ein Hitzegefühl im Rachen und an den Akren. Oftmals gehen damit auch Schluckbeschwerden oder ein Bronchospasmus einher, welcher zu einer akuten respiratorischen Insuffizienz und damit zu einem Kreislaufschock führen kann.“

Aha. Jetzt bin ich genauso so schlau wie vorher. Bis auf die Schluckbeschwerden, die ich bestätigen kann, da sie mich in dieses Zimmer befördert haben, habe ich nur Bahnhof verstanden. Der Lehrende hingegen scheint mehr als zufrieden mit der Antwort des angehenden Arztes. Er spricht ein paar lobende Worte und verlässt mit dem stolzen Streber und den restlichen, mittlerweile eingeschüchtert wirkenden Studenten mein Zimmer.

Zurück bleibt die Krankenschwester. Sie schaut mich mitleidig an, tupft mir einige Male die Lippen ab und löffelt mir im Anschluss einen nach nichts schmeckenden Brei in den Mund.

Im Gegensatz zum Rest meines Körpers, funktionieren meine Schluckreflexe noch hervorragend und ich zwänge den zähen Brei gierig meine Speiseröhre herunter. Endlich ein wenig Masse, die das Loch in meinem Bauch zu stopfen vermag. Auch wenn ich mich momentan mehr über einen riesigen Burger mit Pommes oder eine fettige Pizza freuen würde, genügt auch dieser Babybrei, um mich nach dieser langen Abstinenz glücklich zu stimmen.

Das Essen vertreibt das Schwindelgefühl in meinem Kopf. Wie bei einem Katerfrühstück nach einer durchzechten Nacht merke ich, wie mein Körper Kraft aus der wenigen Nahrung zieht.

Nach meinem Abendessen verschwindet die Krankenschwester in meinem Bad und kommt kurz darauf mit einer Schüssel sowie einem Waschlappen in der Hand zurück. Essen und etwas, das einer Dusche nahekommt. Es muss mein Glückstag sein. Die arme Krankenschwester, sicherlich müffle ich schon wie ein Iltis. Es ist ganz bestimmt kein Spaß, mich waschen zu müssen. Immerhin bin ich gestern Morgen nicht mehr dazu gekommen, das Wasser aus dem Boiler in der Hütte zu nutzen. Umso dankbarer bin ich, dass sie mich endlich von all dem Schweiß und Dreck befreit.

Als sie meinen Tropf erneuert, überkommt mich eine fast gemütliche Trägheit. Da ich an meiner Situation nichts ändern kann, sollte ich das Beste daraus machen und ein wenig schlafen. Es dauert es nicht lange, bis mir die Augen zufallen und ich einschlafe.

Die nächsten Tage verlaufen ähnlich wie dieser. Der Arzt kommt mal mit und mal ohne seine Studenten vorbei, ich bekomme Wasser aus Wattebäuschen, magenfüllenden Brei und Spritzen, die mich wie ein Baby schlafen lassen. An meinem Zustand zeigen sich keine nennenswerten Fortschritte. Im Gegenteil. Gelähmt liege ich in meinem Zimmer und zähle vor Langeweile die Körnchen der Raufasertapete. Bis auf das Krankenhauspersonal bekomme ich niemanden zu sehen. Warum besucht mich denn niemand?

Weil sie dich vergessen haben. Weißt du, wie lange du schon hier bist? Wer sagt, dass du nur einen Tag weggetreten warst? Es ist ebenso gut möglich, dass du einige Wochen ausgeknipst warst.

Nein, das glaube ich nicht. Jörg hätte nicht die Ausdauer gehabt, mich nach Wochen, die ich im Koma verbracht habe, noch immer zu besuchen. Wie lange kannten wir uns vor meinem Malheur denn schon?! So manch ein Ehemann lässt seine Frau in solch einer Extremsituation sitzen. Es wäre nur verständlich, dass Jörg keine Lust hat, sich um eine Frau zu kümmern, die er gerade mal etwas mehr als acht Wochen kennt.

Aber warum interessiert sich niemand aus meiner Familie dafür, wie es mir geht? Und weshalb holen sie mich nicht nach Bonn in ein Krankenhaus?

Mir kommt ein beängstigender Gedanke. Womöglich weiß überhaupt noch niemand von meinem Klinikaufenthalt. Viele Mitglieder hat meine Familie nicht mehr. Lediglich eine Tante und ihre Kinder, die in Bergisch Gladbach leben, existieren noch. Ich kenne das Prozedere bei Komapatienten nicht, aber vermutlich werden nur die nächsten Verwandten informiert. Wenn es diese nicht gibt, muss man sich als Patient wohl mit seiner Einsamkeit abfinden.

Von wegen einsam. Bernd scheint dir doch ganz gerne Gesellschaft zu leisten. Du musst dich schon entscheiden, was du willst.

Wenn es eines gibt, auf das ich liebend gerne zugunsten meiner Einsamkeit verzichten würde, dann sind das Bernds Besuche. Ich kann schon gar nicht mehr zählen, wie oft er sich nachts in mein Zimmer geschlichen hat. Mal steht oder sitzt er einfach nur da und beobachtet mich. So lange, dass ich vor Beklemmung laut aufschreien möchte. Oder mir alternativ Superkräfte wünsche, mit denen ich ihn auf den Saturn schießen kann. Andere Male spritzt er mir die brennende Flüssigkeit in die Kanüle in meiner Hand. Dann wiederum hebt er abwechselnd alle meine beweglichen Körperteile, um sie, schlaff, wie sie sind, auf die Matratze niedersausen zu lassen.

Manchmal kommt es mir so vor, als führte er eine Statistik über meine körperlichen Reaktionen und meine sich nicht einstellende Genesung. Ich frage mich, wie oft er in mein Zimmer kommt, ohne dass ich es bemerke. Was tut er, während ich schlafe?

Mittlerweile traue ich mich kaum noch, nachts die

Augen zu schließen und verbringe lieber den Tag damit zu dösen. Aber spätestens ab dem Zeitpunkt, wenn er mir das dubiose Mittel in den Arm gepumpt hat, kann ich mich nicht mehr lange wachhalten und schlafe ein. Und wache jedes Mal mit einem heftigen Kater wieder auf.

Ein Kater, ein Kater. Hör auf, dir etwas vorzumachen. Das hier ist weitaus schlimmer, als es der heftigste Kater je sein könnte.

Als ob ich mir etwas vormachen würde. Mir fällt nur keine treffendere Bezeichnung ein. Und das Gefühl stimmt mit dem eines Katers so ziemlich überein. Bis auf die Lähmung natürlich. Woher die kommt, kann ich mir noch immer nicht erklären. Aus dem Fachchinesisch des Arztes kann ich nichts heraushören, das mir weiterhelfen würde.

Auf dem Gang höre ich geschäftiges Treiben. Abendessenzeit. Das bedeutet für mich Schlafenszeit. Ich kann den Gedanken nicht ertragen, dass die anderen Patienten jetzt frisches Brot mit Butter und Käse aufgetischt bekommen. In Wirklichkeit ist es natürlich letschiges Brot und stinkender Emmentaler. Doch selbst bei diesem Gedanken läuft mir das Wasser im Mund zusammen. So verschlafe ich lieber die Zeit, anstatt mir anzuhören, wie das Essen in allen Zimmern außer meinem verteilt wird.

Gefängnis ohne Wärter

Ein erdrückendes Gefühl, als hätte sich jemand auf meinen Brustkorb gesetzt, reißt mich plötzlich aus dem Schlaf. Mein Herz rast, das Atmen fällt mir schwer und ich kann den Schweiß auf meiner Stirn spüren. Ich reiße die Augen auf und es ist finstere Nacht. Völlig außer Atem schnappe ich nach Luft, sauge sie gierig in mich hinein. Habe anscheinend schlecht geträumt. Mal wieder. Wie spät mag es sein?

Mein Zeitgefühl ist völlig ausgeschaltet, seit ich hier bin. Die Tage bestehen für mich nur noch aus hell und dunkel sowie geschmacklosem Brei, den ich einmal am Tag in meinen Mund geschaufelt bekomme und der Abendessenzeit, die mir durch das Rattern der Essenswägen vor meiner Tür angekündigt wird. Wie lange befinde ich mich in diesem Bett? Eine Woche, zwei? Es könnten ebenso gut zehn sein.

Gewöhne dich besser endlich daran, denn du wirst hier nie wieder rauskommen.

Wenn ich doch nur diese verdammte Pessimistin aus meinem Kopf kriegen würde.

Um mich abzulenken, lasse ich meinen Blick durch den Raum schweifen. Vielmehr als die dunklen Schatten des Mobiliars kann ich nicht erkennen. Es ist eine stockfinstere Nacht, die Wolken verdecken den Mond vollständig und auch sonst erhellt nichts den Raum. Das EKG wird seit Neuestem abends abgedeckt, sodass mir meine vormals einzige Lichtquelle genommen wurde. Eine graue Plastikabdeckung über dem Apparat sorgt nun dafür, dass mein Zimmer in der Nacht zu einer Dunkelkammer wird.

Doch heute Nacht ist noch etwas anders als sonst. Es ist nicht nur dunkel, sondern auch eiskalt. So kalt, dass ich das Gefühl habe, am ganzen Körper unkontrolliert zu zittern.

Irgendwie muss ich es geschafft haben, die Decke von mir zu strampeln. Als die Wolken den Mond für einen Moment freigeben, entdecke ich sie zusammengeknüllt bei meinen Füßen. Das ist allerdings noch nicht alles, was ich erkennen kann. Auch das Krankenhausleibchen hat es während meines Albtraums ordentlich abbekommen und liegt als weißer Knäuel auf meiner Brust.

Wie naiv bist du eigentlich? Erinner dich doch mal, weshalb du hier bist. Nie und nimmer hast du das selbst dort hingelegt. Ebenso wenig die Decke. Irgendjemand hat das für dich erledigt.

Auch wenn ich es ungern tue, ich muss der Pessimistin recht geben. Und leider habe ich eine furchtbare Vermutung, wer dieser *Jemand* gewesen sein könnte.

Ob er noch hier ist? Der Himmel hat sich gegen mich verschworen, dunkle Wolken schieben sich zurück vor den Mond und nehmen mir somit die einzige Lichtquelle.

Dann muss ich mich eben auf meine übrigen Sinne verlassen. Angestrengt lausche ich in die Stille der Nacht. Sitzt er dort vor meinem Bett? Es ist zu dunkel, ich kann es nicht erkennen, so sehr ich es auch versuche. Ist das mein eigener Atem, der aus meiner Lunge entweicht, oder kauert

Bernd in einer Ecke? Mein Herz rast vor Angst.

Ich halte die Luft an, schaffe es aber nicht lange, sie in meiner Lunge zu behalten. Es scheint, als würde mein Körper in jeglicher Hinsicht gegen mich arbeiten.

Gerade, als ich frustriert aufgeben will, höre ich es doch. Langsam und kaum wahrnehmbar, doch stetig ist der Luftzug. Nur das kurze Schnaufen beim Einatmen bestätigt mein Gefühl: Er ist hier im Raum.

Ich richte meine Augen auf die Stelle, an der ich den Ursprung des Geräusches vermute. Und dann sehe ich ihn.

Vor der hellen Wand zeichnet sich undeutlich eine dunkle Kontur ab.

Er sitzt dort. Direkt vor meinem Bett. Sitzt da, mit hängenden Schultern und betrachtet mich. Schon wieder. Nur bin ich diesmal vollkommen nackt.

Eine ganze Weile wartet er einfach nur im Dunkeln und bewegt sich nicht. Solange, dass ich mich irgendwann frage, ob ich mir alles nur eingebildet habe. Dann plötzlich löst sich sein Schatten von der Wand. Er steht auf und geht durch den Raum. Seltsamerweise aufrecht, die Schultern nach hinten durchgedrückt, sodass seine Größe noch bedrohlicher wirkt. Neben meinem Bett bleibt er stehen. Steht dort und tut rein gar nichts. Bis auf sein nervtötendes Atmen natürlich. Irgendwann zieht er mein Leibchen nach unten, legt die Decke wieder über mich und verlässt mein Zimmer. Ohne mir eine seiner Spritzen zu verabreichen. Und er kommt auch nicht mehr zurück.

Vor Erleichterung rinnt mir eine Träne aus dem

Augenwinkel und die Wange hinab. Obwohl ich schon längst nicht mehr friere, liege ich die restliche Nacht da und zittere. Erst als der Morgen dämmert und die Sonne die Wolken vom Himmel vertreibt, wage ich es meine Augen zu schließen.

Den Tag über schlafe ich unruhig, wache immer wieder auf und viel zu schnell klopft die Dunkelheit an meine Tür. Voller Anspannung harre ich der Dinge, die mich in der Nacht erwarten. Zunächst geschieht gar nichts und ich habe schon die Hoffnung, dass Bernd mich verschont. Vielleicht ist ihm klar geworden, was er getan hat. Irgendwann öffnet sich jedoch die Tür zu meinem Zimmer. Ganz leise und langsam. Ich hätte es nicht einmal bemerkt, wenn nicht das Licht aus dem Flur wäre.

Da ist er also wieder. Nur er und ich und die Dunkelheit um uns herum. Als hätte sich mit seinem Erscheinen die Luft verändert, fällt es mir schwer zu atmen.

Bernd scheint es ähnlich zu gehen. Kaum hat er sich auf dem Stuhl vor meinem Bett gesetzt, schnauft er wie ein Läufer nach einem Marathon. Immer heftiger geht sein Atmen. Er wird doch nicht etwa einen Asthmaanfall hier bei mir im Zimmer erleiden? Wäre zumindest ziemlich dämlich von ihm. Retten kann ich ihn wohl kaum und mit Hilfeholen sieht es ebenso schlecht aus.

Selbst wenn du könntest, solltest du dir das zwei Mal überlegen. Er ist es kaum wert, gerettet zu werden. Soll er doch da vorne verrecken. Es ist das Beste, was gerade im Moment passieren kann. Zumindest für dich.

Quatsch. Mir wäre gar nicht wohl dabei, gemeinsam mit einer Leiche die Nacht im Zimmer zu verbringen.

Unbeeindruckt von meinen Bedenken gibt er weiterhin keuchende Laute von sich. Zu ihnen gesellt sich, kaum wahrnehmbar, ein schmatzendes Geräusch. Es klingt ein bisschen so, als würde ein Hund einen Teller mit Soße aufschlecken. Vielleicht hat er tatsächlich eine Art Anfall und ist dabei, vor meinem Bett zu ersticken.

Ich befürchte, Anfall ist nicht die richtige Bezeichnung für das, was er dort tut. Das hört sich viel mehr nach ...

Oh Gott. Auch wenn ich es ungern zugebe, muss ich der Pessimistin zustimmen:

Aus Bernds Keuchen wird ein Stöhnen. Erst nur leise und in der Bemühung es zu unterdrücken, dann regelmäßiger und lauter. Mit der Lautstärke nimmt die Geschwindigkeit des schmatzenden Geräusches zu. So sehr ich wünsche, dass es ihm zu meinen Füßen so richtig dreckig geht, so wenig kann ich glauben, dass dies der Fall ist.

Im Gegenteil, ich befürchte, dass es ihm sogar außerordentlich gut geht.

Ein Gefühl der Panik ergreift mich. All die Geräusche können nur eins bedeuten: Bernd sitzt vor meinem Bett und holt sich einen runter. Inzwischen hat er jegliche Scheu abgelegt und stöhnt ganz ungehemmt. Klingt fast wie in einem Porno mit dem Unterschied, dass die weibliche Stimme dazu fehlt. Sein Stöhnen wird immer heftiger und mein Unbehagen wächst.

Was ist das für ein Krankenhaus, in dem sich die Pfleger

nachts in die Zimmer von Patientinnen schleichen können, um dort ihrem Samenstau Abhilfe zu verschaffen?

Ein lang gezogenes „Ahhh“ und ein darauffolgendes „Mhhhhh“ verraten mir, dass Bernd endlich genug hat. Sein Schatten windet sich zuckend an meinem Fußende. Auf eine Pause folgt ein leises Knistern. Er wischt sich wohl seine Sauerei von der Hose. Als er damit fertig ist, steht er auf und kommt auf das Bett zu. Schnell schließe ich die Augen. Er darf auf keinen Fall wissen, dass ich etwas davon mitbekommen habe. Einen Moment lang steht er nur da, sein Atem geht noch immer schwer.

Dann spüre ich, wie er meine Bettdecke anhebt, seine Hand unter meinen Kittel schiebt und mir den Oberschenkel tätschelt. Als wäre es nicht erniedrigend genug, dass er mich nachts aufdeckt, meinen nackten Körper betrachtet und sich schließlich direkt neben mir einen runterholt. Jetzt geht er sogar soweit, mich mit den Händen zu berühren, die eben noch seinen Penis angefasst und danach sein Sperma aufgewischt haben.

Der Ekel jagt mir eine Gänsehaut über den Körper. Auch Bernd muss sie unter seinen Fingern spüren, was ihn aber wenig interessiert, er betatscht weiter meinen Oberschenkel. Einige Male verfehlt er nur knapp meine intimste Stelle und ich habe das Gefühl, mich gleich übergeben zu müssen.

Verfluchter Mist, wenn ich mich auch nur im Geringsten bewegen könnte, dann würde ich ...

Du kannst nicht und bist ihm somit ausgeliefert. Du musst es stillschweigend ertragen und hoffen, dass er bald genug davon hat.

Mir wird übel, wenn ich an seine schwarzen Fingernägel denke, die gerade über meine nackte Haut streichen. Ich will hier raus, nein ich muss. Warum passiert mir das? Und warum hilft mir denn keiner?

Nach einer Ewigkeit zieht Bernd seine Hand zurück und schlurft aus dem Zimmer.

Ich bleibe zurück im Dunkeln mit dem Wunsch, mich mit Desinfektionsmittel einzureiben und mich danach mit heißem Wasser abzuduschen.

Den Rest der Nacht schlafe ich nicht, sondern verbringe die Zeit mit wüsten Verwünschungen und bitterbösen Flüchen, die sich an Gott, das Schicksal oder auch das Karma richten. Je nachdem, wer für meine Misere verantwortlich sein mag.

Am ehesten traue ich es Gott zu. Diesem alten Halunken. Wie ich gehört habe, soll er Spaß an solchen Spielchen haben. Furchtbarer Kerl.

Erkenntnis ist gemein

Das nächste Mal, als sich die Tür zu meiner persönlichen Hölle öffnet, kommt die Krankenschwester mit dem obligatorischen Glas Wasser in der Hand herein. Für mich bringt sie außerdem die Gewissheit, dass ich die Nacht überstanden habe.

Die Schwester ist anscheinend heute besonders früh dran, denn draußen ist es noch dunkel. Als mir klar wird, was die sie vorhat, freue ich mich sogar noch ein kleines bisschen mehr. Diese Frau ist einfach ein Goldstück mit dem Händchen für den richtigen Moment.

Sie stellt eine große Schüssel mit einem weißen Handtuch auf dem Stuhl neben meinem Bett ab und deckt mich auf. Dann wäscht sie die Erinnerung an Bernds Hände von meiner Haut (leider nicht aus meinen Gedanken). Ganz vorsichtig, als bestünde ich aus besonders wertvollem und zerbrechlichem Kristallglas, streicht sie mit dem feuchten Tuch in gleichmäßigen Bewegungen über meine Haut. Es tut unglaublich gut nicht nur Bernd, sondern auch den Angstschweiß der letzten Nacht von meinem Körper entfernt zu bekommen. Die Regelmäßigkeit und Sanftheit ihrer Bewegungen macht mich müde. Die Wärme des Wassers, mit dem sie mich abwäscht, erledigt das Übrige.

Kaum ist sie fertig, fallen mir die Augen zu.

Wie von einem weit entfernten Ort dringt ihre Stimme nur ganz schwach in mein Bewusstsein: „Alles wird wieder gut Frau Kiefer. Sie müssen stark sein, kämpfen. Ohne Ihre Hilfe kann sich Ihr Körper nicht erholen. Er braucht Ihre Mitarbeit."

Leere Worte, eben das Übliche, was man hoffnungslosen Fällen in Momenten wie diesem erzählt. Ich interessiere mich nicht dafür, kann ihr ohnehin nicht antworten. Außerdem ist nichts davon wahr. Wenn mein Wille wirklich etwas verändern würde, wäre ich längst aus diesem Bett aufgestanden. Es ist unmöglich, dass alles wieder gut wird. Dafür ist es zu spät. Die Müdigkeit betäubt meine Sinne zum Glück so sehr, dass mich diese Tatsache nur wenig berührt. Schlaf ist alles, an was ich gerade denken kann und ihm gebe ich mich jetzt hin.

Als ich die Augen wenig später aufschlage, bin ich zurück in der Hütte. Warme Luft streichelt über mein Gesicht, der Kachelofen hat offensichtlich seine Arbeit gewissenhaft erledigt. Draußen vor dem Fenster wandert die Sonne strahlend hell über den Himmel und vertreibt die letzten Überreste der Gewitterwolken von letzter Nacht. Eine weiße Schneedecke reflektiert das Licht und verstärkt es zusätzlich. Ich habe das Gefühl, dass es mir gleich die Augen verbrennt, je länger ich hinsehe.

Seltsam. Gestern Nacht hat es noch aus Eimern gegossen und heute erwache ich in einem traumhaften Skigebiet. Nun ja, wir sind in Bayern hoch in den Bergen. Da ist alles denkbar. Zumindest hinsichtlich des Wetters.

Darf ich anmerken, dass du mal wieder einer naiven Wunschvorstellung erliegst? Nicht mal in Bayern auf der Alm funktioniert das. Gewitter, Regen und am nächsten Morgen eine meterdicke Schneedecke, dass ich nicht lache.

Ich strecke mich genüsslich und bringe die Pessimistin damit zum Schweigen. Sie wird mich nicht überzeugen, dass es lediglich ein unglaublich mieser Traum war, den ich heute Nacht hatte. Eine schreckliche Vorstellung, bei vollem Bewusstsein gelähmt in einem Krankenhausbett gefangen und dem perversen Pflegepersonal ausgeliefert zu sein. Während ich noch damit beschäftigt bin, den Schrecken des Albtraumes zu vertreiben, greift eine Hand von hinten um mich herum und streichelt mir über den Oberschenkel. Ich drehe meinen Kopf und sehe Jörg. Was für ein Glück.

Meine Freude über seine Anwesenheit ist so groß, dass ich mich nur kurz über die Tatsache wundere, dass er so plötzlich wie der Schnee über Nacht hier aufgetaucht ist. Trotz der Müdigkeit serviert mir meine Fantasie schnell eine passende Antwort. Ich habe ganz offensichtlich verschlafen und der Vermieter der Hütte war so freundlich, ohne mich zu wecken Jörg alleine vom Bahnhof abzuholen. Im Grunde genommen ist es völlig unwichtig, wie er auf den Berg gekommen und was dazwischen passiert ist. Hauptsache ist, dass er neben mir liegt und ich in Sicherheit bin.

Bist du nicht. Du redest dir das nur ein, weil du der Wahrheit nicht ins Gesicht blicken willst. Dreh dich um und sieh genau hin.

Ich ignoriere die Sticheleien, habe wenig Lust, mir diesen Moment zu verderben. Es geht mir gerade gut, sogar sehr gut und es gibt keinen Grund, das nicht zu genießen, selbst wenn es nur ein Traum ist.

„Ja, das gefällt dir, nicht wahr?“, fragt Jörg in einem anrüchigen Tonfall, der mir noch nie zuvor bei ihm aufgefallen ist.

Zugegebenermaßen sind zwei Monate Beziehung keine lange Zeit, um jemanden kennenzulernen, vor allem, wenn man sich kaum gesehen hat. Wir waren jedoch bereits diverse Male miteinander im Bett, und bisher ist ihm kein einziges Mal in den Sinn gekommen, einen Darsteller aus einem schlechten Erotikfilm zu imitieren. Diese Seite an ihm zu entdecken, erschreckt mich deswegen umso mehr. Um ehrlich zu sein, widert es mich sogar ein wenig an.

„Das machst du gut. Wer dich bekommt, kann sich

glücklich schätzen. Die Kohle, die man für dich berappen muss, bist du wert, da bin ich mir sicher“, fährt er mit seinem Gesäusel fort.

Was redet er da? Wer soll mich bekommen und was für Geld? Ich versuche, etwas Raum zwischen sein Becken, das er lustvoll an mir reibt, und meinen Körper zu bringen. Mein Bein muss eingeschlafen sein, denn ich kann mich kaum bewegen. Auch meine Arme reagieren nicht, sodass ich ihn nicht einmal von mir wegschieben kann.

Dämliche Kuh, mach doch die Augen auf. Akzeptiere endlich die Wahrheit. Das hier ist nicht die Hütte, es ist die Hölle, und du hast eine Dauerkarte gebucht.

Dann erwache ich. Zum zweiten Mal. Diesmal im Krankenhausbett der realen Welt. Der Welt, in der es dunkel ist und ich gelähmt bin. Auch wenn mir die Verwirrung meine Sinne noch ein wenig trübt, weiß ich eines sicher: Ich befinde mich nicht auf der Alm. Das, was ich erlebt habe, war kein Albtraum, zumindest keiner, den ich im Schlaf erlebt habe. Ich bin noch immer im Krankenhaus, gelähmt und somit an dieses beschissene Bett gefesselt.

Damit trifft mich auch die zweite Erkenntnis wie ein Schlag ins Gesicht. Derjenige, der sich neben mich auf die schmale Matratze gequetscht hat, ist definitiv nicht Jörg.

Der Mann neben mir muss Bernd sein. Sein Schnaufen dröhnt in meinen Ohren und der Ekel packt mich. Nur einen kleinen Spalt breit öffne ich mein linkes Auge und sehe, wie seine Hand unter der Decke meinen Oberschenkel streichelt. Wobei der Begriff Streicheln nicht zutreffend das beschreibt, was er dort tut. Vielmehr ist es ein unbeholfenes Tätscheln mit seinen dreckigen, langfingrigen Händen und den schwarzen Fingernägeln.

Lieber Gott, es war nicht so gemeint, du bist nicht so ein furchtbarer Kerl, wie ich behauptet habe. Es tut mir leid, jemals so etwas überhaupt gedacht zu haben. Ich tu's nie wieder, aber bitte, hol mich jetzt hier raus. Es sollte genug Buße sein, die ich in den letzten Nächten hier getan habe. Karma, was hab ich nur jemals getan, dass du es mir auf diese Weise heimzahlst?

Zu meinem Erstaunen hat Gott – oder wer auch immer - wohl mein Flehen erhört. Bernd wälzt sich schwerfällig aus meinem Bett und am liebsten würde ich ihm meinen Mageninhalt hinterherschicken. Auch wenn das nicht gerade viel ist. In was für einer Horror-Klinik bin ich bloß gelandet? Nicht mal der gute Richard hätte sich in seinen Büchern ein solches Szenario ausdenken können.

Gott wird dir nicht helfen. Das hat er noch nie. Wo war er denn, als deine Eltern und auch du ihn am dringendsten gebraucht hätten? Als der besoffene Halbwüchsige beschlossen hat, seinen Freunden mal so richtig zu imponieren, indem er mit 120 die falsche Spur auf der Landstraße nimmt? Wo war er, als eben dieser Kerl überlebt hat, weil er nicht angeschnallt war und somit aus dem Auto geschleudert wurde, im Gegensatz zu deinen Eltern?

Sei still! Ich will das jetzt nicht hören.

War klar.

„Ich muss dich jetzt leider verlassen, es ist an der Zeit", säuselt Bernd mit übertrieben gespielter Enttäuschung. „Die

Arbeit ruft und wir wollen doch nicht, dass irgendjemand misstrauisch wird. Aber ich fühle, dass du reif bist. Wir werden vielleicht schon morgen Nacht den Ernstfall proben.“

Damit dreht er sich um und lässt mich endlich allein.

Eine Ewigkeit wage ich es nicht den Blick von der Stelle abzuwenden, wo die Dunkelheit meines Zimmers das schwache Flurlicht verschluckt hat. Erst als ich mir sicher bin, dass er heute Nacht nicht noch einmal zurückkommen wird, schließe ich meine Augen. Ich wage es nicht, darüber nachzudenken, was er bei seiner Rückkehr mit mir anstellen wird; ich weiß nur, dass ich es unter keinen Umständen herausfinden will.

Du willst nicht, dass es weitergeht? Dann fang an, dich auf dich selbst zu verlassen. Denn niemand anderes wird dich hier rausholen.

Aber ich kann doch nichts tun, an Bett gefesselt und nicht mal in der Lage zu sprechen. Was denkst du, soll ich machen?

Hast du alles durchdacht? Vielleicht gibt es eine Möglichkeit, die Krankenschwester auf dich aufmerksam zu machen. So etwas sieht man doch immer wieder in Filmen. Komplett gelähmte Patienten, die mit Augenzwinkern kommunizieren oder Buchstaben auf speziellen Computerbildschirmen ansehen und dadurch ganze Sätze schreiben. Genau so einen bräuchtest du jetzt.

Was ist da los? Die Pessimistin entpuppt sich plötzlich

als Optimistin.

Da ich aber wenig Hoffnung habe, dass ausgerechnet morgen früh jemand mit genau solch einem Gerät in mein Zimmer gefahren kommt, bringt mir ihr Vorschlag recht wenig. Ich sollte mich lieber auf die Option konzentrieren, mich am eigenen Schopf aus dem Dreck zu ziehen. Irgendwas von mir muss doch noch funktionieren, ich werde mir wohl kaum beim Sturz vor der Hütte das Genick gebrochen haben. Vor allem, weil der behandelnde Arzt kein Wort über einen Bruch verloren hat. In meinen Gedanken schwinge ich meine Beine aus dem Bett.

Wie ich befürchtet habe, lassen mich meine Muskeln im Stich. Es rührt sich gar nichts. Noch immer liege ich wie eine einsame Ölsardine, deren tote Freunde bereits auf der Pizza verspeist wurden, unter meiner Decke.

Möglicherweise solltest du in kleineren Dimensionen denken. Die Zehen wären doch ein guter Anfang.

Gedacht, getan. Ich lege meine gesamte Willenskraft in meine Nervenbahnen, blende alles andere aus. Vor Anstrengung tritt mir der Schweiß auf die Stirn. Mit zusammengekniffenen Augen und aufeinandergebissenen Zähnen schufte ich mich ab und werde doch enttäuscht. Unter der Bettdecke ist nicht mal ein kleines Zucken zu erkennen. Bis morgen wird das bestimmt nichts.

Und ich habe keinen Plan B. Verdammte Scheiße.

Ich konzentriere mich auf meine Atmung, um die Panik zu vertreiben, die von meinem Körper – oder vielmehr von meinem Geist - Besitz ergriffen hat. Je mehr ich es versuche, desto übermächtiger wird meine Angst. Wie eine absenkbare

Decke in Horrorfilmen kommt die unveränderliche Tatsache meiner Hilflosigkeit immer näher und ist dabei, mich zu erdrücken.

Bleib ruhig, gefühlsduselige Hysterie hat noch niemanden weitergebracht. Du musst rational bleiben, halt deine Sinne beisammen.

Richtig. Nachdenken. Es muss mir doch etwas einfallen. Habe ich alle Optionen bedacht? Mit Sicherheit gibt es hier einen Alarm. Ich erwäge kurzzeitig, so lange die Luft anzuhalten, bis ich ohnmächtig werde. Diese Idee verwerfe ich jedoch ebenso schnell wieder, wie sie mir gekommen ist. Durch eine kurze Bewusstlosigkeit wird der Alarm nicht ausgelöst. In diesem Fall müsste er jedes Mal anschlagen, wenn Bernd mir eine seiner Spritzen verpasst. Mehr als einen tiefen Schlaf wird der Sauerstoffmangel in meinem Gehirn kaum auslösen. Und selbst wenn der Alarm losginge, wäre es ohnehin Bernd, der zu meiner „Rettung" eilen würde.

Vergiss mal für einen Moment, was alles passieren könnte und denk daran, WOFÜR du kämpfst, ermahnt mich die Pessimistin und ich bin mir nicht sicher, ob da nicht noch eine weitere Stimme in meinem Kopf existiert. Ich kann mich nicht daran erinnern, dass meine pessimistische Seite mir jemals zuvor konstruktive Vorschläge unterbreitet hätte.

Soll ich dir helfen oder nicht?

Natürlich!

Also, dann denk nicht darüber nach, wer ich bin, sei still und denk an das, was alles auf dich wartet, wenn du hier rauskommst!

Ein Versuch ist es Wert. Augen zu und an etwas Schönes Denken ...

Die ersten Bilder, die mir in den Sinn kommen, stammen kurioserweise von meiner Arbeit. Ich sehe meine Kollegin Monika vor mir, die über die Jahre hinweg zu einer Freundin geworden ist. Sie sitzt mir gegenüber und bettelt mich an, uns einen Kaffee zu machen, weil sie zu faul ist, selbst in die Küche zu laufen. Ich denke an den Chef der Personalabteilung, der uns jedes Mal mit irgendwelchen Vertragsänderungen von Angestellten nervt, damit er keine teuren Zahlungen für Überstunden anweisen muss. An unsere Flüche, wenn er Monika und mir im Gegenzug damit wieder etliche Überstunden beschert. Ich hätte nie gedacht, dass ich mich einmal an diesen Ort zurückwünschen würde.

Die Pessimistin hatte recht. Ich liebe mein Leben und all das ist es wert, dass ich dafür kämpfe. Nicht mehr heute Nacht. Aber vielleicht habe ich ja Glück und es geschieht doch noch ein Wunder. Ich muss nur daran glauben.

In seinem Zimmer liegen Bilder

Am nächsten Morgen werde ich unsanft auf den Boden der Tatsachen zurückgeholt. Glauben kann eben doch nicht immer Berge versetzen und in meinem Fall auch keine Lähmung heilen. Meine Gliedmaßen weigern sich noch immer, zu funktionieren und jeder winzige Versuch sie vom Gegenteil zu überzeugen schlägt fehl.

Mit müden Augen schiele ich zum Fenster. Auf den Wipfeln der im Krankenhauspark stehenden Bäume liegt Schnee. Wie in meinem Traum letzte Nacht. Die Helligkeit, die von dem Weiß des Schnees zurückgeworfen wird, bereitet mir Kopfschmerzen, sodass ich den Blick abwende.

Hörst du das? Den Chihuahua?

Ja, ich höre ihn. Aber warum sollte ich mich für ihn interessieren?

Stell dich nicht naiver als du bist, das geht mir langsam auf die Nerven. Ein Hund in einem Krankenhaus, wo gibt es denn sowas? Schwachsinn. Das ist Jörg.

Einbildung. Anscheinend vermisse ich ihn mehr, als ich bereit bin, mir einzugestehen. So sehr, dass ich mir einbilde, sein Lachen auf dem Flur zu hören. Wobei das eher ein Teil meines Unterbewusstseins ist, den ich auf den Namen *Pessimistin* getauft habe. Und genau dieser Teil will mir einreden, dass ich nun auch Jörgs Stimme ganz in meiner Nähe vernehme. Sehnsüchtig blicke ich zur Tür und schrecke zusammen, da sie sich genau in diesem Moment öffnet.

Ich traue meinen Augen kaum, als ich sehe, wessen Gesicht dahinter erscheint. Mit der Krankenschwester im Schlepptau betritt Jörg mein Zimmer. In meinem Hals bildet sich ein dicker Kloß, der sich nicht herunterschlucken lassen will. Er hat mich nicht vergessen. Jetzt wird bestimmt alles gut. Am liebsten würde ich aufstehen und ihm um den Hals fallen.

„... schrecklich. Ich hoffe, dass es ihr bald wieder besser geht“, sagt er zu der Schwester.

„Es fällt mir nicht leicht Sie zu enttäuschen, aber momentan sieht es nicht danach aus, als würde sich so bald eine nennenswerte Besserung einstellen. An ihrem Zustand hat sich bisher leider rein gar nichts geändert.“

Jörg ist neben meinem Bett angekommen und hat sich meine Hand gegriffen. Ich möchte ihm entgegenschreien, ihn anflehen mich mitzunehmen. Keine Sekunde länger als notwendig will ich hier verbringen. Meine Stimmbänder bringen nicht mehr als ein verzweifeltes Stöhnen zustande.

„Etwas hat sich schon verändert. Beim letzten Mal zeigte sie keine Reaktion auf mich. Jetzt aber scheint sie zu bemerken, dass ich hier bin“, sagt Jörg zur Krankenschwester.

Ja, er versteht mich. Zur Sicherheit wiederhole ich in Gedanken meine Forderungen.

Sieh mich an, Jörg! Ich bin kein bewusstloser Haufen Fleisch. Ich bekomme alles mit, was um mich herum geschieht. Hol mich bitte hier raus! Schau mich gefälligst an! Wir bekommen das gemeinsam hin, konzentriere dich!

Jörg tätschelt weiter unbeholfen meine Hand, ignoriert mich aber sonst weitestgehend.

„Auch da muss ich Sie leider enttäuschen. Patienten, die im Wachkoma liegen, reagieren meist auf jegliche Zuwendung, egal von wem sie kommt. Es ist nicht nachgewiesen, dass sie bestimmte oder ihnen bekannte Personen bemerken oder gar konkrete Reaktionen an den Tag legen, die man mit ihnen in Verbindung bringen könnte.“

Was soll das? Warum fällt mir die Krankenschwester plötzlich so in den Rücken? Die letzten Tage kam ich mir vor wie ein alter Hund, den man ins Tierheim abgeschoben hat und dem niemand mehr seine Aufmerksamkeit schenkt. Endlich besucht mich jemand und zeigt mir, dass ich doch nicht allen egal bin und sie erzählt ihm, dass ich nichts von ihm mitbekomme. Fehlt nur noch, dass sie ihm ausredet, mich zu besuchen, da ich ihrer Meinung nach von seiner Anwesenheit ohnehin nichts mitbekomme.

In dieser Klinik hat sich jeder gegen dich verschworen, sieh es ein. Du bist hier gefangen. Denk daran, was wir vorhin besprochen haben! Verlass dich nur auf dich selbst.

„Dürfte ich Sie um etwas bitten?", fragt Jörg, nachdem die beiden eine Weile schweigend neben meinem Bett gestanden haben.

„Selbstverständlich."

„Es mag etwas unkonventionell klingen, aber ich würde gerne ein wenig alleine mit meiner Freundin sein. Es geht mir doch ziemlich nahe, sie hier so liegen zu sehen und ich brauche einen Moment Ruhe mit ihr, um mit der Situation klarzukommen. Außerdem würde ich ihr gerne etwas sagen, das ... nun ja, ich bezeichne es mal so: Ich möchte mich ein wenig mit ihr unterhalten. Es wäre mir äußerst unangenehm, dies in Ihrer Gesellschaft zu tun. Ist es möglich, dass uns in der nächsten halben Stunde niemand stört?"

Bei seinen Worten wird mir ganz warm ums Herz.

Er hat mich als seine Freundin bezeichnet. Außerdem scheint ihn mein Zustand wirklich zu berühren.

Das erklärt auch, warum er die letzten Tage nicht hier war. Mein Anblick ist – mal vom ästhetischen abgesehen – nicht unbedingt leicht zu verkraften. Ihm liegt offensichtlich mehr an mir, als ich gedacht hätte.

So, das glaubst du also? Wie aber lässt sich das damit vereinbaren, dass er noch vor wenigen Momenten lauthals auf dem Flur sein Chihuahualachen zum Besten gegeben hat?

„Das ist verständlich." Die Stimme der Krankenschwester klingt verändert. Fast so, als wäre Jörg ihr mit seiner Bitte auf den Schlips getreten. „Ich kann Sie gerne alleine lassen. Aber versprechen kann ich Ihnen nicht, dass dies für die nächste halbe Stunde sein wird. Wenn beispielsweise der Alarm des EKGs angeht, dann muss ich nach Frau Kiefer schauen. Das verstehen Sie, nicht wahr?"

„Das ist sehr freundlich. Ich bin mir sicher, dass ihre Werte uns nicht dazwischenfunken. Vielen Dank. Ich melde mich selbstverständlich bei Ihnen, wenn ich wieder gehe."

Nachdem Jörg die Krankenschwester hinauskomplimentiert hat, setzt er sich auf den Stuhl neben meinem Bett und wühlt in seiner Aktentasche.

Vor Aufregung bekomme ich kaum Luft. Dies ist meine Chance und ich muss sie nutzen. Wenn ich es jetzt nicht schaffe ihn darauf aufmerksam zu machen, dass hier etwas faul ist, bin ich Bernd ausgeliefert. Solange, bis Jörg sich das nächste Mal daran erinnert, dass seine Freundin im Krankenhaus liegt.

Oder du dich alternativ endlich zusammenreißt und deinen Arsch selbst hier rausholst.

Ich schließe die Augen und lege mir zurecht, was ich sagen will. Sollte ich auch nur etwas aus mir herausbekommen, das nach einem Wort klingt, muss es Jörg mit der Nase auf das stoßen, was ich von ihm will. In meiner Vorstellung forme ich die Worte einige Male mit dem Mund, bevor ich es wage, den entscheidenden Versuch zu starten.

Hol mich hier raus! Jetzt! Hol mich hier raus! Jetzt!

So schwer kann das doch nicht sein.

Trau dich Angie. Du schaffst das. Obwohl die Pessimistin eher ironisch klingt, macht sie mir Mut. Ich hole tief Luft.

Hol mich hier raus! „Hng mhhh gniee rrr!“

Mehr als ein Stöhnen, aber bei Weitem nicht als Worte zu identifizieren. Lediglich mit viel Fantasie könnte jemand, der mich sehr gut kennt, in mein Nuscheln eine Aussage hineininterpretieren.

Monika wüsste vermutlich genau, was ich versuche zu sagen. Wie ich sie vermisse, sie und meine Eltern und mein altes, langweiliges Leben ...

Auch ein weiterer Versuch klingt nicht wesentlich verständlicher und bringt somit nicht den erhofften Erfolg. Aber es genügt, um Jörgs Aufmerksamkeit von seiner Aktentasche loszureißen und auf mich zu lenken. Er hebt seinen Kopf und blickt mir in die Augen.

„Hng mhhh gniee rrr“, flehe ich erneut.

Vor Verzweiflung steigen mir Tränen in die Augen. Warum muss mir das passieren?

„Ist gut, kleine Angie. Was auch immer du versuchst, mir zu sagen, es ist im Augenblick nicht relevant. Tu uns beiden den Gefallen und bleib ganz ruhig. Wir machen dich erst mal hübsch. So kann dich ja keiner ansehen."

Hübsch machen? Mir ist schon klar, dass ich in meinem momentanen Zustand keine Misswahl gewinnen könnte. Aber sehe ich wirklich so schlimm aus, dass er mich für die Zeit seines Besuches verschönern muss? Tut mir leid, dass ich es vorher nicht mehr zu meiner Kosmetikerin geschafft habe. Mein Körper und seine plötzliche Laune kamen mir leider dazwischen.

Jörg bekommt nichts von meiner Empörung mit, er ist aufgestanden und ins Bad gegangen. Kurz ist das Rauschen Wasserleitungen in der Wand zu hören, bevor er mit einer Schüssel in der Hand zurück in mein Zimmer kommt. Klar, zum Aufhübschen gehört es dazu, vorher sauber gemacht zu werden. Ich genieße seine Zuwendung, auch wenn ich mich noch immer frage, was es damit auf sich hat.

Ausgedehnt fährt mit dem rauen Waschlappen über meine Wangen, bis sie fast schmerzen. Nachdem er mir das Gesicht abgetrocknet hat, cremt er mich ein. Auch meine Haare werden Teil seiner Behandlung. Meine verknoteten Locken ordnet er mit einem groben Kamm, um sie mir daraufhin mit einer weichen Bürste aus dem Gesicht zu kämmen. Er macht sich ganz gut, auch wenn er nicht gerade so sanft vorgeht, wie ich es von der Kosmetikerin gewohnt bin und er auch nicht die routinierten Handgriffe der Krankenschwester beherrscht. Immerhin geht er so geschickt vor, dass ich einen Moment lang entspanne und die Augen schließe.

Die Titelmelodie aus *Psycho* reißt mich aus meiner Schläfrigkeit. Jörgs Klingelton. In aller Seelenruhe wischt er seine Hände an meiner Bettdecke ab und geht an sein Handy.

„Mh", grummelt er und hört eine Weile zu. „Ja, ich kümmere mich jetzt um die Bilder. Ist sie denn sonst soweit, was denkst du?"

Wieder Stille.

Ja, ich bin soweit. Du kannst mich mitnehmen, egal was derjenige am Telefon dir erzählen will.

Ich halte die Luft an und versuche zu verstehen, was die Person am anderen Ende der Leitung sagt. Alles, was ich verstehen kann, sind zusammenhangslose Wortfetzen, die meine Neugierde nicht sonderlich befriedigen.

Jörg nickt die ganze Zeit über nur still vor sich hin, als könne sein Gesprächspartner seine zustimmende Geste sehen. In diesem Moment wirkt er trotz seiner vierzig Jahre wie ein kleiner Junge auf mich. Irgendwie niedlich und unschuldig. Abgesehen von seinem Humor war genau das die Art, weswegen ich mich bereits in der Bar in ihn verliebt habe.

„Selbstredend kannst du dich darauf verlassen, dass du der Erste sein wirst. Schließlich brauchen wir die Sicherheit, dass es dabei nicht zu Komplikationen kommt. Und die Überprüfung muss aktiv stattfinden, sonst ist das Ergebnis nicht aussagekräftig genug. Es läuft alles so wie besprochen, du musst dir keine Gedanken machen“, sagt er, nachdem er eine ganze Weile schweigend genickt hat.

Komplikationen, Überprüfung ... Es geht anscheinend mal wieder um seine Arbeit. War ja klar, dass er die nicht mal für einen Moment lang vergessen kann.

Enttäuscht warte ich darauf, dass er sein Gespräch beendet.

Als er sein Handy endlich wieder in der Innentasche seines Sakkos verstaut hat, fährt er mit seiner Behandlung fort.

Aus seiner Aktentasche holt Jörg etwas, das aus dem Augenwinkel heraus wie Make-up aussieht. Anscheinend nimmt er sein Vorhaben, mich zu verschönern, sehr ernst.

Unbeholfen verwischt er die viel zu braune Farbe in meinem Gesicht und pudert mir im Anschluss mit einem dicken Pinsel zu viel Puder darüber. Doch damit nicht genug, er schmiert mir Rouge auf die Wangen, tuscht mehr schlecht als recht meine Wimpern und panscht mir Lipgloss auf die Lippen. Sein Repertoire an Kosmetika ist fast besser als das einer Maskenbildnerin.

Das hat nichts mehr damit zu tun, dich ein wenig aufzuhübschen. Zwischen frisch machen und dich zu schminken wie ein Clown, dessen Make-up mit einer Schrotflinte aufgetragen wurde, besteht ein ziemlicher Unterschied.

Weiß ich selbst. Aber was soll ich schon daran ändern? Ich kann ihn kaum fragen, was er vorhat.

Als er sein Kunstwerk endlich fertiggestellt hat,

beschließt er, das Ergebnis für die Nachwelt festzuhalten: Er fährt die Lehne meiner Matratze nach oben, schüttelt mein Kissen auf und lehnt mich aufrecht dagegen. Dann legt er mir die Hände über der Decke auf den Bauch und streicht mir durch die Haare. Schließlich stellt er sich vor mein Bett und holt eine kleine Digitalkamera aus seiner Hemdtasche.

Ich hätte meinen Aufenthalt in diesem altmodischen Krankenhausbett vor der hässlichen, krankenhausgrünen Tapete nicht für fotografierenswert gehalten. Mit Sicherheit werde ich mir das schreckliche Bild niemals ansehen. Wenn ich mir allein schon das Make up vorstelle, dass er mir verpasst hat, gruselt es mich. Aber was soll's, mir kann es egal sein. Wenn er unbedingt ein Foto von mir im OP-Leibchen haben will, bitte sehr. Hauptsache er nimmt mich nach diesem furchtbaren Schnappschuss mit nach draußen.

Danach scheint ihm allerdings nicht der Sinn zu stehen. Nach seiner Fotosession schminkt er mich ab, zerzaust mir unsanft die Haare und deckt mich bis oben zu. Ohne sich noch einmal nach mir umzudrehen, verlässt er mein Zimmer.

Ich bleibe zurück mit einer Menge offener Fragen. Er hat der Krankenschwester erzählt, dass er mit mir alleine sein will, um mit der Situation zurechtzukommen. Die Schminkorgie hat aber wohl kaum dazu beigetragen. Wozu das alles? Wohl kaum, um ein Erinnerungsfoto für seine Freunde zu schießen.

Seht mal, das ist meine neue Flamme, wie sie in der Klinik liegt. Ja, Wachkoma. Sexy, nicht wahr?

Nicht gerade das, womit man unter Männern so angeben kann.

Als die Sonne am frühen Abend untergeht, kommt die Krankenschwester zurück. Ohne Jörg. Wie gewohnt bekomme ich meinen feuchten Wattebausch sowie eine Portion Flüssigpappe-Brei verabreicht und im Anschluss eine der selteneren Wadenmassagen. Dann verschwindet sie mit einem fröhlichen Lächeln auf den Lippen. Vermutlich in ihren Feierabend. Vielleicht sogar ins Wochenende. Sie ist zu beneiden.

Draußen hat der Mond mittlerweile die Sonne am Himmel abgelöst. Was das für mich bedeutet, ist mir klar. Die nächste Person, die durch diese Tür in mein Zimmer kommt, wird Bernd sein.

Eine Sekunde, ewig lang und ruhig

Es kommt ganz anders. Bernd verschont mich in dieser Nacht und auch in der nächsten lässt er sich nicht blicken. In mir regt sich die leise Hoffnung, dass doch jemand mitbekommen hat, was er in meinem Zimmer getan hat, und er gefeuert wurde.

Neben Bernd macht sich in den nächsten Tagen jedoch auch das restliche Personal rar.

In den Stunden, in denen ich alleine vor mich hindämmere, schwanke ich zwischen Resignation und purer Verzweiflung. Auch wenn ich immer gern alleine war und nie ein Problem damit hatte, für einige Tage mit niemandem zu reden, die dauerhafte Einsamkeit in diesem kargen Krankenzimmer macht mir zu schaffen. Gefühlt habe ich alle Körnchen der Raufasertapete bereits drei Mal durchgezählt und jedes Mal ein anderes Ergebnis erhalten. Muss ein ziemlich altes Krankenhaus sein, denn ich kann mich nicht erinnern, jemals bei den Besuchen meiner Eltern Raufaser gesehen zu haben. Vielleicht hatte ich damals auch lediglich keinen Blick dafür. Immerhin lagen meine Mutter und mein Vater mit etlichen gebrochenen Knochen im Sterben.

Ich verdränge den Gedanken an ihre leblosen, geschundenen Gesichter, die durch die Brüche an Jochbein und Kiefer so blau und geschwollen waren, dass ich sie kaum erkannt habe, als man mich das erste Mal nach dem Unfall zu ihnen ans Krankenbett gelassen hat. An meinen Vater, wie er meine Hand gedrückt und mir so Hoffnung gegeben hat, die schon am nächsten Tag durch die Verschlechterung seines Zustandes enttäuscht wurde. Das Gefühl der vielen schlaflosen Nächte, in denen ich vor Sorge fast eingegangen wäre und die unerträgliche, sich falsch anfühlende Erleichterung, als sie endlich gehen durften, steigt wieder in mir auf.

Das ist keine gute Idee, sich das hier in Erinnerung zu rufen. Du hattest lange genug damit zu kämpfen und momentan hast du andere Sorgen, als erneut in eine Depression zu verfallen. Sie sind nicht mehr da und du hast es mithilfe von etlichen Therapeuten akzeptiert. Belass es lieber dabei.

Das ist richtig, aber diese Erkenntnis hilft mir nicht weiter. Meine Gedanken verselbstständigen sich in der

Einsamkeit einfach. Apropos Einsamkeit: Warum hat mich noch immer niemand außer Jörg besucht? Es gibt einige, deren Abwesenheit mich wenig überrascht.

Von Monika allerdings bin ich ziemlich enttäuscht. Sie weiß von Jörg, wäre in der Lage sich zu erkundigen, warum ich nicht aus meinem Urlaub zurückkehre und meinen Aufenthaltsort herauszufinden. Als meine liebste Arbeitskollegin und gute Freundin steht es für mich außer Frage, dass sie mich hier besuchen sollte. Es spielt keine Rolle, ob ich das bewusst mitbekomme oder eben nicht. Mit ihr werde ich einiges zu klären haben, wenn ich hier rauskomme. WENN ...

Die nächsten Tage geben mir diesbezüglich nicht viel Hoffnung. Der Chefarzt scheint nicht wirklich daran interessiert zu sein, dass sich bei mir eine Besserung einstellt. Sonderlich erkenntnisreich sind seine Besuche nicht. Er stellt gemeinsam mit seinen fleißigen Studenten im Schlepptau fest, dass keine Veränderung meines Zustandes eingetreten ist, verabreicht mir das Mittel, von dem ich immer noch überzeugt bin, dass es mir eher schadet, anstatt zu helfen, und verschwindet wieder. Zum Heilen ist die Zeit der Ärzte auch nicht eingeplant. Die sollen besser nur beobachten und beschreiben, wie es um den Zustand des Patienten bestellt ist, der Körper wird den Rest schon alleine erledigen. Er sollte sich mit der Pessimistin zusammentun, die beiden gäben ein schönes Paar ab.

Nachdem ich zwei Nächte umsonst vor Bernd gezittert habe, beschließe ich, mir in dieser Nacht etwas Schlaf gönnen. Soll er doch an meinem Bett sitzen und sich seinen (vermutlich winzigen) Schwanz wundrubbeln. Irgendwann werde ich hoffentlich aus diesem Bett aufstehen und auf meinen eigenen Beinen aus der Klinik spazieren. Spätestens zu diesem Zeitpunkt kann er sich auf etwas gefasst machen. So ein hilfloses Häufchen Elend wie momentan bin ich im echten Leben nämlich nicht.

Dass ich nicht lache. Er ist ein Mann von ich würde schätzen einem Meter neunzig oder mehr. Du musst dich wahrscheinlich auf die Zehenspitzen stellen, um ihm eine Ohrfeige zu verpassen. Lass das lieber andere erledigen.

Irgendwie richtig. Da wäre noch Jörg. Wenn er von Bernds Machenschaften erfährt, dann wird er ihm die Abreibung seines Lebens verpassen. Vielleicht nicht er alleine, aber er hat sicher ein paar Freunde, die mal wieder Lust auf etwas Action haben. Mit einem äußerst zufriedenstellenden Gedanken an den zusammengetretenen Bernd schlafe ich an diesem Abend ein.

Als ich aus dem Schlaf gerissen werde, stellt sich schnell heraus, dass vielmehr ich diejenige bin, die sich vor Angst in die Hose machen sollte. Meine Gänsehaut verrät es mir, er ist wieder da. Direkt neben mir. Ich kann ihn nicht sehen, aber ich höre ganz deutlich seinen Atem. Außerdem rieche ich ihn. Er stinkt nach Aufregung, nach Schweiß. Nach Erregung.

„Oh Angie, kleine Angie. Du bist so ein dreckiges Luder“, stöhnt er leise und mir wird schlecht.

Worte eines Mannes, der zu viele schlechte Pornos geschaut hat und das gescriptete Geschwätz der Darsteller für Dialoge aus dem echten Leben hält. Ich befehle meinem Gehirn, sofort wieder einzuschlafen, damit ich von seinen gestöhnten Frivolitäten verschont bleibe.

Es tut mir nicht den Gefallen zu gehorchen und so bekomme ich mit, wie Bernd sich zu mir herüberbeugt und lüstern an meinem Ohrläppchen saugt.

Das Schmatzen an meinem Ohr übertönt sein Stöhnen. Es kostet mich allergrößte Anstrengungen, meinen ersten Impuls zu unterdrücken und nicht zu schreien. Als er mir über den Hals leckt, ist es mit meiner Zurückhaltung dahin. Allerdings klingt mein Schrei nicht sonderlich abschreckend. Viel eher ist es ein lautes Ächzen, was Bernd eher animiert, anstatt abzuschrecken.

„Das gefällt dir, nicht wahr Baby?“, säuselt er mir ins Ohr und legt sein rechtes Bein über meinen aufgedeckten Unterkörper.

Grunzend reibt er sein Becken an meinem Oberschenkel wie ein rammelnder Hund. Sein Stöhnen wird heftiger und noch lauter. Ich kneife die Augen zusammen und unterdrücke jeden weiteren Laut, der mir die Kehle hinaufkriechen will. Bernd ist aber nicht mehr zu stoppen und macht sich an meinen Brüsten zu schaffen. Brutal knetet er sie durch, als wären sie Teig, aus dem er Brötchen formen will. Dabei stößt er immer wilder sein Gemächt an mich und immer wilder wird sein Keuchen.

Er fickt dich, zieh dir das rein. Du liegst hier vollkommen wehrlos und er fickt dich, höhnt die destruktive Stimme der Pessimistin in meinem Kopf.

Dann sag mir doch bitte, was ich dagegen tun soll!

„Du machst mich so scharf, ich könnte dir hier und jetzt

auf den Bauch spritzen“, raunt Bernd.

Glücklicherweise tut er es nicht. Stattdessen steht er auf und geht ans Fenster, um es zu öffnen. Kalte Luft strömt in den Raum, trifft auf meine nackte Haut und lässt mich erschaudern. Schwer atmend steht Bernd im fahlen Mondlicht und starrt hinaus in die Nacht. Sein blanker Hintern leuchtet nahezu weiß in der Dunkelheit.

Nachdem die Nachtluft seinen frühzeitigen Samenerguss offenbar abgewendet hat, kommt er zurück zu mir und reißt mir den Kittel noch weiter nach oben, sodass er über meinem Gesicht liegt.

Obwohl das kaum möglich ist, habe ich das Gefühl, dass sich meine Muskeln noch mehr versteifen. Fast so, als würde sich mein Körper gegen das wehren, was jetzt passieren wird. Dennoch schafft es Bernd, meine Beine auseinander zu drücken. Er quetscht meine Brüste so fest, dass ich mir wünsche, hier und jetzt tot umzufallen, um diese Schmerzen nicht mehr spüren zu müssen.

Damit würdest du ihm lediglich einen Gefallen tun. Übersteh es, blende es aus. Denk an etwas anderes und es wird schnell vorbeigehen. Danach können wir über Rache nachdenken. Speichere deine Wut und nutze sie später.

Doch mein Groll richtet sich nicht allein gegen ihn. Er richtet sich vielmehr gegen all die Menschen, die mich hier im Stich lassen und die mich durch ihr Verhalten diesem Widerling ausliefern. Wer weiß schon, was er noch alles mit mir anstellen wird. Welche Schmerzen er mir bereiten wird. Welche Erniedrigungen ich noch ertragen muss.

Der verzweifelte Teil in mir hofft, dass er mich einfach umbringt. Der wütende Teil hingegen wünscht sich, dass genau jetzt ein Wunder geschieht, damit ich seine Eier mit meinen eigenen Händen zerquetschen kann. Welche von diesen Teilen die Pessimistin ist, kann ich nicht sagen.

Bernd interessiert sich nicht für das, was in mir los ist. Er saugt an meinen Brustwarzen, beißt mir in den Bauch und schiebt seine Finger in sämtliche Öffnungen, die er an meinem Körper findet. Schließlich legt er sich auf mich und dringt in mich ein.

Sein Gewicht raubt mir den Atem, seine schwitzige Haut klebt an meiner. Grunzend ruckelt er einige wenige Male auf und ab. Dann stöhnt er laut in mein Kissen und lässt sich schlapp auf mich herunterfallen, zuckend spuckt sein Penis das warme Sperma in mich hinein. Bernds Gewicht drückt nun noch schwerer auf meinen Brustkorb und ich habe das Gefühl, jeden Moment zu ersticken.

„Bevor du fragst, du warst wunderbar“, flüstert er mir ins Ohr und stützt sich auf seine Arme, sodass ich endlich wieder atmen kann. „Aber deine Dosis muss noch ein wenig erhöht werden. Es war schön, dass du für mich gestöhnt hast, aber das wollen wir nicht. Die Kunden zahlen dafür, dass sie eine Leiche ficken, die keine ist.“

Mit diesen Worten steigt Bernd von mir herunter. Sein Sperma läuft zäh aus mir heraus und tropft auf das Laken. Nicht mal ein Kondom hat das Schwein benutzt. Ich möchte kotzen, schreien, heulen, ihm mit bloßen Händen die Augen auskratzen und danach den Schädel einschlagen.

Nichts von dem liegt im Bereich des Möglichen. Wie sollte es auch. Stattdessen lasse ich es still über mich ergehen, wie er mir die warme Flüssigkeit von meinem Körper wischt und mir dabei immer mal wieder in die Brustwarzen kneift.

Als er damit fertig ist, legt er die Decke über mich rüber und stopft die Seiten unter meinen Körper, sodass keine Kälte darunter dringen kann. Genau so, wie es mein Vater früher immer getan hat, wenn er spät in mein Zimmer kam, um die Kassette in meinem Rekorder verbotenerweise ein weiteres Mal rumzudrehen. Der Erinnerung daran lässt mich meine Beherrschung vergessen. Verzweiflung steigt in mir hoch und treibt mir Tränen in die Augen.

Papa, ich will bei dir sein. Hol mich zu dir und beschütze mich. Ich will nicht mehr kämpfen, nicht mehr stark sein und das hier ertragen.

Bernd tut mir zumindest für den Moment den Gefallen. Er holt meinen rechten Arm unter der Decke hervor, greift er zu dem Nachttisch, auf dem bereits eine Spritze bereitliegt. Mit einem zufriedenen Grinsen im Gesicht injiziert er mir die brennende Flüssigkeit. Zum ersten Mal freue ich mich darüber. Dank der Injektion falle ich in einen gnädigen Tiefschlaf.

Und alle machen mit

Am nächsten Morgen fühle ich mich, als wäre ich im Schlaf Achterbahn gefahren. Ein gallenartiger Geschmack verpestet meinen Mund und in meinem Kopf dreht sich alles, sodass es mir schwerfällt, die Augen zu öffnen. Das Brennen zwischen meinen Beinen erinnert mich schmerzlich an das, was letzte Nacht tatsächlich passiert ist. Keine Achterbahn ist schuld an meinem desolaten Zustand.

Automatisch will ich meine Hand zu der juckenden Stelle bewegen, muss mich dringend da unten kratzen, sonst werde ich wahnsinnig. Verflucht. Ich bin eine Gefangene meiner Gliedmaßen, die nutzlos wie Hautlappen an mir dranhängen.

Warum hoffst du jedes Mal aufs Neue, dass es nur ein Albtraum war? Genießt du diese ständige Enttäuschung so sehr, dass du dieses Gefühl immer wieder heraufbeschwören willst? Dann machst du genau das Richtige.

Natürlich genieße ich die Enttäuschung nicht. Ich bin keine Masochistin. Aber ich kann es nicht ändern, dass mir mein Hirn immer wieder versucht vorzugaukeln, dass ich mir alles nur eingebildet habe.

Das tut es, weil ich es sonst möglicherweise nicht ertragen könnte, was Bernd mit mir macht und ich dann mental in diesem Bett zusammenbrechen würde. In diesem Fall könnte mir nicht mal mehr meine mittlerweile lieb gewonnene Pessimistin helfen.

Am liebsten würde ich meine Wut und meinen Ekel herausschreien. Stattdessen beiße ich mir auf die Lippe, bis ich Blut schmecke. Der Schmerz reißt mich zurück aus meinem Anflug von Panik. Ich atme ruhiger, versuche runterzukommen. Mein Herz rast und ich habe das Gefühl, dass meine Hilflosigkeit mich immer mehr dem Wahnsinn entgegentreibt. Ich muss hier so schnell wie möglich raus. Je mehr Zeit ich in diesem Gefängnis verbringe, desto näher komme ich der Irrenanstalt.

Investiere deine Energie nicht darin, in Selbstmitleid zu versinken. Das wäre Verschwendung. Erinnere dich, wir wollen hier raus.

Vielen Dank auch, das hätte ich beinahe vergessen ...

Aber stimmt schon, ich sollte lieber etwas gegen meinen Zustand unternehmen, anstatt meine Zeit damit zu verbringen, darüber zu jammern. Mit meiner gesamten Willenskraft versuche ich, meinen Arm zu bewegen.

Es passiert nichts. Lediglich meine Schweißdrüsen reagieren auf meine Bemühungen, ich bin verschwitzt wie nach drei Stunden Fitnessstudio. Mein Atem galoppiert mir davon und verbleibt kaum lang genug in meiner Lunge, um mich mit dem notwendigen Sauerstoff zu versorgen. Ich hyperventiliere und das Gefühl, ich müsse ersticken, macht sich breit. Sehr gut, wenn ich sterbe, muss ich den Scheiß hier nicht mehr ertragen.

Der Alarm des EKGs will mich aber nicht ersticken lassen. Das Gerät fängt an zu piepsen und kaum einen Wimpernschlag später stürmt die Krankenschwester in mein Zimmer.

Sie drückt mir eine Maske aus Plastik auf das Gesicht, und obwohl ich mich dagegen wehre, atme ich bereits nach kurzer Zeit wieder ruhig und regelmäßig. Das Bitzeln in meinem Kopf verschwindet. Die Schwester streicht mir beruhigend mit einem Tuch über die Stirn, um mir den Schweiß abzuwischen. Am liebsten würde ich ihre verdammte Hand wegschlagen.

„Alles wird gut", flüstert sie in mein Ohr.

Wenn sie wüsste. Ich verdrehe meine Augen. Sie hält inne und schaut mir neugierig direkt ins Gesicht. Ein erneutes Augenrollen von mir sorgt für ein überraschtes Weiten der Augen ihrerseits.

„Können Sie mich verstehen?", fragt sie erstaunt.

„Nghh", antworte ich und blinzle.

„Frau Kiefer hören Sie mir zu, Sie dürfen sich jetzt nicht erschrecken. Mein Name ist Marie Berg und ich bin Krankenschwester. Sie befinden sich in einer Klinik, da Sie einen allergischen Schock erlitten haben. Bleiben Sie ganz ruhig, ich hole den Doktor", sagt sie und stürmt aus dem Zimmer.

Ich befolge ihren Rat und bewahre Ruhe. Zumindest versuche ich es. Mein Herz rast noch immer und dank des Gases, das mir über die Plastikmaske zugeführt wird, ist mir schwindelig. Endlich hat jemand bemerkt, dass ich noch keine wandelnde Leiche bin. Dass in mir noch ein Funken Verstand glüht. Und sie werden mir hier heraushelfen. Sie müssen einfach.

Noch nie stellte die Geduld eine meiner größten Tugenden dar, und in diesem Augenblick werde ich mehr denn je auf die Probe gestellt. Ich möchte aufstehen, auf den Flur rennen und die Angestellten anfeuern. Wie lange kann es schon dauern, einen Arzt an mein Krankenbett zu zitieren? So weit entfernt dürfte er sich doch nicht aufhalten.

Bestimmt hat dir ein Notfall dazwischengefunkt und sie haben dich längst wieder vergessen. Ein bisschen Blinzeln, wie könnte das für die aufregend sein.

Die Tür, die nun aufgerissen wird, straft die Pessimistin Lügen. Herein stürmt die Krankenschwester mit dem Chefarzt persönlich. Ein Glück für sie, dass ich nicht im Sterben lag, sonst wäre ich in der Zwischenzeit über den Jordan gewandert. Maries Gesicht ist rot und glänzt vor Aufregung, selbst von meinem Bett aus kann ich sehen, wie ihre Hände zittern. Der Arzt hingegen bewahrt die Ruhe, als er neben mein Bett tritt.

„So Marie, zeigen Sie mir bitte, von welcher Aktivität Sie sprechen", sagt er geschwollen und deutet auf meinen Kopf.

Ich blinzle ihn fleißig an, um ihm zu zeigen, dass sich die gute Marie nicht getäuscht hat. Der Arzt versteht und führt einige Tests mit mir durch. Er schlägt mir sanft auf die Kniescheibe, lässt mehrere Male meinen schlaffen Arm fallen und leuchtet mir in die Augen. Was man eben so macht, wenn man überprüfen will, ob ein Patient noch lebt. Das kenne ich ja bereits alles. Und mein Körper funktioniert genauso wie noch an dem Tag, als ich eingeliefert wurde, nämlich gar nicht.

Als er seine Tests beendet hat, schickt er Marie nach draußen.

„Sie können also verstehen, was hier vor sich geht?“, fragt er, nachdem Marie die Tür hinter sich zugezogen hat.

Ja, blinzle ich.

„Würden Sie bitte versuchen, zu sprechen?“

„Nghh.“

„Das habe ich befürchtet. Sie bekommen jetzt ein Beruhigungsmittel von mir, damit Sie sich ausruhen können. Stress wirkt momentan wie Gift auf Sie.“

„Mhhmm“, rufe ich.

Nein, lass ihn dir nicht sein bescheuertes Mittel spritzen. Du weißt genau, was passieren wird, ruft auch die Pessimistin.

Er nickt wissend und zieht unbeirrt eine Spritze auf.

„Wehren Sie sich nicht dagegen. Morgen sehen wir, wie es mit Ihnen weitergeht. Um gesund zu werden, dürfen Sie sich auf keinen Fall zu sehr aufregen“, sagt er, und noch während er mit mir spricht, spüre ich das Brennen in meiner Hand.

Es ist DAS Brennen. Langsam breitet es sich über meinen Arm aus, vernebelt mir das Gehirn. Die Dosis muss doppelt so hoch sein wie die, die mir Bernd sonst verabreicht. Meine Lider werden schwer und ich kämpfe dagegen an, nicht sofort wegzudämmern. Der Doktor wendet sich von mir ab und schaut aus dem Fenster. Gerade, als ich der Müdigkeit nachgeben will, vernehme ich seine Stimme.

„Ludwig hier. Bin gerade bei der Kiefer."

Ich werde hellhörig.

Bei der Kiefer.

Wie abfällig das klingt. Als würde ich ihn von etwas Wichtigerem abhalten. Ich kämpfe gegen die Reaktion meines Körpers an, will unbedingt wissen, was Ludwig am Telefon über mich preisgeben wird, wenn er glaubt, ich würde ihm nicht zuhören. Um zu verhindern, dass mir Augen zu fallen, rolle ich sie hin und her und stelle mir vor, wie ich genau diese Bewegung auch mit meinen Beinen vollziehe. Es wirkt. Zumindest halte ich meine Lider so davon ab, zuzufallen.

„Ich wollte mich erkundigen, was dein Test letzte Nacht ergeben hat", höre ich *Ludwig* sagen. Seine Stimme klingt gedämpft, als wäre er im Flur oder hätte sich im Schrank versteckt. Dabei steht er noch immer gerade mal eine Armlänge von meinem Bett entfernt.

„Nun ja, ich frage deswegen, weil unsere Patientin heute putzmunter war. Es ist ein Wunder, dass sie nicht aufgestanden und eine Runde über den Flur spazieren gegangen ist. Du verstehst also meine Verwunderung?"

Na, wenn er das putzmunter nennen will. Ich für meinen Teil hätte eine andere Bezeichnung gewählt. Selbst mit vierzig Grad Fieber habe ich dich schon fitter erlebt.

„Selbstverständlich kann ich mir gut vorstellen, dass dir gestern nichts aufgefallen ist. Schätze, du warst zu beschäftigt mir dir selbst. Du solltest jedoch nicht vergessen, dass dies genau deine Aufgabe war. Ihre Reaktionen waren das, worauf du achten solltest."

Wenn ich es nicht besser wüsste, dann würde ich vermuten, dass er mit Bernd spricht. Doch nicht nur das, es klingt ganz so, als wüsste Ludwig ganz genau, was Bernd getan hat und wäre damit sogar noch einverstanden.

„Sei nicht albern. Aber sie hat unserer Marie so energisch und geistreich zugezwinkert, dass diese umgehend in mein Büro gestürmt kam. Du kannst dir vorstellen, dass ich sie nur schwer abwimmeln konnte."

Ja, Marie ist mein Mädchen. Aber warum ärgert er sich darüber? Meiner Meinung nach hat sie einen Orden für ihre Aufmerksamkeit verdient. Oder zumindest eine große Flasche Sekt und einen Blumenstrauß, sobald ich entlassen bin. Immerhin ist sie die Erste, der aufgefallen ist, dass ich mich weit entfernt von einem tiefschlafartigen Zustand befinde.

„Die Reflexe habe ich getestet und wir können davon ausgehen, dass sie so schnell nicht aus dem Bett aufstehen wird. Zusätzlich habe ich ihr die maximale Dosis verabreicht, das sollte für einige Zeit genügen. Trotz allem sollten wir unser zeitliches Intervall überdenken, da du tagsüber nicht hier bist, um ihren Zustand zu überwachen. Undenkbar, wenn sie in Anwesenheit eines Gastes eine … oder was meinst du?"

Ich befürchte, du kannst es dir nicht länger schönreden. Sieh den Tatsachen ins Gesicht, du bist hier drin gefangen und niemand will dir helfen. Es ist vollkommen klar, mit wem er da redet. Am andern Ende der Leitung ist eindeutig …

„Gut Bernd, komm bitte heute Abend vor deinem Dienst in mein Büro. Dann besprechen wir das weitere Vorgehen genauer. … Nein. Mach dir keine Sorgen, bisher hat sich für dich nichts geändert. Für den Fall natürlich, dass du deine Arbeit gewissenhafter erledigst. Bis dahin."

Vielen Dank, jetzt habe ich wenigstens Gewissheit. Adrenalin verdrängt augenblicklich die Wirkung des einschläfernden Mittels und ich bin hellwach.

Der Arzt weiß von Bernds Machenschaften. Doch nicht nur das, er scheint sie sogar noch zu unterstützen und will ihm dabei helfen, mich ruhigzustellen. Anders kann ich mir das gerade Gehörte nicht erklären. Ist Marie auch in die Sache verstrickt? Weshalb sonst wäre sie ausgerechnet zu dem Mann gegangen, der dafür sorgt, dass mein Hirn genauso nutzlos ist, wie es meine Muskeln sind?

Ich kann und will jedoch nicht glauben, dass eine Frau bereit wäre, aktiv den Missbrauch einer Komapatientin zu unterstützen. Vielmehr denke ich, dass sie unwissentlich zur Mithelferin wurde. Sie konnte schließlich nicht wissen, dass ich als lebendige Gummipuppe herhalten muss. Dass Bernd sich nachts in mein Zimmer schleicht, um den Druck in seiner Hose zu mindern und dass der zuständige Arzt dafür Sorge tragt, dass niemand etwas davon mitbekommt.

Ich will mich ja nicht einmischen …

Klar. Wer würde das denn behaupten?

... aber du solltest dich mit dem Gedanken anfreunden, dass du in dieser Klinik überhaupt niemandem trauen kannst. Just my two Cents.

Ein weiterer Panikanfall rollt mit der Heftigkeit einer Sturmflut über mich hinweg. Mein Herz rast und ich habe das Gefühl zu ersticken. Wie soll ich mich gegen Bernds Übergriffe wehren, wenn ich nicht einmal eine Ahnung davon habe, wer alles mit ihm unter einer Decke steckt? Ich werde hier niemals rauskommen. Meine Angst lähmt mich und ich liege regungslos in meinem Bett und fürchte mich vor der Zeit, die unweigerlich in Richtung Nacht davonläuft.

Kalt und falsch blitzen die Augen

Entgegen meiner Befürchtungen, habe ich die nächsten Nächte meine Ruhe vor Bernd. Sogar die Injektionen bekomme ich von Doktor Ludwig Stadler höchstpersönlich verabreicht. Die Dosierung ist so hoch, dass ich es meistens nicht schaffe, mich gegen den darauffolgenden Tiefschlaf zu wehren. Ich bekomme fast nicht mit, als Marie und eine weitere Krankenschwester mich aus meinem Bett heben und mich in einem Rollstuhl setzen. Dort waschen sie meinen Körper unsanft als wäre ich ein Stück Vieh, das für die Häutung bereit gemacht wird.

In den kurzen lichten Momenten, die sich immer mal wieder in meinen Dämmerzustand einschleichen, fällt mir

Maries trauriges Gesicht auf. Seit der Sache mit dem Doktor hat sie diesen Ausdruck in meiner Gegenwart nicht mehr abgelegt. Ich frage mich, ob sie doch etwas weiß und wegen ihres schlechten Gewissens so niedergeschlagen ist. Nicht selten habe ich das Gefühl, dass sie mir gerne etwas mitteilen würde. Auch jetzt steht sie vor meinem Bett, hält meine Hand und schaut mit melancholischer Miene auf mich herab.

Dann springt sie plötzlich auf und beugt sich nach unten. Ich habe keine Ahnung, was sie da tut, merke nur, dass sie sich an meinem Bett zu schaffen macht. Kurze Zeit später taucht sie wieder in meinem Blickfeld auf und fummelt hinter meinem Kopf herum.

„Nghh", mache ich und sie versteht.

„Shh, ich sehe nur etwas nach", flüstert sie mir ins Ohr, als sie sich über mich beugt, um auf der anderen Seite meines Bettes ebenfalls das zu erledigen, was sie auch hinter meinem Kopf getan hat.

Nachdem sie damit fertig ist, öffnet sie die Schranktüren, schaut hinter das einsame Bild an der Wand gegenüber und durchwühlt meinen Nachttisch. Endlich scheint sie mit dem Ergebnis ihrer Aktion zufrieden zu sein. Sie setzt sich zu mir und greift wieder nach meiner Hand. Schaut mich traurig an. Sitzt nur da und sagt nichts. Die Stille macht mich fast wahnsinnig.

„Ich weiß, dass hier irgendein seltsames Spiel mit dir getrieben wird", flüstert sie nach einer ganzen Weile.„Verstehst du, was ich sage? Bekommst du irgendwas davon mit, was hier passiert?"

Habe ich mich verhört? Ich schaue zu ihr auf und blinzle als ginge es um mein Leben. Verdammt genau darum geht es ja auch. Um mein Leben.

Ja Marie, ich verstehe ganz genau. Du hast recht, es ist ein ganz übles Spiel und ich weiß nicht, wie lange ich noch in der Lage bin, es mitzuspielen.

„Oh Gott. Das habe ich befürchtet. Es tut mir so leid. Ich weiß nicht genau, was hier vor sich geht, aber ich bin mir sicher, dass etwas völlig schiefläuft und dass Doktor Stadler und Bernd Winkler mit drinhängen. Die beiden stecken schon seit Tagen die Köpfe zusammen, wenn es um dich geht und Herr Stadler besteht darauf, dass er der Einzige ist, der dich behandeln darf. Dabei umfasst deine Versicherung keine Chefarztbehandlung, das habe ich extra nochmal nachgeschaut." Sie schaut sich um, als würde sie befürchten, dass wir beobachtet werden. „Momentan kann ich aber noch nicht viel machen. Das wäre zu riskant. Ich kann erst zur Polizei gehen, wenn ich herausgefunden habe, was genau hier läuft und ich das auch beweisen kann. Es gibt hier keine Kamera, das heißt, sie filmen dich schon mal nicht. Was beruhigend für dich ist. Es bedeutet aber auch, dass ich vorerst keinen Beweis habe."

Tränen schießen mir in die Augen, rinnen aus den Augenwinkeln und laufen mir langsam über die Wange, wo sie von Marie abgetupft werden. Auch ihre Augen sind feucht, doch sie hält die Tränen zurück. Nachdem ich eine ganze Weile geweint und sie immer wieder meine Tränen getrocknet hat, steht sie auf.

Nein, noch nicht gehen. Verlass mich nicht, ohne dich bin ich hier drin dem Teufel ausgeliefert.

„Mhhhm", rufe ich ihr zu.

Sie nickt verstehend und seufzt. Dann geht sie trotzdem. Lässt mich zurück, allein in meinem Gefängnis. Mit der neu entflammten Hoffnung, dass es doch nicht für immer sein wird.

Mein Herz rast vor Aufregung. Ich fühle mich wie ein Kind am Weihnachtsabend. Nein, viel eher am Abend vor Weihnachten. Mit der gespannten Erwartung der Geschenke, die am nächsten Tag auf einen warten und der quälenden Ungeduld, weil die Zeit einfach nicht vergehen will.

Was glaubst du, wird sie für Nachrichten haben, wenn sie wieder zurückkommt. Sie hat gesagt, dass sie erst Beweise suchen muss. Rechne lieber nicht damit, dass du schon morgen mitsamt deiner Dekubitusmatratze und dem EKG aus dem Zimmer gefahren wirst.

Sei still, ich höre nicht mehr auf dich, du machst alles nur schlecht. Sobald ich hier raus bin, werde ich die Pessimistin in die ewigen Jagdgründe schicken.

Ein Geräusch neben meinem Bett lässt mich die Augen öffnen. Verwundert schaue ich in Jörgs Gesicht.

Mit hochrotem Kopf steht er neben meinem Krankenlager und starrt mich an. Ich möchte ihm so viel erzählen, blinzelnd mitteilen, dass wir bald wieder zusammen sein werden.

Doch mein Gefühl – oder die Pessimistin? - sagt mir, dass dies keine gute Idee ist, und befiehlt mir, den Mund zu halten. In diesem Augenblick erscheint mir seine

Anwesenheit unerträglich und erdrückend. Die Luft lässt sich schwer atmen. Genauso fühlt es sich nachts an, wenn Bernd in mein Zimmer kommt.

Es dauert keine Minute, da wird mein Gefühl bestätigt. Jörg packt meine Wangen, drückt sie zwischen seinem Daumen und Zeigefinger zusammen. Meine Lippen formen sich zu einem übertriebenen Kussmund, der von Jörgs Hand hin und her gerüttelt wird. Währenddessen presst er seine Finger immer stärker in meine Wange, bis mir die Kiefer aufschnappen.

Die ganze Zeit über starrt er mir in die Augen, als wäre er auf der Suche nach einer Reaktion. Ich schalte mein Gehirn aus und schaue ins Leere zurück. Es kostet mich einiges an Anstrengung, doch ich schaffe es und unterdrücke alles, was ihm einen Hinweis auf meinen tatsächlichen Zustand geben könnte. Endlich scheint er überzeugt und lässt von mir ab. Allerdings nur für kurze Zeit. Kaum hat er seine Bemühungen aufgegeben, geht die Tür auf und Ludwig Stadler kommt herein.

„Jörg? Was suchst du bereits hier? Wolltest du nicht vorher bei mir vorbeischauen?“

„Du fragst mich allen Ernstes nach dem Warum?“

Kleine Speicheltropfen schießen aus Jörgs Mund, während er schreit. Sie fliegen dem Doktor entgegen und landen auf meinem Gesicht. Wütend sticht er mit dem Finger auf meinen Oberarm ein. Sein winziger Kopf leuchtet rot und sieht aus, als würde er gleich vor Druck zerplatzen.

„Weil man sich auf euch anscheinend nicht verlassen kann. Denkst du ich habe große Lust darauf, mich jedes Mal selbst davon zu überzeugen, dass ihr nicht schon wieder Mist gebaut habt? So wie ihr euch anstellt, können wir froh sein, dass wir noch nicht erwischt wurden.“

Was habe ich gesagt? Niemandem vertrauen. Zum Dank willst du mich in die ewigen Jagdgründe schicken. Du solltest dir das noch einmal durch den Kopf gehen lassen. Ohne mich hättest du dich hier schon längst in die totale Scheiße geritten.

Pah! Als würde ich mich nicht ohnehin schon knietief darin befinden, ob mit oder ohne deine Hilfe.

„Wir sollten nicht hier darüber sprechen.“

Doch, ich bitte euch. Tut mir den Gefallen und bleibt hier. Ich muss wissen, woran ich bin. Nachdem, was ihr mir alles angetan habt, habe ich es verdient, endlich die Wahrheit zu erfahren.

Jörg ballt seine Fäuste und stürmt auf den Arzt zu. „Ach, bist du dir ausnahmsweise nicht sicher, ob die Wirkung noch stark genug ist? Langsam frage ich mich, wofür ich überhaupt diese horrenden Summen an Schwachköpfe wie euch zahle.“

Kurzzeitig befürchte ich, dass sich die beiden Männer gleich prügeln werden, und zucke innerlich zusammen. Nicht aus dem Grund, dass es mir leidtun würde. Viel eher, weil ich nicht sicher bin, wer von beiden es mehr verdient hätte. Wenn sie sich jedoch jetzt die Köpfe einschlagen, habe ich kaum eine Chance, etwas über Jörgs Rolle in der Schmierenkomödie herauszubekommen. Bisher sieht es so aus, als würden er oder Ludwig Stadler Bernd dafür bezahlen, dass er sich nachts mit meinem wehrlosen Körper vergnügt.

„Jörg, ich weiß, dass wir uns nicht gerade mit Ruhm bekleckert haben. Das ist aber kein Grund, falsche Schlüsse zu ziehen und so aufbrausend zu sein. Du weißt doch, dass du dich zu einhundert Prozent auf mich verlassen kannst. Bitte, lass uns die Angelegenheit in meinem Büro klären. Nicht wegen deiner kleinen Freundin. Ich hege keinerlei Zweifel daran, dass die Dosis mittlerweile korrekt eingestellt ist. Der Grund ist viel mehr, dass uns jederzeit jemand stören kann. Du wirst keinen Grund mehr zur Klage haben, darauf gebe ich dir mein Wort."

Die Anspielung auf mögliche Störenfriede scheint Jörg zu überzeugen, gemeinsam verlassen die beiden den Raum. Ich bleibe jedoch nicht lange alleine. Die beiden haben kaum die Tür hinter sich zugezogen, da öffnet sie sich bereits wieder. Marie kommt an mein Bett und begrüßt mich freundlich. Wenn sie nicht wäre, ich glaube, man hätte ich längst einliefern können. In eine richtige Irrenanstalt.

„Wie geht es dir heute? Ich hoffe, du hattest ein wenig Ruhe die letzten Nächte. Es wird nicht mehr lang dauern, dann hole ich dich hier raus", redet sie beruhigend auf mich ein.

Dann packt sie eine Spritze aus. Sie entfernt den Tropf aus meiner Hand und setzt mir die Injektion.

Das Brennen in meiner Hand verrät mir, welches Mittel sie mir gespritzt hat. Vorwurfsvoll starre ich sie an. Marie du Biest. Ich habe dir vertraut. Was blieb mir auch anderes übrig ...

Sag mir doch, dass es besser wird

Für den Rest des Tages bleibe ich allein in meinem Delirium. Maries Spritze hat mich voll umgehauen.

Als wäre es nicht genug, dass ich von Jörg verraten und verkauft wurde, kann ich auch nicht mehr wissen, inwieweit ich Marie vertrauen kann. Verfluchte Pessimistin, dass sie auch immer recht behalten muss. Es besteht durchaus die Möglichkeit, dass Marie nichts von der Wirkung der Injektion wusste oder sie mir nur verabreicht hat, damit sie bei Doktor Stadler nicht auffliegt. Die Tatsache, dass ich mich mittlerweile so oft getäuscht habe, verbietet mir jedoch dieses kleine bisschen Hoffnung. Zu groß ist die Angst, erneut enttäuscht zu werden.

Meine feste Überzeugung, Marie nicht mehr zu vertrauen, gerät bereits wenige Minuten, nachdem ich ihn gefasst habe, ins Wanken. Ganz leise drückt sie die Klinke herunter, schiebt in Zeitlupe die Tür auf.

Sie sieht aus wie eine Einbrecherin in einem schlechten Krimi, die übertrieben dargestellt sichergeht, dass niemand etwas von ihrer Anwesenheit mitbekommt. Bevor sie die Tür hinter sich schließt, wirft sie hektische Blicke über ihre Schulter wie Doktor Richard Kimble bei seiner Flucht durch die Kanalisation. Fehlen nur noch die graue Strickjacke und die beige Bundfaltenhose, dann würde sie tatsächlich an Harrison Ford rankommen.

„Du musst jetzt ganz ruhig bleiben“, sagt sie, während sie meine Hand unter der Decke hervorholt. „Wenn ich *jetzt* sage, dann atmest du tief ein und pustest langsam die Luft wieder aus. Ich werde dir den Venenkatheter entfernen, aber es wird nicht wehtun, wenn du dich an das hältst, was ich gesagt habe. Verstanden?“

Ich blinzle zustimmend und sie lächelt.

„Ok. Jetzt“, sagt sie und zieht mir mit einem Ruck die Kanüle aus der Vene.

Ehe ich verstehe, welchen Zweck sie mit ihrer Aktion verfolgt, packt sie eine neue Nadel aus. Anstatt mir diese in meinen wunden Handrücken einzuführen, drückt sie die Kanüle lediglich auf meine Haut, deckt die Stelle mit einem Wattepad ab und klebt ein frisches Pflaster darüber. Ein Blick auf meine Hand verrät mir, dass diese Konstruktion dem echten Zugang eins zu eins gleicht. Fragend blicke ich zu ihr auf.

„Du verdienst eine Erklärung, das ist mir klar. Ich weiß nur nicht, wo ich anfangen soll“, sagt sie und ihre Augen füllen sich mit Tränen.

„Mhhhm“, ermutige ich sie, einfach am Anfang zu beginnen und blinzle in der Erwartung, dass sie mich versteht. Das tut sie offensichtlich, denn sie seufzt erleichtert.

„Gut. Sicherlich fragst du dich, was es damit auf sich hat“, sagt sie und deutet auf meine Hand. „Ich habe dafür gesorgt, dass diesen Arschlöchern bald das Handwerk gelegt ist. Deine Reaktion auf das Medikament beim letzten Mal hat mich ... sagen wir mal ziemlich erstaunt. Deshalb habe ich bei Doktor Stadler nachgefragt, was ich dir gespritzt habe. Laut ihm war das ein Kreislaufstabilisator, was mich noch misstrauischer machte. Stabilisierend hat das Zeug nicht gewirkt. Im Gegenteil, aber das weißt du ja selbst."

Wie um mich auf die Folter zu spannen, macht sie eine dramatische Pause. Immer wieder geht ihr Blick zur Tür.

„Mhhmm", rufe ich ihr zu.

Komm schon Marie, red' weiter.

Sie beugt sich ganz nah zu mir herunter, ihre Stimme ist nur noch ein Flüstern, ich muss mich anstrengen, um zu verstehen, was sie sagt: „Ich habe das Medikament testen lassen. Keine Sorge, das ist mein Freund, der im Labor arbeitet. Ihm kann ich vollkommen vertrauen. Was dabei herauskam, ist noch viel schlimmer als das, was ich befürchtet habe. Von wegen, Kreislaufmittel. Ein Sedativum haben sie dir gespritzt. Und ich mit ihnen. Die ganze Zeit über. Und zwar eines, das Pferde außer Gefecht setzen könnte."

Da ich nur Bahnhof verstehe, schaue ich sie fragend an.

„Ein Sedativum ist ein sehr starkes Beruhigungsmittel. Dieses hier ist sogar so stark und wurde bei dir so hoch dosiert, dass es zu einer vorübergehenden Stilllegung des gesamten Nervensystems geführt hat. Selbst ein Pferd wäre davon umgehauen worden. Du bist weder gelähmt noch in einem Wachkoma und erst recht hast du keinen anaphylaktischen Schock. Dein einziges Problem ist die Überdosis des Mittels in deinem Körper."

Mein Gehirn arbeitet langsam und für diesen Augenblick kann ich es weder verarbeiten noch die Folgen von dem erahnen, was sie mir gerade eröffnet hat.

Diese erläutert mir dafür Marie jetzt ausführlich: „Wenn meine Theorie stimmt, sollte es dir bald besser gehen, da das Medikament ab jetzt nicht mehr in deine Vene eindringen wird und somit natürlich auch nicht mehr in deinen Blutkreislauf.“

Sie hebt meinen Arm an und hält mir meine Hand vor die Augen. „Siehst du? Ich habe dir die Kanüle wieder direkt auf die Hand gelegt und die Stelle ordentlich verklebt. So sieht es so aus, als würdest du weiterhin den Venenverweilkatheter haben. Zusätzlich habe ich eine dünne Schicht Watte mit drunter gepackt, die wird die Flüssigkeit aufsaugen, wenn dir eine Spritze verabreicht wird. Aber damit wir nicht auffliegen, musst du dich unbedingt an ein paar Dinge halten. Denkst du, dass du mir folgen kannst?“

„Mhhm, ngghnmm!“

Mein Gott, klar kann ich. Leg endlich los! Mein Gehirn hat noch nicht so stark gelitten, dass ich nicht mehr denken kann.

Vor einer Sekunde hat sie mir doch selbst erklärt, dass lediglich mein Nervensystem lahmgelegt wurde. Im Kopf bin ich vollkommen klar. Zugegeben ein wenig langsam, aber nicht strohdumm.

„Gut. Hör mir jetzt genau zu. Am wichtigsten ist, dass du dich weiterhin so verhältst, als hätte sich nichts an deinem Zustand geändert. Auch wenn du bald Besserung spürst und es dir dann bestimmt schwerfällt, du darfst auf keinen Fall in irgendeiner Form Reaktionen zeigen oder dich bewegen. Auch wenn niemand im Raum ist und du dich sicher fühlst“, erklärt sie mir und sieht mir dabei eindringlich in die Augen. „Bleib einfach liegen und warte, bis ich bei der Polizei war. Ich setze alles daran, dass es so schnell wie möglich passiert, das verspreche ich dir. Ich muss mich mit meinem Freund absprechen, ob das Mittel schon Beweis genug ist."

Ich würde gerne nicken, um ihr zu zeigen, dass ich verstanden habe, aber noch hat sich keinerlei Besserung eingestellt. So gerne ich Marie auch glauben möchte, momentan erscheint es mir noch recht unwahrscheinlich, dass ich mich schon bald wieder wie vollkommen normal fühlen soll. Das sieht auch die Pessimistin so.

Was, wenn das Medikament Folgeschäden verursacht? Bei allem Respekt vor Maries Engagement und ihrem Mut, aber sie kann als Krankenschwester wohl kaum absehen, was die Verabreichung des Mittels über einen so langen Zeitraum für körperliche Konsequenzen nach sich zieht.

„Tagsüber bin ich die nächste Zeit immer hier und werde dafür sorgen, dass du genügend Flüssigkeit zu dir nimmst. Die Kanüle verhindert schließlich nicht nur, dass du weiterhin betäubt wirst. Natürlich ist auch dein Tropf nicht mehr angeschlossen. Ich habe den Zulauf abgedreht und hoffe, dass Bernd sich nicht darum kümmern wird. Aber ich nehme an, er hat anderes im Kopf, wenn er dich nachts besucht?!"

Zustimmendes Blinzeln. Der Gedanke an Bernd jagt mir eine Welle der Panik durch den Körper.

Warum lässt sie mich überhaupt noch hier liegen? Ist der Laborbefund ihres Freundes nicht Beweis genug? Sie sollte sofort damit zur Polizei gehen, anstatt sich darüber mit ihrem Freund zu beraten oder zu versuchen, weitere Beweise zu sammeln. Sie ist Krankenschwester und keine Detektivin. Ich will hier nicht länger darauf warten, als lebendige Gummipuppe eines sexuell unausgelasteten Pflegers herzuhalten. Zudem kann ich nicht garantieren, dass ich ihn tatsächlich gewähren lasse, wenn ich bereits die Kontrolle über meinen Körper zurückhabe. Sobald ich mich bewegen kann, werde ich mich auch wehren.

Marie bleibt mir eine Erklärung über ihr weiteres Vorhaben schuldig: „Ich weiß nicht genau, wie lange es dauern wird, aber ich helfe dir hier raus. Mein Freund und ich werden einen Weg finden. Du kannst dich auf uns verlassen. Halte dich einfach an das, was ich dir gesagt habe und alles wird gut. Du wirst sehen."

Mit diesem Versprechen lässt sie mich alleine. Die nächsten Stunden warte ich verbissen darauf, dass sich in meinem Körper etwas tut, Polizisten in mein Krankenzimmer stürmen oder wenigstens Marie zurückkehrt. Nichts von alledem passiert.

Ich kann weder meiner Beine spüren noch einen einzigen Muskel unterhalb meines Halses bewegen. Auch meine Sprache ist noch nicht zurückgekehrt. Verdammt noch mal, ich war doch lang genug hier. Marie komm gefälligst her und beschütze mich wenigstens, wenn du mich schon nicht mit rausnimmst. Die Zeit rennt unerbittlich in Richtung Nacht und mir wird schmerzlich bewusst, dass heute rein gar nichts zu meiner Rettung geschehen wird.

Draußen wird es bereits dunkel und weder Marie noch ein Sondereinsatzkommando sind zu meiner Rettung erschienen und sie werden es heute auch nicht mehr.

In meinem Kopf überschlagen sich die Gedanken. Wie lange bleibt mir noch, bis Bernd hier auftaucht? Was wird er mir heute Nacht antun? Werde ich je wieder die alte lebensfrohe Angie? Das bezweifle ich. Marie verdammte Scheiße!

Warum tust du mir das an? Lieber Gott, lass sie zurückkommen. Jetzt. Nicht irgendwann.

Marie glänzt durch Abwesenheit, die Nacht tut mir diesen Gefallen leider nicht. Viel zu schnell vergeht die Zeit, bis sich meine Tür langsam öffnet und den Strahl des schwachen Flurlichtes in mein Zimmer schlüpfen lässt.

Was man mit der Hülle macht, ist doch einerlei

Machen wir das Licht an?“

„Nein, es ist sicherer, wenn wir es ausgeschaltet lassen. Ich habe eine Taschenlampe dabei. Damit kannst du mir den Weg leuchten, während wir alles glattmachen.“ Das ist Jörgs Stimme. Was tut der um diese Zeit hier?

Ein dreckiges Lachen folgt. Bernd! Die beiden treten an mein Bett und Bernd zieht unsanft mein Augenlid nach oben. Mit der Lampe leuchtet er mir direkt in die Pupillen. Auch wenn ich das Gefühl habe, als wäre mein Sehnerv eine Zündschnur, deren Funke sich in rasender Geschwindigkeit zu meinem Gehirn frisst, kneife ich die Augen nicht zusammen.

Keine Reaktion zeigen, keine Reaktion zeigen, instruiert mich die Pessimistin mantraartig.

Endlich lässt er von meinen Augen ab und richtet den Strahl weiter nach unten auf meine Hand. Ein eiskalter Schauer läuft über meinen Rücken. Hoffentlich hat Marie bei der Konstruktion alles richtig gemacht.

Schau weg, es gibt viel interessantere Stellen an meinem Körper.

Marie hat offensichtlich gute Arbeit geleistet. Das, oder Bernd interessiert sich nicht sonderlich dafür, ob die Nadel auch an der Stelle ist, an der sie sein sollte. Auch dem leeren Infusionsbeutel schenkt er keinerlei Aufmerksamkeit. Stattdessen packt er die Spritze mit dem Beruhigungsmittel aus seiner Kitteltasche, setzt sie auf die Kanüle an meiner Hand und spritzt mir das Beruhigungsmittel auf die Haut. Die Dosis muss hoch sein, an der Wunde, in der vormals die Nadel steckte, spüre ich das Brennen, das sich sonst in meinen Adern ausbreitete, und bilde mir ein, dass sogar meine Hand ein wenig taub wird.

„Lass uns kurz warten, bis die Wirkung einsetzt, damit wir keine unangenehme Überraschung erleben", sagt Bernd und zieht mir dennoch die Decke vom Körper.

Erstaunt stelle ich fest, dass ich es spüren kann. Nicht nur anhand des fehlenden Gewichts auf meinen Beinen. Ich merke, wie die Baumwolle über meine Haut streift, die Kühle, die nun an die nackten Stellen dringt und ich spüre Bernds schwielige Hände, die dort, wo er mich berührt, eine

Gänsehaut verursachen. Marie hatte recht. Es dauert, aber es wird besser.

In einem Anflug von Optimismus versuche ich, eine Zehe zu bewegen. Über meinen Füßen liegt zusammengeknüllt die Decke, ich brauche mir also keine Sorgen zu machen, dass die beiden mich bei meinen Versuchen erwischen. Allerdings gibt es auch nichts, bei dem sie mich ertappen könnten.

Meine Zehen bleiben so tot, als wären sie kein Teil von mir, sondern nur irgendwelches labberiges Gemüse, das an mir festgewachsen ist, das ich aber nicht kontrollieren kann. Verdammt. Da habe ich wohl zu viel erwartet.

Ist vielleicht auch besser so, denn Jörg kniet mittlerweile über meinen Beinen und schiebt mir den Kittel nach oben, während Bernd ins Badezimmer verschwindet.

Was zur Hölle haben die mit mir vor? Darf jetzt Jörg seine perversen Fantasien ausleben und Bernd schaut zu? Als wäre es nicht abartig genug, was Bernd mit mir in all den Nächten getrieben hat.

Es war doch vollkommen klar, dass da noch etwas anderes kommt und es ist naiv gewesen, das nicht zu erwarten.

Die beiden haben augenscheinlich etwas anderes vor. Jörg zieht sich nicht aus und macht auch sonst keine Anstalten, sich an mir zu vergreifen.

„Hier“, sagt Bernd, der aus dem Bad kommt, und drückt Jörg eine Schüssel und eines der steifen Krankenhaushandtücher in die Hand.

Kurze Zeit später spüre ich, wie eine warme Flüssigkeit auf meinen Schambereich tröpfelt.

Er wird doch nicht … hat er mich da etwa angepinkelt?

Ein Blick auf seine Hose verrät mir, dass dies nicht der Fall ist. Sein Penis ist sicher hinter dem geschlossenen Reißverschluss verstaut. Die Ursache für meinen feuchten Schritt liegt vielmehr darin, dass er etwas Wasser aus der Schüssel mit der Hand auf meinen Venushügel geschöpft hat. Mit dem Handtuch tupft er mich nun wieder trocken. Kurz darauf kratzt er mit irgendeinem Gegenstand über meine Haut. Als würde er mit einer Klinge … Moment! Rasiert er mich da gerade?

Ja, eindeutig. Er stutzt dir deinen Busch.

Während Jörg dafür sorgt, dass ich zwischen meinen Beinen haarfrei bin, steht der andere Widerling links neben meinem Bett und geilt sich an meinem Anblick auf. Ich erhasche einen Blick auf seine ausgebeulte Hose, als er mir den Kittel über die Augen zieht, um eine bessere Aussicht auf meine blanken Brüste zu haben. Obwohl ich ihn nicht mehr sehen kann, weiß ich, dass er sie begafft. Seine Blicke bitzeln auf meiner Haut wie Stromstöße.

Jörg scheint davon nichts mitzubekommen. Unbeirrt fährt er mit der Haarentfernung fort. Meine Beine werden gespreizt und er macht sich daran, auch meine Schamlippen von den lästigen Stoppeln zu befreien. Bernd nutzt diese Gelegenheit und begrapscht mich obenrum.

Sein mir mittlerweile vertrautes Stöhnen verrät seine Erregung. Immer heftiger knetet er meine Brust. Als er mir fest in die Brustwarze kneift, kann ich meinen Körper nicht mehr kontrollieren und fahre zusammen.

Verdammt Angie, reiß dich zusammen. Wenn du jetzt auffliegst, dann sitzt du knietief in der Scheiße.

„Schau mal, ob sie feucht wird“, fordert Bernd lüstern in Richtung meines Venushügels. Dank seiner Erregung hat er wohl nichts von meinem kurzen Zucken bemerkt. „Ja, ich weiß, was dir gefällt, nicht wahr?“, fügt er in Richtung meines Kopfes hinzu.

Jörg lässt sich nicht lange bitten und steckt mir einen Finger in meine Vagina. Da ich alles andere als feucht bin, reißt seine Nagelhaut an meinen Schleimhäuten und ich habe Glück, dass mein Gesicht bedeckt ist. Ich wäre kaum in der Lage, diese unerträglichen Schmerzen zu verbergen.

„Mit deinen Qualitäten ist es nicht weit her. Mein Mädchen machst du jedenfalls nicht besonders an. Die Gute ist so trocken wie der Teppich unter meinem Wohnzimmertisch. Aber das lässt sich alles regeln, wozu hat der liebe Gott schließlich das Gleitgel erfunden“, lacht Jörg

Mein Mädchen. Wenn ich könnte, dann würde ich ihm seine viel zu kurzen Griffel brechen. Ich weiß nicht, was mich mehr schmerzt. Sein Finger in meiner trockenen Scheide oder die Enttäuschung über mich selbst.

Enttäuschung über meine absolute Fehleinschätzung hinsichtlich dieses Mannes. Im Laufe meines Lebens habe ich oftmals ein unglückliches Händchen in Bezug auf Beziehungspartner bewiesen. So dermaßen danebengegriffen wie dieses Mal, habe ich jedoch noch nie.

Das hätte man aber kommen sehen können. Weshalb

hast du dich überhaupt auf ihn eingelassen, wo er so gar nicht dein Typ war? Kompromisse sind nie etwas Gutes, einer kommt immer zu kurz.

Meine jetzige Situation hat rein gar nichts damit zu tun, dass ich einen „Kompromiss“ eingegangen bin.

Im Gegenteil, ich hatte ein wirklich gutes Gefühl bei Jörg. Ein so Gutes, dass ich bereits bei unserem zweiten Date bereit war, mit ihm zu schlafen. Er war es, der sich mit der Begründung geweigert hat, dass aus uns mehr werden soll und er sich den Sex gerne noch aufsparen wolle. Spätestens da war ich davon überzeugt, dass er der Mann fürs Leben ist. Was für eine fatale Fehleinschätzung. Ein naives Dummchen war ich.

„Also ich wäre dann hier unten fertig“, sagt er, als ich noch versuche zu verstehen, wie ich mich so täuschen konnte. „Du siehst nicht so aus, als würdest du schon gehen wollen. Willst du noch ein bisschen allein mit ihr sein? Eine Generalprobe kann ich dir glaube ich noch gönnen. Dafür, dass du deinen Fehler vom Anfang wiedergutgemacht hast. Auch wenn es zunächst nicht danach aussah, die hier bringt uns so richtig Kohle ein. Das hab ich im Urin.“

Kohle? Wovon spricht er? Wie schon letztens, in meinem Traum. Da ging es auch um irgendwelches Geld ...

„Du bist der beste Chef, den man sich vorstellen kann. Ich danke dir, mein Guter. Meine Hose platzt schon fast.“

„Das sehe ich. Übertreib es aber nicht. Wir wollen doch nicht, dass noch etwas kaputt geht“, sagt Jörg und klingt dabei wie ein Vater, der seinem Sohn am Samstagabend vom

Sofa aus mahnende Worte mit auf dem Weg zum ersten Discobesuch gibt. „Ich will keine Klagen von dem Kunden hören. Wir sprechen uns morgen, dann kann ich dir die folgenden Termine mitteilen. Viel Spaß.“

Kunden ...?!

„Den werd ich haben“, sagt Bernd mit belegter Stimme und steigt auf mein Bett.

Die borstigen Haare seiner Beine kitzeln an meinem Oberschenkel. Er muss seine Hosen mit Lichtgeschwindigkeit von sich geworfen haben. Mit einem Ruck reißt er den Kittel von meinem Gesicht. Je näher er meinem Gesicht kommt, desto durchdringender wird der Gestank nach Alkohol, der aus seinem Mund dampft. Dann presst er seine rauen Lippen auf meine und drückt mit seinen Fingern meine Zähne auseinander.

Für einen Moment erwäge ich, fest zuzubeißen. Geradeso schafft es die Pessimistin, mich zurückzuhalten.

Es würde zu nichts führen. Der Rest deines Körpers ist noch zu wehrlos. Zumal dir die Kraft fehlt, bei ihm einen nennenswerten Schaden zu verursachen. Alles, was du erreichen würdest, wäre, dass er wütend wird und dir wehtut oder – viel schlimmer – bemerkt, dass du nicht mehr vollgepumpt mit Beruhigungsmittel bist.

Ja, ja, ja! Ich weiß, das darf ich nicht riskieren und so ertrage ich regungslos, wie er mit seinem feuchten Lappen in meiner Mundhöhle herumschleckt und dabei stöhnt wie ein Bulle bei der Befruchtung seiner Lieblingskuh. Seine Bartstoppeln kratzen über meine Haut und sein stinkender Atmen raubt mir die Luft.

Plötzlich zieht er sich zurück und reißt mich an den Haaren nach oben. Mit seinem Daumen zwischen meinen Zähnen verhindert er, dass mein Mund sich wieder schließt. Erst als sein Schwanz fast sein Ziel erreicht hat, realisiere ich, was er vorhat. Bernds Schritt stinkt so sehr nach Schweiß, als habe er seit Tagen keine Dusche gesehen. Das winzige Stück Fleisch in meinem Mund schmeckt noch schlimmer.

Stöhnend drückt er meinen Kopf an seine Leisten und ich bin froh, dass sein Penis so klein ist. Auch ohne, dass er an mein Zäpfchen stößt, muss ich würgen. Brennend steigt mir die Galle meinen Hals hinauf, die ich krampfhaft wieder herunterschlucke. Bernd bemerkt meinen Kampf in seiner Ekstase nicht. Mit beiden Händen hält er meinen Kopf in Position, während er mit seinem Becken Stoßbewegungen ausführt. Seine Hoden klatschen gegen mein Kinn und seine Eichel schabt über meinen Gaumen. Genau vier Stöße hält sein zwergenhafter Pimmel diesen Vorgang aus, da spritzt mir schon sein schleimiges Sperma in den Rachen. Der Geschmack ist kaum zu beschreiben. Ich versuche, die Flüssigkeit aus meinem Mund laufen zu lassen, doch sein Penis verschließt die Öffnung weitestgehend, sodass ich gezwungen bin, einen Teil der zähen Brühe zu schlucken.

„Oh Baby, das war so verdammt gut“, stöhnt er genüsslich mit dem Kopf in den Nacken gelegt.

Endlich flutscht sein schlaffes Würstchen aus meinem Mund. Mit der Zunge drücke ich so viel von dem Sperma hinterher, wie es möglich ist. Mit meinem Speichel vermischt, läuft es mir das Kinn herunter und tropft auf meine Brust.

In aller Ruhe zieht Bernd sich seine Hose an. Erst danach erbarmt er sich und wischt mir die Reste seiner ungeborenen Kinder vom Kinn und der Brust. Schließlich zieht er den Kittel in seine angedachte Position und deckt mich zu.

„Du wirst schon sehen, das, was du heute erlebt hast, war das reinste Vergnügen im Vergleich zu dem, was noch kommen wird“, sagt er und tätschelt meine Wange.

Dann lässt er mich alleine. Auf meiner Zunge bleibt nur der schale Geschmack seines Spermas.

Ersoffen im Glauben und tosender Wut

Die Nacht verbringe ich in dem übermäßigen Drang, mich übergeben zu müssen. Ich halte mich nur zurück, weil ich sonst nicht nur mit dem ekelhaften Gefühl von Bernds Körperflüssigkeiten in meinem Gesicht hier liegen müsste, sondern auch noch mit meiner eigenen stinkenden Galle überall auf mir verteilt.

Anstatt meinen spärlichen Mageninhalt auf meinem Leibchen zu spucken, überlege ich, was Bernd mit seiner Andeutung gemeint haben könnte.

Will er mir nur Angst machen oder muss ich befürchten, dass dies nicht alles war? Welche Dinge können noch grausamer sein als das, was er getan hat? Und überhaupt, wie kann er tatsächlich glauben, dass mir seine Taten jemals wie ein Vergnügen vorkommen?

Bei all den Fragen, die wie Motten um das Licht durch meinen Kopf schwirren, weiß ich eines sicher: Ich werde es ihm nicht einfach machen. Vielleicht kann ich mich nicht heute wehren. Wenn er Glück hat, auch nicht morgen. Doch dieses Glück wird ihm nicht dauerhaft verwehrt sein. Ich werde so lange trainieren und üben, bis ich die Kontrolle über meinen Körper zurückhabe. Für einen Moment schließe ich die Augen und sammle die gesamte Energie. Ich konzentriere sie, packe sie in meinen Willen sende sie zu meinen Zehen.

Bewegt euch! Kommt schon, bewegt euch, beschwöre ich sie im Chor mit der Pessimistin.

Nichts. Ich schlucke die Verzweiflung herunter, lasse das Gefühl nicht zu. Es ist destruktiv und ich werde es nicht mehr an mich heranlassen. Ab jetzt werde ich nur noch positiv denken, mich selbst bestärken. Sonst ist niemand da, der dies für mich erledigen könnte.

Auf eben diese Weise habe ich es schon einmal geschafft, mich aus einem vermeintlich unüberwindbaren Tief herauszuholen Damals, als ich nach dem Tod meiner Eltern glaubte, ebenfalls sterben zu müssen, weil ich den emotionalen Schmerz nicht ertragen konnte und mir keiner der etlichen Therapeuten, die ich besucht habe, helfen konnte. Ich habe die Trauer einfach so lange heruntergeschluckt und verdrängt, bis sie nicht mehr da war.

Alles, was ich brauche, ist etwas Zeit und Geduld. Mein Körper wurde von einem Medikament in den

Energiesparmodus versetzt. Vollkommen klar, dass er länger als gewöhnlich braucht, bis er das Medikament vollständig ausgeschieden hat. Aber es wird nicht mehr allzu lange dauern. Kleine Veränderungen sind bereits sichtbar. Und genau an denen klammere ich mich fest. Ich werde jeden Tag üben. Solange, bis ich es schaffe. Bis ich aus diesem verdammten Bett aufstehe und ...

„Guten Morgen", ertönt Maries Stimme von der Tür.

„Mhngn", nuschle ich zurück.

Mit etwas Fantasie das klingt doch schon weniger schlimm, als es sich noch gestern anhörte. Wenn man weiß, was ich versuche zu sagen, kann man es beinahe erkennen. Gepaart mit dem Gefühl, das langsam wie eine Schnecke zurück in meine Glieder kriecht, mache ich meines Erachtens nach erhebliche Fortschritte.

„Wie geht es dir heute Morgen? Hoffentlich hast du die Nacht gut überstanden."

Ich mache mir nicht die Mühe, ihr darauf zu antworten, sie würde es ohnehin nicht verstehen.

Marie überprüft meinen Venenkatheter. Das Pflaster ist noch immer feucht von Bernds nächtlichem Versuch, mich bewusstlos zu spritzen.

„Oh. Ich sehe, du hattest Besuch. Das tut mir leid. Ist alles in Ordnung?"

Ihre Stimme ist plötzlich ganz leise und ihre Augen sehen mich traurig an. Erneut bleibe ich ihr eine Antwort schuldig. Ich bezweifle mittlerweile, dass sie auch nur annähernd das Ausmaß meines nächtlichen Martyriums kennt. In der Tat wäre es mir sogar lieber, wenn das so bleibt. Ich komme selbst kaum damit klar, was mir hier zustößt, wie sollte jemand Fremdes das Unerträgliche verkraften. Außerdem schäme ich mich auf eine Art für das, was mir angetan wird. In meinem bisherigen Leben war ich nie so hilflos und schwach, wie ich es die letzten Tage erleben musste.

„Sieht so aus, als hätte er nichts gemerkt. Andernfalls hätte er sicher dafür gesorgt, dass die Kanüle wieder in deiner Vene steckt. Das Pflaster muss ich aber erneuern, es ist ganz durchtränkt. Eine weitere Dosis würde es nicht überstehen und uns auffliegen lassen."

Ich blinzle zustimmend.

„Hast du mal versucht, dich zu bewegen? Spürst du etwas in den Zehen oder Fingern?", fragt sie, während sie sich an meinem Pflaster zu schaffen macht.

„Mhmh n nhnh", antworte ich.

Klingt schon beinahe wie *Ja und Nein*. Das sieht Marie offensichtlich ähnlich.

„Schade. Aber bei der Dosis, die über diesen langen Zeitraum in deinem Körper vorhanden war, nicht ungewöhnlich. Würde ich zumindest schätzen, ich habe schließlich keine Erfahrungswerte. Ich werde gleich ein paar Übungen mit dir machen. Die kannst du dann immer mal über den Tag verteilt ausprobieren. Sobald du merkst, dass deine Beweglichkeit zurückkehrt, kannst du damit deine Muskeln schon mal ein wenig trainieren. Aber du solltest darauf achten, dich nicht zu übernehmen. Bleib geduldig und mach viele Pausen. Eher eine mehr, als dir notwendig erscheint. Und bitte, bitte steh nicht auf, egal wie überzeugt du davon bist, dass du es kannst."

Ja, ist gut. Die Pessimistin wird schon aufpassen, dass ich es nicht tue.

Meine Freude darüber, dass Marie mir solche Übungen zeigt, hält sich in Grenzen. Es ist offensichtlich, dass sie nicht damit rechnet, bald genügend Beweise gesammelt zu haben. Ich kann verstehen, dass sie Angst um ihren Job hat. Allerdings geht ihre Zurückhaltung auf meine Kosten. Wenn ich ihr doch nur sagen könnte, dass ihre Befürchtungen vollkommen unberechtigt sind.

Marie macht dieser Zwiespalt anscheinend ebenfalls zu schaffen. Mehr als sonst bemüht sie sich den gesamten Vormittag um mich. Sie massiert mir die Füße und die Waden, dehnt meine eingeschlafenen Muskeln und lockert meine Gelenke durch leichtes hin und herruckeln meiner Glieder. Ich spüre jeden ihrer Fingerstriche, was ich als gutes Zeichen deute. Als sie meine Waden durchknetet, kribbelt es in meinen Beinen. Es fühlt sich an, als würden meine Muskeln von tausenden kleiner Stromstöße durchzuckt. Marie scheint das zu bemerken, sie stoppt ihre Massage und schaut mir ins Gesicht.

„Spürst du das?"

„Mhh." *Ja Marie.*

Halt dich zurück und verrate ihr nicht zu viel, warnt die Pessimistin.

Ich schlage ihre Mahnung in den Wind. Verfluchte

Scheiße ich spüre das, wie ich seit Wochen nichts mehr gefühlt habe - von der Angst, der Wut und der Verzweiflung mal abgesehen - und ich will es am liebsten jeden wissen lassen.

„Du lieber Himmel. Weißt du, was das bedeutet? Das ist der Wahnsinn. Ein riesen Fortschritt, ist dir das bewusst? Du regenerierst viel schneller als ich erwartet hatte."

Natürlich ist mir das klar, wie toll das ist. Noch viel klarer, als es ihr je sein könnte. Dieses Bett ist schon viel zu lange mein Gefängnis. Mein Körper war in dieser Zeit nicht mehr als eine leere Hülle. Nutzlos, zu nichts zu gebrauchen. Zumindest nicht für mich. Ein Kribbeln, ein Zucken, ein Ziehen, all das sind wunderbare Gefühle, die ich schmerzlich vermisst habe.

Ich könnte heulen vor Freude und würde am liebsten tanzen vor Glück. Fürs Erste halte ich mich aber zurück. Überschwänglichkeit war noch nie mein Ding. Marie erledigt zumindest das mit dem Heulen für mich.

„Wenn das so weitergeht, kannst du bald auf deinen eigenen Beinen hier herausspazieren. Wir schaffen das. Du musst nur daran glauben. Mit ein bisschen Glück und dem Willen kann jetzt alles wahnsinnig schnell gehen", schnieft sie.

Schnell. Dieses Wort ist wie Musik in meinen Ohren. Nein, weitaus besser als Musik. Die ganze Zeit über musste ich kämpfen, um meine Ungeduld im Zaum zu halten und mich mit meiner Situation abfinden. Jetzt, das Ziel nahezu greifbar direkt vor meinen Augen, wird das Gefühl des nicht erwarten Könnens noch unerträglicher.

Freu dich lieber nicht zu früh. Hat sie dir nicht vor ein paar Tagen dasselbe erzählt? Dass sie dich bald hier rausholt und du nur noch etwas Geduld haben musst? Dämliches Blabla. So langsam könnte sie sich daran machen, es auch umzusetzen.

Heute scheint sie tatsächlich keinerlei Ambitionen in diese Richtung zu hegen. Nachdem sie mir ausreichend Wasser zum Trinken gegeben hat, verabschiedet sie sich wie immer mit dem Hinweis, dass es nicht mehr lange dauere.

Ich aber werde nicht darauf warten. Die verbleibende Zeit bis zu Bernds nächstem Besuch nutze ich.

Hartnäckig sende ich Befehle an meine Zehen und Finger, da ich von ihnen mutmaße, dass sie sich am schnellsten erholen sollten. Vor allem, weil Maries Fragen vorhin auf eben diese Körperteile abzielten, erscheint es mir am wahrscheinlichsten, dass sich ebendort etwas tut. Immer wieder stelle ich mir vor, wie meine Muskeln endlich zucken, meine Zehen sich bewegen und meine Unterschenkel ihren Dienst wieder aufnehmen. Autogenes Training oder so nennt man das. Habe ihm Zug in einer Zeitschrift erst etwas darüber gelesen.

Tatsächlich wird gegen Abend meine Beständigkeit belohnt. Draußen ist die Sonne bereits untergegangen, als meine rechte große Zehe kaum merklich unter der Decke zuckt. Um einen Zufall auszuschließen, versuche ich es direkt ein weiteres Mal.

Mein Zeh reagiert, die Decke bewegt sich.

„Hm mhn Nght“, entfährt es mir.

Oh mein Gott, ich kann es nicht fassen, ruft auch die Pessimistin.

Es dauert nicht lange, da wird aus der zuckenden Zehe ein zuckender Fuß, der andere folgt kurz darauf. Ich führe unter meiner Decke einen winzigen Zehen-Riverdance auf, um meiner Freude Ausdruck zu verleihen. Dann brauche ich eine Pause. Mit zusammengebissenen Zähnen liege ich im Bett und wünschte, meine Beine wären wenigstens für einen kurzen Moment wieder taub.

Niemals mehr werde ich über ein eingeschlafenes Bein jammern. Das Gefühl aufwachender Gliedmaßen ist nichts gegen das, was ich gerade durchmache. Eine ganze Ameisenkolonie, die zudem elektrisch aufgeladen zu sein scheint, frisst sich durch meine Nervenbahnen und lässt meine Muskeln zucken. Ich kann nur hoffen, dass sie etwas übrig lassen, denn ich brauche sie noch. Also die Nerven und Muskeln, nicht die Ameisen.

Da meine Hände mir weniger Probleme bereiten, lasse ich meine Beine einen Ameisenhügel sein und fahre weiter oben mit meinen Übungen fort. Auch hier werde ich nicht enttäuscht. Bereits heute Nacht könnte ich Bernd ohne Probleme den Mittelfinger zeigen. Was ich jedoch tunlichst vermeiden werde. Lieber soll er sich weiterhin in Sicherheit wiegen. Umso härter wird es ihn treffen, wenn ich seine Illusion letztendlich zerstöre.

Weil alle Sachen Haken haben

„Nach Ihnen. Schließlich gehört sie Ihnen, wenn wir Ihre Wünsche soweit erfüllen konnten“, ertönt Bernds Stimme gedämpft durch die geschlossene Zimmertür.

Was zur Hölle? Meine Muskeln verkrampfen sich. Ich wusste, dass er zurückkommen wird, aber ich habe nicht damit gerechnet, dass er jemanden mitbringt, vor allem nicht um diese Uhrzeit. Wer kann das sein?

Der Schatten, der sich als Erstes den Lichtkegel verdunkelt, spricht dagegen, dass Jörg mir einen weiteren nächtlichen Besuch abstattet. Der Schattenmann ist viel zu groß und zu drahtig. Womit auch Ludwig Stadler auszuschließen ist, da er gerne etwas mehr schlemmt, als es seiner Figur zuträglich ist.

„Darf ich?“, fragt der Fremde, als er neben meinem Bett angekommen ist.

„Aber bitte. Begutachten Sie unsere, und wenn Sie wollen Ihre Jacqueline ganz genau. Immerhin zahlen Sie eine Menge Geld für dieses einzigartige Vergnügen, da sollten Sie sich vorher davon überzeugen, dass alles Ihren Vorstellungen entspricht.“

Bernd schwadroniert aufgesetzt und geschwollen, als wäre er ein Gebrauchtwagenhändler und müsste Jacqueline – ergo mich – jemandem aufschwatzen. Nach den Erlebnissen der letzten Wochen wundert mich gar nichts mehr. Was nicht bedeutet, dass ich es nicht als grausam empfinde. Für Bernd bin ich lediglich ein Stück Vieh, das an diesen Fremden verkauft werden soll. Langsam wird mir auch klar, weshalb Jörg in der letzten Woche Fotos von mir gemacht hat. Um mich – nein um *Jacqueline* bei irgendwelchen Perversen anzupreisen.

Bei Männern, die dafür bezahlen, mit einer lebendigen Leiche Sex zu haben. Was glaubst du, was deren Fantasien sind? Vermutlich sind sie so verrucht und abartig, dass sie im echten Leben keine Frau finden, die solche Dinge mitmachen würde. Nicht mal eine Nutte …

Ich will nichts von den Unkenrufen der Pessimistin hören und widme meine Aufmerksamkeit lieber Bernd und dem Fremden, die mittlerweile dabei sind, um mein Bett herumzustolzieren.

Als befänden wir uns auf einer Verkaufsfläche, deren feilgebotene Ware ich bin, werde ich von den beiden begutachtet. Der Hagere kneift mir in die Wangen, wuschelt mir durch die Haare und zieht die Decke von meinem Körper, um den Rest seiner gekauften Ware zu begutachten. Zum krönenden Abschluss seines Qualitätschecks liftet er meinen Kittel, senkt seinen Kopf und schnüffelt lautstark zwischen meinen Oberschenkeln. Ich bin kurz davor zu testen, ob meine Beine schon kräftig genug sind, um ordentlich zutreten zu können, als er endlich von mir ablässt.

„Kompliment. Ich muss sagen, ich bin äußerst zufrieden mit Ihrer Arbeit. Damit, dass Sie meine Erwartungen übertreffen würden, hatte ich nicht gerechnet. Sie sind in der Tat Ihr Geld wert."

„Wir geben uns die allergrößte Mühe, die Wünsche unserer Gäste zu erfüllen."

„Bisher ist Ihnen das vorzüglich gelungen. Wie sieht das weitere Vorgehen aus? Kann ich bereits heute Ihre Leistungen in Anspruch nehmen?"

Nein, er kann überhaupt keine Leistungen in Anspruch nehmen. Ich für meinen Teil habe nämlich keine anzubieten.

„Es ist offensichtlich, dass Sie es kaum abwarten können", grinst Bernd und deutet auf die ausgebeulte Hose seines Gegenübers. „Aber zunächst müssen wir die Einzelheiten durchsprechen, den Vertrag fertigmachen und selbstverständlich die Zahlungsmodalitäten klären. Sobald das Geld bei uns eingetroffen ist, können Sie tun und lassen, was im Rahmen der Nutzungsbedingungen zulässig ist. Wenn Sie sich heute Nacht noch ausleben wollen, kann ich Ihnen gerne die Telefonnummer einer jungen Dame geben, die sich fürs Erste um Ihre Bedürfnisse kümmern wird."

Vertrag, Nutzungsbedingungen? Bin ich jetzt ein Online-Shop oder wie? Vielleicht gibt es noch Garantie, Gewährleistung und was nicht alles für mich. In dieser Hinsicht sollte sich der Gast, wie Bernd den Mann nennt, besser informieren, denn ich bin mir nicht sicher, wie lange ich noch zur Verfügung stehe. Jedenfalls habe ich nicht vor, mich weiterhin meinem von diesen Männern zugeführten Schicksal zu fügen. Ich kann nur hoffen, dass er Kunde einer langsamen Bank ist.

„Gehen Sie bitte schon vor, ich muss hier noch kurz nach dem Rechten sehen. Es dauert nicht lange, bis ich nachkomme“, komplimentiert Bernd den Mann freundlich aber bestimmt aus meinem Zimmer.

Nach dem Rechten zu sehen heißt für Bernd, dass er mir meine Injektion verpasst, meinen Kittel ebenfalls anhebt und mir den Zeigefinger in die Scheide einführt. Dann zieht er ihn heraus, leckt ihn ab und stöhnt dabei genüsslich.

„Mh. Ich werde dich vermissen. Mit dir hat es außerordentlich viel Spaß gemacht. So eine gute Zeit wie ich mit dir hatte, werde ich so schnell nicht wieder haben. Aber leider wirst du für mich uninteressant, sobald du an die Kunden gegangen bist. Eine Schande“, flüstert er und beugt sich zu mir runter.

Mit der Zunge schleckt er mein Ohrläppchen ab und wandert mit seinem Kopf in Richtung meines Halses.

„Oh Mann. Ich höre besser auf, sonst werde ich noch schwach. Ein letzter ordentlicher Fick ... So richtig besorgen würde ich es dir. Aber Jörg würde mich umbringen ...“

Mit diesen Worten dreht er sich um und hastet aus dem Zimmer.

Vermutlich stattet er dem Klo noch einen Besuch ab. Um sich einen runterzuholen, bevor er die Vertragsdetails klärt.

„Nghig higch“, nuschle ich ihm hinter her. *Fick dich besser richtig heftig. Wenn es nach mir geht, hast du nicht mehr lange die Gelegenheit dazu.*

Damit meine Drohung nicht nur aus leeren Worten besteht, teste ich gleich, wie es um meine Beine bestellt ist. Das Kribbeln ist seit geraumer Zeit nicht mehr zu spüren und ich habe die Befürchtung, dass mit ihm auch die Beweglichkeit zurückgegangen ist.

Zu meiner Erleichterung ist sie das nicht. Im Gegenteil. Nicht nur meine Zehen zucken wild auf und ab, ich schaffe es sogar, meinen Unterschenkel ein kleines Stück von der Matratze anzuheben. Langsam lasse ich ihn wieder absinken und hebe danach probeweise meinen Arm. Unkontrolliert ruckt er nach oben, fällt aber sogleich schlaff zurück auf die Matratze. Kontrollierte Bewegungen sind wohl noch nicht drin.

Kein Wunder, wenn man bedenkt, wie lange ich jetzt schon an dieses verfluchte Bett gefesselt bin. Ich schätze, es sind bereits mehr als vierzehn Tage, in denen ich keinen einzigen Muskel genutzt habe außer jenen, die für die Bewegung meiner Augen zuständig sind. Es ist völlig normal, dass noch nicht alles perfekt funktioniert.

Den Rest der Nacht begnüge ich mich damit, meine Muskeln zu dehnen und meine eingerosteten Gelenke wieder an die Bewegung zu gewöhnen. Ab und zu stoße ich mich mit den Füßen leicht von der unteren Begrenzung meines Bettes ab. Erst als nahezu mein gesamter Körper vor Überanstrengung schmerzt, gönne ich mir eine Pause.

All die Mühe zahlt sich aus. Als der Morgen graut, bringe ich es nur unter Verwendung meiner Arme fertig, meinen Oberkörper für einen kurzen Moment in eine fast aufrechte Position zu wuchten. Vor Anstrengung rast mein Herz und mein Mund ist ausgetrocknet, aber ich habe es allein mit meiner Muskelkraft hinbekommen. Noch einen weiteren Tag, dann bin ich hier draußen, ob mit oder ohne Maries Hilfe.

Jetzt mal nicht übermütig werden. Das hier war noch lange nichts Weltbewegendes, höre ich die Pessimistin noch sticheln, während mir die Augen zufallen.

Ist es wohl und ich bin stolz auch mich, antworte ich ihr in Gedanken, während mich der Schlaf übermannt.

Am nächsten Tag warte ich vergeblich auf Marie. Eine der anderen Schwestern übernimmt meine Versorgung und ich komme zu dem Entschluss, dass ich nicht mehr auf Marie und ihre leeren Versprechungen zählen werde. Ich war lange genug geduldig, es geht hier schließlich um mein Leben und nicht um eine Pizza, auf deren Lieferung ich warte.

Den Tag über verbringe ich mit weiteren Übungen. Ich muss es einfach schaffen, selbst aus dem Bett aufzustehen, auch wenn es mir immer schwerer fällt, mit den Füßen zu wackeln oder meine Waden anzuheben. Mittlerweile zucken meine Muskeln bei der geringsten Anstrengung und ich muss ständig Pausen einlegen.

Als es dunkel wird und ich mich lange genug entspannt habe, wage ich es schließlich ein weiteres Mal, mich langsam aufzusetzen. Es dauert eine Ewigkeit und der Schweiß strömt mir aus allen Poren, aber ich schaffe es. Diesmal sogar mit weniger Schmerzen als letzte Nacht. Die Pessimistin schweigt anerkennend.

Vor Stolz verdrücke ich ein kleines Tränchen, das ich mit meiner eigenen Hand wegwische. Draußen ist es mittlerweile komplett dunkel, der Mond steht hoch am Himmel und beleuchtet schwach den kargen Krankenhauspark. Es ist spät. So spät, dass ich jeden Moment mit Bernd und seinem Kunden rechnen muss.

Ermattet lege ich mich wieder hin. Ich kann nur hoffen, sie heute Nacht noch nicht zurückkehren. Es fehlt mir noch die Kraft, mich effektiv gegen die beiden Männer zu wehren. Vielleicht könnte ich es aber schaffen, jemanden außerhalb des Zimmers auf mich aufmerksam zu machen. Wenn dort überhaupt jemand ist.

Was, wenn niemand außer Bernd dort draußen auf dich wartet und du allein mit diesen Irren auf der Station bist? Wo willst du denn hin, wenn du es schaffst, dich aus deinem Gefängnis zu befreien?

Fragen, auf die ich keine Antwort finden werde, solange ich noch an das Bett gefesselt bin. Es bleibt mir nichts anderes übrig, als abzuwarten. Vor Anspannung sind meine Sinne bis aufs Äußerste geschärft. Jedes Geräusch, das in mein Zimmer dringt, jagt mir einen Adrenalinstoß durch den Körper.

Waren da Schritte auf dem Flur? Steht er vor der Tür? Hat sich die Klinke bewegt? Wenn er da ist, warum kommt er nicht rein? Gehört das zu seinen perversen Spielchen?

Noch passiert gar nichts. Dann aber höre ich Bernds Stimme über den Flur tönen. Ein letztes Mal spanne ich meine Muskeln an, bevor ich in die Komahaltung der letzten Wochen verfalle. Mein Körper ist bereit. So bereit, wie er in diesem Zustand sein kann. Ich blicke zur Türklinke, die sich in diesem Moment langsam nach unten senkt.

Leben kostet Wille und Bleiben kostet Kraft

Noch gestern hätte ich nicht damit gerechnet, dass ich einmal Erleichterung beim Anblick dieser Männer empfinden werde. In diesem Augenblick jedoch bringt es mich beinahe dazu, vor Freude zu heulen.

Neben Bernd taucht das Gesicht von Ludwig Stadler im Lichtschein der Tür auf. Kein Kunde und kein Gast betritt mein Zimmer. Die Bank ist offensichtlich auf meiner Seite und hat mir den Gefallen getan, den Transfer des Geldes hinauszuzögern. Noch nie war ich einer Bank so dankbar, die ihre Bearbeitungsfrist von einem Tag nicht eingehalten hat.

„Siehst du, alles ruhig. Ich verstehe nicht, warum du mir nicht traust." Bernds Tonfall ist der eines kleinen Jungen, dem man im Freibad verboten hat, sich seine heiß ersehnte Portion Pommes zu kaufen.

„Dann solltest du versuchen, dich an die letzte Woche zu erinnern. Ich werde nicht riskieren, dass in Anwesenheit eines Kunden etwas schiefgeht und Jörg mir im Anschluss die Hölle heißmacht. Du hast gezeigt, dass du eben nicht vertrauenswürdig bist." Ein heftiges Schnaufen von Ludwig Stadler verdeutlicht, wie wütend er tatsächlich ist.

Ich hingegen kann mir nur schwer ein Grinsen verkneifen, auch wenn es in meiner Situation vollkommen fehl am Platz erscheint. Ein wenig Schadenfreude wird doch wohl erlaubt sein. Da habe ich den armen Bernd mit meiner vorzeitigen Genesung wohl ziemlich in die Scheiße geritten. Am liebsten würde ich jetzt aufstehen und ihm damit komplett die Tour versauen.

Allerdings befürchte ich, dass auch ich mir damit alles zerstören würde, denn Ludwig Stadler wird mich nicht mit offenen Armen empfangen, geschweige denn aus meinem Zimmer führen und mich zu meiner körperlichen Fitness beglückwünschen. Also bleibe ich einfach liegen und lausche der Standpauke, die Bernd von Doktor Stadler bekommt.

„Ich hab Jörg von Anfang an prophezeit, dass es keine gute Idee ist, einen Pfleger die Reaktionen in der Praxis überprüfen zu lassen. Unsere Berechnungen der korrekten Dosis haben uns bisher nie im Stich gelassen. Er jedoch hat darauf bestanden, dass du die Generalprobe durchführst. Es ist mir ein Rätsel, wie du ihn überreden konntest. Deine Geilheit hat dir ganz offensichtlich den Verstand ausgeschaltet.“

„Ich weiß ja, dass es ein Fehler war. Aber den mache ich nur einmal. Ansonsten hab ich alles richtig gemacht.“ Bernd klingt immer mehr nach einem weinerlichen Mädchen.

Ich kann ihn mir gut vorstellen, wie er x-beinig in der Tür steht und Tränen in den Augen hat. Nicht auszudenken, wie heftig erst sein Anschiss wird, wenn herauskommt, dass ich die ganze Zeit über nicht betäubt war. Fast ein wenig bedauerlich, dass ich nicht dabei sein kann.

Sei vorsichtig mit dem, was du dir wünschst. Noch liegst du hier im Bett und sitzt nicht auf einem Polizeirevier, um deine Aussage zu machen.

Die Schritte der beiden nähern sich meinem Bett und mit einem Mal wird mein Augenlid nach oben gezogen.

„Pupillenreaktion vorhanden. Gib ihr eine Injektion“, fordert der Doktor Bernd auf und lässt mein Auge wieder los.

Von rechts ertönt ein leises Rascheln. Wenig später spüre ich, wie er mir das Beruhigungsmittel auf meine Hand spritzt.

„Was ist mit dem Kunden?“

„Er hat gestern im Hotel eingecheckt und ...“

„Spar dir die Details. Es interessiert mich herzlich wenig, wann und wo er schläft. Nicht umsonst ist das eure Sache, sich mit diesen Banalitäten zu beschäftigen. Was mich interessiert ist, ob er mit der Ware einverstanden ist und die Überweisung veranlasst hat?“

„Ja. Ich habe ihm außerdem Jenny geschickt, die sich heute und morgen Nacht um ihn kümmern wird.“

Jenny, Jacqueline. Wenn diese Bastarde im Vertuschen ihrer Machenschaften so kreativ wie bei der Vergabe von sexy Frauennamen sind, dann frage ich mich, wie sie so lange unentdeckt bleiben konnten. Zumindest habe ich den Eindruck, dass ich bei Weitem nicht die Erste bin, die hier liegt und die letzten Wochen in dem dringenden Wunsch zu sterben verbracht hat.

„Gut. Dann kümmere dich morgen darum, dass sie rasiert und frisch gemacht ist. Und ich rate dir, dass du ansonsten die Finger von ihr lässt. Dem Kunden wird unverbrauchte Ware angeboten und es soll zumindest den Anschein haben, dass er exakt die bestellte, unverbrauchte Ware erhält, denn genau dafür zahlt er immense Summen. Und glaube bloß nicht, dass wir das nicht herausbekommen. Du hattest auch abseits deines Auftrags bereits häufig genug deinen Spaß mit ihr.“

„Aber ... Woher weißt du ...?“

„Glaubst du allen Ernstes, dass deine nächtlichen Besuche unbemerkt blieben? Es wurde von uns lediglich toleriert, da du bisher keinen größeren Schaden verursacht hast.“

Wenn Sie wüssten, Herr Doktor, Ihnen würden auch die letzten Ihrer verbliebenen grauen Haare ausfallen.

Doch nicht Bernd ist derjenige, der es verbockt hat. Als Arzt hätte Ludwig Stadler auffallen müssen, dass sich die Kanüle bereits seit einigen Tagen nicht mehr in der Vene meiner Hand befindet. Anstatt selbst seine Augen aufzumachen und seine Arbeit gewissenhaft zu erledigen, wälzt er die Verantwortung aber lieber ab.

Warum solltest du dich damit befassen? Sei lieber froh, dass er sich so nachlässig verhält und mach dir keine Gedanken über Dinge, die sich im Endeffekt positiv für dich ausgewirkt haben. Wenn dein GAST morgen noch nicht wieder auftaucht, bleibt dir ein voller Tag.

Richtig. Ein Tag, der den Unterschied ausmachen könnte, wenn ich meine Zeit sinnvoll nutze. Und ich habe nicht vor, sie ungenutzt verstreichen zu lassen. Morgen werde ich Bernd auf meinen eigenen Beinen entgegentreten, um ihm seine Eier mit meinen eigenen Händen herauszureißen und sie danach aus dem Fenster werfen.

Nie wieder wird er eine Frau anfassen können und dabei angenehme Erregung zwischen seinen Lenden verspüren.

Ok, das ist zugegebenermaßen etwas übertrieben. Dennoch bringt mich genau diese Vorstellung zum Lächeln. Ziele sollten nie zu niedrig gesteckt werden, eine weitere Weisheit, die ich der Zeitschrift mit dem autogenen Training entnommen habe. Muss wohl irgendein Psychologie-Magazin gewesen sein. Bernd ohne seine Hoden zu sehen ist zumindest ein Ziel, das genug Ansporn für mich darstellen sollte.

Kaum haben die beiden mein Zimmer verlassen, beginne ich meine Zeit zu nutzen. Tatsächlich funktionieren meine Muskeln bereits besser als heute Mittag.

Es dauert länger, bis sich die Krämpfe in den Beinen einstellen, die dann wiederum viel schneller wieder verschwinden. Nach einiger Zeit verspüre ich kaum noch ein Brennen in den Oberschenkeln und auch das Zucken der Wadenmuskulatur ist nur noch als schwaches Zittern vorhanden. Ob ich es wagen kann, aus dem Bett aufzustehen?

Bloß nicht. Was ist, wenn deine Muskeln es nicht schaffen, dein Gewicht zu halten und du umfällst? Dann liegst du wehrlos wie ein zappelnder Käfer auf dem Rücken dort unten auf dem Boden. Mit deiner Tarnung war es das dann, den Rest kannst du dir ja selbst ausmalen, jammert die Pessimistin.

„Hnls Ml“, zische ich ihr zu.

So langsam sollte sie sich entscheiden, ob sie für oder gegen mich ist. In ihren Aussagen zeigt sie sich so konstant wie Politiker vor und nach einer wichtigen Wahl.

Um zu verdeutlichen, dass ich auf ihre Ratschläge pfeife, halte ich mich an dem Galgen über meinem Kopf fest und ziehe mich daran hoch. Meine Arme sind noch lange nicht so weit, wie meine Beine. Schon bei der Aufwärtsbewegung hat sich der Ameisenhaufen in Bewegung gesetzt und ich brauche zwei Anläufe, bis ich mich endlich in einer aufrechten Position befinde.

Im Gegensatz dazu geht mir der Rest leicht von der Hand. Als ich es erst mal geschafft habe mich aufzusetzen, drehe ich mit Schwung meine Hüfte nach rechts, bis meine Beine aus dem Bett baumeln. Mit den Armen stütze ich mich auf der Matratze ab und strecke meine Knie durch. Ein Kinderspiel Was für ein wundervolles Gefühl, wieder einigermaßen selbstständig zu sein.

Allerdings nur für einen Moment, denn kurz darauf erreichen die elektrisierten Ameisen meine Pomuskeln. Sie sorgen dafür, dass meine Beine unkontrolliert hin und herzucken. So werde ich es kaum schaffen, auf eigenen Beinen zu stehen. Vermutlich werden sie sofort unter mir nachgeben, sobald ich sie belaste. Ich schließe die Augen und versuche, den Schmerz wegzuatmen und das Zittern unter Kontrolle zu bekommen.

Ich habe gleich gesagt, dass du es lassen sollst. Aber du musst mal wieder deinen Dickkopf durchsetzen. Das hast du jetzt davon. Wenn du nicht mal sitzen kannst, wie willst du dann erst stehen? Hör doch endlich mal auf mich und überleg es dir, noch gibt es ein Zurück, stichelt die Pessimistin. Allerdings klingt sie bereits kleinlauter.

Um sie endgültig zum Schweigen zu bringen, drücke ich meinen Rücken durch und rutsche von der Matratze. Als ich auf den Füßen aufkomme, scheinen meine Knie einen Moment lang zu erwägen, bei der Aktion nicht mitzuspielen und einzuknicken. Mit all meiner Kraft drücke ich sie durch und tatsächlich schaffe ich es, sie mithilfe der Unterstützung meiner Wadenmuskulatur vom Gegenteil überzeugen.

Es dauert eine Weile, bis ich realisiere, was mir gerade gelungen ist: Ich stehe! Auf meinen eigenen Beinen. Wackelig und weit davon entfernt, noch heute Nacht auf eigenen Füßen aus der Klinik zu laufen, aber ich stehe.

„Nggt guuu?!" *Siehst du?!*, schreie ich die Pessimistin an und vor Erleichterung stehen mir Tränen in den Augen.

Ist gut. Ich muss zugeben, du hast das großartig gemacht. Es hätte allerdings auch schiefgehen können und du solltest eben diese Möglichkeiten öfter mal in deine Überlegungen einbeziehen. Hättest du das vor deinem Urlaub gemacht, dann würdest du dich jetzt nicht in dieser Lage befinden.

Das ist unfair. Selbst wenn ich die für mich denkbar schlechteste Variante des Wochenendes durchgegangen wäre, hätte ich mir nie und nimmer ausgemalt, dass ich hier landen könnte. Wer kann schon ahnen, dass der neue Freund sich als Zuhälter von Komapatientinnen entpuppt?

Bei dem Gedanken an Jörg erinnere ich mich daran, was mir schon morgen Nacht blühen kann. Noch einmal werde ich nicht so viel Glück haben, wie heute Abend.

Vielleicht sollte ich doch versuchen, jetzt gleich zu entkommen ...

Die Entscheidung wird mir von einem Geräusch auf dem Flur abgenommen. Mit einer Geschwindigkeit, die sich nahe am Normalzustand befindet, lasse ich mich rückwärts auf mein Bett fallen, wuchte meine Hüfte herum, sodass meine Beine auch auf der Matratze liegen, und ziehe die Decke über mich.

Die Schritte, die eben noch ganz sicher da waren, sind verstummt. Wenn Bernd jetzt in mein Zimmer kommt, ist alles vorbei. Er wird merken, dass etwas nicht nach seinem Plan läuft. Das OP-Leibchen unter der Decke ist durcheinander und meine Stirn ist von der Anstrengung klatschnass geschwitzt. Dennoch wage ich es nicht, mich zu bewegen. Jedes Geräusch könnte Bernds Aufmerksamkeit erregen und mich verraten.

Diesmal habe ich Glück. Plötzlich sind die Schritte wieder da. Sie werden leiser, was bedeutet, dass sie sich von meiner Tür entfernen. Bernd ist verschwunden. Draußen dämmert das fahle Licht des wolkenverhangenen Morgens. Zeit für mich, zu schlafen. Morgen erwartet mich ein anstrengender Tag.

Hinfallen oder Losschreien

Ich bin umgeben von Dunkelheit, als ich die Augen das nächste Mal öffne. Ist es möglich, dass ich den gesamten Tag verschlafen habe? Es muss so sein, denn ich fühle mich so ausgeruht wie schon lange nicht mehr. Vorsichtig strecke ich meine Arme, bewege meine Füße. Es funktioniert alles so, wie letzte Nacht auch. Der Mond, der durch mein Fenster scheint, beleuchtet das Wasserglas auf meinem Nachttisch. Ich strecke meine Hand danach aus, reiße sie aber augenblicklich wieder zurück. Da ist jemand an der Tür.

Als ich sehe, wer in mein dunkles Zimmer schlüpft, erstarre ich. Es ist nicht Bernd, der gekommen ist, um dafür zu sorgen, dass der Kunde sich nicht mit unerwünschten Haaren herumschlagen muss. Es ist der Kunde selbst, der da auf mein Bett zuhält. Was zur Hölle macht er schon hier? Habe ich mehr als nur einen Tag verschlafen?

Dir ist klar, dass er gerade deinen Plan topediert. Wenn du dich jetzt wehrst, wird es Bernd sein, der nicht dir zu Hilfe eilt, sondern ihm.

Natürlich ist mir das klar, aber danke für den Hinweis. Mal wieder bringt mir dieser beschissene Murphy mit seinem Gesetz alles durcheinander.

Während sich der Unbekannte an meinem Bettgalgen zu schaffen macht, wäge ich meine Möglichkeiten ab. Soll ich es einfach über mich ergehen lassen und darauf warten, dass ich Bernd alleine erwische? Reglos daliegen, während dieser Kerl seine dreckigen Spielchen mit mir treibt?

Das würde kaum funktionieren. Vermutlich werde ich bereits bei der ersten Berührung vor Ekel zurückschrecken. Ich war noch nie gut darin, meine Gefühle zu verstecken. Zumindest nicht, wenn es sich dabei um Abneigung handelt. Aber wenn ich ihn nicht gerade mit einem Versuch bewusstlos schlage oder anders völlig außer Gefecht setze, bleibt mir kaum eine Chance.

„Ich sehe, dass du es kaum erwarten kannst, meinen riesigen Schwanz in dir zu spüren“, sagt er und nimmt mir damit die Entscheidung ab. Während er spricht, kann ich den Belag auf seinen Zähnen erkennen, seinen stinkenden Atem riechen. Nein, ich könnte nicht ertragen, diesen Typen in mir zu spüren. Keine Sekunde könnte ich dabei ruhig bleiben und es über mich ergehen lassen.

„Es dauert nicht mehr lange, nur Geduld. Ich muss nur zusehen, dass hier alles funktioniert. Wir wollen doch alles auf Video haben, damit wir uns später daran erinnern können, was meinst du?“

Ja sicher, *wir* wollen das unbedingt. Ich meine, dass du nicht ganz knusper im Oberstübchen bist. Jetzt, nachdem er sie erwähnt hat, fällt sie mir auch ins Auge. Eine kleine Kamera, die nicht größer als eine Streichholzschachtel ist, mit einem Kabelbinder an dem Galgen über meinem Bett befestigt. Sicher, die ruhmreiche Vergewaltigung einer wehrlosen Frau ist es wert, für die Ewigkeit auf Band festgehalten zu werden. Wäre mir nicht schon lange zum Kotzen zumute, dann würde sich mir spätestens jetzt der Magen umdrehen.

Mit seinem Handy überprüft Mister Faulzahn die Einstellung seiner soeben angebrachten Kamera. Er beugt sich zu mir runter, grinst, kämmt sich selbst und dann mir durchs Haar und streckt schließlich seine Hand mit dem erhobenen Daumen nach oben.

Offensichtlich ist er endlich zufrieden, denn er klettert

von meinem Schoß und entledigt sich neben meinem Bett schnaufend seiner Hose und dem Liebestöter, den er darunter trägt. Schießer mit Eingriff. Passt perfekt. Wahrscheinlich plant er, noch heute Nacht, nach seiner armseligen Vergewaltigung, zurück ins Bett seiner adipösen Ehefrau zu schlüpfen, die mit ihren sorgfältig eingedrehten Lockenwicklern auf dem Daunenkissen vor sich hin schnarcht. Das wäre genau das langweilige Leben, das er verdient hätte.

Nachdem er – zumindest untenrum, denn Socken und Unterhemd hat er anbehalten – vollkommen nackt ist, macht er sich daran, den für ihn überflüssigen Stoff von meinem Körper zu entfernen. Da ich ihm nicht dabei zuschauen will, schließe ich die Augen.

Ganz ruhig, versuche ich mich runterzubringen. Noch ist der richtige Zeitpunkt nicht gekommen. Jetzt bloß keinen Fehler machen.

Ich spüre, wie er meinen Oberkörper anhebt und das Hemdchen an meinem Rücken aufknotet. Dann zieht er es von meinen Schultern und lässt es auf den Boden zu seiner Unterhose fallen. Obwohl es nicht sonderlich kalt in dem Krankenzimmer ist, erschaudere ich und meine Brustwarzen versteifen sich. In seiner männlichen Unwissenheit interpretiert er diese Reaktion als Zeichen meiner Erregung.

„Mein Gott du bist aber spitz. Genau wie ich, Baby. Wird Zeit, dass du endlich mal wieder richtig durchgefickt wirst, nicht wahr? Die Warterei hat ein Ende, ich bin jetzt da. Mach dich bereit, ich werde es dir so richtig besorgen."

Mit dem Finger überprüft er, ob ich untenrum auch schon für ihn bereit bin. Das Ergebnis stellt ihn offenbar nicht zufrieden. Er steckt sich seinen Mittelfinger in den Mund, lutscht ihn lasziv – oder das, was er dafür hält – ab, um damit für genügend Feuchtigkeit in mir zu sorgen. Daraufhin spreizt er meine Beine noch ein Stück weiter. So weit, dass ich befürchte, einen Muskelfaserriss zu bekommen. Schließlich kniet er sich zwischen meine Oberschenkel auf das Bett.

Ich halte die Luft an, bündele meine gesamte Kraft. Er schnauft, beugt sich über mich. Mit der rechten Hand stützt er sich neben meinem Kopf ab. Mit der Linken hält er seinen Penis fest, um ihn an seinen Zielort zu dirigieren.

Jetzt, feuert mich die Pessimistin an, die sich anscheinend entschieden hat, mich endlich zu unterstützen.

Ich höre auf sie und lasse in diesem Moment meine geballten Fäuste nach oben schnellen. Mit voller Wucht stoße ich sie gegen seine Brust.

Ein schmerzerfülltes Stöhnen dringt aus seinem Mund und hörbar entweicht die Luft aus seiner Lunge.

„Was zur Hölle", keucht er mit schreckgeweiteten Augen.

Sein Oberkörper gerät bedrohlich ins Schwanken. Der Stoß scheint heftiger gewesen zu sein, als ich gewagt habe zu hoffen. Wie in Zeitlupe kippt er zur Seite und gerät in Schieflage. Der dämliche Ausdruck auf seinem Gesicht ist zum Schreien und ich würde mich totlachen, wäre die Situation nicht bitterernst. Mit den Armen rudernd versucht er verzweifelt, Halt auf dem Rand des Bettes neben meinen

Oberschenkeln zu finden.

Ein heftiger Tritt mit meinen Knien in seine Weichteile verhindert es und befördert ihn über die Kante. Kopfüber kippt er von mir und dem Bett herunter und landet mit einem lauten Poltern auf dem Boden bei meinem Leibchen und seiner Unterhose. Eine ganze Weile bleibt er dort regungslos liegen.

Er ist tot! Scheiße man, du hast ihn umgebracht, kreischt die Pessimistin.

Und wenn schon, rufe ich ihr entgegen. *Selbst wenn ich ihn getötet habe, würde ihm das mehr als recht geschehen. Ich hoffe sogar, dass er da unten verreckt. Am besten hat er dabei schreckliche Schmerzen.*

Als ich überlege, ob ich nach ihm schauen soll, ertönt ein schmerzerfülltes „Ahh“ vom Boden. Er lebt also noch. Und er ist dabei sich aufzurappeln.

Sein knallrotes Gesicht erscheint am Rande meiner Matratze. Eine blutende Platzwunde ziert seine Stirn und ist dabei, eierförmig anzuschwellen. Der Schlag auf den Kopf hat wohl gesessen. Der Sturz sollte ihn endgültig auf den Boden der Tatsachen geholt und ihm die Lust auf meinen ach so wehrlosen Körper verdorben haben.

„Was ist das denn für ein Scheißspiel“, schreit er mich an, während er wankend in seine Bundfaltenhose steigt. Die Schießer liegt noch immer weiß leuchtend auf dem Boden. „Ihr zockt mir mein Geld ab und glaubt, dass ich das mit mir machen lasse? Da habt ihr euch aber gründlich getäuscht. Du miese Schlampe, deinen verdammten Zuhältern werde ich was erzählen. Es wird Zeit, dass ihr mich richtig kennenlernt. Ich habe einflussreiche Freunde ..."

Mit diesen Worten stürmt er ohne seine Unterhose aus meinem Zimmer. Die liegt weiterhin vor meinem Bett. Auch seine Kamera hängt noch an Ort und Stelle. Ich hebe meine Hand und zeige meinen hochgereckten Mittelfinger in die Linse. Er und seine einflussreichen Freunde sollen schließlich eine schöne Erinnerung an mich haben. Dann nehme ich die Kamera und schleudere sie in eine Zimmerecke. Das sollte genügen, um ihre Aufnahmefunktion zu beenden.

Während ich mich noch meinen Glücksgefühlen hingebe, meldet sich die Pessimistin leise zu Wort: *Keine Zeit, dämlich zu grinsen, heb dir das für später auf. Beeil dich lieber und sieh zu, wie du hier rauskommst.*

Sie hat recht. Mein Gast will Bernd eine Abreibung verpassen, aber mit ziemlich hoher Wahrscheinlichkeit wird es nicht lange dauern, bis Bernd die Beschwerde des Kunden an mich weiterleitet. Zu diesem Zeitpunkt sollte ich mich entweder nicht mehr hier drin befinden oder ein verdammt gutes Versteck in dem Zimmer gefunden haben.

Ächzend wuchte ich meine Beine aus dem Bett. Sofort kehren die Ameisen zurück und meine Oberschenkelmuskeln brennen wie Feuer. Ich beiße die Zähne zusammen und ignoriere das unangenehme Gefühl. Es ist nicht die Zeit, Rücksicht darauf zu nehmen. An der Kante meines Nachttisches ziehe ich mich nach oben, bis ich stehe.

Mein Kreislauf will sich nicht damit abfinden, dass mein

Blut so plötzlich in meinen Kopf gepumpt werden muss und mir wird schwarz vor Augen. Einen kurzen Augenblick schwanke ich wie eine Betrunkene, bekomme Übergewicht und kippe nach vorne. Ich rechne damit, jeden Moment auf den Boden zu krachen. Der Nachttisch kommt dem Boden zuvor und fängt mich auf. Klirrend fällt das Wasserglas statt mir zu Boden und zerbricht dort in mehrere Teile.

Ich lasse mich daneben auf die Knie sinken. Bevor ich mich zur Tür schleppe, muss ich die Scherben wegräumen. Wenn ich mir den Fuß aufschneide, hinterlasse ich verräterische Blutspuren und Bernd hätte mich schneller eingefangen, als ich das Wort Flucht aussprechen kann. Während ich, auf dem Boden kauernd, die Scherben halbherzig mit bloßen Händen auf einen Haufen fege, versagt mein Kreislauf erneut. Das war zu viel Aufregung für meinen geschwächten Körper. Ich kann es nicht schaffen. Aber ich darf nicht aufgeben. Noch nicht.

„Gehen Sie zurück ins Schwesternzimmer! Ich habe gesagt, ich kümmere mich darum“, donnert Bernds Stimme auf dem Flur. Er ist wütend. Irgendwie verständlich.

Er muss bereits fast bei meiner Tür angelangt sein. „Der Bereitschaftsarzt wird sich jeden Moment um Ihre Verletzung kümmern.“

So klein, wie es nur geht, kauere ich mich hinter mein Bett. Vielleicht habe ich Glück und er glaubt, dass ich schon weg bin. Möglicherweise schaut er gar nicht hier hinten nach. Immer mehr sinke ich in mir zusammen und warte darauf, dass sich die Tür öffnet. Als der Lichtschein aus dem Flur in mein Zimmer fällt, halte ich die Luft an. Bitte lieber Gott, lass ihn einfach wieder gehen.

Aber meistens gibt es Tote...

„Frau Kiefer? Alles in Ordnung bei Ihnen? Ich bin hier, um Ihnen zu helfen, wo sind Sie?", fragt er mit verstellt freundlicher Stimme und stiert dabei ins Dunkle.

Er muss mich für ziemlich unterbelichtet halten, wenn er glaubt, ich würde auf diese schlechte Komödie reinfallen.

Als er mich nirgends entdecken kann, fügt er flüsternd hinzu: „Du verfickte Schlampe, wo bist du?"

Dann macht er einen Schritt ins Zimmer und schließt die Tür hinter sich. Nun sind nur noch seine Füße in den ausgetretenen Birkenstocks zu sehen. Er steht genau auf der anderen Seite des Bettes und wippt sichtlich nervös mit den großen Zehen auf und ab. Noch hat er mich nicht entdeckt.

Noch ...

„Was bildest du dir eigentlich ein? Dass du hier mir nichts dir nichts aus deinem Zimmer marschierst und dich niemand aufhält?"

Er lacht verächtlich. Sieht er mich etwa? Ich glaube nicht, denn ich kann sein Gesicht nicht sehen.

„Ich muss dich enttäuschen. Dazu haben wir zu viel zu verlieren. Du hast dich selbst ganz tief in die Scheiße geritten. Solange du nicht in der Lage bist, dich in Luft aufzulösen, werde ich dich finden, verlass dich darauf."

Die Birkenstock setzen sich in Bewegung, umrunden das Bett, kommen immer näher. Ich krieche über den Boden, auf der Suche nach dem Ausweg, den es nicht gibt. Meine Finger stoßen gegen etwas Hartes. Etwas Scharfes. Das Stück Glas schneidet mir tief in die Kuppe des Zeigefingers, ein brennender Schmerz breitet sich darin aus. Das Blut läuft mir die Hand herunter und tropft vor meinen Knien auf den Boden.

Die Birkenstock sind mittlerweile bei mir angekommen. Sie machen direkt vor mir Halt. Oh Gott, nein. Bitte nicht. Er hat mich. Bedrohlich steht er über mir, packt meinen Arm, reißt mich daran nach oben und schüttelt mich brutal.

„Wie kann das sein? Wie hast du das gemacht? So eine Scheiße, so ein riesiger Haufen Scheiße. Weißt du, wie viel Kohle du uns in diesem Moment kostest? Mal abgesehen von dem Ärger, den ich mir damit einhandle“, brüllt er mich an. „Was mach ich denn jetzt nur?“, fügt er mehr für sich selbst hinzu.

Meine Hand krampft sich um die Scherbe, die ich geistesgegenwärtig umklammert habe, als Bernd mich vom Boden aufgehoben hat. Die scharfe Kante zerschneidet meine Haut. Der Schmerz hält mich bei Verstand. Dieses kleine Stückchen Glas ist meine einzige Chance. Ich ignoriere das Feuer, das in meiner Hand brennt, verdränge die klaffende Wunde, die sich quer über meine Handfläche zieht.

Bernd hat mich mittlerweile aufs Bett geschleudert. Dort hält er mich mit seinem Knie auf meiner Brust auf die Matratze gedrückt, während er mit der Hand in seinem Kittel herumwühlt. Entschlossen visiere ich seinen Schritt an. Ich muss ihn an seiner verletzlichsten Stelle treffen.

Genau so bin ich auch schon den anderen losgeworden. Und es muss beim ersten Mal funktionieren. Für mehr als einen heftigen Angriff wird meine Kraft kaum ausreichen.

Mit einem erstickten Schrei hebe ich meinen freien Arm und ramme ihm die Spitze des zerbrochenen Glases in den Körper. Er schafft es, sich gerade so zu drehen, sodass die Scherbe nicht sein Gemächt, sondern seinen Oberschenkel trifft.

Verflucht, du hattest diese eine Chance und was tust du? Du versaust deinen einzigen Versuch, indem du einen Kriegsschrei ausstößt, der selbst den dümmsten Steinzeitmenschen gewarnt hätte, schimpft mich die Pessimistin aus.

Nur kurz nehme ich ihr ab, versagt zu haben, indem ich mein ursprüngliches Ziel verfehlt habe. Ich erwäge sogar, mich dafür zu entschuldigen. Dann jedoch sehe ich, wie schnell sich Bernds weiße Pflegerkluft vorne rot färbt. Die Stelle, die ich tatsächlich getroffen habe, war offensichtlich noch viel wirkungsvoller, denn Bernd stöhnt schmerzerfüllt auf. Sein Gesicht wird von einem Moment auf den anderen kalkweiß und er schreit mich nicht mal an.

Als ich die Hand wieder zurückziehe, spritzt mir ein Schwall Blut ins Gesicht. Erschrocken starre ich meine Finger an. Das Blut stammt nicht von mir. Zumindest nicht ausschließlich. Der Druck seines Gewichtes auf meiner Brust lässt nach und ich sinke erleichtert zurück auf die Matratze. Bernd steigt von dem Bett und beugt sich stöhnend nach unten, um sich den blutenden Oberschenkel zu halten.

„Verfickte Scheiße, du Hure hast eine Arterie getroffen“, jammert er und lässt sich auf seinen Hintern fallen.

Respekt, nickt die Pessimistin anerkennend.

„Hure?“, frage ich und meine Stimme klingt, als habe ich einen Bogen Sandpapier verschluckt, der jetzt in meinem Hals feststeckt. Jedes Wort schmerzt und doch spreche ich weiter. „Wenn überhaupt habt ihr versucht, mich zu einer zu machen. Ich befürchte, ihr habt mich unterschätzt.“

„Du musst ... Hilfe holen! Ich verrecke hier in deinem Zimmer ...“ Die Blutlache um ihn herum vergrößert sich blitzartig und seine Stimme verliert an Kraft.

„Ich hoffe doch“, sage ich und lege die Scherbe auf mein Bett. Zitternd wische ich das Blut an dem Bettlaken ab und ziehe mich an dem Galgen hoch.

„Du scheiß ... Schlampe, hol Hilfe, sofort. Ich ... ich bitte dich. Du kannst mich doch nicht ... einfach so sterben lassen“, lallt Bernd. Seine Stimme ist kaum noch zu hören.

Während er auf dem Boden liegt und wimmert wie ein kleiner Junge, der auf einem Schotterweg gestolpert ist und sich die Hände aufgerissen hat, rolle ich mich nach links über die Matratze aus seiner Reichweite. Ich greife mir den Kittel, der noch immer neben der Schießer mit Eingriff auf dem Boden liegt. Kurz erwäge ich, auch diese anzuziehen, verwerfe diesen Gedanken aber sofort. Zu sehr widert mich die Vorstellung an, die Unterwäsche eines Kerls zu tragen, der gerne wehrlose Frauen vergewaltigt.

Verkehrt herum, mit der Öffnung nach vorne, werfe ich mir nur meinen OP-Kittel über und verknote die Bändchen vor meiner Brust. Bernd gibt lediglich noch ein paar röchelnde Geräusche von sich. Von ihm habe ich wohl nichts mehr befürchten.

Nachdem ich mich angezogen habe, bewege ich mich langsam auf die Tür zu. Meine Beine lassen mich nicht im Stich und tragen mich. Zwar nur unter Schmerzen, bei jedem Schritt zittern meine Muskeln und ich komme nur langsam voran, aber ich bewege mich durch mein Zimmer. Als ich endlich die Tür erreiche und sie leise öffne, höre ich Ludwig Stadler mit meinem *Kunden* diskutieren.

Es ist zu spät, du hast es versaut. Du konntest es ja nicht einfach über dich ergehen lassen und warten, bis du Bernd alleine erwischst.

Nein, ich habe es nicht versaut. Ich bin zu weit gekommen, um jetzt noch aufzugeben. Es muss einen Ausweg für mich geben und ich werde ihn finden.

„Hören Sie, ich kann mir das nicht erklären. Ich selbst habe ihr heute Mittag die Injektion verabreicht, die für die Lähmung sorgt. Es grenzt ans Unmögliche, was Ihnen da gerade geschehen ist und ich verspreche Ihnen, dass ich für Wiedergutmachung sorgen werde."

„Papperlapapp. Sie nehmen irrsinnige Summen für eine Dienstleistung und damit sind Sie dafür verantwortlich, dass dabei nichts schiefgeht. Ich habe schließlich keinen Handyvertrag mit Ihnen abgeschlossen, sondern eine äußerst prekäre Dienstleistung bestellt. Es geht um nicht weniger als meinen guten Ruf und ich bin dank Ihnen auf dem besten Weg, ihn zu verlieren."

„Sie können sicher sein, dass auch wir auf unseren Ruf bedacht sind und nicht leichtfertig riskieren werden, dass eine unserer Damen ..."

„Mich interessiert nicht, was Sie zu verlieren haben. Mich interessiert, dass ihre Dame, wie Sie sie nennen, mich angegriffen hat und ich mir dank ihr beinahe eine Gehirnerschütterung zugezogen habe. Was glauben Sie, was es für einen Eindruck auf meine Geschäftspartner macht, wenn ich von einer Geschäftsreise mit einem Verband um den Kopf zurückkomme?"

Hoffentlich hat er noch eine Weile etwas von seiner beinahe Gehirnerschütterung, sodass ihm für lange Zeit die Lust auf Frauen vergeht. Wenn er überhaupt jemals wiedereine zu Gesicht bekommt, denn wenn ich hier rauskomme, dann wird er hoffentlich bald im Knast versauern. So wie ich wahrscheinlich auch. Aber jetzt ist nicht die Zeit, mir darüber Gedanken zu machen. Ich sollte schleunigst schauen, wie ich hier rauskomme.

Ein Blick in den Flur verrät mir, dass ich rechts entlang muss, wenn ich zu den Aufzügen will. Was bedeutet, dass ich direkt an den beiden vorbeikommen würde. Links befinden sich nur weitere Zimmer und ein Fenster am Ende des Flurs. Ein Sprung dort heraus würde mich zwar vor Ludwig Stadler retten, aber mit ein wenig Pech auch das Leben kosten. Ich habe schließlich nicht die geringste Ahnung, in welchem Stockwerk ich mich befinde und mir fehlt die Zeit, es jetzt zu überprüfen. Eins ist sicher, ich würde mit einem blinden Sprung mindestens meine gerade zurückgewonnene Gesundheit aufs Spiel setzen.

„Wo steckt denn Ihr unzuverlässiger Pfleger? Wie lange kann es schon dauern, nach einer auferstandenen Komapatientin zu sehen? Wahrscheinlich ist ihm die Schlampe entwischt. Am besten rennt sie ohne Umschweife zur Polizei und danach zur Presse. Es scheinen hier ja nur Unfähige am Werk zu sein. Das hat Konsequenzen, seien Sie sich darüber im Klaren."

Ja, hüte dich Ludwig. Der Typ hat schließlich äußerst einflussreiche Freunde. Mit denen hat er mir vorhin ebenfalls gedroht.

„Setzen Sie sich wieder. Kühlen Sie lieber Ihre Prellung, damit keine sichtbaren Blessuren zurückbleiben. Ich kümmere mich darum, wo Herr Winkler abgeblieben ist."

Shit. Das bedeutet, er kommt her.

Hast du etwas anderes erwartet? Angie, du solltest jetzt dringend aufhören, dich wie ein naives Gör aufzuführen. Du sitzt tief in der Scheiße und nur absolut rationales Verhalten wird dich hier rausholen.

Das ist mir klar, vielen Dank für den Hinweis. Es fällt mir momentan nur sehr schwer, ruhig zu bleiben und überlegt zu handeln.

Gehetzt schaue ich mich um. Auf der Matratze reflektiert die Scherbe das Oberlicht vom Flur. Nur zwei Schritte und ich hätte eine Waffe. Tatsächlich benötige ich nur einen großen Schritt, um bei dem Bett anzukommen. Hastig greife ich nach dem scharfkantigen Stück Glas und hechte wieder zur Tür. Gerade rechtzeitig, denn sie wird in diesem Moment von außen aufgestoßen.

„Bernd?“, fragt Ludwig Stadler und macht einen Schritt in das Zimmer.

Flackernd leuchtet die Deckenlampe auf. Sie blendet mich für einen Moment so sehr, dass ich die Augen vor Schmerzen zusammenkneife. Blind springe ich nach vorne. Die Hand mit der Glasscherbe habe ich weit von mir gestreckt, in der Hoffnung, dass sie ihr Ziel findet. Tatsächlich spüre ich einen leichten Widerstand und öffne die Augen.

Die Spitze der Scherbe ist tief in die weiche Haut der Wange von Ludwig Stadler eingedrungen. Mit einem Wutschrei schlage ich erneut zu. Das Ausweichmanöver des Arztes schlägt fehl und das Glas reißt eine weitere klaffende Wunde in seine Haut. Blut spritzt aus den nunmehr zwei Schlitzen in seinem Gesicht auf meinen Kittel.

Ich nutze seine schockierte Verwunderung und halte erneut seinen Kopf zu. Dieses Mal treffe ich seine Stirn. Die Scherbe bohrt sich in seine Augenbraue, die Haut reißt auf. Mit einem Ruck ziehe ich die Hand mitsamt dem Stück Glas nach unten.

Ludwig gerät ins Schwanken und kippt zur Seite. Auf der Suche nach Halt klammert er sich an meinen Arm. Gemeinsam gehen wir zu Boden. So schnell ich kann, robbe ich von ihm weg. Gekrümmt liegt er zu meinen Füßen und hält sich den Kopf. Blut fließt aus dem, was mal sein Auge war. Durch den Schlitz in der Wange kann ich seine Zähne erahnen.

„Miststück“, presst er zwischen seinem schmerzerfüllten Stöhnen heraus. Ein Schwall Blut quillt mit jedem Wort aus seinem Mund und tropft von seinem Kinn.

„Fick dich“, sage ich und ramme die Scherbe in seinen Hals. Wieder und wieder, bis alles voller Blut ist und sie mir aus der Hand flutscht. Mit einem leisen Platschen landet sie in der Blutlache des Doktors.

Ich rapple mich hoch. Unwillkürlich bewegen sich meine Beine, tragen mich auf den Flur. Mein Verstand hat sich ausgeklinkt, mein Fluchtinstinkt hat die Kontrolle übernommen.

Mach, dass du hier rauskommst, schreit er mich an. Mein Körper gehorcht.

Auf meinem Weg über den Flur begegne ich dem Mann, der noch vor wenigen Augenblicken glaubte, ein leichtes Spiel mit mir zu haben. Er starrt mich an, als wäre ich ein Geist. Kein Wunder, ich triefe nahezu vor Blut, hinterlasse tiefrote Fußabdrücke auf dem grauen Linoleum.

Während ich damit beschäftigt bin, meine blutverschmierten Hände zu betrachten, dreht er sich um und rennt den Flur entlang. Zu den Aufzügen. Kurz überlege ich, ihn aufzuhalten, die Scherbe auch in seinen Körper zu rammen. Aber ich hätte weder die Kraft dazu, noch habe ich meine Waffe. Die liegt irgendwo neben Ludwig Stadler. Außerdem brauche ich eine Pause. Nur eine winzig Kleine.

Kleine Lichtfunken flitzen wie Bakterien auf einem Objektträger unter dem Mikroskop vor meinen Augen hin und her und wie automatisch tasten meine Finger nach dem Handlauf, der auf Hüfthöhe den gesamten Flur säumt. Ich lehne meinen Kopf gegen den Türrahmen, genieße die Kühle. In meinem Hals bildet sich ein Kloß.

Angie, reiß dich zusammen. Fang bloß nicht mit dem Heulen an. Es ist nicht mehr weit, du hast es fast geschafft. Jetzt aufzugeben wäre bescheuert. Verschwinde von hier, wer weiß, wer alles mit denen unter einer Decke steckt.

Zu spät. Nicht weit entfernt erklingt das Quietschen von Gummisohlen auf dem Linoleumboden. Und es kommt viel zu schnell näher. Jemand ist auf dem Weg zu mir. Schon wieder. Ich blicke auf.

Und sehe Maries entsetztes Gesicht. Ihre aufgerissenen Augen zucken ruckartig zwischen mir und meiner Zimmertür hin und her. Mittlerweile hat sich die Blutlache aus meinem Zimmer bis auf den Flur ausgebreitet. Ihr Mund steht wie zum Schrei bereit weit offen.

„Warum?“, flüstere ich.

„Ach du Scheiße“, brüllt sie, anstatt mir zu antworten.

Ich lasse nicht locker. Sie schuldet mir eine Antwort. „Warum hast du dein Versprechen nicht gehalten?“, konkretisiere ich meine Frage.

„Du fragst mich warum? Viele her sollte ich dich fragen, warum du dich nicht an unsere Absprache gehalten hast. Ich bin hier, um Wort zu halten und du? Was hast du da getan?“

„Mich verteidigt.“

„Indem du ein Blutbad angerichtet hast? Weil du nicht mal mehr einen Tag warten konntest? Ich habe dir versprochen, dass ich dich hier raushole, sobald ich Beweise habe. Hier bin ich. Mit der Polizei. Und was tust du?!“

Ihre Stimme wird immer schriller, klingt hysterisch. Als ich ihr nicht antworte, dreht sie sich um und stürmt davon, lässt mich allein zurück.

Allerdings bin ich nicht allein. Erst jetzt entdecke ich den uniformierten Polizeibeamten, der hinter ihr steht. Wenn sie doch nur eine halbe Stunde eher gekommen wäre.

Meine Beine tragen nicht mehr länger mein Gewicht und ich lasse mich auf den Boden sinken. Der Polizist spricht etwas in sein Funkgerät. Dann kommt er zu mir. Hebt mich sanft am Arm hoch und führt mich aus meinem Gefängnis heraus. Weg von den Leichen der Männer, die mich hier festgehalten haben.

Zunächst bringt er mich zu einem Arzt, der sich an seinen hippokratischen Eid erinnert und der sich um meine zerschnittene Hand kümmert. Der tiefe Schnitt wird gesäubert, desinfiziert und mit einigen Stichen genäht. Obwohl die Betäubung noch lange nicht wirkt, verspüre ich keine Schmerzen. Die ganze Zeit über bleibt der Polizist an meiner Seite. Für einen Moment befürchte ich, dass auch er Teil der Intrige ist. Die Pessimistin in mir wütet und kreischt.

Erst als ich in den Streifenwagen gesetzt werde, vertraue ich darauf, dass alles gut wird. Zumindest werde ich nie wieder in einem Bett dieser Klinik liegen. Behutsam legt der Polizist mir eine graue Filzdecke um die Schultern. Nur noch leise protestiert die Pessimistin dagegen.

Er ist ein Mann, er wird dir wehtun. Lass ihn dich nicht berühren. Sie stecken alle unter einer Decke. Raus aus dem Wagen.

Am Ende einer Reise

Die Filzdecke, die mir die Beamten um die Schultern gelegt haben, kratzt auf der Haut und im selben Maß kratzt mein Hals von innen. Das Blut an meinen Finger ist getrocknet und verleiht ihnen das Aussehen von Totengräberhänden. Der Verband, den man mir über die vernähte Schnittwunde meiner Handinnenfläche gewickelt hat, sitzt viel zu eng und schnürt mir das Blut ab. Da ich die Tabletten, die mir verabreicht wurden, nicht geschluckt, sondern wieder ausgespuckt habe, pulsiert mit jedem Herzschlag ein unerträglicher Schmerz durch meine Hand.

Zitternd sitze ich auf dem harten Stuhl in dem winzigen Büro der Polizeiwache und warte darauf, dass der Beamte zurückkommt, um endlich meine Aussage aufzunehmen. Obwohl ich das Opfer bin, werde ich behandelt wie ein Schwerverbrecher. Ein Wunder, dass mir keine Handschellen angelegt wurden. Wahrscheinlich hat lediglich der Verband die Polizisten davon abgehalten, mir die Hände hinter dem Rücken zu fesseln.

Das wäre ihr gutes Recht gewesen, du hast immerhin zwei Menschen abgeschlachtet. Ob sie es verdient haben oder nicht, ist eine andere Frage. Mit der beschäftigt sich nicht die Polizei. Du kannst also froh sein, dass es so läuft, wie es momentan der Fall ist.

Ja, ja, ja. Ich bin es leid, mich mit der Pessimistin zu streiten. Ihr Rumzicken ist unerträglich. Mit vor Müdigkeit brennenden Augen begutachte die Person, die mich durch das Fenster anstarrt. Nur ungern freunde ich mich mit der Tatsache an, dass ich diese hagere Frau bin.

Noch nie war ich besonders rundlich oder gar übergewichtig, da ich den guten Stoffwechsel meiner Mutter geerbt habe. Jetzt allerdings bin ich nur noch ein zusammengefallenes Knochengerüst mit fettigen Haaren, die mir in alle Richtungen von Kopf abstehen, und eingesunkenen Wangen. Meine Augen sind dunkel umrandet, meine Haut schimmert so weiß, als fließe kein Blut mehr durch das Fleisch, das darunter liegt. Kein Wunder habe ich in den letzten Wochen selten länger als zwei Stunden am Stück geschlafen.

Endlich öffnet sich die Tür. Statt des erwarteten Beamten betritt eine Frau den Raum. Sie ist beinahe ebenso hager wie ich und ihr grauer Hosenanzug schlottert um ihre Beine, als sie eilenden Schrittes auf mich zukommt.

„Guten Tag Frau Kiefer. Mein Name ist Kerstin Stutzke“, grüßt sie mich freundlich und streckt mir ihre knochige Hand entgegen. „Tut mir leid, dass Sie so lange warten mussten. Ich bin ab jetzt die für Sie zuständige Beamtin.“

Ich blicke sie fragend an. „Warum wurde der Beamte, der mich verhaftet hat, ersetzt?“

„Da Sie einen Missbrauch erlebt haben, ist es üblich, dass Ihnen eine Frau zugeteilt wird. Zudem wurden Sie nicht verhaftet. Wir haben Sie lediglich – auch zu Ihrer eigenen Sicherheit – in Gewahrsam genommen.“

Mir liegt ein „Sehr erfreut“ auf der Zunge. Ich schlucke es herunter, es wäre der Situation ganz und gar nicht angemessen. Im Gegenteil. Viel eher wünsche ich mir, dass ich diese Frau niemals im Leben hätte kennenlernen müssen. Deswegen nicke ich nur demütig und starre auf den Tisch. Den Anblick meines Spiegelbildes kann ich nicht länger ertragen und auch an die Welt hinter dem Fenster will ich nicht denken. Die Aussicht, sie in nächster Zeit wieder frei genießen zu können, ist schätzungsweise nicht gerade rosig.

„Ich weiß, dass es Ihnen nicht leichtfallen wird eine Aussage zu machen."

Von wegen. Du hast nicht die geringste Ahnung. Und ich wünsche dir, dass du sie auch niemals bekommst.

„Nehmen Sie sich so viel Zeit, wie Sie benötigen, und versuchen Sie sich möglichst genau zu erinnern. Die Ereignisse sollten so exakt wie möglich wiedergegeben werden. Jedes Detail könnte für die Ermittlungen von Bedeutung sein. Also erwähnen Sie bitte auch das, was Ihnen überflüssig erscheint."

Darauf kann sie sich verlassen. In meinem Gefängnis hatte ich genügend Zeit, mir alles genauestens einzuprägen. Jede Sekunde meiner Tortur hat sich so tief in mein Hirn gebrannt, wie die Anzahl der Körnchen der Raufasertapete. Jeden noch so flüchtigen Moment bin ich im Geiste wieder und wieder durchgegangen auf der Suche nach dem winzigen Staubkorn, das ich übersehen habe und welches mich hätte warnen können. Warnen vor einem Urlaub, der mein gesamtes Leben zerstören hat. Es wird mir schwerfallen, etwas davon jemals zu vergessen, selbst wenn ich es noch so sehr versuche.

„Wo soll ich anfangen?“

„Beginnen Sie am besten da, wo Sie für sich den Anfang sehen. Gegebenenfalls frage ich genauer nach, wenn ich das Gefühl habe, dass Sie relevante Informationen übergangen haben.“

Und dann erzähle ich. Beschreibe ihr die Hütte, meinen Eindruck des Vermieters, den Kachelofen und das flackernde Licht während des Gewitters. Auch den Verrückten vor dem Fenster, von dem ich mittlerweile überzeugt bin, dass er dort war, und das am Morgen von meinem Schoß verschwundene Buch lasse ich nicht aus.

Erneut überkommt mich das Unbehagen jener Nacht. Nun mit der brutalen Gewissheit, dass es berechtigt war. Und mit der nüchternen Erkenntnis, dass ich auf mein Gefühl hätte hören sollen. Als ich das Frühstück und meine körperliche Reaktion auf eben dieses erwähne, unterbricht sie mich.

„Sie glauben also, dass es also von vornherein geplant war und Sie dort bereits betäubt wurden?“

„Naja, sonst reagiere ich zumindest nicht unbedingt mit Erstickungsanfällen auf Brot und Kaffee.“

„Sie sagen, dass Sie bereits am Abend zuvor sowohl von der Milch getrunken haben, als auch eine Scheibe Brot gegessen haben. Wie denken Sie, dass Ihnen das Mittel dann verabreicht wurde?“

Dämliche Kuh. Bin ich die Polizistin oder fällt das eher in ihren Aufgabenbereich, Sachverhalte wie diesen herauszufinden? Diesen Gedanken behalte ich für mich und sage stattdessen: „Das kann ich Ihnen nicht sagen. Ich kann nur vermuten, dass die Lebensmittel erst in der Nacht präpariert wurden. Denn ich bin mir sicher, dass jemand in der Hütte war, während ich geschlafen habe."

„Vielen Dank für Ihre Einschätzung. Fahren Sie bitte fort."

Meine Einschätzung sieht so aus, dass Jörg bereits ein Bild von mir an ein Bett gefesselt im Kopf hatte, als er mich ansprach. All die Komplimente, die Nettigkeiten, die Einladung zum Urlaub, das waren nur Lügen. Bittere, ekelhafte Lügen, um mein Vertrauen zu gewinnen, das er dann dreist ausgenutzt hat. Er und seine schmierigen Kumpanen. All das verschweige ich jedoch während meiner Aussage. Ich werde Jörg vielmehr, solange es möglich ist, nicht erwähnen. Diese offene Rechnung habe ich vor, alleine zu begleichen.

Das nächste Mal unterbricht mich die Beamtin, als ich auf Bernd zu sprechen komme: „Wie kommen Sie darauf, dass die Krankenhausangestellten etwas mit dem Frühstück auf der Hütte zu tun hatten?"

„Weil ich ihn wiedererkannt habe."

„Wen?"

„Na wen wohl. Den Pfleger. Ich hab eine Weile gebraucht, aber ich hatte genügend Zeit, mir darüber klar zu werden. Und mir ist eingefallen, wieso er mir so bekannt vorkam. Er war derjenige, der mich an der Hütte abgeholt hat. Gerettet, wie ich damals dachte. Wie ich hoffte ..."

Die Polizistin runzelt die Stirn und kritzelt etwas auf den Zettel an ihrem Klemmbrett. Anscheinend bin ich gerade bei dem Punkt angelangt, der ihr Interesse weckt.

„Bei der Person, die sich im Krankenhaus während der Nachtschicht um Sie ... nun, sagen wir es so, gekümmert hat, war derselbe Mann, der Ihnen auch die Hütte vermietet hat?“, fragt sie, nachdem sie ihre Notizen beendet hat.

„Nein, der Vermieter hat mich vom Bahnhof abgeholt. Das war ein ganz anderer. Irgendein alter Kauz, keine Ahnung, ob der auch eine Rolle spielt. Der Mann, der mich morgens von dem Schotterweg aufgelesen hat, war auch der, der jede Nacht in mein Zimmer kam.“

Ich lasse sie auch dies auf ihren Zettel kritzeln und fahre dann mit meinen Ausführungen fort. Dabei bin ich stets darauf bedacht, Jörgs Rolle bei dem Ganzen zu verschweigen. Glücklicherweise will die Beamtin nicht näher auf denjenigen eingehen, der für den Urlaub verantwortlich war. So bleiben mir haarsträubende Lügen erspart.

Insgesamt unterbricht sie mich kaum noch und macht sich auch auffällig wenige Notizen. Vermutlich sind ihr meine Details zu schmutzig, zu schockierend. Oder aber, sie spielen keine Rolle mehr. Wahrscheinlich stehe ich bereits mit einem Bein im Knast.

Als ich meinen persönlichen Albtraum vollständig vor ihr ausgebreitet habe, bittet sie mich zu warten und verlässt den Raum. Es mag nur Einbildung sein, aber mein Spiegelbild sieht nicht mehr ganz so schlimm aus wie vorhin. Es war irgendwie befreiend, mir alles von der Seele zu reden. Wenn ich doch nur Marie irgendwie kontaktieren könnte.

Ich muss ihr sagen, wie leid mir alles tut. Ihr erklären, warum ich keine Geduld hatte.

Mein Gott, sie hätte doch einfach nur ein kleines bisschen früher auftauchen müssen. Es ist doch kein Wunder, dass du in deiner Situation nicht allzu viel Geduld aufbringen konntest.

Egal. Kein Grund mit der Pessimistin zu streiten. Ihre miese Laune kann ich gerade nicht gebrauchen. Im Endeffekt ist Marie am wenigsten von den Folgen meiner Kurzschlusshandlung betroffen. Ich alleine muss mit den Konsequenzen leben. Und ich bin kurz davor zu erfahren, um welche es sich dabei handelt, denn die Polizistin kommt zurück. Ein Mann feinsten Nadelstreifenzwirn folgt ihr. Zusammen sehen die beiden aus, als wären sie einem Katalog für Spießer entsprungen.

„Frau Kiefer, ich habe mich mit Herrn Klütz besprochen und wir sind zu der vorläufigen Einsicht gelangt, dass es sich in Ihrem Fall um eine Verteidigungshandlung, sprich Notwehr handelt“, sagt sie so nüchtern, als würde sie mir mitteilen, dass morgen Sonntag ist. „Die beiden Männer haben Sie sexuell bedrängt und körperlich angegangen. Es ist nachvollziehbar, dass Sie befürchteten, umgebracht zu werden.“

„Und was heißt das jetzt für mich?“, frage ich ungläubig.

Noch vor einer Minute habe ich damit gerechnet, dass ich jeden Moment in eine dunkle Zelle gesperrt werde, wo ich die nächsten Monate verbringe, bis bei einer halbwegs fairen Verhandlung letztendlich festgestellt wird, dass ich in allen Anklagepunkten schuldig bin. Und jetzt? Jetzt sehe ich mich vor meinem geistigen Auge bereits draußen auf der Straße in das nächste Taxi steigen und in Richtung Jörg brausen.

„Das bedeutet für Sie noch nicht, dass Sie von jeglicher Schuld freigesprochen sind. Wir müssen noch einige Details klären und auch Herr Klütz wird in seiner Funktion als Staatsanwalt weitere Ermittlungen anstellen müssen. Das heißt aber immerhin, dass Sie nicht in Untersuchungshaft genommen werden, zumal keinerlei Fluchtgefahr besteht. Ein Beamter wird Sie jetzt ins Krankenhaus zurückfahren, wo Sie alle notwendigen Untersuchungen bekommen und Ihre Wunden behandelt werden. Wir sprechen uns morgen wieder." Sie öffnet die Tür und deutet auf den Flur. „Kommen Sie?"

Verwirrt befolge ich ihre Anweisungen. Die Beamtin und der Staatsanwalt begleiten mich nach draußen, während ich dabei bin zu verstehen, was mir gerade mitgeteilt wurde.

„Dürfte ich noch kurz ein Telefonat führen, bevor ich zurück in die Klinik gefahren werde?", frage ich, als wir dabei sind, das Gebäude zu verlassen. „Ich würde gerne meine Eltern informieren, dass es mir gut geht." Eine gefährliche Lüge, aber ich muss es riskieren.

Der Staatsanwalt und die Beamtin tauschen kurz Blicke. Dann nickt die Polizistin.

„Ich denke, das sollte schon in Ordnung sein. Ich bringe Sie in ein Büro und warte vor der Tür, damit Sie in Ruhe sprechen können."

In dem Büro angekommen, warte ich, bis ich alleine bin, und wähle Jörgs Telefonnummer. Es dauert eine Weile, bis er den Hörer abhebt. Wahrscheinlich versucht er, sich einen Reim auf die unbekannte Nummer zu machen. Seine Stimme klingt verwundert und neugierig, als er endlich rangeht.

„Gut, dass du da bist“, hauche ich ins Telefon und versuche meiner Stimme einen besonders erleichterten Tonfall zu geben. „Du wirst nicht glauben, was mit mir im Krankenhaus geschehen ist.“

Zunächst verhält Jörg sich reserviert, antwortet mir emotionslos in knappen Sätzen. Dann aber scheint er zu schlucken, dass ich nichts von seiner Beteiligung weiß. Ich verspreche ihm, dass ich nach meinem Klinikaufenthalt so schnell wie möglich zu ihm komme. Damit wir meine Rettung feiern können. Nur er und ich.

Nachdem wir aufgelegt haben, gehe ich an das Fenster. Es ist nicht abgeschlossen. Warum auch. Ich werfe einen Blick in die schützende Dunkelheit der Nacht, atme die kalte Luft ein. Es ist nur ein kleiner Sprung, nicht mal einen Meter, den ich bis zum Boden überwinden muss. Selbst meine müden Beine würden diese Distanz überstehen.

Noch ein letzter Blick. Dann schließe ich das Fenster. Es ist noch zu früh. Ich muss mich erholen, Kraft sammeln. Erst dann wird meine Zeit gekommen sein.

Teil 2:
Die Rache

… und dann packt dich die Angst

Tief in den Schatten der Eiche gedrückt blicke ich hinauf zu seiner Wohnung. Mein Gesicht unter der Kapuze verborgen, schrecke ich jedes Mal zurück, wenn er zum Fenster schaut. Es ist ausgeschlossen, dass er dich von dort oben sieht, sage ich mir. Es ist viel zu dunkel und die nächste Straßenlaterne steht in zwanzig Metern Entfernung. Zudem hebt sich bei diesen Lichtverhältnissen meine schwarze Kleidung kaum von der Baumrinde ab.

Zu Hause kam ich mir vor wie Cat Woman. Mit dem Unterschied, dass ich bequemer angezogen bin. Dennoch beschwöre ich ihn im Innern, auf keinen Fall nach draußen zu schauen, wenn er am Küchenfenster vorbeigeht.

Totaler Blödsinn, was du hier betreibst. In ein paar Minuten wirst du dort rübergehen und an der Tür klingeln. Er erwartet dich, er hat für euch gekocht. Was soll schon passieren, wenn er dich hier unten sieht? Es wird ihn kaum überraschen, stichelt die Pessimistin, die die gesamte Aktion ohnehin als überflüssig ansieht.

Seit dem Vorfall im Krankenhaus gab es nicht einen Tag, an dem die mir so liebgewonnene und gleichzeitig verhasste Stimme in meinem Kopf geschwiegen hätte. Damals, ans Bett gefesselt und in Ermangelung anderer Gesellschaft, habe ich sie als eine willkommene Ablenkung gesehen. Ohne sie hätte ich vermutlich den Albtraum nicht durchgestanden. Jetzt wünsche ich mir, die Stimme, die ohne Zweifel ein Teil von mir ist, würde ab und an schweigen. Das tut sie zu meinem Leidwesen nicht, und meistens hat sie absolut recht mit dem, was sie mir zuflüstert. So auch in diesem Fall.

Natürlich weiß Jörg, dass ich auf dem Weg zu ihm bin. Es war seine Idee, gemeinsam zu Abend zu essen, um meine Genesung zu feiern. Kein Grund also, sich zu verstecken. Zumal er im Fenster der erleuchteten Küche maximal sein eigenes Spiegelbild erkennen kann.

Mittlerweile bin ich zwanzig Minuten zu spät, und doch bringe ich es noch nicht über mich, rüberzugehen. Was will ich eigentlich bei ihm? Ihn abstechen, dabei zusehen, wie er den letzten Atemzug macht. Das war meine erste Intention. Aber damit wäre mir nicht viel geholfen. Statt seiner würde ich dann im Gefängnis landen. Außerdem will ich wissen, warum er mir das angetan hat. Weshalb musste ich in diesem Horrorkrankenhaus liegen, und dort wie ein Stück Fleisch an fremde Männer verkauft werden?

Nein, ihn abzustechen würde mir nur kurz Genugtuung verschaffen. Jörg muss leben, denn ich will Antworten. Und mein Messer wird mir dabei behilflich sein.

Wie schon so häufig an diesem Abend streiche ich über die scharfe Klinge in meiner Manteltasche. Meine Finger zittern dabei vor Aufregung. Es ist nur ein kleines Messer, ein Neck Knife, nicht viel größer als die Scherbe, die ich damals benutzt habe, um mein Leben zu retten. Die Scherbe, die mich fast die Beweglichkeit meiner Finger gekostet hat und mir doch so viel geschenkt hat.

Ich habe mich ausgiebig erkundigt, ob es seinen Zweck im Fall der Fälle erfüllen wird. Der Verkäufer hat mir versichert, dass es eine effektive Waffe und bestens geeignet für die Jagd sei. Ein hervorragendes Geschenk für einen Jäger also. Er hat mir zwar die notwendige Sicherheit gegeben, die Nervosität allerdings vermochte er mir nicht zu nehmen.

Ein letztes Mal teste ich, wie schnell ich es schaffe, das Messer aus meiner Manteltasche zu ziehen. Nur falls Jörg bereits an der Tür auf mich losgehen sollte. Denn nicht nur ich habe noch eine Rechnung offen. Ich hätte nicht überleben sollen, das hat Ludwig Stadler deutlich gemacht. Ich hoffe zwar, dass Jörg mir nichts tut, solange die Ermittlungen noch laufen, doch ich werde nicht nochmal auf mein Gefühl vertrauen, wenn es um ihn geht.

Ich atme tief durch, fasse mir ein Herz und setze mich in Bewegung. Bisher haben wir uns immer zum Essen in Restaurants verabredet und sind danach zu mir gegangen, um dort im Bett zu landen. Die Lage seiner Wohnung in einer der besten Gegenden von Bonn hat mich überrascht und verdammt wütend gemacht. Ich würde mein rechtes Bein dafür geben, hier leben zu dürfen. Wenn ich nicht genau wüsste, woher er das Geld für die Miete nimmt, hätte ich ihn für den schicken Altbau bewundert. Da ich jedoch selbst unfreiwillig einen Teil der anfallenden Ausgaben für ihn erarbeitet habe, kann ich nichts weiter als Abscheu empfinden.

Behalt dir dieses Gefühl, du wirst es gleich brauchen.

Nein, was ich vorhabe, wird mir keinerlei Probleme bereiten. Viel eher wird es mir schwerfallen, Jörg nicht direkt ins Gesicht zu spucken oder ihm das Messer in den Hals zu rammen, wenn ich ihm in wenigen Augenblicken gegenübertrete.

Der Türöffner summt monoton vor sich hin und ich stolpere mit der sich öffnenden Tür in den Hausflur. Dumme Idee, sich beim Warten an die Tür zu lehnen.

Beklommenheit steigt in mir auf und lässt einen metallischen Geschmack auf meine Zunge entstehen. Bis ich den dritten Stock erreicht habe, muss ich mehrere Pausen einlegen, da mir immer wieder schwindelig wird. Obwohl er sich noch weit weg von mir befindet, raubt mir Jörgs Anwesenheit schon jetzt den Atem. Ich habe es mir einfacher vorgestellt. Jetzt muss ich feststellen, dass es alles andere als einfach ist.

Als ich endlich oben ankomme, hat er anscheinend die Geduld verloren, und seine Wohnungstür einen Spalt offen gelassen, statt auf mich zu warten. Der Duft nach gekochtem Fleisch und Knoblauch strömt in den Hausflur. Lecker. Ich weiß gar nicht, wann ich das letzte Mal etwas Anständiges gegessen habe. Ich überprüfe, ob sich das Messer noch an Ort und Stelle befindet, und drücke mit der Hand gegen die Tür, die sich mit einem Ächzen öffnet. Die Dielen im Flur knacken, als ich die Wohnung betrete.

Wie von Schlag getroffen bleibe ich hinter der Tür stehen. Im ersten Moment glaube ich, dass mein Gehirn mir einen fiesen Streich spielt und dass das, was ich dort sehe, nichts weiter als einen Auswuchs meiner Fantasie ist. Was tut meine Cousine hier? Hat Jörg sie etwa entführt? Das kann nicht sein, dazu sieht sie zu fröhlich aus.

Mit Tränen in den Augen falle ich auf die Knie. »Celine, was machst du denn hier?«, flüstere ich.

Meine kleine Cousine blickt von dem Barbie-Cabrio auf, mit dem sie gerade durch den Flur fährt, und schenkt mir ein strahlendes Lächeln. »Wir sind mit Mama da. Der nette Mann hat uns zum Essen eingeladen«, sagt sie und widmet ihre Aufmerksamkeit wieder dem Cabrio, das sie in aller Ruhe neben den Telefontisch einparkt.

»Sabine?!«, rufe ich in die Wohnung. Das runde Gesicht meiner Tante erscheint in einem der Türrahmen. Seit Weihnachten 1981 habe ich mich nicht mehr so sehr über diesen Anblick gefreut. Damals habe ich von ihr mein langersehntes Playmobil Piratenschiff geschenkt bekommen. Nun streckt auch Sophie ihren Kopf im Flur und rennt dann auf mich zu.

»Mama, Angie ist da. Sie ist endlich wieder da«, ruft sie im Laufen und fällt mir dann in die Arme. Bei uns allen fließen ungeniert die Tränen, mein Make-up verschmiert die Wangen der Mädchen, als ich sie küsse.

»Ja, ich bin endlich wieder da«, weine ich in den Strickpulli des kleinen Mädchens. Meine Freude, sie endlich wiederzusehen, wird nur durch eins getrübt: Antworten werde ich heute wohl keine mehr bekommen.

Ich weiß nicht, was Jörg damit bezwecken wollte, meine verbliebene Familie einzuladen, aber er scheint mit dem Ergebnis zufrieden zu sein. Grinsend steht er in der Küchentür und beobachtet unsere Zusammenkunft.

Wenig später sitzen wir alle gemeinsam um den massiven Kirschholztisch. Jörg und ich sitzen schweigend da, während meine Tante damit beschäftigt ist, auf die Tischmanieren der Zwillinge zu achten.

»Entschuldige, ich hätte dich informieren sollen, dass ich sie eingeladen habe«, gibt Jörg irgendwann kleinlaut zu, als er die Stille offenbar nicht mehr ertragen kann.

»Schon in Ordnung. Ich war nur nicht darauf vorbereitet, gleich alle meine Lieben auf einmal wiederzusehen. Das war ein bisschen viel Aufregung für den Anfang, befürchte ich.«

»Wir sind unsagbar erleichtert, dass es dir gut geht«, wirft Sabine ein. »Du kannst dir kaum ausmalen, was für Sorgen ich ausgestanden habe, seit ich ab Oktober nichts mehr von dir gehört habe. Mir sind die schrecklichsten Bilder im Kopf herumgegeistert. Ihr beide, beim Klettern abgestürzt und irgendwo in einer Felsspalte verschollen, ohne Hoffnung auf Hilfe ...«

Keine Vorstellung kann so schlimm sein wie das, was du in Wirklichkeit durchgestanden hast ...

»Ich habe jeden Abend gebetet, dass du unversehrt zurückkehrst.«

»Mama«, sagt Sophie und schaut von ihrem Teller auf.

»Ja ja, ich weiß. Nun ist ja alles gut.«

Im Gegenteil. Für mich ist gar nichts gut und ich kann diese unbeabsichtigte Vorlage meiner Tante nicht ungenutzt verstreichen lassen. Ich blicke zu Jörg und sage: »Warum hast du dich eigentlich nicht früher bei Sabine gemeldet? Dann hätte sie sich nicht so viele Gedanken machen müssen.«

Anstelle einer Antwort schiebt Jörg seine Kartoffeln auf dem Teller herum und zerdrückt sie mit der Gabel, um sie dann mit der Soße zu einem Brei zu vermatschen. Ohne einen Happen davon zu nehmen, legt er die Gabel beiseite, nimmt einen Schluck Wein und wirft mir einen prüfenden Blick zu. »Und du?«, fragt er schließlich und schaut mir fest in die Augen.

Ich werde nervös, räuspere mich. »Was meinst du?«

»Warum hast *du* ihnen nicht Bescheid gesagt, dass alles in Ordnung ist? Es handelt sich dabei immerhin um deine Familie.«

»Weil ich irgendwie verhindert war, hast du das vergessen?!«, entgegne ich mit einem Seitenblick auf die Zwillinge. Will Jörg allen Ernstes herausfordern, dass ich vor den Mädchen erwähne, was ich durchgemacht habe? Was für ein wundervolles Thema für ein Familienessen. Liebling, weißt du noch, als ich sabbernd und ohne Kontrolle über sämtliche Körperfunktionen im Krankenhaus lag?

Ja genau, da, als du dein Abendessen in Form eines geschmacklosen Breis über eine Magensonde bekommen hast.

»Du bist seit etwa zwei Monaten zurück in Bonn, wenn man die sechs Wochen dazurechnet, die du in der Reha verbracht hast. Du hättest hinreichend Zeit gehabt, ein Lebenszeichen von dir zu geben.«

»Moment mal«, mischt sich Sabine ein. »Angelika hat Schreckliches durchgemacht und brauchte vermutlich ihre Zeit, die Strapazen verarbeiten zu können. Ich bin gerne bereit gewesen, ihr diese zu geben, wenn ich nur gewusst hätte, was ihr geschehen ist. Kein Grund, ihr Vorwürfe zu machen.«

»Meine Frage zielte in eine ganz andere Richtung. Aber das besprechen wir lieber nachher Jörg, was meinst du?«

Ich sollte lieber meinen Mund halten. Jörg darf auf keinen Fall mitbekommen, dass ich von seiner Beteiligung an dem Menschenhandel weiß. Ich will nicht riskieren, dass er sich aus dem Staub macht.

»Es gibt nichts zu besprechen. Ich bin nicht dein Ehemann, der sich darum kümmert, dass alle deine Angehörigen nach diesem bescheuerten Unfall über deinen Zustand informiert werden. Du solltest auf deine Tante hören und den Abend genießen.«

Bevor ich zu weiterem Protest ansetzen kann, tritt meine Tante unter dem Tisch gegen mein Schienbein, um mir zu vermitteln, dass ich mich zurückhalten sollte.

»Schon gut«, rudere ich zurück. Ich habe mir diesen Abend anders vorgestellt, aber meine Zeit wird kommen.

Wie hast du denn geglaubt, dass der Abend ablaufen würde? Dass du hier auftauchst, ihn mit der Wahrheit konfrontierst und er, weinend wie ein Baby, zusammenbricht? Wenn das seinem Wesen entspräche, wärst du niemals in diesem Bett gelandet, höhnt die Pessimistin.

Darauf habe ich keine Antwort. So oft bin ich diesen Abend in meiner Vorstellung durchgegangen, und jedes Mal hat er ein anderes Ende gefunden. Jörg blutend auf dem Boden, Jörg um Verzeihung winselnd auf den Knien oder Jörg mit dem Messer in der Hand, während ich vor ihm flüchte. Alle denkbaren Situationen habe ich in Betracht gezogen. Dass er sich Verstärkung in Form meiner verbliebenen Familie in der Wohnung holt, ist in keiner der Überlegungen vorgekommen.

Den Rest des Abendessens verbringen die Erwachsenen schweigend, wobei weder Jörg noch ich etwas runterbekommen.

Gegen zehn Uhr steht Sabine endlich auf.

»Ich denke, es wird Zeit für uns«, sagt sie und sieht mich eindringlich an.

»Es hat mich gefreut, dass Sie meiner Einladung nachgekommen sind. Auch wenn die Stimmung zum Ende hin nicht mehr allzu erfreulich war.« Jörg erhebt sich ebenfalls. Alles sehr förmlich, wir könnten sogar beim Adel speisen, ohne aufzufallen.

»Das nächste Mal lassen wir nicht so viel Zeit vergehen, bis wir uns wiedersehen«, sage ich und umarme meine Cousinen.

»Angelika, ich meinte damit auch dich. Du kommst mit uns.«

»Bitte?«

»Wir haben eine Menge zu bereden, und ich finde, dass du erstmal zu deiner Familie gehörst.« Beim letzten Satz betont meine Tante jedes Wort überdeutlich, wie es meine Mutter auch immer getan hat, wenn es ihr besonders ernst war. Mit einem Schlag fühle ich mich in die Kindheit zurückversetzt.

»Vielleicht hast du recht«, gebe ich zu, auch wenn mir noch immer vor dem Gespräch mit meiner Tante graut.

Nur deswegen habe ich unser erstes Aufeinandertreffen so lange hinausgezögert. Ich werde ihr ins Gesicht lügen müssen und ich werde ihr vor allem Erklärungen liefern müssen. Das macht mir beinahe mehr Angst, als das Treffen mit Jörg verursacht hat.

»Der Meinung bin ich auch. Du musst jetzt zur Ruhe kommen«, sagt Jörg, und ich finde, dass es außerordentlich bissig klingt.

Als meine Tante und ich uns daran machen, die Zwillinge und ihre Unmengen an Spielzeug einzusammeln, klingelt Jörgs Telefon.

»Ja, am Apparat. Bitte? Was ... Wie meinen Sie das? Einen Moment bitte ... Aber ich ... Ja, ist gut. Würden Sie bitte einen Moment dran bleiben, ich muss nur gerade ... Sicher. Vielen Dank«, stammelt er in den Hörer.

Dann wendet er sich mir zu und sagt: »Ein wichtiges Gespräch, ich melde mich morgen bei dir. Bis dahin solltest du dich etwas beruhigt haben, damit wir in Ruhe sprechen können.«

Mit diesen Worten verschwindet er in seinem Arbeitszimmer und schließt die Tür hinter sich.

Verwundert blicke ich zu meiner Tante, die nur ahnungslos mit den Schultern zuckt und mit dem Versuch fortfährt, dem störrischen Zwilling die Jacke anzuziehen.

»Mama, ich möchte noch ein bisschen bleiben und den Ausflug mit der Barbie zu Ende machen. Vorhin musste ich wegen dem Essen aufhören«, quengelt Celine.

Einen Moment erwäge ich, es meiner Cousine gleichzutun und ebenfalls Widerspruch einzulegen. Immerhin bin ich eine erwachsene Frau und somit lange aus dem Alter raus, mir vorschreiben zu lassen, wie lange ich bei meinem Freund bleiben darf. Allerdings befürchtete ich, dass es auch bei mir nicht mehr als ein paar strenge Worte benötigen wird, bis ich nachgebe und mit ihr ins Auto steige. Und sei es nur, um meine Ruhe zu haben.

Während Sabine die Zwillinge bereits auf den Hausflur schleift, werfe ich einen Blick auf die Tür, hinter der sich Jörgs Arbeitszimmer befindet. Mit wem er wohl spricht? Seinem Blick vorhin nach zu urteilen, ist es kein erfreulicher Anruf.

»Ich komme gleich«, sage ich zu meiner Tante und schleiche mich zu der Tür.

»... und welche Lösung bieten Sie mir an?«, höre ich Jörgs Stimme. »Aha. Selbstverständlich liegt mir etwas daran. Ich bin zuversichtlich, dass wir uns einigen können ... Die Nummer habe ich in der Küche, einen Moment, ich hole sie.«

Ich hechte durch den Flur. Ein Stuhl wird zurückgeschoben, Schritte kommen auf die Tür zu. Jörg betritt den Flur, gerade als ich aus der Wohnungstür stürme, die ich unsanft hinter mir ins Schloss ziehe.

Hoffnung, dass es weitergeht

»Er gefällt mir nicht«, sagt Sabine wenig später, als sie die Auffahrt auf die Autobahn nimmt.

»Wie meinst du das?«

»So wie ich es sage. Ich kann diesen Kerl nicht ausstehen. Tut mir leid für dich. Nenn mich empfindlich, aber meine Menschenkenntnis hat mich bisher selten getäuscht. Und jetzt sagt sie mir, dass mit Jörg etwas ganz und gar nicht stimmt«, flüstert sie und wirft einen prüfenden Blick in den Rückspiegel zu den Zwillingen, die friedlich auf der Rückbank schlummern.

Ich kaue nervös auf meiner Unterlippe herum. Es fällt mir schwer, etwas einzuwenden. Viel lieber möchte ich meiner Tante aus vollem Herzen zuzustimmen und ihr erzählen, dass ihr Gefühl sie auch dieses Mal nicht trügt. Stattdessen sage ich: »Dir muss er ja nicht gefallen, oder was meinst du?«, und finde selbst, dass ich viel zu sehr wie ein trotziger Teenager und nicht wie eine Frau über dreißig klinge.

Das registriert auch Sabine und zieht perplex die Augenbrauen nach oben. »Versteh mich nicht falsch, ich will dir nicht vorschreiben, in wen du dich verliebst. Aber warum hat er sich nicht vorher gemeldet? Ich habe mir wahnsinnige Sorgen um dich gemacht, und von ihm kam gar nichts. Und eine überzeugende Erklärung hatte er dafür nicht.«

Nein, viel eher war sie ziemlich eindeutig. Er hat Angst, das riecht doch jeder verschnupfte Hund auf einhundert Meter gegen den Wind, mischt sich die Pessimistin ein. Den ganzen Abend über hat sie vorbildlich ihre Klappe gehalten, nun aber ist es vorbei mit der Zurückhaltung.

»Richtig«, stimme ich mehr meiner inneren Stimme als meiner Tante zu. »Auch wenn das am Tisch vorhin noch ein wenig anders klang.«

Sabine nickt triumphierend und geht nicht weiter auf meinen Einwand ein. »Na bitte. Den Tatsachen kannst nicht mal du dich verwehren. Nimm dir erst mal eine Auszeit und überleg dir, mit welchen Leuten du dich abgeben willst. Du weißt, ich bin immer für dich da, das bin ich meiner Schwester schuldig.«

Die Auszeit habe ich bereits hinter mir, in der Reha hatte ich genug Zeit nachzudenken. »Was genau hat er dir eigentlich erzählt?« Die Frage hat mir schon den gesamten Abend unter den Nägeln gebrannt.

»Du meinst von deinem Unfall? Nicht viel. Nur dass du auf der Berghütte einen allergischen Schock hattest und beinahe erstickt wärst, wärst du nicht gefunden worden. Ich verstehe bis heute nicht, warum mich niemand darüber informiert hat, dass du im Koma liegst.«

Ich kann ihr nicht antworten. Erinnerungen tauchen vor meinem inneren Auge auf, und mit ihnen quält sich der Inhalt meines Magens nach oben. Zum Glück befindet sich nicht viel darin, was im Auto landen könnte.

»Was hältst du davon, wenn wir jetzt gleich gemütlich einen Wein trinken und du erzählst mir in aller Ruhe, was passiert ist!«

An Sabines Tonfall höre ich genau, dass dies keine Frage war. Momentan ist mir nach allem zumute, aber nicht nach Alkohol, und auf einen gemütlichen Abend auf dem Sofa, bei dem ich infame Lügengeschichten von mir geben muss, habe ich ebenso wenig Lust.

»Angelika?«

»Ja doch, ich habe dich schon gehört. Mir bleibt wohl nichts anderes übrig, oder?«

Meine Tante deutet auf den Fußraum und sagte: »Dein Handy, willst du nicht rangehen?«

In diesem Moment höre ich es auch. Ich muss mich erst an das neue Gerät gewöhnen – mein altes ist in der Hütte geblieben und zum Zeitpunkt meiner Entlassung aus dem Krankenhaus nicht mehr auffindbar gewesen. Ich blicke auf das Display. 0157 ... Niemand meiner wenigen noch vorhandenen Kontakte hat diese Netzvorwahl.

»Nein, momentan habe ich keine Lust am Telefon zu plaudern«, sage ich, ziehe mit dem Finger den roten Hörer nach links und drücke den Anrufer weg. »Die letzte Zeit hat mich doch ziemlich mitgenommen und ich bin noch nicht so fit. Ich erzähle dir gerne alles, aber lass bitte mich das Tempo bestimmen.«

Sehr diplomatisch ausgedrückt, war mir neu, dass du sowas kannst, flüstert die Pessimistin mit ehrlicher Anerkennung.

»Das verstehe ich natürlich, aber du musst auch einsehen, dass ... Blöder Idiot!«

Viel zu spät für meinen Geschmack bremst meine Tante hinter dem Vordermann und weicht ohne einen Schulterblick auf die linke Spur aus, um ihn zu überholen. Das Auto schlingert und sie braucht einen Moment, um den Wagen wieder unter ihre Kontrolle zu bringen.

»Achtzig auf der Autobahn, der hat sie doch nicht mehr alle, ich hab Kinder im Auto«, flucht sie, während ich damit beschäftigt bin, einen Herzinfarkt abzuwehren.

Mit Mühe verkneife ich mir einen Kommentar zu ihrem Manöver und löse meine Umklammerung von dem Haltegriff, um erneut den unbekannten Anrufer wegzudrücken.

»Also was ich sagen wollte, es ist kein Problem, wenn du deine Zeit brauchst. Allerdings kann es doch nicht so schlimm sein, einen Abend mit deiner Tante zu verbringen. Wir haben uns so lange nicht gesehen.«

Endlich fahren wir von der Autobahn ab und ich entspanne mich langsam wieder. Sabine hat ja recht.

»Ich glaube, ein Glas hat noch niemandem geschadet«, sage ich in einem versöhnlichen Ton, der ihr ein Lächeln aufs Gesicht zaubert.

Das Handy in meiner Hand vibriert erneut. Schon das dritte Mal während der Fahrt. Wer ist so hartnäckig, dass er es um diese Uhrzeit gleich mehrere Male hintereinander versucht, obwohl er abgelehnt wurde? In meinem Inneren kämpft die Neugierde mit der Angst davor, was dieser Anruf einer fremden Nummer zu bedeuten hat. Meine neuen Kontaktdaten haben nur wenige Menschen bekommen, darunter die Polizistin, die meine Aussage aufgenommen hat, Jörg, Sabine und Monika. Und von diesen Personen würde nur einer die Telefonnummer unerlaubterweise weitergeben.

Du bist paranoid, sagt die Pessimistin genervt. *Wer soll das schon sein? Denkst du, Jörg hat seinen Doktorfreund wieder zum Leben erweckt und ihm deine Nummer gegeben, damit er dir als Zombie Angst einjagen kann? Oder, dass dich sein Geist per Telefonanruf heimsucht? Gibt es neuerdings Handyladestationen auf Friedhöfen? Mach dir nicht ins Hemd.*

Ja, seitdem ich als lebendige Leiche an gutbetuchte Perverslinge verkauft worden bin, und mich nur durch ein wenig Glück mit dem Pflegepersonal aus der Situation befreien konnte, darf man mich sicher als paranoid bezeichnen. Und das würde jeder, der meine Geschichte kennt, verstehen, das muss sogar die Pessimistin zugeben.

Vermutlich wäre ich auch ohne die Anwesenheit meine Tante längst rangegangen, und sei es nur, um zu erfahren, wer am anderen Ende der Leitung ist. Wichtig wird es schon sein, warum sonst sollte der unbekannte Anrufer solche Hartnäckigkeit beweisen? Vor ihr habe ich allerdings keine

Lust, mich auf das Gespräch einzulassen, sie würde nur lange Ohren bekommen.

Als meine Tante den Wagen geschickt rückwärts in eine für meinen Geschmack viel zu kleine Parklücke lenkt, meldet sich mein Handy erneut. Eine Textnachricht. Ich schaue neugierig auf das Display. Der Absender ist dieselbe unbekannte Nummer.

»Hätte dich damals nicht hängenlassen sollen. Es tut mir leid. Finde, wir sollten reden. Bitte melde dich.«

Ungläubig starre ich auf den Namen, der unter der Nachricht steht und der nun langsam vor meinen Augen verschwimmt:

Marie ...

Jedes Starren wirkt verdächtig

Mit brummendem Schädel und ausgedörrtem Mund wache ich am nächsten Morgen auf Sabines Gästesofa auf. Kaum habe ich die Augen geöffnet, kneife ich sie wieder zusammen. Das Licht bringt meinen Kopf zum Explodieren.

Da war das letzte Glas gestern Abend wohl schlecht, sagt die Pessimistin, deren Stimme meine Nerven bis zum Zerreißen spannt.

»Halts Maul und verpiss dich«, zische ich und setze mich auf. In meinem Kopf dreht sich alles.

Oh, da ist aber jemand schlecht gelaunt. Ohne mich

würdest du noch immer in dem Krankenhaus versauern und auf dein Ende warten, vergiss das nicht.

»Lass mich heute Morgen einfach in Ruhe, können wir uns darauf einigen?«, versuche ich noch einmal die Stimme zum Schweigen zu bringen.

»Angie bist du schon wach? Mit wem sprichst du da?«, höre ich meine Tante vor der Tür fragen.

»Ja, ich bin wach. Bin am Telefon, ich komme gleich«, antworte ich.

Angestrengt versuche ich, mir den gestrigen Abend in Erinnerung zu rufen. Was habe ich Sabine alles erzählt? Sabine ist nicht nur neugierig, sie ist auch eine unglaublich aufmerksame Frau, der keine Kleinigkeit einer Unterhaltung entgeht und die sich selbst nach so einem weinseligen Abend Details eines im Rausch ausgeplauderten Geheimnisses merken kann. Manchmal habe ich den Eindruck, als sammle sie diese dahergesagten Kleinigkeiten, nur um sie später in einer garantiert unpassenden Situation anzusprechen. Eine Fähigkeit, die auch meine Mutter besessen und bis zur Perfektion ausgebaut hatte.

So sehr ich mich jedoch anstrenge, der Nebel über meiner Erinnerung lichtet sich nicht. Nur unscharf dringen einzelne Begebenheiten in mein Bewusstsein, die sich vor dem ersten Glas Riesling zugetragen haben. Die Autobahnfahrt, der gerade noch verhinderte Auffahrunfall und der unbekannte Anrufer, der sich letztendlich als Marie herausgestellt hat.

Marie. Die letzte Person, von der ich einen Anruf erwartet habe. Sie war auch der Grund dafür, dass aus einem geplanten Glas Weißwein mit Sabine schließlich zwei gemeinsam geleerte Flaschen geworden sind. Ich habe mich damit abgefunden, dass ich nicht in der Lage bin, das Geschehene so schnell zu verarbeiten, wie ich mir erhofft habe. Ich war darauf vorbereitet, auf Jörg zu treffen und in dem Moment, in dem ich in sein Gesicht sehe, auch in den Abgrund der verdrängten Erinnerungen zu blicken. Marie fügt eine völlig andere Qualität des Erinnerns hinzu. Eine, die mit einem schlechten Gewissen meinerseits einhergeht.

Was soll an ihr so besonders sein? Sie steckt nicht mehr oder weniger in der Sache drin, als Jörg es getan hat. Wenn du ihm gegenübertreten kannst, dann wirst du es wohl schaffen, ein wenig am Telefon mit ihr zu plaudern.

Darum geht es doch gar nicht. Sie weiß zu viel, und ich müsste offen mit ihr über das reden, was passiert ist. Sie ist die lebendige Erinnerung an das, was ich durchleiden musste. Ich kann mich nicht mit ihr auseinandersetzen. Jedenfalls noch nicht.

In Wirklichkeit geht es auch nicht darum. Zumindest nicht nur. Das wirkliche Problem ist, dass ich seit meiner Vergewaltigung Probleme habe, Menschen zu vertrauen. Das beginnt bei einem Taxifahrer, von dem ich vermute, dass er mich entführen will, und endet noch lange nicht bei einem Apotheker, dem ich bei der Dosierungsempfehlung meiner Halsschmerztabletten misstraue. Marie ist viel zu sehr in die Ereignisse verstrickt. Ich kann ihr nicht trauen.

Mir ist klar, dass dies auch die Pessimistin weiß, aber das tut nichts zur Sache. Wenn ich mir selbst lange genug einrede, wie leid es mir tut, dass mich Marie zu sehr an die Vergewaltigungen erinnert, wird es die Pessimistin glauben und am Ende hoffentlich ich selbst auch.

Es klopft an die Tür und ich springe von dem Sofa hoch. Mit einem Blick zum Fenster überlege ich, wie schwer die Verletzungen sein werden, wenn ich aus dem zweiten Stock springe.

»Telefonierst du immer noch?«, fragt meine Tante und steckt den Kopf durch den Türspalt.

Ich wische mir den Schweiß von der Stirn und atme tief durch. Dann sage ich: »Nein, schon fertig. Komm ruhig rein.«

Sabines Kaffee ist so stark, dass ich ihn kaum herunterbekomme, doch er tut mir gut und lässt den Schwindel abebben. Nachdem ich mir noch ein halbes Brötchen reingezwängt habe, verschwindet auch das schwummrige Gefühl in meinem Magen so langsam. Dennoch brauche ich dringend frische Luft und lehne Sabines Angebot, mich nach Hause zu fahren, dankend ab. Der Spaziergang zur Bahn wird mir guttun, und ich muss dringend in Ruhe nachdenken.

Die Ruhe bleibt mir allerdings nicht lange vergönnt. Der S-Bahnhof von Bergisch Gladbach kommt gerade in Sichtweite, als mein Handy sich meldet. Diesmal erkenne ich schon an der Melodie, wer am anderen Ende der Leitung ist. Der Titelsong von Psycho. Jörg.

»Alles im Lot?«, begrüßt er mich. Anscheinend hat er den gestrigen Abend nicht als unerträglich in Erinnerung.

»Nun ja, wie man es nimmt …« Nein, es ist absolut nichts im Lot. Aber ich werde mich hüten, ihm das zu verraten.

»Bist du sauer wegen gestern Abend?«, fragt er und klingt nicht, als würde es ihn tatsächlich interessieren.

»Was glaubst du denn?«

»Weil ich deine Tante eingeladen habe? Ich dachte, dass du dich darüber freuen würdest.«

Ich kann ihn nahezu vor mir sehen, wie er mit den Augen rollt und seine dicken Backen aufbläst.

»Natürlich habe ich mich gefreut, sie zu sehen. Es geht mir auch nicht darum, dass du sie eingeladen hast. Du hättest mir aber Bescheid sagen können. Außerdem hatte ich den Eindruck, dass du dich überhaupt nicht richtig gefreut hast, mich wiederzusehen. So als hättest du sie eingeladen, um dich möglichst wenig mit mir unterhalten zu müssen.«

Och, da drückst du jetzt aber auf die Tränendrüse. Vergiss nicht, dass du glaubhaft sein musst. Jörg kennt dich gut genug, um zu wissen, dass du nicht so eine attention whore bist.

»Ich muss zugeben, dass der Abend ziemlich in die Hose ging. Das war alles ein wenig anders gedacht. Was hältst du davon, wenn wir einen zweiten Versuch wagen? Nur wir zwei, ohne störende Verwandte. Und ich koche dieses Mal auch nicht.«

»Ach nein? Muss ich mir jetzt auch noch mein Willkommens-Menü selbst ausdenken, oder wie stellst du dir das vor?«

Vielleicht keine so schlechte Idee. Einen ordentlichen Cocktail zum Aperitif, zwei, drei Gläser Wein zum Essen und einige Absacker zum Digestif, dann wird er offenherzig alles vor dir ausbreiten, was du hören willst. Alternativ gibst du ihm einfach ein wenig Aufputschmittel ins Tiramisu und wartest ab, bis er seine Zunge nicht mehr halten kann.

Genau. Und wie genau soll ich an die Drogen kommen?

»Komm, das musst du zugeben«, reißt Jörg mich aus meinen Gedanken.

»Was?«

»Dass ich mich mit meinem Gulasch wohl keine Auszeichnung gewinnen werde.« Er gibt sein typisches Chihuahua-Lachen zum Besten, das mich bei unserem Kennenlernen so fasziniert hat und das ich mittlerweile nur noch abstoßend finde. Wenigstens hält *er* sich für besonders lustig, denn ich kann seinen Witzen nicht mehr viel abgewinnen.

»Jörg, hör zu. Meine Bahn kommt gerade. Wir reden später darüber, wer was kocht und wann wir uns treffen, in Ordnung?«

»Aber …«

»Nein, nichts aber. Ich habe keine Lust darauf, dass die gesamte Bahn unser Gespräch mithören kann. Ich melde mich bei dir.« Ohne eine Antwort abzuwarten, lege ich auf und drücke den Türknopf am Bahnabteil.

Als der Regionalzug endlich in Bonn hält, ist mein

Kater vollständig verflogen und ich bin zuversichtlich. Schon bald wird Jörg in seinem riesigen, mit Designermöbeln bestückten Apartment sitzen, das er durch Zwangsprostitution finanziert hat, und sich wünschen, er hätte etwas Anständiges gelernt.

Das gute Gefühl, ihm bald alles heimzahlen zu können, hält leider nicht lange an. Schon als ich die Abkürzung über den Hof des Museums zu meiner Wohnung nehme, beschleicht mich ein komisches Gefühl.

Zunächst versuche ich mich damit zu beruhigen, dass ich seit meiner Gefangenschaft häufig von einer solchen Panikattacke heimgesucht werde. Dann allerdings kommt mein Wohnblock in Sichtweite und schon aus dieser Entfernung kann ich erkennen, dass eine Person auf dem Bürgersteig vor meiner Haustür steht und offensichtlich auf jemanden wartet.

Es ist unfassbar, was du für eine egozentrische Zicke bist. Du wohnst ja nicht allein in diesem Haus, und auch wenn du es nicht glauben willst: Es ist durchaus im Bereich des Möglichen, dass deine Nachbarn Freunde haben, von denen sie hin und wieder sogar mal Besuch bekommen.

»Wenn ich mehr auf mich geachtet und nicht naiv irgendeinem Kerl vertraut hätte, dann wäre ich niemals betäubt, vergewaltigt und an irgendwelche Perverse verkauft worden. Ich wäre niemals in die beschissene Situation gekommen, einen Menschen umbringen zu müssen, um mein eigenes Leben zu retten. Also erzähl du mir nicht, ich wäre zu egozentrisch, wenn ich jemanden vor meiner Haustür stehen sehe und mich dabei unwohl fühle«, sage ich und stelle mich mit dem Handy in der Hand wie unbeteiligt an einen Baum.

Von dort aus beobachte ich, wie die Person wiederholt auf ihre Armbanduhr schaut, die drei Stufen zur Haustür hochgeht, klingelt und dann wieder unten auf dem Bürgersteig auf und ab geht. Fehlt nur noch, dass sie sich zu meinem Fenster hochreckt, um einen Blick in meine Wohnung zu werfen. Immerhin handelt es sich – zumindest soweit ich das erkennen kann - bei der Person um eine Frau.

Marie, schießt es mir durch den Kopf. Natürlich. Nachdem ich die Anrufe ignoriert und mich auch auf die SMS nicht gemeldet habe, will sie anscheinend dafür sorgen, dass das von ihr gewünschte Gespräch zustande kommt. Mir schießen etliche Fragen durch den Kopf. Woher hat Marie meine Adresse? Was ist so wichtig, dass sie den Weg vom Bayerischen Wald bis nach Bonn auf sich nimmt, bloß weil ich mich nicht innerhalb von Stunden nach der Nachricht melde?

Darf ich einen Vorschlag machen?

»Nein, bitte lass es«, sage ich und weiß doch, dass es sinnlos ist. Die Pessimistin wird nicht mit ihrer Meinung hinter dem Berg halten.

Geh hin und frag sie. Sie wird dich nicht umbringen, sonst wäre sie bestimmt nicht am helllichten Tag hier aufgetaucht. Du hast keinen Grund, jedem Menschen in deiner Umgebung zu misstrauen.

Dagegen gibt es nichts einzuwenden, wenn ich ehrlich darüber nachdenke. Was soll schon passieren? Ich werde sicher nicht mittags um zwei vor meiner Haustüre von einer

Krankenschwester aus dem Bayerischen Wald entführt. Zumal Marie keinen Anlass hat, mir etwas Böses antun zu wollen. Vermutlich möchte sie bloß wissen, wie es mir ergangen ist. Immerhin hat sie mich das letzte Mal blutverschmiert und dem Wahnsinn nahe auf dem Flur der Intensivstation gesehen.

»Na dann, auf geht's«, murmle ich mir zu und setze mich mit zitternden Knien in Bewegung. Je näher ich Marie komme, desto stärker wird der Drang, mich umzudrehen und einfach zu verschwinden. Doch ich lasse nicht zu, dass meine Angst die Oberhand gewinnt.

»Hallo Marie«, sage ich leise, als ich vor meinem Haus ankomme.

Die Person dreht sich um.

»Guten Tag, Frau Kiefer.«

Ich brauche einen Moment, um zu realisieren, dass die Frau, die vor mir steht, nicht Marie ist. Einen weiteren Moment benötige ich, um die Person an diesem Ort einzuordnen, an den sie nicht gehört. Als mir klar wird, wen ich da vor mir habe, klappt mir die Kinnlade herunter.

»Sie? Was tun Sie denn hier?«, frage ich mit brüchiger Stimme.

Gefühle bleiben leise, gehen nie

Im Wohnzimmer starre ich fassungslos die Frau an, die mir gegenübersitzt, so sehr wirft mich ihr Anblick in dieser Umgebung aus der Bahn. Zumal ich sie in ihrem legeren Aufzug kaum erkannt habe. Bisher war mir die Beamtin lediglich in etwas zu weit geschnittenen Hosenanzügen begegnet, die Haare streng zurückgebunden und eine unauffällige Brille auf der Nase. In Jeans und einem bunt gestreiften, grobmaschigen Rollkragenpulli mit offenen Haaren wirkt sie wie eine komplett andere Person.

»Ich habe Sie wirklich erschreckt, nicht wahr?«, fragt Kerstin Stutzke. Sie scheint bemerkt zu haben, dass ich sie unentwegt mustere.

»Nein. Also, schon irgendwie. Nachdem, was mir passiert ist ...« Ich kann es nicht aussprechen. Es ist unmöglich, dieses Grauen in angemessene Worte zu fassen. »Naja, ich bin seitdem ein wenig nervös.«

»Was absolut verständlich ist. Leider konnte ich Sie nirgends erreichen, und da ich sowieso noch Urlaub hatte, dachte ich mir, ich warte nicht, bis der Brief bei Ihnen ankommt. Aber zunächst interessiert es mich, wie es Ihnen denn ergangen ist?«

»Meine Reha ist seit dieser Woche vorbei und ich darf endlich ein bisschen entspannen. Momentan komme ich gut klar, wenn nicht gerade fremde Menschen in klirrender Kälte vor meinem Haus herumstehen und auf mich warten …« Nervös streiche ich mir über die Narbe auf meiner Handinnenfläche. Der schmale Wulst ist noch ganz weich, und wenn die Ärzte recht behalten, wird er sich bald glattziehen und die körperliche Erinnerung an den Schnitt verschwinden lassen. Im Gegensatz zu den Narben auf meiner Seele.

»Ich entschuldige mich nochmal von ganzem Herzen bei Ihnen. Gerade als Sie zurückkamen, wollte ich Ihnen einen Zettel schreiben und darum bitten, dass Sie sich bei mir melden. Für Sie war es sicherlich unglücklich, dass Sie in dem Moment nach Hause kamen und mich dort gesehen haben.«

»Ja, so etwas nennt man wohl schlechtes Timing. Wie wäre es, wenn Sie mir endlich sagen, weshalb Sie hier sind?«

Die Beamtin und schaut mich mitleidig an. »Sie haben wirklich sehr an den Ereignissen zu knabbern, nicht wahr?«

Was für ein Scharfsinn, sie ist eine wahre Polizistin. Wer hätte bitte denn nicht daran zu knabbern, wenn er von wildfremden Männern in einem Krankenhausbett vergewaltigt wurde?

»So schlimm ist es auch wieder nicht«, sage ich, die Pessimistin ignorierend und bemühe mich, es aufrichtig klingen zu lassen. »Es gibt eben Situationen, die mir Angst einjagen. Kleinigkeiten, die dafür sorgen, dass ich mich nur schwer unter Kontrolle habe, das ist alles. Es war ja nicht Ihre Absicht, mich zu erschrecken.«

»Ich verstehe. Aber Sie haben recht, es war nicht meine

Absicht, Sie zu beunruhigen, auch wenn ich dies jetzt leider tun muss.« Ihr Blick wird ernst und sichtlich angespannt lehnt sie sich zu mir herüber, als wolle sie mir ein Geheimnis verraten. »Wie ich bereits erwähnte, bin ich hier, da ich nicht abwarten wollte, bis die Information über die aktuelle Entwicklung in Ihrem Fall Sie per Post erreicht.«

Ich habe Mühe, auf meinem Stuhl zu bleiben. Am liebsten würde ich aufspringen, um auf- und abzugehen oder irgendwie anders meine Nervosität in den Griff zu bekommen. Welche aktuelle Entwicklung? Wurden die Ermittlungen gegen mich doch wieder aufgenommen? Soll ich nun etwa für das, was mir angetan worden ist, ins Gefängnis gehen? Die versteinerten Gesichtszüge der Beamtin verraten mir nichts, zu sehr ist das Pokerface dank ihrer Arbeit zu ihrer Maske geworden.

Unmöglich. Wenn diese Frau schon in deine Privatsphäre eindringt und dich in deinem Zuhause aufsucht, soll sie wenigstens mit offenen Karten spielen.

Ich stehe auf und gehe ans Fenster, um meine aufkeimende Wut zu verbergen.

»Ich dachte, die Ermittlungen gegen mich wurden eingestellt. Der Tatbestand der Notwehr kann wohl kaum deutlicher als in meinem Fall erfüllt sein«, sage ich, als sie noch immer nicht mit der Sprache rausrückt, und versuche dabei, nicht wie ein patziges Kind zu klingen.

Reg dich mal ab. Die Polizistin würde kaum ihren

Urlaub dafür opfern, um dir mitzuteilen, dass du doch noch nicht aus dem Schneider bist. Wofür denn? Um dir einen Vorsprung zu geben auf dem Weg in ein Land ohne Auslieferungsabkommen?

»Machen Sie sich keine Sorgen, die Vorwürfe gegen Sie wurden fallengelassen. Dennoch wird natürlich in dem Fall weiter ermittelt, schließlich sind Sie nicht nur die Täterin in der einen, sondern auch das Opfer in der anderen Strafsache. Und dieser Fall ist im Gegensatz zu Ihrem noch nicht abgeschlossen.«

Bei diesem Satz werde ich hellhörig. Nicht abgeschossen? Wie kann das sein, wo doch Ludwig Stadler und Bernd Winkler nicht mehr unter den Lebenden weilen?

»Die Täter haben das bekommen, was sie verdienten, was gibt es da zu ermitteln?«, flüstere ich. Mir fällt das Sprechen schwer. Die Erinnerung packt mich an meinem Hals und drückt mir die Luft ab. Mein Handrücken beginnt zu kribbeln und ich bilde mir ein, das Brennen der Nadel zu spüren. Da liege ich wieder bewegungsunfähig im Krankenhausbett, während Bernds Finger über meinen Körper wandern. Sogar seinen stinkenden Atem kann ich riechen. Mir wird schwindelig und ich finde mich auf dem Flur wieder. Hinter mir liegt der tote Arzt in einer Blutlache. Ich klammere mich an den Handlauf und die Schmerzen in meiner Handfläche werden unerträglich. Ich sehe das Blut, so viel Blut ...

Das Ziehen in meiner Hand wird real und holt mich zurück in die Gegenwart. Als ich an mir herunterschaue, tropft Blut von meinen Fingerspitzen auf den Boden. Ich habe so lange an der Haut um meine Narbe herumgekratzt, bis es angefangen hat zu bluten.

»Alles in Ordnung? Sie bluten ja«, sagt Kerstin Stutzke besorgt. Ohne dass ich es bemerkt habe, ist sie aufgestanden und steht nun direkt neben mir.

»Ja, es geht mir gut. Tut mir leid, da kam gerade einiges wieder hoch. Ich wusste nicht, dass ... Na ja, ich meine, die beiden Männer sind tot, ich dachte, der Rest wäre reine Formsache.«

»Ob sie tot sind oder nicht, die Staatsanwaltschaft muss Ludwig Stadler und Bernd Winkler die Tat jedenfalls nachweisen. Also wird gegen die beiden wegen Entführung, Körperverletzung und Zwangsprostitution ermittelt. Gegen Herrn Winkler natürlich außerdem wegen Vergewaltigung.«

Na, wenn das keine guten Nachrichten sind. Für die Akten wird weiter ermittelt. Damit der Schrank auch zufrieden ist, wenn der Ordner dann dort reingestellt wird.

»Aber es kann doch niemand mehr verurteilt werden. Was ergibt es da für einen Sinn, den beiden ihre Tat nachzuweisen? Ist ja nicht so, als wüsste ich nicht genau, wer mir das angetan hat.«

»Natürlich haben Sie recht. Mit dem Tod der beiden Beschuldigten gibt es keine Möglichkeit der justiziellen Bestrafung mehr. Doch sie gelten laut Gesetz so lange als unschuldig, bis ihnen die Schuld nachgewiesen wird. Außerdem muss die Möglichkeit in Betracht gezogen werden, ob es weitere Beteiligte gibt. Solange nicht ausgeschlossen ist, dass noch andere Personen an der Tat beteiligt waren, werden die Ermittlungen weitergeführt.«

Das kann nicht wahr sein. Ich bin kurz vor dem Ziel, und jetzt soll noch die Polizei auf Jörg aufmerksam geworden sein? Sobald er sich einen Anwalt nimmt, kann ich meine Antworten vergessen. Fieberhaft versuche ich mir in Erinnerung zu rufen, an welchem Punkt meiner Aussage ich Jörg möglicherweise erwähnt habe. Natürlich musste ich angeben, dass er die Hütte gebucht hat und auch, dass ich alleine in den Bayerischen Wald gefahren bin, weil ihm ein Termin dazwischen gekommen ist. Ansonsten habe ich weder seine Besuche im Krankenhaus erwähnt noch die Gespräche, die er mit Bernd und Ludwig Stadler in meiner Anwesenheit geführt hat.

»Gibt es bereits jemanden, der verdächtigt wird?«

»In der Tat ermittelt das Team in eine bestimmte Richtung. Und genau deswegen bin ich hier. Weil ich Sie warnen wollte. Ich persönlich glaube nämlich, dass Sie in Gefahr sein könnten, sobald Herr Petri von den Ermittlungen gegen ihn mitbekommt.«

»Sie glauben mein Freund war an meiner Entführung beteiligt?« Ich kann nicht fassen, was sie mir da erzählt. Nicht nur, dass mir die Chance auf Antworten genommen werden soll, Kerstin Stutzke will mich außerdem davon überzeugen, dass Jörg mir weiterhin etwas antun will? Seit meinem Krankenhausaufenthalt bin ich ein reines Nervenbündel.

Das Einzige, was mich beruhigen kann, wenn ich eine Angstattacke durchlebe, ist die Vorstellung, dass ich von

Jörg nichts mehr zu befürchten habe. Wenn der Verfolgungswahn die Oberhand gewinnt, brauche ich mir nur einzureden, dass Jörg es nie im Leben riskieren würde, mir noch einmal etwas anzutun.

»Hören Sie, das Ermittlungsteam weiß nicht, dass ich meinen Urlaub nutze, um Sie persönlich zu informieren. Sie können mir glauben, dass ich nicht zu Ihnen gekommen wäre, wenn mein Gefühl mir nicht sagen würde, dass es ernst ist.« Die Beamtin zupft konzentriert an einem Faden, der sich an dem Ärmel ihres Strickpullovers gelöst hat. »Es doch nun mal so, dass Herr Stadler und Herr Winkler an ihre Opfer kommen mussten. Sie erwähnten, dass Sie von Herrn Winkler auf der Hütte sozusagen abgeholt wurden. Zunächst nahmen wir also den Vermieter des Ferienhauses ins Visier. Allerdings konnte ihm keine Verbindung zu den Beiden oder der Klinik nachgewiesen werden. Er fällt somit raus. Allerdings gibt es eine weitere Person, die nun in den Fokus der Ermittlungen gerückt ist.«

»Vielleicht haben die beiden die Berghütte beobachtet und zugeschlagen, als ein für sie passendes Opfer vorbeigekommen ist. Es gibt wohl kaum einen besseren Ort für eine Entführung«, schlage ich vor und glaube mir selbst kein Wort. Eine abgelegene Hütte so lange zu beobachten, bis eine alleinstehende Frau einzieht? Noch naiver kann es kaum gehen.

Sei doch froh, dass die Polizei dir deine Arbeit abnimmt, und du dich entspannt zurücklehnen kannst. Du bist nicht Uma Thurman und das hier ist nicht

Kill Bill. Jörg wird das bekommen, was er verdient, und du solltest dich damit abfinden, dass du nicht der Henker sein wirst, der die Axt nach unten sausen lässt. Ab jetzt kannst du dich entspannt zurücklehnen.

»Nein, das ist ausgeschlossen. Das gesamte Vorgehen spricht dagegen. Es gibt mindestens zwei weitere Frauen, die missbraucht wurden. Leider sind sie nicht vernehmungsfähig, ihr Gehirn ist durch die Medikamente und das andauernde Koma zu stark geschädigt. Sie werden für den Rest ihres Lebens Pflegefälle bleiben. Ein Mann, der an so etwas beteiligt ist, wird auch nicht davor zurückschrecken, Zeugen zu beseitigen.«

»Das ist schrecklich. Aber ich bin keine Zeugin, ich habe nicht gegen ihn ausgesagt. Warum sollte er mir etwas tun?«

»Das wissen Sie, aber weiß das auch er? Kann er sich sicher sein, dass Sie nicht doch noch einen Hinweis geben können, der ihn mit Herrn Stadler und Herrn Winkler in Verbindung bringt? Er wird das in jedem Fall verhindern wollen.«

Nein, das darf nicht passieren. Das ist eine Sache zwischen Jörg und mir. Ich habe Fragen. Verdammt viele Fragen. Und ich werde nur Antworten bekommen, wenn ich das mit ihm alleine klären kann. Warum muss mir jetzt die Polizei dazwischenfunken? In dem Moment, in dem ich sie am meisten gebraucht hätte, sind sie nicht dagewesen. Wochenlang war ich in dem Krankenhaus meinen Peinigern ausgeliefert. Jetzt brauche ich ihre Hilfe nicht mehr.

Ich stehe auf und gehe ans Fenster. »Was soll das?«,

frage ich und kann nur mühsam ein Zittern in der Stimme unterdrücken.

»Ich verstehe nicht …«

»Sie verstehen was nicht?« Ruckartig drehe ich mich zu der Polizistin um und balle meine Faust. Tränen der Wut nehmen mir die Sicht. »Sie wundern sich, dass ich nicht davon begeistert bin, wenn Sie hierher kommen, in mein Zuhause, das ich ohnehin nur mit Mühe als sicheren Ort ansehen kann? Dass ich Ihnen nicht vor Dankbarkeit um den Hals falle, weil Sie mir erzählen, dass vermutlich der Mann, den ich liebe, an dem schlimmsten Albtraum beteiligt ist, der einer Frau überhaupt widerfahren kann? Tut mir leid, wenn ich keine Freudensprünge mache. Mir ist gerade nicht danach.«

Anstelle einer Antwort bekomme ich lediglich einen missbilligenden und zugleich überraschten Blick zugeworfen. Sie öffnet den Mund, als wolle sie etwas sagen, klappt ihn kurz darauf aber wieder zu. Dann steht sie auf und geht zur Tür.

Entschuldige dich wenigstens. Sie kann nichts dafür, dass du dir vorgenommen hast, dich an die Bibel zu halten. Auge um Auge ist nicht mehr angesagt und sie war nur die Überbringerin der Nachricht. Die dich eigentlich freuen sollte, denn sie bedeutet, dass auch im Bayerischen Wald gute Polizeiarbeit geleistet wird.

Trotzdem hat sie nicht das Recht, hierherzukommen und meine hart erkämpfte und bröckelige Normalität ins Wanken zu bringen. Sie ist nicht mein Bodyguard.

»Frau Kiefer«, sagt Kerstin Stutzke leise, die bereits in der Wohnungstür steht und sich noch einmal umgewandt hat. »Glauben Sie, was Sie für richtig halten, aber vertrauen Sie mir in dieser einen Sache. Passen Sie gut auf sich auf. Wir können ihm noch nichts nachweisen, aber er wird bald informiert werden, dass wir gegen ihn ermitteln. Und ab dann befinden Sie sich möglicherweise in großer Gefahr.« Mit diesen Worten dreht sie sich um und zieht die Tür hinter sich zu.

Ich bleibe alleine in meiner Wohnung zurück, die sich fremd anfühlt und deren Stille unerträglich ist.

Komm, leb die Panik aus

Die Finger an die Schläfen gepresst, den Kopf auf die Hände gestützt, sitze ich am Tisch. Seit einer ganzen Weile starre ich auf meine Oberschenkel und versuche, in dem Muster des Jeansstoffes eine geheime Botschaft zu entdecken, die von den unterbezahlten Näherinnen in Bangladesch hinterlassen wurde. Meine Finger sind taub, die Handgelenke steif, fast so, als hätten die Sehnen sich verkürzt und müssten für immer in dieser Position bleiben.

Ich bin mir nicht sicher, wie lange ich schon am Tisch sitze und meine Gedanken treiben lasse. Sogar die Pessimistin ist in ein seltsames Schweigen verfallen und hat nichts von sich hören lassen, seit Kerstin Stutzke gegangen ist. Mittlerweile dämmert vor dem Fenster der Abend, die Straßenlaternen sind angegangen und vor dem Fenster strömen die Menschen vorbei, die vom Hauptbahnhof aus ihren Nachhauseweg antreten.

Nachdem ich ein emotionales Auf und Ab durchschritten habe, fühle ich mich mittlerweile weder traurig noch wütend. Auch den zwischenzeitlichen Trotz und die Überzeugung, dass ich in meinem Leben bisher alles alleine bewältigen musste und es auch dieses Mal schaffen werde, habe ich abgelegt. Das Gefühl, das mich jetzt beherrscht, fühlt sich nach Angst an.

Ja, ich muss es zugeben, es ist nackte, eiskalte Angst. Sie raubt mir jegliche Kraft und macht mich bewegungsunfähig. Mein Mund ist ausgetrocknet und ich muss seit geraumer Zeit dringend meine Blase leeren, aber ich schaffe es nicht, mich von dem Stuhl zu erheben. So sehr ich auch versuche, mir das Gegenteil einzureden, die Warnung der Polizistin hat ihre Wirkung nicht verfehlt. Vor allem, weil sie vollkommen recht hat, auch wenn ich es ungern zugebe. Jörg ist gefährlich. Brandgefährlich, immerhin ist er derjenige, der mich, ohne mit der Wimper zu zucken, den beiden Männern zum Fraß vorgeworfen hat.

Allein dieser Umstand sollte dafür sorgen, dass ich mich so fern wie möglich von ihm halte, auch ohne zusätzliche Warnung von Kerstin Stutzke. Und dennoch will ich mir meine Antworten noch immer selbst beschaffen. Von klein auf hat mich mein Vater dazu erzogen, mich auf niemanden als auf mich selbst zu verlassen.

Warum sollte ich ausgerechnet jetzt von dieser bewährten Haltung abweichen? Jörg hat mein Leben zerstört, mir die schlimmsten Qualen bereitet, als ich mir je hätte vorstellen können. Nein, ich habe rein gar nichts zu verlieren. Jörg ist derjenige, der sich Sorgen machen sollte.

Da ist er wieder, dieser vermaledeite Stolz, der dich irgendwann noch ins feuchte Grab befördern wird. Ist es das, was du willst? Deinem Leben so schnell wie möglich ein Ende zu bereiten? Da gibt es weiß Gott elegantere Lösungen.

»Warum musst du immer gegen mich sein? Ich will keine Angst mehr haben. Jörg wird nicht mehr dafür sorgen, dass ich vor Angst regungslos auf meiner Couch sitze oder nachts stundenlang im Bett liege und auf jedes Geräusch höre. Wenn du nicht auf meiner Seite sein kannst, solltest du einfach deine Klappe halten.«

Als wenn das so leicht wäre. Ich bin ein Teil von dir, schon vergessen? Was ich sage, ist nur ein Ausdruck dessen, was du denkst. Du kannst mir nicht den Mund verbieten. Im Gegenteil, es wird Zeit, dass du anfängst, endlich auf mich zu hören. Schließe mit der Sache ab und versuche, wieder glücklich mit deinem Leben zu werden. Sei froh, dass du es noch hast.

Froh sein? Worüber? Soll ich dankbar sein, dass ich kaum eine Nacht habe, in der ich mehr als drei Stunden am Stück schlafe, ohne schweißgebadet aufzuwachen? Dass ich in den letzten Wochen jede Nacht aus dem Bett aufgeschreckt bin, um zu überprüfen, ob mein Körper noch funktioniert? Nur um dann festzustellen, dass ich ihn zwar kontrollieren kann, meine Beine aber noch immer, gerade nach längerem Liegen, nicht so wollen, wie ich es gerne hätte?

Als wäre die Pessimistin eine reale Person, vor der ich davonlaufen kann, springe ich auf. Der Stuhl fällt polternd nach hinten um, ich laufe zur Tür.

»Nacht für Nacht für Nacht den Albtraum immer wieder zu durchleben, die Hände auf mir zu spüren, wehrlos in meinem Körper gefangen zu sein, verdammt, glaub mir, lieber wäre ich tot.«

Auf wackeligen Beinen taumele ich ins Bad, drehe das heiße Wasser in der Wanne auf und entledige mich meiner Kleidung. Ohne zu warten, bis die Badewanne vollgelaufen ist oder die Temperatur des Wassers ein erträgliches Maß erreicht hat, setze ich mich in die viel zu heiße Wanne und schließe die Augen. Die Hitze des Wassers bringt das Gefühl in meine Waden zurück. Als der Pegel über meine Hüftknochen steigt, drehe ich es ab und fülle den Rest mit kaltem Wasser auf.

Meine Muskeln entspannen sich und ich rutsche mit dem Hintern nach vorne, tauche immer tiefer in die Wärme ein, bis ich schließlich auch mit dem Kopf unter Wasser liege. Nur noch mein Mund, meine Nase und die Knie schauen heraus.

Eine ganze Weile schwebe ich wie schwerelos und lausche dem leisen Rauschen und Gluckern des Wassers. Währenddessen strecke ich abwechselnd die Beine aus dem Wasser und bewege sie auf und ab und winkele die Knie an, wie ich es in der Physiotherapie gelernt habe. Erst als meine

Beine langsam zu kalt werden, tauche ich mit dem Kopf wieder auf.

Das Bad hat meine Sinne aufgeweckt. Deutlich höre ich ein Auto, das draußen irgendwo mit quietschenden Reifen anfährt, und auch zwei Passanten, die sich lautstark über den getätigten Einkauf unterhalten. Ich verstehe fast jedes Wort der beiden und es kommt mir vor, als befänden sie sich in meinem Wohnzimmer. Ich kann mich nicht erinnern, jemals ein Gespräch auf der Straße in dieser Lautstärke mitbekommen zu haben. Außer natürlich im Sommer, wenn ich abends nach der Arbeit die Wohnung lüfte.

Eine Gänsehaut überzieht meinen Arm, die feinen Härchen in meinem Nacken stellen sich wie kleine Antennen auf. Unmöglich, dass eines der Fenster geöffnet ist. Und doch deuten all diese Geräusche, die immer lauter zu werden scheinen, je mehr ich mich auf sie konzentriere, darauf hin. Angestrengt lausche ich und je mehr ich darauf achte, desto mehr Einzelheiten nehme ich wahr. Eine schrille Fahrradklingel ertönt, eine Frau lacht und zwei Hunde kläffen sich wütend an. Dazu das Brummen des Verkehrs, das deutlich lauter ist als sonst.

Das ist unmöglich und das weißt du auch. Wahnvorstellungen nennt man sowas. Solltest du mal bei einem Therapeuten ansprechen. Anstatt deinem Gejammer zuzuhören, könnte er dir zur Abwechslung einen hilfreichen Tipp geben.

Wenn ich jemals wieder einen Fuß in seine Praxis setze, sollte ich ihn vor allem auf die Stimme in meinem Kopf ansprechen.

Wahnvorstellungen hin oder her, in dieser Wohnung muss ein Fenster offen sein.

Was, wenn Einbrecher gerade durch meinen Flur schleichen oder mein Schlafzimmer durchwühlen, die Finger in meiner Unterwäsche haben?

Oder – viel schlimmer - wenn Jörg gekommen ist, um das zu Ende zu bringen, was weder Bernd Winkler noch Ludwig Stadler im Krankenhaus hinbekommen haben?

Aber kann Jörg mit seinen stummeligen Wurstfingern ein Fenster aufbrechen, ohne dabei einen Heidenlärm zu veranstalten oder den Nachbarn aufzufallen? Ich habe ihn bereits einmal unterschätzt und sollte diesen Fehler auf keinen Fall ein zweites Mal begehen. Vielleicht steht er schon vor der Badezimmertür und ist im Begriff, die Klinke herunterzudrücken.

Mit einem Satz springe ich aus der Badewanne und mit einem weiteren zur Tür. Schnell drehe ich den Schlüssel herum.

Soweit, so gut. Außer Atem lasse ich mich mit dem Rücken gegen die Tür fallen und sinke auf dem Boden zusammen. Zusammengekauert schnappe ich nach Luft. Die Kühle der Fliesen hilft gegen die aufkommende Panik, sie erinnert mich daran, wo ich bin. Doch die Luft ist einfach zu stickig und viel zu heiß. Ich kann kaum atmen.

»Du bist nicht eingesperrt. Es ist dein Bad und du kannst es jederzeit verlassen. Du bist hier nicht gefangen, beruhige dich ...«, flüstere ich mir wie in einem Mantra zu. Wo ist die verdammte Pessimistin, die Stimme, die mich im

Krankenhaus vor dem Aufgeben bewahrt hat? Wenn ich sie zur Abwechslung mal brauche, lässt sie nichts von sich hören.

Ich springe auf, um das Fenster zu kippen. Es ganz zu öffnen, traue ich mich nicht. Was, wenn einer der Männer vor meinem Badezimmerfenster auftaucht? Doch ich brauche frische Luft, sonst werde ich hier in meinem eigenen Bad zusammenbrechen. Meinen Mund an den schmalen Spalt gepresst, nehme ich einige tiefe Atemzüge der kühlen Luft und lasse mich dann auf den Deckel der Toilette plumpsen. Meine Hände zittern vor Angst und ich kann kaum einen klaren Gedanken fassen. Irgendwie muss ich hier rauskommen.

»Wer auch immer da draußen ist, nehmen Sie, was Sie haben wollen und lassen sie mich in Ruhe«, rufe ich, doch meine Stimme hat sich anscheinend noch nicht erholt. Es klingt eher nach einer Grundschülerin, die nach dem Rechenergebnis gefragt wird und sich unsicher ist, ob sie alles richtig gemacht hat.

Nicht sehr überzeugend. Damit könntest du nur mit Glück einen verängstigten Welpen verscheuchen. Oder nein, nicht mal ihn. Selbst der hätte nämlich mehr Eier als du.

»Weißt du was? Fick dich!« Die Wut auf meine innere Stimme gibt mir Kraft, und sehr viel lauter als zuvor rufe ich: »Nehmen Sie, was sie wollen und verschwinden Sie. Ich habe die Polizei gerufen, die werden bald hier sein.«

Das ist ja schlechter als in jeder Schmierenkomödie. Hast du nicht auch noch einen Freund, der Football spielt oder Kickboxer ist und der auch gleich zu Hause sein wird?

Dein Engagement im nächsten Scream-Film wird dir sicher sein. Oder lass mich überlegen. Vielleicht reicht es auch nur für Scary Movie.

»Bullshit!«

Eine Schmierenkomödie wäre es, wenn ich nichts als leere Worte von mir geben würde. Doch ich habe nicht vor, tatenlos im Badezimmer zu hocken und wie ein kleines Mädchen zu weinen. Dazu bleibt mir immer noch genug Zeit, wenn ich tatsächlich die Polizei angerufen habe. Mit dem Fuß hole ich meine Jeans her, die vor mir auf dem Boden liegt.

Schon beim Anheben kommt mir die Hose viel zu leicht vor. Das Handy kann sich gar nicht darin befinden. Dennoch durchsuche ich gründlich jede Tasche und schüttle die Hose danach sicherheitshalber aus. Nichts. Ernüchtert lasse ich sie auf den Boden fallen. Wie viel verfluchtes Pech kann man anziehen? Ich muss es wohl auf den Esstisch gelegt haben, als ich mit Kerstin Stutzke dort gesessen habe.

Zitternd rapple ich mich auf und ziehe meinen Bademantel an. Wenn ich nicht das gesamte Haus zusammenbrüllen will, bleibt mir nichts anderes übrig, als das schützende Bad zu verlassen, um irgendwie an mein Telefon zu kommen. Mit einem Ruck drehe ich den Schlüssel um. Bevor mich der Mut wieder verlässt, reiße ich die Tür auf.

Kein Axtmörder erwartet mich mit zum Schwung bereiter Waffe im Flur, und weder Jörg noch irgendwelche Einbrecher sind zu sehen. Alles klar, fürs Erste lebe ich noch. Ich lausche in die Wohnung. Bis auf die Geräusche, die von draußen kommen, bleibt es ruhig. Aus dem Wohnzimmer weht ein kalter Luftzug in den Flur, und fröstelnd ziehe ich den Bademantel enger um mich. Nun gibt es keine Zweifel mehr: Jemand hat das Fenster geöffnet, und dieser Jemand war garantiert nicht ich.

Ich riskiere einen Blick in Richtung Küche und überlege, mir ein Messer zu holen. Nur für den Fall, dass der Axtmörder oder wer auch immer im Wohnzimmer auf mich wartet. Die Narbe an meiner Hand juckt. Nein, dieses Mal werde ich mich nicht auf meine eigene Kraft verlassen. Es ist an der Zeit, dass die Polizei diese Aufgabe für mich übernimmt.

Konzentriert peile ich die Wohnzimmertür an und sprinte los. Wenn jemand in dem Raum ist, muss ich schnell sein. Der Tisch steht direkt an der Tür. Hoffentlich liegt das Telefon dort.

Mit ausgestrecktem Arm biege ich um die Ecke, schnappe mir das Handy und spute zurück zum Bad, wo ich die Tür hinter mit zuschlage und absperre.

Dort angekommen drücke ich auf den Home-Button, um den Bildschirm zu entsperren. Er bleibt schwarz.

Das kann doch nicht wahr sein, muss der Akku ausgerechnet jetzt schlappmachen? Als könne es die Batterie wieder zum Leben erwecken, klopfe ich das Gerät mit der Längsseite auf meinen Handrücken. Zu meiner Verwunderung löst sich die Rückseite des Smartphones und fällt auf den Boden. Das Innere des Akkufachs ist leer.

Jemand hat die Batterie entnommen.

Und dieser Jemand befindet sich wahrscheinlich noch immer in meiner Wohnung. Hat mich sogar beobachtet, wie ich mir das Telefon geholt habe.

»Was wollen Sie?«, rufe ich in den Flur. Anders als geplant kann mir vermutlich jeder Vollidiot die Panik deutlich anmerken, meine Stimme klingt dünn und zittrig. »Lassen Sie mich in Ruhe! Ich sagte bereits, dass die Polizei unterwegs ist.«

Ohne dich zu sehr zu enttäuschen, dein Trick zieht nicht mehr. Er hat dein Telefon manipuliert und weiß ganz genau, dass niemand unterwegs ist, um dir zu helfen. Das Messer wäre doch die bessere Alternative gewesen.

Jetzt ist es zu spät, ich kann mich nicht noch einmal aus dem Bad herauswagen. Das Messer ist in unerreichbare Ferne gerückt. Wer auch immer in meiner Wohnung ist, er hat mich absichtlich an mein Handy gelangen lassen. Ich soll die Gewissheit spüren, dass niemand mich retten wird. Wie damals, im Krankenhaus. Nur dass ich dieses Mal in meiner eigenen Wohnung festsitze.

Ein Geräusch im Flur lässt mich hochschrecken. Schritte nähern sich. Er kommt. Gleich ist er beim Bad. Die dünne Holztür wird mich nicht lange schützen. Meine einzige Chance ist das Fenster. Als ich darauf zu stürze, stoppen die Schritte im Flur. Jede Sekunde wird es krachen, die Tür in tausend Einzelteile zersplittern, und ich bin vollkommen ausgeliefert. Doch statt eines Fußes, der versucht das Schloss aufzutreten, höre ich nur ein zaghaftes Klopfen.

»Frau Kiefer, alles in Ordnung?«

Ein Held war ich wirklich nie

Noch immer zittere ich am ganzen Körper. Ich sitze auf der Couch und habe eine Wolldecke eng um mich geschlungen. Trotzdem kann ich nicht aufhören zu frieren, was nur teilweise an der eisigen Temperatur im Wohnzimmer liegt.

Aufmerksam lausche ich dem schleifenden Geräusch, das die Schranktüren im Schlafzimmer von sich geben, während sie auf- und wieder zugeschoben werden. Von der dauerhaften Anspannung schmerzen meine Muskeln und von den Schläfen her kündigt sich eine Migräne an. Als hinge mein Leben davon ab, umklammere ich die Tasse Kaffee in meinen Händen und warte darauf, dass Kerstin Stutzke ihren Kontrollgang abschließt. Jeden Moment rechne ich mit einem Hilfeschrei der Beamtin oder mit Kampfgeräuschen. Nichts dergleichen erklingt.

»Die Luft ist rein«, sagt Kerstin schließlich und kommt ins Wohnzimmer.

Selbstverständlich hat sie nichts gefunden. Der Eindringling ist sicher nicht so dumm zu warten, bis man ihn hinter den Vorhängen oder unter dem Bett versteckt findet. Vermutlich ist er über alle Berge gewesen, noch bevor ich mein Handy geholt habe. Zumindest rede ich es mir ein, weil ich die Vorstellung unerträglich finde, in seiner Anwesenheit schutzlos und so gut wie nackt über den Flur gerannt zu sein.

»Es sieht auch nicht danach aus, als wäre etwas gestohlen worden. Zumindest hat er nichts durchwühlt oder aufgebrochen. Vielleicht habe ich ihn vertrieben, bevor er etwas einstecken konnte. Gut, dass ich zurückgekommen bin, um noch einmal mit Ihnen über Herrn Petri zu sprechen.«

Ich kann die Skepsis der Beamtin spüren und ich nehme sie ihr nicht übel. Wäre da nicht der fehlende Akku, würde ich mich selbst für paranoid erklären. Zumal neben dem Axtmörder selbst auch jegliche Einbruchsspuren an der Tür oder einem der Fenster durch ihre Abwesenheit glänzen.

»Sie glauben mir nicht, stimmt's?« Obwohl es vollkommen irrelevant ist, ob Kerstin Stutzke mir glaubt oder nicht, nehme ich ihre Zweifel persönlich und habe beschlossen, in die Offensive zu gehen.

»So würde ich das nicht sagen. Aber Sie müssen mir erlauben, das Ganze rational zu betrachten. Zweifeln gehört zu meinem Beruf. Sie ahnen ja nicht, wie oft ich zu einem falschen Alarm gerufen werde. Oft stellt sich heraus, dass ein Fenster nicht richtig geschlossen war oder ein Luftzug eine Tür hat knallen lassen. Ich möchte damit aber nicht diese Situation bewerten. Alles, was ich mit Sicherheit weiß, ist, dass jetzt in Augenblick niemand hier ist.«

»Ich bin mir sicher, dass dieses Fenster richtig geschlossen war. Seit ich wieder zu Hause bin, kontrolliere ich mehr als nur einmal die gesamte Wohnung.

Mal davon abgesehen ist es schon ein komischer Zufall, dass die Wohnungstür dann ebenfalls nicht richtig geschlossen gewesen sein soll, oder etwa nicht? Der einzige Zufall ist meiner Meinung nach, dass Sie noch einmal vorbeikamen und so die offene Tür bemerkt haben.« Ich halte der Polizistin mein leeres Handy entgegen. »Und wie erklären Sie sich das hier? War das vielleicht auch nicht richtig zu und der Akku ist mir auf dem Weg ins Bad rausgefallen und unter einen Schrank gerutscht?«

Kerstin Stutzke hebt abwehrend die Hände. »Ich sagte doch, dass ich das nicht bewerten möchte. Ihr Verhalten ist für mich absolut nachvollziehbar. Dennoch kann ich mir keinen Einbrecher aus den Rippen schneiden, um Ihnen jemanden zu präsentieren. Wenn Sie glauben, dass jemand ihr Handy manipuliert hat, können Sie sich an die Beamten vor Ort wenden. Die werden das Gerät sicher auf Fingerabdrücke untersuchen.«

»Nein, danke. Sonst halten die mich auch noch für verrückt. Es genügt, wenn Sie das tun.«

»Es ist besser, wenn ich jetzt gehe. Wenn ich gewusst hätte, dass ich Sie mit meiner Warnung so verunsichere, hätte ich von einem Besuch hier abgesehen. Sie sollten versuchen, sich ein wenig auszuruhen. Ich werde noch einige Tage in Bonn sein, Sie können mich in dieser Zeit gerne anrufen.«

Ich verkneife mir jede weitere Antwort. Mein Widerspruch würde ohnehin zu nichts führen. Am liebsten würde ich die Beamtin auf Knien anflehen, die Nacht bei mir zu verbringen. Es gibt in diesem Augenblick nichts, wovor ich mich mehr fürchte, als davor, alleine in meiner Wohnung zu sein. So schaue ich ihr hinterher, wie sie das Haus verlässt, und schließe die Wohnungstür zu.

Obwohl ich mir fest vorgenommen hatte, mich zusammenzureißen, dauert es kaum eine halbe Stunde, bis ich es nicht mehr aushalte und Monika anrufe. Ohne viele Fragen zu stellen, verspricht sie mir, sich sofort auf den Weg zu machen. So kenne ich sie und deswegen ist sie meine beste Freundin. Ein warmes Gefühl durchströmt mich und ich muss ein Tränchen verdrücken.

Während ich auf Monikas Ankunft warte, gehe ich durch die Wohnung und kontrolliere, ob alle Fenster tatsächlich geschlossen sind. Jedes meiner drei Zimmer kostet mich erneut Überwindung. Hinter jeder Tür vermute ich einen messerschwingenden Jörg, der es kaum erwarten kann, meinem Leben ein Ende zu bereiten. Da hilft auch nicht die Gewissheit, dass vor weniger als einer halben Stunde eine Polizistin die Wohnung gründlich durchsucht hat.

Nachdem ich meinen Rundgang abgeschlossen habe, öffne ich eine Flasche Rotwein, stelle sie mit zwei Gläsern auf den Wohnzimmertisch und gehe ans Fenster. Es dauert nicht lange, bis Monikas Auto vorfährt. Um diese Zeit ist in der Stadt kaum noch etwas los, da die meisten Pendler vom Hauptbahnhof nach Hause gefahren sind, und so findet sie ohne Probleme einen Parkplatz vor dem Haus. Bevor ich den Türsummer betätige, überprüfe ich durch den Spion, dass im Hausflur niemand auf mich lauert.

»Entschuldige, dass es so lange gedauert hat, aber meine Mutter hat angerufen. Du weißt ja, man ist nie zu alt dafür, um von Mutti die Ohren langgezogen zu bekommen, weil man sich eine Woche mal nicht gemeldet hat«, sagt Monika beim Reinkommen und verdreht die Augen.

Ich nicke stumm. Was würde ich für eine Mutter geben, die sich über zu seltene Anrufe ihrer Tochter beschwert.

»Mein Gott, Mäuschen, du sieht schrecklich aus«, sagt Monika, nachdem sie sich auf die Couch gesetzt und für uns beide einen ordentlichen Schluck Wein eingeschenkt hat. Zwinkernd prostet sie mir zu. »Als hättest du dem Tod höchstpersönlich ins Gesicht geblickt.«

»Genau so fühle ich mich auch.«

»Das klingt übel. Was war denn los?«

Ich berichte ihr von meinem Abendessen bei Jörg, dem Besuch der Polizistin und schließlich von meiner haarsträubenden Begegnung mit dem unsichtbaren Einbrecher heute Abend. Monika hört geduldig zu.

»Und dann fehlt der Akku in meinem Handy, kannst du dir das vorstellen? Was glaubt diese Polizistin denn? Als würde ich den selbst rausnehmen, um sie davon zu überzeugen, dass jemand hier war«, schließe ich meine Geschichte. Ich versuche vergeblich, Monikas Blick zu deuten. »Sag was! Aber bitte nicht, dass du mich auch für bescheuert hältst, dann lüg besser.«

»Ganz sicher werde ich dir keinen Scheiß erzählen.« Monika schüttelt energisch den Kopf.

Habe ich mir gedacht. Monika ist nicht der Typ Frau, der lügt, um jemandem einen Gefallen zu tun. Als Tochter zweier Lehrer ist Monika nicht nur eine ausgezeichnete Zuhörerin, sie hat des Öfteren zudem einen hilfreichen

Ratschlag aus einer komplett neuen Perspektive bereit. So oft habe ich mich gefragt, warum sie nicht in die Fußstapfen ihrer Eltern getreten ist. Allerdings schätze ich mich glücklich, denn in diesem Fall hätten wir uns vermutlich nie kennengelernt.

»Du weißt genau, dass ich schonungslos ehrlich bin«, sagt Monika. »In diesem Fall muss ich dir zustimmen, dass hier etwas faul ist. Da kommt diese Frau knappe fünfhundert Kilometer hierhergefahren, um dich vor Jörg zu warnen, und dann nimmt sie dich nicht für voll. Sie hat dich doch überhaupt erst so kirre gemacht.«

»Teilweise. Jörg hat sich wirklich total seltsam benommen gestern Abend. Ich meine, welcher Mann lädt denn die Familie ein, wenn er seine Freundin das erste Mal seit Monaten wieder für sich haben kann?«

Für einen Moment überlege ich, ob ich Monika die Wahrheit über Jörg erzählen soll. Es würde guttun, endlich alles auf den Tisch zu packen und mir all die Sorgen von der Seele zu reden. Vermutlich ist es jedoch vernünftiger, weiterhin für mich zu behalten, dass Jörg ein skrupelloser Frauenhändler ist.

Wenn ich Monika die Wahrheit über Jörg sage, muss ich sie auch in meinen Plan einweihen. Und ich will sie auf keinen Fall in Schwierigkeiten bringen. Also sage ich: »Weil er sich seltsam verhält, muss das noch lange nicht heißen, dass er ein Psychopath ist. Diese Polizistin hat mich einfach verunsichert. So sehr, dass ich mich selbst in meinem eigenen Zuhause nicht mehr sicher fühle.«

»Merkwürdig.«

»Was meinst du?«

»Ganz ehrlich? Ich hätte es ihm sofort zugetraut.«

»Hier einzusteigen?«

»Alles. Er war mir von Anfang an nicht geheuer. Ein Typ, nicht größer als eine Parkuhr, aber ein Ego wie Arnie. Dazu eine große Klappe und ... Keine Ahnung. Mein Gefühl war einfach, dass er ein totaler Blender ist. Kein Psychopath, aber irgendwas ist nicht ganz koscher mit ihm.«

»Blödsinn. Nicht jeder hat sofort unterschwellige Aggressionen, um mangelnde Körpergröße zu kompensieren. Er hat eben ein ausgeprägtes Selbstbewusstsein.«

»Leg doch mal deine Verteidigungshaltung ab und höre auf das, was dein Gefühl dir sagt. Was für ein Typ ist Jörg?«

Darauf habe ich keine passende Antwort. Der kräftige und schwere Wein ist mir zu Kopf gestiegen, und in diesem Zustand habe ich wenig Lust darauf, mit Monika zu analysieren, ob Jörg zu mir passt oder nicht. Doch da muss ich jetzt wohl durch. Monika hat bewiesen, dass sie für mich da ist. Dieses Gespräch ist das Mindeste, was ich ihr nun zurückgeben kann, auch wenn ich dabei nicht zu hundert Prozent ehrlich bin.

»Ich habe nicht die geringste Ahnung«, sage ich. »Mir ist das Schlimmste passiert, was einer Frau passieren kann, und zwar an einem Ort, an dem man sich eigentlich sicher fühlen sollte. An dem einem geholfen wird. Von dem Menschen, der einen Eid geschworen hat,

Kranken kein Leid zuzufügen. Wie könnte ich da noch meinem Gefühl vertrauen?« Jetzt, wo ich es selbst ausspreche, klingt es fast plausibel.

»Gibt's ja nicht«, murmelt Monika. In der Zwischenzeit ist sie aufgestanden und ans Fenster gegangen.

»Denkst du, ich hätte geglaubt, dass es so etwas gibt, bevor es mir passiert ist?«

»Davon rede ich doch gar nicht. Diesen Typ da, den meine ich«, sagt Monika und deutet auf die Straße.

Ich stehe ebenfalls auf, dimme die Lampe und schaue neben ihr aus dem Fenster. Es ist schon dunkel draußen. Der Wind treibt Schwaden von Nieselregen durch die trüben Lichtinseln unter den Straßenlaternen.

»Ich sehe niemanden.«

»Na da, in dem Auto hinter meinem. Der saß da schon drin, als ich hier ankam. Seine Verabredung hat ihn wohl versetzt oder ist extrem unpünktlich.«

Nun sehe auch ich den Mann. Eigentlich nicht mehr als seinen Umriss. Beim ersten Hinsehen hätte es auch ein Schatten sein können. Ein Sitz mit Kopfstütze, den meine Angst in eine menschliche Gestalt verwandelt, in einen Kerl, der da draußen auf mich lauert. Da aber auch Monika diese Gestalt sieht, fühlt sich die Bedrohung noch viel realer an. Mein Körper spannt sich, meine Beinmuskeln verkrampfen.

»Er beobachtet mich. Bestimmt gehört er zu ihnen.« Ich bringe kaum mehr als ein ersticktes Flüstern zustande.

Monika winkt ab. »Unsinn. Vermutlich wartet er nur auf sein Date. Du weißt doch, wie wir sind. Immer eine halbe

Stunde länger vor dem Spiegel als eigentlich notwendig, hier noch ein Püderchen und da noch ein wenig Wimperntusche. Er hat echt Geduld«, sagt sie und nippt an ihrem Rotwein. »Wie sieht's aus, hast du noch eine Flasche?«

»Wie kannst du jetzt daran denken, noch eine Flasche aufzumachen? Jemand ist in meine Wohnung eingestiegen und nun sagst du mir, dass dieser Kerl da im Auto schon seit über einer Stunde in der Kälte sitzt. Verzeih mir, wenn ich mich gerade etwas mehr für Männer interessiere, die da draußen vor meiner Tür herumlungern, als für eine weitere Flasche Rotwein.« Mein Ton klingt patziger als beabsichtigt, und das sieht man Monika an. Mit beleidigter Miene schaut sie zu mir rüber.

»Bitte, wenn du es so willst, dann gehe ich jetzt da raus und spreche ihn an. Wie werden ja sehen, was er wirklich will.«

Mein Herz schlägt mit einem Mal doppelt so schnell, die Wirkung des Alkohols ist wie verflogen. »Nein!«, sage ich energisch. »Nein, das wirst du nicht tun. Wenn er mich beobachtet, wird er es dir wohl kaum verraten. Oder dich für bescheuert halten, weil er es eben nicht tut. Oder aber er wird wütend, weil er sich ertappt fühlt. So oder so, es würde rein gar nichts bringen.«

»So oder so, er würde sich ziemlich bald verpissen. Wenn er sich von dir eine kostenlose Peepshow erhofft hat, bist du ihn jedenfalls gleich los. Mal davon abgesehen wollte ich nicht hingehen, an sein Fenster klopfen und sagen ›Hey, ich bin's, die Moni, und meine Freundin da drin fühlt sich von dir belästigt, kann es sein, dass du sie observierst?‹

So viel Tatort habe ich gesehen, um nicht ganz so dämlich zu sein.« Sie schnappt sich meinen Hausschlüssel vom Tisch und macht sich auf den Weg in den Flur. »Während ich dich von dem ungebetenen Besuch befreie, machst du uns eine neue Flasche auf. Ich werde durstig sein, wenn ich zurückkomme.« Ehe ich mich versehe, ist sie aus der Tür verschwunden.

Möglicherweise hat sie ja recht. Selbst wenn der Kerl im Auto mich beobachtet, dann wird er sein Vorhaben aufgeben, sobald er feststellt, dass er entdeckt worden ist. Außerdem ist das Risiko, dass er Monika mitten auf der Straße angreift, relativ gering.

Ich drehe mich um und gehe in die Küche. Eine zweite Flasche Wein ist bestimmt keine schlechte Idee. Der Alkohol wird mich etwas auflockern.

Zurück im Wohnzimmer, will ich gerade mein Glas auffüllen, da höre ich von der Straße einen Schrei. Mit angehaltenem Atem stürme ich ans Fenster, wo mir die Weinflasche aus der Hand gleitet und auf dem Boden zerschellt.

»Monika«, rufe ich und weiß doch, dass ich zu spät komme.

Und das Fenster raus zur Straße

Draußen auf der Straße sitzt Monika auf dem Bürgersteig, während der Fremde bedrohlich über ihr steht und wild gestikuliert. Sie versucht, von ihm wegzukriechen, doch er geht ihr hinterher.

»Nein«, rufe ich, als er ausholt und mit der Faust nach ihr schlägt. Nur knapp kann Monika seiner Hand ausweichen. Mit seinem Angriff hat er die Wut der zierlichen Frau angestachelt.

»... Nicht mehr ganz dicht«, dringt Monikas Stimme nach drinnen, als ich das Fenster aufreiße.

»Hey«, rufe ich, um die Aufmerksamkeit des Mannes auf mich zu lenken.

Der Fremde zeigt sich unbeeindruckt von ihrem und meinem Geschrei. Er holt mit dem Fuß aus und tritt so heftig zu, dass sie mit voller Wucht nach hinten geschleudert wird. Sie knallt mit dem Hinterkopf auf den Bürgersteig. Blut rinnt aus einer Wunde auf ihrer Stirn, dort, wo sie von dem Stiefel des Mannes getroffen wurde. Der Kerl holt noch einmal aus.

Monika reißt schützend die Arme nach oben.

Ohne zu zögern, lässt er seinen Fuß auf ihren Arm sausen. Mit schmerzverzerrtem Gesicht nimmt Monika den Arm nach unten, der nun zwischen dem Ellenbogen und dem Handgelenk seltsam verbogen wirkt.

Wie angewurzelt stehe ich da und muss mit ansehen, was der Kerl meiner Freundin antut. Mein Körper versagt mir jegliche Reaktion. »Nein nicht, lass sie in Ruhe«, ist alles, was ich zustande bringe. Monika liegt reglos auf dem Boden.

Erst als er mit seinem Schuh unerbittlich auf ihr Gesicht eintritt, gewinne ich die Kontrolle über mich zurück. »Lass sie sofort in Ruhe, verschwinde von ihr. Ich habe die Polizei gerufen«, schreie ich aus dem Fenster.

Der zweite Bluff dieser Art heute Abend. Jetzt allerdings wird es keiner bleiben. Ich drehe mich um und stürze zum Telefon.

Mit dem Hörer am Ohr schaue ich wieder nach Monika. Der Kerl ist verschwunden. Ich sehe seinen schwarzen Kleinwagen mit quietschenden Reifen anfahren. Beim Ausparken rammt er Monikas Mini und schlittert dann über die regennasse Straße davon.

Nachdem ich dem Notruf meine Daten durchgegeben habe, stürme ich zu Monika. Der Anblick, der sich mir bietet, ist noch grausamer, als ich erwartet habe.

Eine Platzwunde klafft auf ihrer Stirn, das austretende Blut hat ihr gesamtes Gesicht rot gefärbt. Mit bloßen Händen wische ich ihr das Blut von den Augen, die bereits nach dieser kurzen Zeit zugeschwollen sind. Mit dem Knie stoße ich dabei gegen ihren rechten Arm, der in einem unnatürlichen Winkel von ihr gestreckt auf dem Bürgersteig liegt.

Sie scheint meine Anwesenheit zu bemerken, röchelt und wendet den Kopf in meine Richtung. Kein Wunder, dass sie keine Luft bekommt, ihre Nase steht schief in ihrem Gesicht. Als sie stöhnt, fällt ein abgebrochener Schneidezahn aus ihrem Mund.

Ich bin total überfordert, habe keine Ahnung, was ich tun soll. Dunkel erinnere ich mich an einen Erste-Hilfe-Kurs und versuche, ihre Position so zu verändern, dass ich sie in die stabile Seitenlage bringen kann. Unter ihrer Bluse sind die Knochen zu erahnen, die aus dem Unterarm ragen.

»Stirb mir jetzt nicht weg«, flüstere ich. »Bitte, du musst durchhalten, hörst du? Gleich wird Hilfe kommen.«

Wie von Sinnen reiße ich mir meine Strickjacke vom Körper und drücke sie gegen die unaufhörlich blutende Wunde auf Monikas Stirn. Ihrer Kehle entweicht ein Stöhnen. Ihre Lunge muss verletzt sein, denn mit jedem Atemzug spritzen mir feine Tröpfchen der roten Flüssigkeit entgegen.

»Ich bin ja da. Du darfst dich jetzt nicht bewegen«, sage ich und streiche ihr vorsichtig über den Oberarm, weil ich keine andere unverletzte Stelle finden kann. In einiger Entfernung höre ich die Sirenen des Notarztwagens. Das Geräusch wirkt unecht auf mich, als entstamme es einem Film oder meiner Fantasie.

Auch als der Arzt mich sanft an der Schulter berührt und mich auffordert, den Sanitätern Platz zu machen, komme ich mir vor wie ein unbeteiligter Zuschauer. Erst beim Eintreffen der Polizei, die mich von Monika wegholt, um meine Aussage aufzunehmen, wird mir unsanft bewusst, dass ich mich tatsächlich auf der Straße vor meinem Haus befinde. Meine Zähne schlagen unkontrolliert aufeinander und ich kann kaum sprechen.

Der Polizist führt mich zu einem beheizten Polizeibus. Auch dort bringe ich kein Wort, geschweige denn einen zusammenhängenden Satz heraus. Die Ereignisse wirken episodenhaft auf mich. Ich kann nicht auseinanderhalten, was ich gesehen habe und was ich mir nur einbilde. War Jörg der Mann in dem Auto? Ich halte ihn für größer, aber vielleicht täusche ich mich. Und dann drängt sich immer wieder Monika in meine Erinnerung, wie sie nach Luft schnappend und gurgelnd auf dem Asphalt liegt.

Was, wenn sie nie wieder gesund wird? Der Notarzt hat etwas von einer möglichen Gehirnschwellung gesagt, das Wort Koma ist gefallen.

Ich fühle mich so schuldig. Ich hätte Monika davon abhalten müssen, nach draußen zu gehen. Ich habe gewusst, wozu diese Menschen fähig sind, und ich habe nicht verhindert, dass sie auch meiner besten Freundin etwas antun.

Dein Gejammer ist unerträglich. Wie egozentrisch kann man denn sein? Wenn du etwas für sie tun willst, dann reiß dich zusammen und mach diese verdammten Angaben, anstatt dich wie ein weinerliches Mädchen aufzuführen.

»Frau Kiefer?« Der junge Polizist, der seit einiger Zeit versucht, eine vernünftige Schilderung der Ereignisse aus mir herauszubekommen, schaut mich fragend an.

»Tut mir leid ... Ich kann nicht. Es ist ... ich ... Ich kann Ihnen nicht sagen, wer der Mann war. Ich habe ihn noch nie gesehen.«

Endlich sieht auch er ein, dass es keinen Sinn ergibt, mich weiter zu verhören.

»Kommen Sie bitte morgen aufs Revier, damit wir ihre Zeugenaussage aufnehmen können«, sagt er. »Der Sanitäter wird Sie noch kurz untersuchen, dann können Sie gehen.«

Der Gedanke daran, von einem fremden Mann untersucht zu werden, jagt eine Panikwelle durch meinen Körper. »Nein! Ausgeschlossen. Ich werde mich nicht untersuchen lassen und Sie können mich nicht dazu zwingen«, sage ich, springe aus dem Bus und stürme zur Haustür.

Hinter mir höre ich den Polizisten, der mir folgt.

»Warten Sie, Frau Kiefer«, ruft er mir zu. Ich denke nicht daran, stehen zu bleiben. Niemand bringt mich dazu, mich noch einmal auszuliefern. Ich beschleunige meine Schritte und der Polizist tut es mir gleich.

Entschlossen drehe ich mich um und schreie: »Lassen Sie mich in Ruhe! Es ist doch schon genug passiert. Warum gehen Sie nicht einfach und machen Ihren verdammten Scheißjob? Finden Sie dieses Monster, das meiner Freundin das angetan hat, und sperren Sie den Verrückten weg.«

Der Polizist streckt den Arm aus und ich weiche zurück.

»Ihr Personalausweis«, sagt er. Seine Hand befindet sich direkt vor meinem Gesicht.

»Danke. Entschuldigen Sie«, murmele ich.

»Ruhen Sie sich aus. Ich verspreche Ihnen, dass wir alles Menschenmögliche tun, den Mann zu finden.«

Klar werden sie das. Es ist ihr Job. Und bis sie ihn haben, bin ich ihm ausgeliefert. Ich nicke schwach und drehe mich um. Die Kraft ist mir ausgegangen, den Schlüssel, den ich aus meiner Hosentasche hole, kann ich kaum bis an das Schloss heben. Bleischwer liegt er in meiner Hand und ich benötige mehrere Versuche, bis ich endlich die Tür geöffnet habe.

Als ich in meine Wohnung komme, breche ich weinend im Flur zusammen. Meine Beine tragen mich keinen Meter mehr. Aus dem Augenwinkel nehme ich ein Blinken wahr. Mit dem Ärmel, an dem Monikas getrocknetes Blut klebt, wische ich mir durchs Gesicht und schaue in die Richtung. Es dauert eine Weile, bis das schwache blaue Licht das nächste Mal auftaucht.

Auf der Ablagefläche liegt mein Handy. Es ist eingeschaltet und hat offensichtlich eine Nachricht empfangen. Als ich das Gerät aufhebe, entdecke ich Blutspuren an der Akkuabdeckung. Monikas Blut? Stammt es von meinen Fingern? Das ist unmöglich, es ist längst getrocknet. Doch woher kommt es dann?

Meine Hände zittern und ich brauche mehrere Versuche, bis ich mit zitternden Fingern die SMS geöffnet bekomme. Schon wieder eine unbekannte Nummer.

»Wo auch immer du dich sicher fühlst, du irrst dich ...«

Ich greife mir an die Stirn. Sie ist schweißnass. Es fällt mir schwer, das Gleichgewicht zu halten. Der Boden scheint zu schwanken und die Decke fühlt sich viel zu nah an. Krampfhaft klammere ich mich an meinem Handy fest, das mir wie der einzige feste Punkt in dem sich bewegenden Gang vorkommt. Ich drücke auf den Zurückbutton und blicke auf die Nachricht, die ich gestern Abend erhalten habe. Es kommt mir vor, als wären seitdem bereits Wochen vergangen.

» ... Ich finde, wir sollten reden. Bitte melde dich bei mir. Marie«

Ich lehne mich mit dem Rücken gegen die Wand, um das Schwanken zu reduzieren, und tippe, alle Bedenken ignorierend, eine Antwort.

»Du hast recht. Wir sollten dringend reden ...«

Ein Häufchen Elend ist unterwegs

Selbst nach über zweihundert Kilometern, die ich auf der Autobahn zugebracht habe, kann ich nicht fassen, dass ich mich auf dem Weg zum Ort meines Albtraums befinde. Dorthin, wo ich wie ein Stück Vieh vergewaltigt und beinahe umgebracht wurde.

Doch nach den Ereignissen gestern Abend habe ich es keine Sekunde länger in meiner Wohnung ausgehalten. Die Nacht habe ich in einem Hotel verbracht und bin heute Morgen direkt losgefahren. Außerdem muss ich zugeben, dass neben all der Abscheu, die ich für diese Gegend empfinde, ich mich auch ein wenig freue, Marie wiederzusehen.

Die Pessimistin in mir hat gewütet und mit allen ihr zur Verfügung stehenden Mitteln versucht, mich davon zu überzeugen, nicht zu fahren. Doch weder ihr Argument, dass ich Monika in ihrem momentanen Zustand nicht alleine lassen kann, noch die Befürchtung, dass Jörg misstrauisch wird, wenn ich bereits nach wenigen Tagen wieder von zu Hause flüchte, haben mich von meiner Entscheidung abgebracht. Es geht hier um mich, und wenn ich an gestern Abend denke, geht es auch um meine Sicherheit und um mein Leben.

Mit einem beherzten Druck auf das Gaspedal habe ich es für einige Zeit geschafft, die Stimme in meinem Kopf zum Schweigen zu bringen. Jetzt, da ich mir eine kurze

Pause und einen starken Kaffee gönne, nutzt sie die Gunst der Stunde und meldet sich zu Wort:

Was erhoffst du dir von deinem Besuch? Glaubst du etwa, dass sie dir erklären kann, wer bei dir in der Wohnung war? Woher soll sie das wissen? Oder hoffst du, dass du durch die Rückkehr dein Trauma überwinden wirst und dass ein Gespräch mit der Krankenschwester, die dich im Stich gelassen hat, die Vergangenheit weniger schrecklich erscheinen lässt?

»Sie hat mich nicht im Stich gelassen und das weißt du auch«, entgegne ich und schaue mich um. Es befindet sich niemand in Hörweite. Kein Wunder, bei diesen Temperaturen halten sich alle Besucher der Raststätte im beheizten Innenraum auf, bis auf einige Raucher, die sich auch bei Minusgraden ihren Nikotinschub nicht verkneifen können. Die Pessimistin und ich sind die Einzigen, die sich auf eine der grünen Plastikbänke gesetzt haben, um dort einen Kaffee zu trinken und die Ruhe zu genießen. Oder eher das, was von der Ruhe übrig bleibt, wenn man eine nörgelnde Stimme mit sich herumschleppt und sich zudem auf einem Autobahnparkplatz befindet.

Und du weißt genau, dass es Schönmalerei ist, was du da betreibst. Wenn sie nicht so lange gezögert hätte, wärst du gar nicht in die Situation gekommen, dich gegen zwei Männer zur Wehr setzen zu müssen. Wegen ihr hast du zwei Menschenleben auf dem Gewissen.

»Nein! Ohne sie wäre ich gar nicht da rausgekommen. Dann würde ich noch heute in diesem Bett liegen und darauf warten, dass der nächste Freier ...«

Der Kaffee kommt mir hoch und ich kann ihn nur mit Mühe wieder in meinen Magen hinunter zwingen. Ich kann es nicht aussprechen, schon der Gedanke daran, was ich noch hätte durchleiden müssen, jagt mir einen Ekelschauer durch den Körper. »Es tut mir aber um diese Menschen nicht sonderlich leid. Sie haben das bekommen, was sie verdient haben«, sage ich mehr zu mir selbst als zu der Pessimistin.

Da hast du es. Jetzt verteidigst du schon Selbstjustiz. Sie hätten ebenso ihre gerechte Strafe erhalten, wenn die Polizei sich um sie gekümmert hätte. Du solltest lieber weiterhin deinen Therapeuten besuchen, anstatt zu dem Ort zurückzukehren, an dem du fast gestorben wärst.

Nein, mit dem Therapeuten habe ich genug Zeit verschwendet. Ich weiß nicht, ob die Arbeit eines Seelsorgers zum größten Teil daraus besteht, Fragen zu stellen, deren Antwort der Patient eigentlich längst weiß, und sich diese aufsagen zu lassen. Wenn das der Fall ist, bringen mir die Stunden, die meine Krankenkasse eine Menge Geld kosten, recht wenig.

Einen anderen werde ich mir garantiert auch nicht suchen. Das tue ich mir nicht nochmal an. In Bonn und Umgebung habe ich an drei Tagen etliche Therapeuten angerufen, die mir ausnahmslos Termine in frühestens sechs Monaten angeboten haben. Sechs Monate, ein dreistes Angebot in Anbetracht dessen, dass ich mich bis dahin möglicherweise längst umgebracht hätte. Zumindest, wenn ich nur einen Deut instabiler wäre, als ich es bin.

Mach dir nichts vor, du wirst genauso gebrochen und ahnungslos zurückkommen. Die Kilometer könntest du dir sparen.

Mir ist egal, was die Pessimistin davon hält. Ich habe beschlossen, zu Marie zu fahren, und ich werde es durchziehen.

Mit unnötiger Vorsicht nippe ich an meinem Kaffee und werfe dann den halbvollen Becher in den Mülleimer neben dem Tisch. Es gibt nichts Schlimmeres als eiskalten Kaffee. Auch wenn er angeblich schön machen soll.

Ich stehe auf und strecke meine eingefrorenen Glieder. Vielleicht sollte ich mir lieber einen frischen Kaffee holen. Ich bin erst kurz hinter Frankfurt und habe nicht mal die Hälfte der Strecke hinter mich gebracht.

Bevor ich mich auf den Weg mache, schaue ich mich um und vergewissere mich, dass ich nichts vergessen habe. Schlüssel, Geldbeutel und Telefon, alles sicher verstaut in der Jackentasche. Auch auf der Bank und dem Tisch ist nichts mehr zu sehen. Auf dem Parkplatz entdecke ich dafür etwas ganz anderes.

Ganz langsam, in Schrittgeschwindigkeit schiebt er sich durch die Reihen der parkenden Autos. Immer wieder bremst er ab und es scheint, als würde er die stehenden Autos absuchen. Am Ende der Reihe angekommen, gibt der schwarze Golf Gas, schlittert mit heulendem Motor um die Kurve, nur um dann die nächste Reihe wieder in unendlicher Langsamkeit abzufahren. In diesem Augenblick fährt er genau auf mich zu.

Instinktiv schaue ich mich nach einem Versteck um. Es ist nichts in meiner Nähe. Bevor der Fahrer mir zu nahe kommt und ich Gefahr laufe, erkannt zu werden, drehe ich ihm den Rücken zu.

Mit zitternden Fingern taste ich in der Jackentasche nach meinem Handy. Bonbonpapierchen, das Zuckerpäckchen, das ich vorhin nicht gebraucht habe. Verdammt, alles bekomme ich zu fassen, nur nicht das verfluchte Telefon. Vor einer Sekunde war es doch noch hier.

Endlich ertaste ich die glatte Oberfläche des Smartphones. Ich ziehe es heraus, schaltete auf Kamera und halte es so vor meinen Kopf, dass die Linse auf der Vorderseite über meine Schulter zeigt. Auf dem Display beobachte ich in ruckelnden Bildern, wie der Golf immer näher kommt.

Wie befürchtet, schaut der Fahrer abwechselnd nach links und rechts zu den parkenden Wagen. Er sucht mich, da bin ich mir sicher.

Jetzt ist er genau hinter mir.

Ich halte die Luft an. Der Golf bremst. Angestrengt versuche ich, auf dem winzigen Display den Fahrer zu erkennen. Keine Chance, das Bild ist viel zu verpixelt, die Kamera auf der Vorderseite ist zu schlecht.

Ich wage es nicht, mich umzudrehen. Er würde mich sofort erkennen. Also schalte ich auf normalen Kameramodus mit der besseren Qualität und drehe das Handy in meiner Hand. Einige Male drücke ich blind, in der Hoffnung, den richtigen

Knopf zu erwischen, auf dem Display herum. Ich brauche unbedingt ein Foto von ihm, das ich der Polizei zeigen kann.

Hinter mir heult ein Motor auf, der Golf ist wieder angefahren. Eilig stecke ich das Handy ein und gehe in Richtung Raststätte. Nur nicht so schnell, ermahne ich mich. Nicht auffallen. Wenn ich jetzt anfange zu rennen, habe ich mich sofort verraten. Dennoch kann ich nicht verhindern, dass meine Schritte immer größer werden. Verstohlen blicke ich mich um. Der Golffahrer hat eine freie Parklücke entdeckt und steuert darauf zu.

Das ist meine Gelegenheit, zur Raststätte zu verschwinden, ich muss nur schnell reagieren. Ich werde mich dort so lange auf dem Klo verstecken, bis dieser Fremde die Geduld verliert und seine Suche nach mir aufgibt. Doch woher soll ich wissen, wann er verschwunden ist? Was, wenn er mir auf die Toilette folgt und mich dort angreift? Wer würde mich hier retten? Nein, wenn ich verschwinden will, dann jetzt.

Ich schlage den Kragen meiner Jacke hoch und ziehe meine Mütze tiefer in die Stirn. Dann beginne ich zu rennen.

Noch höre ich das Summen des rückwärtsfahrenden Golfes. Der Fahrer konzentriert sich also hoffentlich auf seinen Rückspiegel. Noch einmal lege ich an Geschwindigkeit zu. Meine Knöchel schmerzen, die Muskeln brennen, doch ich beiße die Zähne zusammen. Nur noch wenige Meter, dann habe ich meinen Wagen erreicht. Das Motorgeräusch des Golfes ist verstummt, eine Autotür wird aufgestoßen. Er kommt.

Endlich erreiche ich die Reihe, in der ich geparkt habe. Ich reiße meinen Schlüssel in die Luft und drücke auf Entriegeln. Die Rücklichter meines Aygo blinken. Gleich habe ich es geschafft.

Weit hinter mir wird eine Autotür zugeschlagen. Ich hingegen reiße die Fahrertür auf, hechte auf den Sitz und drücke den *Panikknopf*.

So hat damals der Verkäufer den kleinen Hebel genannt, der dafür sorgt, dass sich die Türen nur noch aus dem Wageninneren öffnen lassen. An diesem Tag habe ich über den Schalter und seine Funktion gelacht. In meiner jetzigen Situation hingegen kann ich mir nichts Schöneres vorstellen.

Mit einem Blick in den Rückspiegel versichere ich mich, dass mir der Kerl aus dem Golf nicht gefolgt ist. Mein Puls rast vor Anstrengung und Angst. Ich wische mir den Schweiß von Stirn und Hals und greife nach meinem Handy. Auf keinem der Bilder ist der Fahrer zu erkennen, auf den allermeisten habe ich nicht mal seinen Wagen erwischt. Verdammt. Ein Paparazzo ist an mir definitiv nicht verloren gegangen.

Sei es drum. Das war bestimmt nur irgendwer, der zufällig einen Golf fährt und hier einen Parkplatz gesucht hat. Du musst natürlich gleich ein Drama daraus machen, willst den Armen vor Gericht zerren, nur weil er die gleiche Raststätte besucht wie du.

Redlich bemüht, die Sticheleien der Pessimistin zu ignorieren, lege ich den Rückwärtsgang ein. Vielleicht stimmt es und ich reagiere überempfindlich. Ein schwarzer

Golf ist nun wirklich kein seltenes Auto. Auch als ich die Auffahrt auf die Autobahn nehme und im Rückspiegel zwei Wagen hinter mir ein schwarzes Auto entdecke, versuche ich, mich mit diesem Gedanken zu beruhigen.

Dieser Ort ist dem Sterben nah

Nach über sechs Stunden Fahrt schmerzt mein Rücken und ich kann es kaum abwarten, endlich aus dem Auto rauszukommen. Für einen Moment kneife ich die Augen zusammen, um die Straße vor mir scharfzustellen. Der Osterbach, der sich neben der Landstraße entlang schlängelt, verschmilzt im Dämmerlicht beinahe mit dem Wald. Ich habe die letzte Nacht kaum geschlafen und die Eintönigkeit der dunklen Landschaft trägt ihr Übriges zu meiner Übermüdung bei.

Je mehr ich mich Waldkirchen und damit dem Krankenhaus nähere, desto mehr spüre ich, wie sich mein Körper verspannt. Das Atmen fällt mir schwer und ich habe das Gefühl, mein Hintern wäre in der Zwischenzeit wundgesessen.

Überhaupt hat die Fahrt länger gedauert als geplant und ich musste einige zusätzliche Pausen einlegen, die meinen Zeitplan komplett durcheinandergeworfen haben. Zum Glück ist der schwarze Golf nicht mehr aufgetaucht. Vielleicht ist er mir auch nicht mehr aufgefallen. So oder so, mit der Zeit habe ich den

Verfolgungswahn abgelegt und auch die Pessimistin davon überzeugt, dass uns dort, wo ich hinfahre, keine Gefahr droht.

Endlich passiere ich das Ortsschild von Schönbach, dem Ort in der Nähe von Waldkirchen, in dem Marie lebt. Mittlerweile ist es stockfinster. Anders als in der Großstadt beleuchten hier Straßenlaternen nur menschenleere Bürgersteige, und bei den meisten Häusern sind die Fensterläden geschlossen. Ein Blick auf mein Handy verrät mir, dass ich in wenigen hundert Metern an meinem Ziel angekommen sein werde.

»Marie anrufen«, sage ich laut. Das Telefon gehorcht mir nicht. Wie immer, wenn ich diese Funktion tatsächlich einmal gebrauchen könnte. Auf dem Sofa in meinem Wohnzimmer reagiert das Teil sofort auf das leiseste Nuscheln. »MA-RIE AN-RU-FEN«, wiederhole ich, diesmal lauter.

Das Telefon schweigt beharrlich. Dann eben nicht. Ich werde das Haus auch ohne Hilfe finden, so viele gibt es hier nicht zur Auswahl. Zur Not werde ich am Straßenrand anhalten, um sie manuell anzurufen.

Kurz darauf habe ich ohne Probleme einen Parkplatz gefunden – definitiv ein Vorteil von solchen Dörfern – und sitze mit einem Kaffee in der Hand auf Maries Sofa. Die Wohnung ist für das Gehalt einer Krankenschwester erstaunlich groß, allein in das Wohnzimmer würde locker meine gesamte Einrichtung passen. Vermutlich ein weiterer Vorteil von solch abgelegenen Ortschaften: Die Mieten sind erschwinglich. Wofür man in

Bonn gerade mal drei Zimmer bekommt, ist hier mit Sicherheit eine ganze Doppelhaushälfte drin.

»Ich kann noch nicht fassen, dich hier so wohlauf zu sehen. Wie du da auf dem Boden gekauert hast, überall Blut, von dir und von den beiden Männern. Das Bild hat mich wochenlang im Schlaf verfolgt.« Marie stockt, als sie mein Gesicht sieht. »Oh, tut mir leid. Wie unsensibel von mir. Ist nicht gerade etwas, an das du dich gerne erinnerst, was?«

Ich nehme einen tiefen Schluck aus der Tasse und schaue Marie unverwandt an. »Nein, ganz und gar nicht. Aber ich erinnere mich immerhin noch lieber daran, wie ich dem Ganzen ein Ende gesetzt und mich befreit habe, als an die Zeit, während der ich wehrlos ans Bett gefesselt war.«

»Nachvollziehbar. Manchmal ist mein Mund schneller als mein Kopf. Mein Bruder beschwert sich auch immer darüber. Du musst mir das entschuldigen.«

Ach, du musst das, hörst du?

Nein, muss ich nicht. Aber ich weiß auch, dass Marie das bestimmt nicht böse meint. Deshalb sage ich: »Natürlich. Ich schätze, es wäre nicht das Schlechteste, darüber zu sprechen. Es ist nun mal passiert und lässt sich nicht rückgängig machen, also sollte ich anfangen, es zu verarbeiten. Einen Anfang haben wir hiermit gemacht.«

»Sehe ich genauso. Es muss so schrecklich für dich gewesen sein.« Marie senkt ihre Stimme und schaut beschämt zu Boden. »Und dann bin da auch noch ich, die dämliche Kuh, die ständig davon redet, dich zu befreien, aber nichts tut. Zumindest muss es so rübergekommen sein, als hätte ich die Füße hochgelegt und dabei zugesehen, wie sie ihre Spielchen mit dir getrieben haben.«

Mit starrem Blick schaue ich in meinen Kaffee und sehe der Crema dabei zu, wie sie sich langsam auflöst. Ja, Maries Worte beschreiben ziemlich genau, wie es mir damit ging. Tagelang habe ich darauf gewartet, dass die Polizei mein Zimmer stürmt, dass der Arzt und der Pfleger von einem Sondereinsatzkommando aus dem Krankenhaus geholt werden oder dass Marie mich endlich wie versprochen aus meinem Gefängnis namens Bett holt.

Nichts davon ist geschehen. So lange, bis ich beschlossen habe, mir selbst zu helfen. Dennoch kann ich Marie nichts vorwerfen. Ohne Maries Aufmerksamkeit und ihre Bereitschaft, für mich ein Risiko einzugehen und gegen die Anweisungen ihres Vorgesetzten zu handeln, wäre ich nie in der Lage gewesen, mich aus eigener Kraft aus meinem Bett zu erheben und mich meinen Vergewaltigern entgegenzustellen.

»So ist es nicht«, versichere ich ihr. »Du hast eine Menge riskiert. Ich kann verstehen, dass du dir absolut sicher sein wolltest, bevor du etwas unternimmst.«

»Genau das ist es. Klar, ich wusste, dass mit dir irgendeine Scheiße läuft. Aber ich kann doch nicht hingehen und meinen Chef anzeigen, wenn er gar nichts damit zu tun hat. Ich meine, wenn ich falsch gelegen hätte und du gar nicht ... na ja, du weißt schon. Ich hätte umschulen können. Wenn überhaupt. Eher umziehen.

Sowas spricht sich auf den Dörfern rasend schnell herum, weißt du.«

Maries Blick wirkt abwesend, sie scheint nicht mit mir, sondern mit ihrem Regal zu sprechen. Ich versuche zu erkennen, wohin ihr Blick geht. Ein gerahmtes Foto erregt meine Aufmerksamkeit. Es zeigt Marie und einen Mann, der sie lachend im Arm hält.

»Dein Freund?«, frage ich.

Marie schüttelt verneinend den Kopf. »Mein großer Bruder. Ein hübscher Kerl, nicht wahr?«

In ihren Augen verändert sich etwas. Haben sie vorher noch unnahbar und beinahe hart gewirkt, sehen sie nun traurig aus. Bereut sie etwa, was sie getan hat? In der direkten Konsequenz ihrer Courage hat sich ihr gesamtes Leben um einhundertachtzig Grad gewendet. Vermutlich wird ihr im Krankenhaus eine Mitschuld am Tod des Chefarztes gegeben, schließlich war sie es, die mir aus dem Krankenhausbett geholfen hat. Woher sollten die Angestellten wissen, was mir von ihrem Chef die Wochen zuvor angetan wurde? Für sie bin ich eine verrückte Patientin, die zwei Menschen mit einer Glasscherbe getötet hat.

»Marie, es tut mir leid, wenn ich dir Schwierigkeiten bereitet habe ...«

»Nein«, wiegelt sie ab und macht eine beschwichtigende Geste. »Ist schon gut. Ich bin Krankenschwester geworden, weil ich anderen Menschen zur Seite stehen wollte. Hilflosen Menschen. Du hattest in dieser Situation wohl ziemlich eindeutig

Hilfe nötig, also bin ich eingeschritten. Und ich würde es jederzeit wieder tun. Überleg nur, was passiert wäre, wenn ich die Anzeichen ignoriert hätte.«

»Lieber nicht.«

»Ja. Nicht auszudenken. Ach, es tut mir leid. Ich sollte nicht so daherreden. Du wirst das oft genug im Kopf durchgespielt haben.«

Das Läuten der Türklingel erlöst mich aus der unangenehmen Situation. Marie springt auf, sagt: »Das wird die Pizza sein. Ich verhungere«, und rennt zur Tür. Während sie sich mit dem Pizzaboten unterhält, gehe ich ans Fenster, um ein wenig frische Luft hereinzulassen. Hier drin ist eine unerträgliche Hitze, Marie hat die Heizung auf voller Leistung laufen.

Das Dorf draußen wirkt wie ausgestorben, obwohl es nicht mal zehn Uhr durch ist. Neben meinem eigenen Auto steht nur ein weiteres, nämlich der Smart des Pizzadienstes. Ein Drittes biegt gerade in die Straße ein. Der Fahrer nimmt die Geschwindigkeitsbegrenzung offensichtlich mehr als genau, das Fahrzeug kriecht nahezu über den Asphalt.

»Wie das riecht. Ich könnte mir beide ohne zu kauen reinschieben«, sagt Marie, die mittlerweile zurück im Zimmer ist und zwei duftende Pizzen bei sich hat. »Und, hast du etwas Interessantes entdeckt?«

»Keine besonderen Vorkommnisse, Frau Oberst«, antworte ich und salutiere. Marie kichert.

»Dann kommen Sie und holen sich Ihre Belohnung fürs Aufpassen«, versucht auch sie sich in einem militärischen Ton, den sie aber vortrefflich verfehlt. »Kann ich dir einen Wein dazu anbieten?«

»Wenn es kein Lambrusco ist.« Ich zwinkere und bereue es sogleich, als ich Maries zerknirschtes Gesicht sehe. »Oh, es ist Lambrusco?«

»Ja. Aber sei es drum, wenn du den nicht magst. Ich hab nicht nur Wein, sondern auch Bier kaltgestellt.«

Ich verkneife mir die Frage, ob sie tatsächlich einen Rotwein im Kühlschrank lagert, und nehme dankend die Flasche mit dem Etikett einer örtlichen Brauerei entgegen.

»Darf ich doch nochmal auf das Thema zurückkommen?«, fragt Marie, nachdem wir unsere Pizzen vertilgt und jeweils die zweite Flasche Bier geöffnet haben. Ihre Wangen haben eine rosa Farbe angenommen, der Alkohol scheint seine Wirkung bei der kleinen, schmächtigen Frau schnell zu entfalten.

»Ich bin davon ausgegangen, dass wir darüber reden werden. Es fällt mir nicht leicht, aber wenn ich mich nicht darauf hätte einlassen wollen, wäre ich nicht hergekommen. Tob dich also aus, nur nimm es mir nicht übel, wenn ich zwischendurch abblocke.«

»Glaubst du, dass du alle erwischt hast?«

Das Bier, das ich gerade aus der Flasche in meinen Mund habe laufen lassen, verirrt sich in die falsche Röhre, und der Schmerz treibt mir Tränen in die Augen.

Obwohl ich die Antwort bereits kenne, frage ich hustend: »Wie meinst du das?«

»Wie ich es sage. Denkst du, dass Herr Stadler und Bernd alleine dafür verantwortlich waren, oder gibt es in der Klinik noch weitere Täter? Ich meine, ich arbeite dort, da mache ich mir natürlich Gedanken darüber.«

Ich zögere. Eigentlich sollte meine Antwort klar sein. Ja, ich bin überzeugt davon, nein, ich habe sonst niemanden in Verdacht. Doch der Alkohol und das schlechte Gewissen wollen nicht zulassen, dass ich Marie mit dieser Lüge abfertige. Nein, ich verdanke ihr zu viel, sie hat die Wahrheit verdient.

»Ich weiß, dass die beiden nicht die einzigen Verantwortlichen sind«, sage ich und bereue es fast augenblicklich.

Marie starrt mich mit großen Augen an. Die Bierflasche an ihren Mund gehoben, zum Trinken bereit, verharrt sie in dieser Position, ohne einen Schluck zu nehmen. »Nicht dein Ernst?«, sagt sie am Flaschenhals vorbei.

»Mein voller.«

»Gab es denn Verhaftungen? Die Zeitungen hier waren voll mit deinem Fall, aber nie ein Wort davon, dass noch jemand anderes ...«

»Weil ich bisher nicht darüber gesprochen habe.«

Marie stellt ihre Bierflasche etwas zu heftig auf dem Glastisch ab. Die Erschütterung sorgt dafür, dass weißer Schaum aus der Öffnung steigt und auf den Teppich tropft.

»Shit, das gibt Flecken. Ich hole schnell einen Lappen«, sagt sie, springt auf und rennt aus dem Zimmer.

Teppich, wer hat heutzutage noch Teppichboden. Und dann auch noch in Hellblau. Kann man noch schlechteren Geschmack beweisen?

Deine Sorgen will ich haben, antworte ich der Stimme in meinem Kopf.

Zu Marie sage ich: »Ich habe meine Gründe. Oder ich hatte sie. Mittlerweile bin ich mir nicht mehr sicher, warum ich es für eine gute Idee hielt, niemandem etwas davon zu sagen.«

Marie hat sich in der Zwischenzeit einen Lappen aus der Küche geholt und kniet auf den Boden, wo sie das Bier vom Teppich tupft. »Nicht zu glauben …«, murmelt sie leise.

»Ich weiß, es klingt total bescheuert, dass ich alles mit mir selbst ausmachen wollte. Das sehe ich jetzt ein. Irgendwie habe ich geglaubt, ich könnte …«

»Es ihm heimzahlen«, vervollständigt sie meinen Satz.

»Wohl kaum. Eher Antworten finden.«

Marie hebt verwundert ihren Kopf. »Du meinst, du willst ihn davonkommen lassen? Ihn fragen, warum er dir das angetan hat, und ihn dann vergessen? Wer ist der Glückspilz?«

Sie hat recht. Jörg ist ein wahrer Glückspilz. Zuerst macht er sich an dich ran, verkauft dir eine teure Zusatzversicherung, bei der er garantiert eine fette Provision eingeheimst hat. Dann entführt er dich, wobei er sich nicht mal selbst die Finger schmutzig macht, und lässt dich in ein künstliches Koma versetzen, um dich dann …

»Sei still! Sei einfach still!«, rufe ich, um die Bilder zu stoppen, die in meinem Kopf entstehen. Die Angst, die ich in dem Bett gespürt habe, die Hilflosigkeit und die Panik kehren zurück und schnüren mir die Kehle zu.

»Ist ja gut. Geht mich ja auch überhaupt nichts an«, sagt sie und klingt fast schon aggressiv.

»Nein, alles in Ordnung. Ich muss mich nur hin und wieder selbst zum Schweigen bringen, bevor ich etwas Falsches sage.«

»Das kenne ich. Manchmal muss man seine Gedanken einfach dazu zwingen, nicht aus dem Mund rauszusprudeln. Darf ich raten? Ich habe da eine Vermutung.«

Gleichgültig zucke ich mit den Schultern. Soll Marie doch ein wenig spekulieren. Das bedeutet lediglich, dass ich nicht überlegen muss, wie ich die Wahrheit am treffendsten formuliere, ohne zurück in das Krankenhaus gebeamt zu werden. »Bitte tob dich aus.«

»Dein Macker war es.«

Ich bin verblüfft über ihre Treffsicherheit und presse ein: »Ja« heraus.

Marie scheint überrascht, dass mein Schweigen so ohne weiteres zu brechen ist. Sie runzelt die Stirn, greift nach ihrer Bierflasche und zögert. Als wolle sie etwas sagen, zieht sie scharf die Luft ein, überlegt es sich dann anders und nimmt einen großen Schluck Bier.

»Alles in Ordnung?«, frage ich verunsichert.

»Diese Frage sollte ich wohl eher dir stellen. Eine ziemliche Belastung, die du da mit dir herumschleppst.«

Das stimmt und mir wird gerade bewusst, dass mich meine eigene Idee immer weniger überzeugt. Jörg muss einer gerechten Strafe zugeführt werden. Zumal ich keinerlei Sicherheit habe, dass er meine Fragen beantworten wird. Es wird wohl kaum genügen, ihn auf einen Stuhl zu setzen, ihm einen Kaffee zu servieren und ihn in einem netten Gespräch zu seinen Beweggründen zu befragen. Und überhaupt: Will ich wirklich wissen, was Jörg dazu getrieben hat, ein skrupelloser Menschenhändler zu werden? Würde die Antwort darauf irgendetwas an meiner Situation ändern? Vermutlich nicht. Und doch kann ich an nichts anderes denken.

Wer nicht wagt, der nicht gewinnt. Kannst du dir vorstellen, dass dich diese Ungewissheit dein Leben lang begleitet? Vor Gericht muss er sich nicht zu der Sache äußern, da er sich selbst belasten würde. Glaubst du denn, das wird er freiwillig tun?

»Du hast wirklich nicht ein einziges Mal daran gedacht, es ihm so richtig zu zeigen? Ihm sein falsches Lachen vergehen zu lassen oder es ihm zur Not aus dem Gesicht zu schneiden?«

»Natürlich. Mehrfach. Aber ich bin zu dem Entschluss gekommen, dass ich mich nicht auf sein Niveau herunterlassen sollte. Alles was ich will, ist die Wahrheit zu hören, bevor er mit seinem Anwalt eine strafmildernde, beschönigende Version der Geschichte erfindet oder gar nichts mehr sagt, da er sich ja nicht belasten muss. Ich muss wissen, warum er das mit mir gemacht hat. Welchen Fehler ich begangen habe. Die ganze Zeit frage ich mich, ob ich es hätte verhindern können ... Und auch wenn es sich total dämlich anhört, aber ich wüsste gerne, ob es ihm leidtut. Aber er ist ein gefährlicher Mann. Ich sollte mein Glück nicht weiter auf die Probe stellen.«

Maries Lippen bilden nur noch einen schmalen Streifen, ihr Blick wirkt enttäuscht und geht ins Leere. »Wie willst du das denn bitte anstellen?«, fragt sie. »Er wird wohl nicht bereitwillig anfangen zu reden, wenn du ihn danach fragst. Immerhin ist er ungestraft davongekommen und will es dabei auch sicher belassen.«

»Das meine ich ja. Ich schätze, eine Anzeige ist die bessere Lösung.«

»So war das nicht gemeint. Ich kenne ihn zwar nicht persönlich, habe ihn nur ein, ... zwei Mal in der Klinik gesehen, aber vermutlich wirst du ohne Druck überhaupt nichts aus ihm heraus bekommen.«

Von draußen ist ein lautes Scheppern zu hören, das unser Gespräch abrupt beendet. Es klingt, als wäre ein Auto irgendwo dagegen gefahren. Ich stehe auf und gehe ans Fenster. Im orangefarbenen Licht der Straßenlaterne erkenne ich, dass an meinem Auto der linke Außenspiegel fehlt. Einige Meter vor meinem Auto steht ein dunkler Wagen ohne Licht mitten auf der Straße. Einen Golf, der mir offensichtlich den Seitenspiegel abgefahren hat. Obwohl ich es bei diesen Lichtverhältnissen unmöglich erkennen kann, habe ich das erdrückende Gefühl, dass der Fahrer mir mitten ins Gesicht schaut. Nur schwer kann ich den Impuls unterdrücken, mich zu ducken.

Die nächsten Sekunden erlebe ich wie in Zeitlupe. Ein Mann springt aus dem Wagen, schnappt sich meinen Außenspiegel und ist im nächsten Moment schon wieder auf dem Fahrersitz. Ich öffne das Fenster, um ihm zuzurufen, dass er gefälligst warten soll. Dann leuchten die Bremslichter des Golfes auf. Die Schaltung knackt, als ein Gang eingelegt wird, und ehe ich mich versehe, ist der Fahrer losgefahren. Ohne meinen Blick von dem schwarzen Wagen zu lösen, hole ich mein Handy aus der Hosentasche und murmele im Stillen das Kennzeichen vor mich hin. Noch während ich das Display entsperre, ist der Golf außer Sichtweite.

»Verdammt noch mal, antworte mir doch. Ist das dein Auto dort?«, höre ich Maries Stimme direkt neben mir.

»Hast du deine Tür abgeschlossen?«, frage ich sie. Er hat mich gefunden. Die Nachricht auf meinem Handy hatte recht. Ich bin nirgends sicher. Aber immerhin habe ich jetzt sein Kennzeichen.

Oder die gottverdammte Leere

Die Fahrt zurück nach Bonn zieht nahezu unbemerkt an meinem Bewusstsein vorbei. Ich registriere nicht die Kilometer, die ich hinter mich bringe, und der feinen Sprühnebel fällt mir nur dann auf, wenn die Scheibenwischer zu langsam sind und die Sicht durch meine Frontscheibe beinahe unmöglich wird. Die gesamte Zeit über zermartere ich mir den Kopf darüber, wie ich den Halter des Golfes herausfinden kann, ohne dessen Aufmerksamkeit auf mich zu lenken.

Ein Anruf bei der KFZ-Meldestelle kommt nicht in Frage, da meiner Nachfrage wegen Unfallflucht höchstwahrscheinlich eine Anzeige folgen müsste. Auch die Polizei will ich ungern einschalten. Zumindest so lange nicht, bis ich weiß, um wen es sich bei diesem Mann handelt und ob er mit Jörg in Verbindung gebracht werden kann.

Mein Verfolger von der Autobahn ist derselbe, der meine beste Freundin überfallen hat. Da bin ich mir ganz sicher. Da ich sein Kennzeichen am Tag von Monikas Überfall nicht erkannt habe, fehlt mir ein Beweis für diese Verbindung. Die Polizei wird mir nicht glauben, wenn ich dort anrufe und sage, dass mir nach zwei Tagen das Kennzeichen eingefallen ist.

Ein seltsamer Zufall, dass mir ausgerechnet derselbe Fahrer den Außenspiegel abgefahren hat. Vermutlich wird man mich aufgrund meiner Erlebnisse für überempfindlich halten und der Sache keine weitere Beachtung schenken.

Nein, alles, was mit dem offiziellen Weg zu tun hat, kommt nicht in Frage. Die einzige Möglichkeit, die mir erfolgversprechend erscheint, ist Kerstin Stutzke. Vielleicht kann mir die Polizistin einen Rat geben oder ist sogar so hilfsbereit, mir den Halter des Wagens zu nennen.

Sobald ich zu Hause bin, werde sie anrufen und mein Glück versuchen.

Dazu kommt es vorerst nicht. Ich bin noch nicht lange in meiner Wohnung angekommen, habe gerade erst meine Jacke zum Trocknen aufgehängt, da der Nieselregen von der Autobahn zu einem kräftigen Dauerregen angewachsen ist, da klingelt es an meiner Tür.

Durch den Spion erkenne ich einen jungen Mann. Mein Magen krampft sich zusammen und ich muss die Luft in meine Lungen zwingen. Ist das etwa der Typ aus dem Auto? Kann er hinter mir ins Haus geschlüpft sein? Angestrengt versuche ich mich zu erinnern, ob die Tür so schnell wie immer ins Schloss gefallen ist oder ob es diesmal ungewöhnlich lange gedauert hat. Die Pessimistin kommt mir zu Hilfe:

Ich bin mir ziemlich sicher, dass der, vor dem du solche Angst hast, nicht höflich an der Tür klingeln und um Einlass bitten würde. Nicht jeder Mann auf dieser Welt will dich umbringen, auch wenn du manchmal eine extreme Zicke sein kannst. Es wird ein Nachbar sein, jemand, der ein wenig Salz braucht oder der sich beschweren will, dass du deine nassen Fußabdrücke nicht weggewischt hast.

Bevor ich mir es anders überlegen kann, reiße ich die Tür auf. Offensichtlich zu heftig, der Mann auf meiner Fußmatte macht einen Satz zurück und stolpert beinahe die erste Treppenstufe herunter.

»Huch«, ruft er aus und schnappt nach Luft. »Ich wollte ... Habe ich dich ... Entschuldige bitte. Ich hoffe, ich störe nicht?«

Ich versuche ein Lächeln. Nein, das ist mit Sicherheit nicht der prügelnde Golffahrer. Der Mann vor meiner Tür hätte sich bereits entschuldigt, bevor er überhaupt in Betracht gezogen hätte, einer Frau etwas anzutun. »Keine Sorge, alles in Ordnung. Ich bin nur gerade erst nach Hause gekommen. Wie kann ich dir helfen?«

Wie kann ich dir helfen, äfft die Pessimistin mich nach. *Du bist hier nicht im Büro und er will bestimmt auch keine Lohnabrechnung oder Vertragsverlängerung von dir.*

»Hilfe brauch ich keine«, sagt er und grinst verlegen. Er deutet in Richtung Haustür und sagt: »Hab mitbekommen, was da vorgestern los war. Mann, das hat mir einen Schreck eingejagt. Ich war am Lernen für die Uni, und da seh ich plötzlich blaues Licht auf der Straße blinken. Also geh ich ans Fenster, man muss ja wissen, was in der Nachbarschaft so los ist. Dann wird da gerade eine Frau in den Krankenwagen geladen. Sah richtig übel aus. Und dann hab ich dich da unten gesehen und dachte mir, ach du Scheiße, das ist doch deine Nachbarin aus dem Erdgeschoss. Nun, als der Trubel vorbei war, wollte ich mal nach dir schauen, aber du hast nicht aufgemacht. Und eben hab ich zufällig gesehen, dass du wieder nach Hause kommst, und wollte wissen, ob alles in Ordnung ist.«

Oder aber, mutmaße ich, mal nachsehen, ob du nicht etwas Klatsch und Tratsch aus mir herausbekommst. Immerhin war ja ordentlich was los, wie du es ausdrücken würdest. Ich betrachte sein fragendes Gesicht.

Mit dem hellblonden Flaum am Kind, der glatten Haut und den dunkelblonden Locken, die ihm wirr vom Kopf abstehen, wirkt er fast jugendlich. Er ist höchstens fünfundzwanzig Jahre, schätze ich. Die Wahrscheinlichkeit geht gegen null, dass sich ein Student in diesem Alter für die Frau, Ü-30 wohlgemerkt, die unter ihm wohnt, interessiert. Mal davon abgesehen habe ich ihn noch nie hier gesehen. Ziemlich unwahrscheinlich also, dass er sich Sorgen gemacht hat.

»Du wohnst hier?«, frage ich das Naheliegende.

»Stimmt, das kannst du ja gar nicht wissen, ich bin erst vor kurzem eingezogen. Du warst da glaube ich gerade in Urlaub. Hat mir zumindest dein Freund gesagt, der sich um die Post gekümmert hat. Im November«, sage er und hält mir lächelnd die Hand hin. »Steffen Michels.«

Ich nicke abwesend. Der Freund, von dem er da spricht, kann nur Jörg sein. Er hat also meine Post geholt. Wollte wohl davon ablenken, dass ich alles andere als im Urlaub, nämlich vielmehr spurlos verschwunden war. In der Zwischenzeit hat er mich gedemütigt, verraten und fremden Männern ausgeliefert. Er, dem ich dummerweise viel zu früh mein Vertrauen geschenkt habe, ganz entgegen meiner Gewohnheit, weil er nicht aussieht wie jemand, der Frauen schlecht behandelt.

Zumindest habe ich damals geglaubt, dass dies nur ein bestimmter Typ Mann tun würde. Eine Fehlentscheidung mit katastrophalen Folgen, die mein bisheriges Leben auf einen Schlag total umgekrempelt und zerstört haben.

Noch einmal startet Steffen einen Versuch und hält mir seine Hand zum Gruß vor den Bauch.

»Angelika«, sage ich und erlöse ihn aus seiner

unbequemen Position, indem ich die Hand endlich schüttele. Obwohl er starke Hände hat, hält er meine Finger sanft in seinen, fast schon vorsichtig, als hätte er Angst, etwas zu zerbrechen. Während er meine Hand schüttelt, grinst er noch breiter, und eine kleine Zahnlücke zwischen seinen unteren Schneidezähnen wird sichtbar. Irgendwie niedlich, befinde ich und erahne schon den Widerspruch in meinem Kopf. Ich muss nicht lange warten.

Denk nicht mal daran. Der ist doch mindestens zehn Jahre jünger als du. Außerdem ein Student mit Flausen im Kopf, und du bist ein traumatisiertes Vergewaltigungsopfer. Selbst wenn du annähernd bereit für ein Abenteuer oder gar eine Beziehung wärst, wird er wenig Lust darauf haben, sich mit einer wie dir rumzuärgern.

Einer wie mir. Als hätte ich mir diesen Zustand ausgesucht.

»Nun ja, ich sehe schon, dass ich ungelegen komme. Wenn du mal darüber reden willst oder irgendwas brauchst, und sei es Hilfe, dann klingel ruhig. Egal wann, ich bin Student.« Er zwinkert neckisch, grinst und dreht sich um. »Bis dann«, sagt er und verschwindet die Treppe hinauf.

Nachdem ich die Tür abgeschlossen habe, gehe ich mit einem Küchenmesser in der Hand durch alle Zimmer und kontrolliere die Fenster, die Zimmerecken und den Kleiderschrank

Sogar unter dem Bett suche ich nach einem Eindringling und komme mir dabei lächerlich vor. Das ist kein Horrorfilm, das ist das richtige Leben. Doch so habe ich schon einmal gedacht und damit mächtig danebengelegen.

Jetzt überleg mal, rein statistisch gesehen. Wie hoch ist die Wahrscheinlichkeit, dass dir sowas zweimal hintereinander passiert? Ich denke nicht, dass du dir ernsthafte Sorgen machen musst.

Statistik. Als ob sich das Leben jemals dafür interessiert hätte. Statistisch gesehen werden wahrscheinlich viel mehr Frauen mehrfach vergewaltigt, als bekannt wird, weil dieses Verbrechen in einer Partnerschaft extrem häufig vorkommt. Zumindest hat mein Therapeut das behauptet. Und selbst wenn das Leben sich einmal nach der Statistik richten sollte, so kann ich wenigstens ganz sicher sein, dass sich außer mir niemand anderes in der Wohnung aufhält.

Diese Sicherheit hält jedoch nur für kurze Zeit. Solange ich eine Beschäftigung habe und die Gedanken aus meinem Kopf aussperren kann, kann ich mich frei bewegen. Nachdem ich mir allerdings eine Portion Nudeln gekocht, diese gegessen sowie das Geschirr gespült und weggeräumt habe und tatenlos auf meinem Sofa sitze, erfasst mich eine innere Unruhe.

Ich rutsche mit dem Hintern hin und her, wackle mit den Füßen und kaue an meinen Fingernägeln. Den Fernseher schalte ich bereits nach zwei Sätzen der Nachrichtensprecherin wieder aus. Er ist viel zu laut und ich habe Angst, ein Geräusch in der Wohnung zu überhören. Für ein Buch fehlt mir die notwendige Konzentration. Es gelingt mir nicht, abzuschalten und mich in die Geschichte hineinzudenken. Immer wieder sage ich mir, dass ich mich in meinen eigenen vier Wänden befinde und dass ich hier sicher bin. Doch es hilft nicht.

Irgendwann stehe ich auf und gehe zur Tür, ohne überhaupt zu wissen, wo ich hinwill. Eigentlich weiß ich es schon, doch ich wage nicht, es mir einzugestehen. Mein Weg führt mich ein Stockwerk höher. Dann verlässt mich im letzten Moment der Mut. Mittlerweile ist es nach elf. Welchen Grund soll ich Steffen nennen, warum ich um diese Zeit noch vor seiner Tür stehe? Oh hi, mir war langweilig, also dachte ich mir, ich bringe dich um deinen Schlaf? Nie im Leben! Überraschenderweise eilt mir die Pessimistin zur Hilfe:

Er hat gesagt, du kannst jederzeit hochkommen.

Ja, wenn ich Hilfe brauche und nicht, wenn mir vor Langeweile die Decke auf den Kopf fällt.

Und genau die brauchst du gerade dringend, würde ich behaupten.

»Nein, das kann ich nicht machen«, sage ich lauter als gewollt und drehe mich zur Treppe, um zurück nach unten zu gehen. Was für eine blöde Idee, mitten in der Nacht bei einem wildfremden Kerl zu klingeln. Ich sollte mir ein Hotelzimmer nehmen, wenn ich es in meiner Wohnung nicht mehr aushalte.

Ich habe noch keinen Fuß auf die Treppe gesetzt, da geht die Tür hinter meinem Rücken auf und die Stimme von Steffen ertönt: »Oh, hey Angelika, wolltest du zu mir? Ich wollte gerade auf ein Bier in die Kneipe gehen.«

Ich drehe mich um und winke ab. »Nein, ist schon gut.

Ich habe mich unwohl gefühlt, so alleine, und dachte ... Totaler Schwachsinn, also vergiss es einfach.«

»Quatsch. Ist vollkommen normal, wenn du erst vorgestern so eine Scheiße erlebt hast. Sozusagen fast in deinem Wohnzimmer. Was hältst du davon, wenn ich uns einen Mojito mixe und du mir dann erzählst, was da passiert ist?«

Er öffnet demonstrativ die Tür bis zum Anschlag und macht eine einladende Geste. In diesem Moment flitzt eine Katze heraus und rennt zielstrebig auf die Treppe und somit auf mich zu.

Instinktiv greife ich nach unten, als die Katze an mir vorbeirennt, packe das plüschige Tier am Bauch und hebe es nach oben. Verwundert über meine schnelle Reaktion, halte ich das Vieh weit von mir. Pfui, was für ein haariges Biest. In etwa zwei Sekunden wird meine Katzenhaarallergie dafür sorgen, dass ich einen schrecklichen Erstickungstod erleide. Immerhin muss ich mir dann keine Gedanken mehr darum machen, ob ich die Nacht alleine in meiner Wohnung durchhalte. Die Katze ist ebenso entsetzt wie ich und gibt einen beleidigten Laut von sich. Dennoch akzeptiert sie ohne Gegenwehr, dass ich sie zur Wohnung trage, wo ich das Biest so schnell absetze, als handle es sich um ein Stück glühender Kohle.

»Na gut«, sage ich. »Dann schuldest du mir jetzt wohl einen Drink für meine katzenartigen Reflexe. Außer, du hast die Tür mit Absicht aufgerissen, damit dieses Ekelvieh endlich aus deiner Wohnung verschwindet.«

»Hey, lass Sigmund in Ruhe, der ist nicht nur mein

Mitbewohner, sondern auch mein bester Freund und der schönste Perserkater, den es gibt. Einen Cocktail bekommst du gerne trotzdem, jedenfalls solange du mein Haustier nicht weiter beleidigst. Komm rein«, sagt Steffen und lacht.

Ich muss zugeben, dass du Recht hattest. Er ist ganz vorzeigbar. Auch wenn er noch ein kleiner Junge ist.

Ich mache es mir auf der Couch bequem und es dauert nicht lange, bis die Katze mir Gesellschaft leistet und sich genüsslich putzt. Das Tier hat mir außerordentlich schnell die Vereitelung des Fluchtversuches vergeben und schmiegt sich während der Katzenwäsche schnurrend an meinen Oberschenkel. So sehr ich versuche, unauffällig von ihr wegzurutschen, die Katze robbt hinter mir her. Offensichtlich hat sie den perfiden Plan, ihre Haare auf meiner Hose zu verteilen und somit sicherzustellen, dass ich auf jeden Fall heute Nacht ersticke.

Dem Klirren der Eiswürfel lauschend, das aus der Küche herüberdringt, begutachte ich Steffens Bücherregal und versuche herauszufinden, welches Fach er studiert.

Neben George RR Martins Epos *Das Lied von Eis und Feuer* reihen sich wild durcheinander etliche Thriller und Fantasybücher in den Fächern. Es juckt mich in den Fingern aufzustehen, und die Bücher zu sortieren, aber das lasse ich lieber bleiben. Endlich entdecke ich das Fach, das als Einziges geordnet erscheint und mit seinem Studium in Verbindung zu bringen ist. Statistik für Sozialwissenschaftler, Motivation und Handeln und schließlich Entwicklungspsychologie sowie andere Werke, die in dieselbe Richtung gehen.

Ich springe auf, was die Katze zu einer hektischen Flucht vom Sofa verleitet. Nein, es war überhaupt keine gute Idee, hierher zu kommen. Für einen angehenden Psychologen bin ich ein gefundenes Fressen. Ich habe keine Lust, mich aushorchen und analysieren zu lassen. Aus genau diesem Grund habe ich keine weitere Sitzung bei dem Therapeuten besucht. Ich werde den Teufel tun und hier einen Neustart der Aufarbeitung wagen.

Im Flur stoße ich mit Steffen zusammen, der gerade mit zwei bis zum Rand gefüllten Mojitogläsern aus der Küche tritt. Bei dem Anblick der klaren Flüssigkeit, in der reichlich Minze und Limette schwimmen, läuft mir das Wasser im Mund zusammen. Kurz überlege ich, ob ich nicht doch bleiben soll.

»Immer mit der Ruhe, da bin ich ja schon«, sagt Steffen und drängt sich ein wenig zu dicht an mir vorbei.

Wütend stelle ich fest, dass er verdammt gut riecht und dass mir seine Berührung etwas wie einen sanften elektrischen Schlag versetzt. Mein Hormonhaushalt spielt mir wohl einen Streich, anders kann ich mir diese unbestimmte Anziehung dem Mann gegenüber nicht erklären. Unmöglich, es kann einfach nicht sein, dass ich so kurze Zeit nach dem durchlebten Martyrium auf diese Weise empfinden kann.

Frag ihn doch, was er als angehender Psychologe davon hält. Ich bin mir sicher, er wird dir dieses Phänomen erklären können.

Die Wut, die ich gegen meine Naivität, mein Gefühlschaos und meine verdammte innere Stimme hege, richtet sich gegen Steffen. Aggressiv funkele ich ihn an und sage: »Was willst du eigentlich von mir?«

Anstatt einer Antwort schaut er nur verdutzt und zuckt mit den Schultern. Dann stellt er die Gläser auf den Tisch im Wohnzimmer und dreht sich zu mir um. »Ich verstehe nicht, was du meinst. Du hast dich doch vor meiner Tür herumgeschlichen.«

»Weil du mich dazu aufgefordert hast«, schreie ich. Am liebsten möchte ich losheulen. »Du kommst zu mir nach Hause, willst bei mir spionieren und dann? Machst du später eine wissenschaftliche Arbeit aus mir oder wie hast du dir das gedacht?« Nun kann ich die Tränen nicht mehr zurückhalten und wende mich ab. Warum muss ich mich so blamieren? Ich benehme mich wie ein pubertierender Teenager, dem man gerade sein Handy weggenommen und in Aussicht gestellt hat, dass er das ganze Wochenende ohne auskommen muss. »Tut mir leid«, schniefe ich und wische mir mit dem Ärmel über die Augen.

Das Knistern seiner Trainingshose verrät mir, dass Steffen näher kommt, und kurz darauf spüre ich seine Hand auf meiner Schulter. »Dir muss nichts leidtun. Bestimmt hast du meine Bücher gesehen und befürchtest jetzt, dass ich dich eingeladen habe, um meine persönliche Neugierde als Möchtegern-Psychologe zu befriedigen.«

»Das haben Sie genau richtig erkannt, Herr Doktor.«

Er kichert und streichelt mich beruhigend über den Rücken. »Wow, sieht so aus, als hätte ich wirklich Potential. Was meinst du, trinken wir einen Schluck und sehen dann, ob du dich beruhigt hast? Wenn nicht, darfst du sofort aus der Wohnung stürmen, versprochen. Solange du Sigmund dalässt, halte ich dich nicht auf.«

»Keine Sorge, den will ich sicher nicht haben.«

Eine halbe Stunde später haben wir das erste Glas geleert. Ich habe ihm entgegen meiner Vorsätze alles über Monika und das, was ihr angetan wurde, erzählt. Steffen ist in der Küche, um eine zweite Ladung Drinks zu kreieren. Auch die Katze hat sich leider von meinem überschwänglichen Temperament erholt und sich vertrauensvoll in die Ecke der Couch gekuschelt, wo ich sie misstrauisch am Ohr kraule. Als Perser ist er eine der wenigen Katzen, auf deren Speichel ich nicht allergisch reagiere.

»Weißt du«, sagt Steffen, als er mit zwei gefüllten Gläsern zurück ins Wohnzimmer kommt. »Ich denke, du solltest dich von dem Gedanken befreien, dass dieser Angriff auch einer gegen dich war. Das passiert, so traurig es klingt, jeden Tag in jeder größeren Stadt. Wildgewordene Kerle lassen ihre Aggressionen an denen aus, die sich auf keinen Fall wehren können. Sie war schlicht zur falschen Zeit am falschen Ort und es gibt keinen Grund, dir Vorwürfe zu machen oder die ganze Sache auf dich zu beziehen.« Er drückt mir ein Glas in die Hand und prostet mir zu. »Tequila Sunrise«, erklärt er überflüssigerweise. Ich kann sehr gut von der Farbe auf den Namen des Getränkes schließen.

»Solltest du mal einen Nebenjob suchen, als Cocktailmixer kannst du auf alle Fälle anheuern«, wechsele ich das Thema, nachdem ich den ersten Schluck genommen habe.

»Lustig, dass du das sagst. Denn eigentlich bin ich Barkeeper.«

»Verstehe. Aber was machst du dann mit all den Büchern? Sagtest du nicht, du seist Student?«

»Noch nie etwas vom zweiten Bildungsweg gehört? Spätberufene?«

Ich kann mir ein Lachen nicht verkneifen.

»Spätberufen sagst du? Wie alt bist du? Fünfundzwanzig?«

Jetzt ist es an Steffen, in Gelächter auszubrechen. »Überaus charmant von dir. Aber ich werde in einem Jahr dreißig.«

»Einen Toast darauf, dass du dich so unverschämt gut gehalten hast.«

»Einen Toast darauf, dass die Haut nicht so schnell altern kann, wenn man dank seines Berufes nur äußerst selten die Sonne sieht.«

»Ich muss umschulen«, murmle ich.

»Ach glaub mir, so toll ist der Job auch wieder nicht. Du bist quasi der seelische Abfalleimer der Barbesucher. Und da ich zehn Jahre lang so fleißig geübt habe, wie man zuhört und schlechte Ratschläge gibt, war ein Studium der Psychologie naheliegend. Also habe ich die Chance ergriffen und bin nach Bonn gezogen. Würde mich echt mal interessieren, was mein alter Herr dazu sagen würde, dass aus mir doch noch was wird.« Steffens Wangen leuchten rosa vom Alkohol, und bei der Erwähnung seines Vaters wird sein Blick wehmütig.

»Oh, das tut mir leid«, sage ich. Super, Angie, Stimmung versaut. Kann man nicht mal über das Studium reden, ohne dabei eine traurige Vergangenheit aufzuwühlen?

»Nein, er lebt und vermutlich geht es ihm ziemlich gut. Er will nur nichts mehr von seinem Sohn wissen, weil der nicht in die großen Fußstapfen der Familie getreten ist. Wir haben keinen Kontakt, seit ich mit siebzehn von zu Hause ausgezogen bin. Seitdem schlage ich mich alleine durchs Leben.«

So ein tapferer Junge. Gibt es eigentlich etwas, das nicht zum Gernhaben an ihm ist?

»Die Katze«, sage ich. Ohne die Katze wäre er perfekt.

»Bitte?«

»Eh, ich meine ... Die Katze will gestreichelt werden. Wie sie sich da in der Ecke rollt, sieh doch nur.« Eine glühende Hitze breitet sich in mir aus und steigt mir rasant bis unter die Haarwurzeln. Schnell lehne ich mich rüber zu dem schlafenden Fellhaufen, um mein Gesicht zu verbergen.

»Ach, der Racker. Vor ein paar Jahren stand Sigmund mitten im Winter vor meiner Tür in Frankfurt, abgemagert und die Ohren voller Milben, fast erfroren. Seitdem genießt er bei mir ein Leben in Saus und Braus und nutzt regelmäßig meine Gutmütigkeit und die Geduld unserer Besucher aus.«

Ich kichere. Sigmund ist mit Abstand der bescheuertste Name, den ich jemals für ein Tier gehört habe. Aber er ist ein Kämpfer, genau wie ich. Dank seines offensichtlichen Überlebenswillens wird mir die Katze fast schon sympathisch, obwohl ich sonst nicht viel für Haustiere übrig habe. Die gesammelten Pluspunkte sinken allerdings rasant, als ich Sigmund am Bauch kitzle und er mir mit eiskalter Miene in den Handrücken hackt. Seine Kralle dringt tief in die weiche Haut und hinterlässt einen blutigen Streifen.

»Oh Shit, da hätte ich dich warnen müssen. Am Bauch ist er empfindlich, seit er an der Blase operiert werden musste«, entschuldigt Steffen sich und scheucht Sigmund von seiner auserkorenen Schlafstelle. Dann greift er nach meiner Hand, und bevor ich sie ihm entziehen kann, wischt er mit einem Tempo über den Kratzer. Seine Finger landen dabei genau auf meiner Narbe. »Du lieber Himmel, was ist das denn?«

Ruckartig reiße ich meine Hand zurück und verberge sie hinter meinem Rücken. »Hab mich beim Kochen geschnitten. Sieht schlimmer aus, als es war und ist längst verheilt.«

Steffen steht auf und schaut mich betroffen an. Er glaubt mir vermutlich kein Wort, lässt sich aber nichts anmerken. »Ich hole dir mal was zum Desinfizieren«, sagt er. »Katzenpfoten sind nicht gerade das Hygienischste, das man sich vorstellen kann.«

Ziemlich dämlich, nicht? Wie soll man sich an dieser Stelle bitteschön schneiden? Du müsstest eine sehr unbegabte Köchin sein, um das hinzubekommen. Spricht nicht gerade für ein zweites Date.

Scheiß drauf. Das hier ist kein Date. So weiß er wenigstens, dass ich nicht darüber reden will. Zumindest sollte er das verstehen, wenn er etwas von den Kompetenzen für seinen späteren Beruf besitzt.

Was weißt du schon über die für Psychologen notwendigen Kompetenzen?

»Und woher weißt du etwas davon? Immerhin bist du ich!«

»Du, sag mal«, ruft Steffen aus der Küche. »Hast du deinem Bekannten nicht Bescheid gesagt, dass du heute schon zurück bist?«

Meinem Bekannten? Wieder zurück? Wovon redet er?

»Der ist nämlich gerade unten ins Haus rein«, fügt er hinzu, als ich nicht antworte.

»Sicher, dass du mit mir sprichst, oder hast du noch weitere Gäste, die du im Flurschrank versteckt hast?«

Er lacht und kommt mit einer Flasche Wundspray zurück ins Wohnzimmer. »Nein, die sind alle schon tot und zerstückelt in der Gefriertruhe, es besteht also keine Notwendigkeit mehr, mit ihnen zu sprechen.«

Für einen Moment überlege ich, dass in jedem Witz auch ein Funken Wahrheit steckt, dann aber lächle ich. »Von welchem Bekannten sprichst du denn?«

»Na der, der auch deine Post reingebracht und die Blumen gegossen hat, als du in Urlaub warst.«

»Blumen? So etwas besitze ich nicht.«

»Egal. Eben der Typ, der letzten November auch ständig hier war.«

»Klein, dick, wenig Haare und keinen richtigen Hals?«

Wieder lacht Steffen und nickt. »Genau so sah er aus. Wobei ich das mit dem Hals nicht unbedingt bestätigen kann, er hatte einen Schal um.«

Jörg!

»Und der ist unten ins Haus rein? Bist du dir sicher?«

Steffen zuckt mit den Achseln. »Solange ich von den Drinks noch nicht halluziniere, ist er von Richtung Hauptbahnhof durch den Regen gelatscht, hat unter der Straßenlaterne angehalten, einen Schlüssel aus seiner Manteltasche gekramt und ist hier ins Haus, während ich dich nach ihm gefragt habe. Dazu würde auch passen, dass gerade im Hausflur das Licht angegangen ist.«

Seine Stimme klingt beleidigt, obwohl das mitnichten gegen ihn persönlich ging. Beschwichtigend hebe ich die Arme und sage: »Sorry, das sollte keine Beleidigung sein. Es ist nur so ...« Ich zögere. Meine Zunge ist mittlerweile schwer vom Alkohol und ich habe Mühe, einen klaren Gedanken zu fassen. Ich atme tief durch und fahre dann fort: »Um ehrlich zu sein, hat er überhaupt nichts in meiner Wohnung zu suchen. Ich habe ihm nie den Schlüssel gegeben. Auch nicht, als ich im Urlaub war.«

»Und doch ist er gerade da unten.« Steffen zieht die Stirn kraus und dreht mit dem Finger in einer seiner Stirnlocken. Dann steht er auf und halt mir seine Hand hin.

»Darf ich bitten?«

»Um diesen Tanz?«

»Nein, wir beide gehen jetzt da runter und fragen ihn, was er da zu suchen hat.«

Und die Spinner auf der Straße

»Komisch, ich könnte schwören, dass er da unten auf der Straße war und hier ins Haus rein ist.«

Gemeinsam sind wir alle Zimmer meiner Wohnung abgegangen, und wie schon vorhin habe ich auch die noch so unwahrscheinliche Ecke überprüft. Nichts deutet darauf hin, dass sich hier jemand aufgehalten hat. Nichts, bis auf die nassen Fußabdrücke in Hausflur, die vor meiner Tür enden und die offensichtlich nur mir aufgefallen sind, denn Steffen erwähnt sie mit keinem Wort. Männer haben keinen Blick für Details.

»Warum können die mich nicht einfach in Ruhe lassen«, flüstere ich.

»Die?«

»Ja, die. Der Mann, der da draußen meine Freundin geschlagen hat, und derjenige, den du gesehen hast. Sie verfolgen mich.«

»Du glaubst, die beiden gehören zusammen? Warum sollten sie?«

»Da gibt es nichts zu glauben. Ich weiß es. Wegen mir liegt Monika im Koma. Sie wollte mir helfen, und jetzt liegt sie im Koma und Jörg verschafft sich Zutritt zu meiner Wohnung.«

Tröstend legt Steffen die Hand auf meine Schulter, doch ich schüttle ihn ab.

»Es ist nicht deine Schuld«, sagt er.

»Wie willst du das beurteilen? Ich habe sie nicht aufgehalten, als sie zu dem wildfremden Kerl auf die Straße ging, um dafür zu sorgen, dass er nicht weiter vor meinem Haus rumsteht. Im Gegenteil, ich war ihr sogar dankbar dafür. Ich hatte Angst vor ihm und ich hätte auf mein Gefühl hören müssen. Trotzdem ließ ich sie gehen und nun ...«

»Weshalb wollte sie ihn vertreiben?«

»Na ja, sie wollte ihn nicht wirklich vertreiben, sie hat nur gehofft, er würde sich durch ein bisschen Aufmerksamkeit und eine Ansprache vertreiben lassen. Er stand dort vor meinem Fenster und ich hatte ein seltsames Gefühl. Als ob er mich beobachten würde. Sie wollte mir beweisen, dass er zufällig dort ist und nichts mit mir zu tun hat.«

»Und du denkst, sie hätte auf dich gehört, wenn du versucht hättest, sie aufzuhalten?«

Ich überlege einen Moment. »Natürlich nicht«, sage ich dann.

»Siehst du. Worin genau besteht also dein Fehler? Wenn dieser Fettsack dich wirklich stalkt, oder was auch immer, dann lag es nicht in an dir, es zu verhindern. Warum ist er überhaupt noch auf freiem Fuß und kann seelenruhig in deine Wohnung marschieren, wenn er in dich bedroht? Obwohl er mit dem Typen unter einer Decke steckt, der mitten in der Öffentlichkeit eine Frau zusammenschlägt?«

»Weil ich ... Wie soll ich das denn nachweisen? Ich vermute ja nur, dass die beiden zusammengehören, es ist nicht mehr als ein Gefühl. Das ist zu kompliziert.«

»Sieh mal, ich habe heute nichts weiter vor und bin gerne bereit, mehr über die Geschichte zu erfahren.«

»Das ist ein wirklich nettes Angebot, aber ich kann darüber nicht reden. Zumindest nicht momentan und auf keinen Fall mit jemandem, den ich gerade mal eine Stunde kenne. Sei mir bitte nicht böse, aber die Situation ist unmöglich zwischen Tür und Angel erklärt.«

»Verstehe schon. Wir lassen das besser.« Steffen nickt und deutet in Richtung Schlafzimmer. »Willst du die restliche Nacht wirklich alleine hier bleiben?«

Diese Frage habe ich mir auch schon gestellt und noch immer habe ich keine Antwort darauf. Auf der einen Seite sträubt sich alles in mir dagegen, hierzubleiben. Am liebsten würde ich sofort aus meiner Wohnung verschwinden und niemals wiederkommen. Auf der anderen Seite sehe ich nicht ein, mich aus meinem Zuhause vertreiben zu lassen. »Werde ich wohl müssen, wenn ich jetzt nicht schon wieder auf die Suche nach einem Hotelzimmer gehen will.«

»Wir könnten tauschen«, sagt Steffen und klatscht in

die Hände wie ein kleiner Junge, der endlich seinen heißersehnten Lolli vor die Nase gehalten bekommt. »Ich schlafe heute Nacht bei dir, und du ruhst dich oben zusammen mit Sigmund aus. Dein Sofa wirkt ganz bequem, sollte also kein Problem sein. Außerdem wirkt das Schnurren einer Katze sehr entspannend, glaub mir.«

Einen Moment lang lasse ich mir diese Möglichkeit durch den Kopf gehen. Eine Nacht ruhig zu schlafen, mich in Sicherheit zu wiegen. Ein geheimer Aufenthaltsort, von dem niemand etwas weiß. Das klingt verlockend.

Aber nur auf den ersten Blick. Immerhin weiß Steffen genau, dass ich einen Stock über ihm schlafe. Und selbst wenn er mir seinen Wohnungsschlüssel aushändigt, wer kann mir garantieren, dass er keinen Zweitschlüssel einsteckt oder einen bei einem Freund deponiert hat, mit dem er mir mitten in der Nacht einen Besuch abstattet? Zudem ist Sigmund, mit dem ich die Nacht gemeinsam verbringen müsste, kein Argument, das mich überzeugt.

Vergiss die Katze und den Zweitschlüssel. Die dringendere Frage lautet: Wer garantiert dir, dass er derjenige ist, der er vorgibt zu sein? Es besteht die Möglichkeit, dass auch er zu Jörg gehört und das Ganze nur ein Trick ist, um dich sicher an einem bestimmten Ort zu wissen ...

Natürlich kann ich das nicht, auch wenn ich meine Zweifel an dieser Theorie habe. Am Ende ist wahrscheinlich die Katze der ausschlaggebende Punkt. Auch wenn meine Allergie bisher nicht auf sie angesprungen ist, eine ganze Nacht mit diesem pelzigen Vieh im selben

Raum zu verbringen, erscheint mir nicht sehr verlockend.

»Lieber nicht. Aber vielen Dank für dein Angebot. Ich verspreche, dass ich bei dem leisesten Verdacht nach oben komme, damit du mich heldenhaft retten kannst.«

Er lacht, tippt mit den Fingerkuppen an seine Stirn und verspricht mir, im Notfall sofort bereitzustehen. Dafür werde er heute Nacht sogar ausnahmsweise angezogen schlafen. Schade, denke ich heimlich, damit es die Pessimistin nicht mitbekommt. Steffen gibt mir noch seine Telefonnummer, für den Fall, dass ich mich nicht aus der Wohnung traue, und verabschiedet sich.

Während ich einen weiteren Rundgang durch die einzelnen Zimmer mache, nur zur Sicherheit, versuche ich, Kerstin Stutzke zu erreichen. Ich muss dringend wissen, wer der Mann ist, der mein Auto angefahren hat. Es dauert nicht lange, bis die Beamtin ans Telefon geht und ich meine zurechtgelegte Geschichte erzählen kann.

Ein Auto habe mich auf der Autobahn beim Überholvorgang bedrängt und mich bis auf einen Rastplatz verfolgt, wo der Fahrer mir – ganz bestimmt mit Absicht – den Außenspiegel abgefahren hat. Selbstverständlich bin ich am Überlegen, ob ich ihn anzeige, aber vorerst will ich seine Daten haben, ohne den offiziellen Weg zu gehen, damit ich mich gegebenenfalls gütlich mit ihm einigen kann.

Obwohl es zunächst nicht danach aussieht, als wäre die Polizistin sonderlich begeistert von meiner Idee, willigt sie doch ein und verspricht mir, in den nächsten Tagen den Namen des Fahrers zu verraten. Im Gegenzug nimmt sie mir das Versprechen ab, nichts auf eigene Faust zu unternehmen und inzwischen noch einmal gründlich über eine Anzeige nachzudenken.

Nachdem ich aufgelegt habe, gehe ich zur Wohnungstür, drehe den Schlüssel zweimal herum und öffne sie einen Spalt, um sie dann sofort wieder zuzuschlagen. Meine volle Konzentration auf den Vorgang des Abschließens gerichtet, sperre ich sie ab und überprüfe sie ein letztes Mal, indem ich die Klinke herunterdrücke.

»So«, sage ich laut in den Flur. »Das wäre geschafft.« Einen Moment bleibe ich stehen und lausche der Stille. War da ein Knistern im Schlafzimmer, ein Rascheln, so als hätte jemand die Bettdecke bewegt? Und aus dem Büro - kommt da nicht ein leichter Windzug? Was, wenn das Fenster offen ist?

Was, wenn der Leibhaftige höchstpersönlich hier hinaufsteigt, um dich in die tiefen Katakomben des Fegefeuers zu entführen? Werde jetzt nicht noch hysterischer, als du es für gewöhnlich bist. Steffen hat nachgesehen, ob hier sich hier jemand versteckt. Du hast ihn kontrolliert. Niemand war zu sehen. Kein Sondereinsatzkommando würde akribischer vorgehen als du.

Sie hat Recht. Ich muss versuchen, durchzuatmen und endlich in meiner eigenen Wohnung zu entspannen, andernfalls drehe ich noch durch. Im Wohnzimmer werfe ich einen letzten bangen Blick auf das noch immer fest verschlossene Fenster und setze mich auf die Couch. Ein Buch von Karin Slaughter liegt unangetastet auf dem Wohnzimmertisch.

Eigentlich wollte ich es vorgestern Abend nach der Badewanne lesen. Der beschissene Einbrecher kam mir leider dazwischen. Jetzt kann ich mich kaum überwinden, auch nur den Arm danach auszustrecken. Der Gedanke an die Menschen, die in Büchern wie diesem misshandelt und umgebracht werden, widert mich an. Jörg hat mir nicht nur meine Würde und Lebensfreude geraubt, er hat mir ebenso die Lust am Lesen meines liebsten Genres genommen.

Das Regal, das gegenüber der Couch die gesamte Wandlänge einnimmt, kommt mir jetzt mit seiner umfangreichen Sammlung an Horrorliteratur wie der blanke Hohn vor. Keine der Geschichten ist annähernd in der Lage, das zu vermitteln, was mich in der Klinik im Bayerischen Wald erwartet hat. Kein einziges dieser Bücher kann die Angst, das Grauen, den Ekel und die Panik beschreiben, die ich durchlebt habe. Nein, Worte können den wahren Horror nicht transportieren, das weiß ich nun. Unbefangenes Lesen funktioniert nicht mehr.

Dann wird wohl Frauenliteratur das sein, was du dir demnächst in den Buchhandlungen besorgen darfst. Du solltest schon mal im Keller etwas Platz schaffen, damit du die Laymons, Keens und Kings zwischenlagern kannst.

So weit kommt es noch. Bevor ich mich an Chick-Lit oder Vampir-Romane ranmache, durchleide ich lieber den gruseligsten Thriller. Entschlossen stehe ich auf, greife mir das Buch vom Tisch und gehe ins Schlafzimmer. Dort schließe ich die Tür ab, überprüfe den Schrank und die Vorhänge auf versteckte Einbrecher und lege mich ins

Bett. Mit aller Willenskraft schalte ich meine Gedanken ab und hefte meinen Blick auf die Buchstaben. Es dauert ewig, bis ich einen einzigen Absatz gelesen habe, aber es funktioniert. Und es fühlt sich nicht halb so schlimm an wie befürchtet.

Typisch, ich muss jammern und zetern, ohne es erstmal zu versuchen. Die Geschichte aus dem Buch hat nichts mit meiner zu tun, sie ist reine Fiktion. Mit dieser Einstellung schaffe ich fast ein volles Kapitel, bevor mir die Augen zufallen. Ich lege das Buch auf den Nachttisch und dimme das Licht. Im Dunkeln zu schlafen, bringe ich noch nicht fertig, aber jede Nacht kann ich die Intensität der Helligkeit ein wenig verringern. Zum ersten Mal seit langem fühle ich mich einigermaßen wohl beim Einschlafen. Ich habe ganz vergessen, wie bequem mein Bett ist. Entspannt sinke ich in den Berg aus Kissen und schließe die Augen.

Das Splittern von Glas, gefolgt von einem dumpfen Poltern, lässt mich kurz darauf hochschrecken. Träume ich?

Ich kneife mir in den Handrücken.

Nein, der Schmerz ist ziemlich real. Entsetzt starre ich in das halbdunkle Zimmer. Die Nachttischlampe leuchtet nicht mehr.

Jemand war hier!

Ein kalter Luftzug strömt von Richtung Fenster in den Raum. Es dauert eine Weile, bis meine Augen sich an die düstere Umgebung gewöhnt haben. Als ich endlich etwas erkennen kann, sehe ich auf dem Boden vor meinem Bett einen Pflasterstein, umringt von Glasscherben. Jemand hat die Scheibe des Schlafzimmerfensters eingeworfen.

Das Herz schlägt stetig höher

Meine Hände zittern so, dass ich kaum das Glas halten kann. Beinahe verschütte ich den Inhalt auf meinen Schoß, als ich es zum Mund führe. Zuerst hat Steffen sich geweigert, mir nach diesem Schrecken Alkohol zu geben. Mit dem Versprechen, von jetzt an schonungslos offen zu ihm zu sein, konnte ich ihn doch noch überzeugen, mir einen winzigen Schluck Rum in meine Cola zu schütten. Alkohol ist schließlich dafür bekannt, der beste Zungenlöser zu sein.

Nachdem er seinen Teil der Abmachung eingehalten hat und sogar noch unten in meiner Wohnung die Scherben aus dem Schlafzimmer entfernt, das Fenster mit einer Holzplatte wetter- und einbruchssicher gemacht sowie mein Telefon nach oben geholt hat, berichte ich ihm von den schrecklichen Ereignissen der letzten Zeit. Zu Beginn fällt es mir schwer, ich habe ständig das Gefühl, zu übertreiben oder zu empfindlich zu sein. Spätestens jedoch als ich den attraktiven, alleinstehenden Nachbarn ausgeblendet habe und den angehenden Psychologen vor mir sehe, sprudeln die Worte nahezu aus mir heraus.

Nun habe ich vor einem völlig Fremden, mit dem ich vor einigen Monaten eher etwas trinken gegangen wäre, statt ihm das Herz auszuschütten, einen Seelenstrip begangen. Ich habe ihm alles erzählt. Angefangen mit dem Abend, an dem ich Jörg kennengelernt habe, über die Planung unseres gemeinsamen Urlaubs und der ersten

Nacht auf der Almhütte, die ich alleine verbringen musste, bis zu den unaussprechlichen Dingen, die mir im Krankenhaus angetan wurden. Den Abschluss der Geschichte bildet meine blutige Befreiungsaktion, die zwei Menschen das Leben gekostet hat. Nicht, dass diese es nicht verdient gehabt hätten, dennoch fühle ich mich miserabel. Ich bin eine Mörderin.

Während ich all das auf den Tisch packe und Steffen mir geduldig zuhört, ohne ständig Fragen zu stellen, erinnere ich mich plötzlich an Details, die mir zuvor nicht eingefallen sind. Das Buch zum Beispiel, das ich in der Gewitternacht gelesen habe: Wie kam es auf den Nachttisch? Und das Licht, wer hat das Licht gelöscht? Jemand muss damals in die Hütte eingedrungen sein, um im Schlafzimmer vorbeizuschauen und bei der Gelegenheit gleich die Milch im Kühlschrank mit einem Betäubungsmittel zu versehen. Nur das würde erklären, wie diese von einem auf den anderen Tag gerinnen konnte.

»Klingt einleuchtend«, kommentiert Steffen meine Erkenntnis. »Ich schätze, du hast der Polizei nichts davon gesagt?«

»Wohl kaum. Irgendwie kommt das jetzt erst wieder hoch, als würde ich mir einen Film ansehen. Davor konnte ich mich an solche Kleinigkeiten gar nicht erinnern. Oder ich hielt sie für unwichtig.«

Steffen stützt sein Kinn auf die Hände und legt seine Stirn in Falten. Nun sieht man ihm sehr viel deutlicher sein tatsächliches Alter an. Er hat mich fest im Blick und wirkt nachdenklich, so als suche er nach einer Methode, die mich all die schrecklichen Erlebnisse mit einem Schlag vergessen lässt. Vielleicht überlegt er auch, wo er seine KO-Tropen aufbewahrt, um mich zu betäuben und so schnell wie möglich aus seiner Wohnung zu schaffen. Wer hört sich schon gerne das Gejammer einer traumatisierten Psychotante an?

»Dazu gab es mal eine Vorlesung«, sagt er. »Leider habe ich nicht so genau aufgepasst, aber soweit ich mich erinnern kann, ist eine selektive Amnesie nach solch einem Erlebnis vollkommen normal. Dein Gedächtnis wäre mit diesen Eindrücken einfach überfordert, weswegen der Körper eine Art Schutzfunktion einschaltet. Traumagedächtnis nennt man das. Dort werden alle Ereignisse abgespeichert, die du in einer solchen Extremsituation nicht verarbeiten kannst, und nach und nach werden dann einzelne Sequenzen wieder freigegeben. Dazu gehört eben auch der Moment, als du aufgewacht bist und festgestellt hast, dass möglicherweise jemand in deinem Zimmer war. Wobei die Erinnerungen nicht in der richtigen Reihenfolge zurückkehren müssen. Du kannst es dir wie eine Schachtel Pralinen vorstellen. Man weiß nie, was man bekommt, um es mit Forrest Gump zu sagen.« Er nickt triumphierend, offensichtlich stolz auf sich, dass er so viel von dem Vorlesungsinhalt behalten hat. »Unser Gehirn ist schon ein faszinierendes Ding.«

Ich verkneife mir die Anmerkung, dass der Ausspruch nicht von Forrest Gump, sondern von seiner Mutter stammt, und zudem inhaltlich falsch ist. Die Angaben zu den Pralinen stehen auf der Rückseite der Packung.

»Sehr faszinierend und vor allem nervig. Es gibt ständig irgendwelche Sachen wieder frei. Die ganze Zeit. Immer wieder sehe ich mich in dem Krankenhausbett, wie dieses Monster an mein Bett tritt und mich dann …« Ich kann nicht weiterreden. Es hat bereits zu viel Kraft gekostet, es einmal auszusprechen. Ich wische mir mit dem Taschentuch über die Augen und nehme zur Ablenkung einen Schluck von dem Cuba Libre. »Wie konnte ich so dumm sein und auf so eine Masche reinfallen? Ich habe mich verhalten wie ein kleines, naives Schulmädchen.«

»Schwachsinn«, sagt er und streichelt mir beruhigend über den Kopf. »Kein Mensch rechnet mit so etwas, wenn er eine neue Beziehung eingeht. Immerhin bist du eine erwachsene Frau, die mitten im Leben steht, und er war kein besoffener Mallorcatourist, den du dir in einer dunklen Ecke eines schmierigen Clubs aufgerissen hast. Wer Menschenhandel in dieser Form betreibt, geht sicher nicht unorganisiert an die Sache heran. Ich glaube, du hattest nie eine Chance, misstrauisch zu werden.«

Darauf habe ich keine Antwort. Statt etwas zu erwidern, schaue ich den Eiswürfeln zu, die ich mit einer gleichmäßigen Handbewegung im Glas zum Rotieren bringe. Steffens Berührung fühlt sich gut an und ich spüre das dringende Bedürfnis, diesen Augenblick festzuhalten. Ich wende meinen Blick ab.

Sei nicht so dumm. Du bist eine vergewaltigte Frau, traumatisiert und mit etwas behaftet, das sich selektive Amnesie nennt. Du hast gehört, was er gesagt hat.

So jemand sehnt sich nicht nach starken Männerarmen. Eine Frau mit einer solchen Störung fürchtet sie viel eher.

»Wie hätte ich denn ahnen können, dass er so ein Arschloch ist?«, jammere ich und trinke in einem Zug den Rest meines colalastigen Cuba Libre aus.

»Sag ich ja. Genauso musst du es sehen. Wie hättest du es verhindern können? Man kann nicht generell jedem Kerl misstrauen, bloß weil ein mögliches Arschloch hinter seiner Fassade steckt. In diesem Fall dürfest du gar nicht hier sitzen.«

»Dir misstraue ich nicht. Es kommt mir fast so vor, als würden wir uns schon Jahre kennen«, sage ich und ärgere mich über diesen unüberlegten Gefühlsausbruch. Warum kann ich meinen Mund nicht halten? Vielleicht wäre es besser, meine Lippen mit seinen zu verschließen. Nein Angie, vergiss das ganz schnell.

»Es gibt keinen Grund, so rot zu werden«, sagt Steffen und lächelt breit.

Er lacht dich aus. Du benimmst dich wie ein besoffener, liebestrunkener Teenager. Wirf dich doch gleich an seinen Hals und mach ihm einen riesigen Knutschfleck. Davon ist er bestimmt begeistert.

Die Pessimistin trifft es auf den Punkt. Wie immer. Ich führe mich unmöglich auf. Fehlt noch, dass ich mir lasziv über die Lippen schlecke und an einer Haarlocke herumdrehe. Was, wenn ich verlernt habe, mich in Anwesenheit gutaussehender Männer normal zu verhalten und mich stattdessen in Zukunft wie ein unsicherer Teenager aufführen werde?

Mein Gesicht wird heiß und kann nahezu sehen, wie meine Wangen rot glühen.

»Es tut mir so leid, so benehme ich mich normalerweise nicht«, sage ich mehr an mich selbst gerichtet und verberge meine Augen hinter den Händen.

»Ist schon gut. Mach dir keine Sorgen«, sagt er und legt den Arm um mich.

Ohne Widerstand zu leisten, lasse ich mich an seine Schulter ziehen. Ich atme den Geruch nach Weichspüler und Aftershave ein. Davidoff. Seine Umarmung fühlt sich an, als hätte ich genau das die ganze Zeit über gebraucht. Jemanden, der mir das Gefühl gibt, mich zu beschützen, egal was die Welt da draußen mir auf den Hals hetzt. Eine Weile bleiben wir so sitzen, bis mir die Augen in immer kürzeren Abständen zufallen.

Das nächste Mal, als ich sie öffne, ist mein Genick steif und mein linker Arm fühlt sich taub an. Es ist früher Morgen, ich habe ihn wohl die letzten Stunden unter meinem Körper begraben. Mühsam rappele ich mich hoch und blicke mich um. Steffen sitzt noch immer in der gleichen Haltung wie heute Nacht, als ich mich an seiner Schulter ausgeweint habe. Der einzige Unterschied besteht darin, dass sein Kopf in einer ungesund wirkenden Position zur Seite hängt. Ein leises Schnarchen dringt aus seinem Mund.

Um meinen Nacken zu lockern, lasse ich meinen Kopf hin- und herkreisen. Der Alkohol ist noch nicht vollständig abgebaut, mir wird schwindelig und ich habe unerträglichen Durst. Hinzu kommt die Scham, die ich schon jetzt für den gestrigen Abend und für meine Gedanken empfinde. Ich komme mir entblößt vor und frage mich, ob ich Steffen wirklich alles erzählt habe.

Naja, ich schätze, du konntest dich gerade noch zurückhalten, ihm den Termin deiner letzten Periode zu nennen.

Das Klingeln meines Handys hält mich davon ab, etwas zu erwidern. Zum Glück, bei einem Streit mit der Pessimistin hätte ich ohnehin keine Chance.

»Hallo Kerstin«, flüstere ich, um Steffen nicht aufzuwecken.

»Grüß Gott. Sie klingen gar nicht gut. Ist etwas passiert?«

Ich stehe auf und gehe in den Flur, bevor ich antworte. »Nein, alles in Ordnung. Ich bin nur gespannt darauf zu erfahren, mit wem ich bald über meinen Außenspiegel verhandeln darf.«

Einen Moment bleibt es am anderen Ende der Leitung still und ich befürchte schon, dass Kerstin Stutzke aufgelegt hat. Dann höre ich ein Schnaufen.

»Das könnte schwierig werden und ist zudem ganz und gar keine gute Idee.«

»Wie meinen Sie das?«

»Der Halter des Wagens steht leider nicht mehr zur Verfügung. Er ist verstorben.«

Ich verstehe nicht. Wie kann sie das anhand des Kennzeichens herausfinden? Ein eiskalter Schauer läuft mir über den Rücken. Was, wenn der Mann, der mich verfolgt, das Auto gestohlen und den Besitzer getötet hat? Ist das möglich? Was würde er mit mir anstellen, wenn er mich tatsächlich erwischen sollte?

»Ich rate Ihnen, das jetzt nicht überbewerten. Ich bin schon dabei, Genaueres über die Umstände herauszufinden.«

»Wie kann er tot sein?«, frage ich. Ich kann Kerstin Stutzkes Worten kaum folgen.

»Der eingetragene Besitzer des Fahrzeuges ist Ludwig Stadler«, sagt Kerstin.

»Nein«, entscheide ich. Das ist nicht möglich. Ich selbst habe dafür gesorgt, dass Doktor Ludwig Stadler nie wieder in ein Auto steigen wird. Er ist gestorben, und zwar vor meinen Augen. Aber wer ist dann mit seinem Wagen die sechshundert Kilometer nach Bonn gefahren, um meine Freundin Monika fast tot zu prügeln, mich über die Autobahn zu verfolgen und dann meinen Wagen im Bayerischen Wald zu demolieren?

»Ich kann mir nur vorstellen, dass ein Verwandter sein Auto gefahren hat. Meine Fühler sind schon ausgestreckt, ein Kollege aus der Ermittlungsgruppe schuldet mir ohnehin noch einen Gefallen. Auf jeden Fall sollten Sie nichts Unüberlegtes unternehmen. Letztendlich auch nichts Überlegtes. Lassen Sie die Sache vorerst auf sich beruhen, bis ich mehr herausgefunden habe.«

»Sie können sich darauf verlassen, dass ich nichts unternehme. Was sollte ich auch ausrichten? An sein Grab gehen und ihn bitten, mir zu verraten, wem er seine Autoschlüssel gegeben hat?« Ich hoffe, dass es aufrichtig genug klingt, denn ich habe nicht vor, ihre Anweisungen zu befolgen.

»Gut. Abwarten ist jetzt angesagt.« Sie atmet hörbar ein und aus, als würde es ihr schwerfallen, weiterzusprechen. Dann sagt sie: »Da wäre noch eine Sache, die ich Ihnen mitteilen wollte.«

»Etwas, das meinen Tag noch besser machen kann?« Mein Ton verrät eindeutig, wie genervt und verkatert ich mich fühle, doch es ist mir egal. Auf nüchternen Magen und ohne Morgenkaffee bin ich nicht sonderlich gut darin, meine schlechte Laune zu verbergen.

»Angelika, es tut mir leid, aber ich kann nichts dafür. Sie hatten mich um Informationen gebeten und die habe ich Ihnen geliefert. Dass die Vorfälle seltsam sind, weiß ich selbst. Deswegen werde ich alles in meiner Macht stehende tun, um herauszufinden, was dahinter steckt.«

»Entschuldigen Sie. Dass jemand das Auto des Mannes fährt, den man selbst umgebracht hat, ist nicht gerade das, was man vor dem ersten Kaffee hören möchte.«

»Darüber bin ich mir im Klaren.« Kerstin Stutzke klingt nun versöhnlicher und fast tut es mir leid, so patzig reagiert zu haben. »Dennoch sollten Sie sich anhören, was ich noch zu sagen habe. Die Ermittlungen gegen Jörg Petri wurden eingestellt. Der Staatsanwalt ist der Meinung, dass er nicht genug Indizien hat und sieht keinen Grund, weiter in diese Richtung zu ermitteln. Der Fall wird demnächst abgeschlossen sein, falls sich keine neuen Erkenntnisse ergeben.«

Ich bin mir nicht sicher, ob das eine gute oder eine

schlechte Nachricht sein soll. Noch vor einer Woche hätte mich diese Information vermutlich beruhigt und mir die Sicherheit gegeben, dass Jörgs Zukunft sozusagen in meinen Händen liegt. Angesichts der Ereignisse der letzten Tage bereitet es mir Unbehagen, dass Jörg nun offiziell aus dem Kreis der Verdächtigen entlassen wird. Das hier ist kein Spiel mehr.

Mit aller Mühe presse ich ein »Okay« heraus und verabschiede mich von Kerstin. Ich brauche dringend Ruhe, um meinen Kater auszukurieren und mir darüber klarzuwerden, wie es weitergehen soll.

Damit ich Steffen nicht aufwecken muss, suche ich in der Küche nach einem Zettel. Bis auf eine mit Sirup und Limettensaft verklebte Arbeitsplatte, ein Brettchen mit einem Küchenmesser darauf und diversen Gläsern, kann ich nichts entdecken, auf dem ich Steffen eine Nachricht hinterlassen könnte. Und noch etwas fällt mir auf. Schränke und Schubladen sind erstaunlich mager bestückt. Mehr als zwei Teller und dieselbe Anzahl an Tassen und Besteck sowie einen winzigen Topf besitzt Steffen anscheinend nicht. Als ich mich umdrehe, um im Wohnzimmer nach etwas Geeignetem zu suchen, stoße ich beinahe mit Steffen zusammen.

»Oh«, sage ich, da mir nichts Besseres einfällt. Als hätte ich etwas Wichtiges verloren, senke ich meinen Blick in Richtung Küchenfußboden. Ich kann mich nicht überwinden, ihm in die Augen zu schauen, zu sehr schäme ich mich für meine Vergangenheit.

»Hast du gefunden, wonach du gesucht hast? Ich wohne

noch nicht lange hier und bin nicht sonderlich gut ausgestattet«, sagt er und hebt entschuldigend die Hände. Im ersten Moment befürchte ich, er ist wütend, weil ich seine Küche durchsucht habe. Als ich aufschaue, sehe ich allerdings sein freches Grinsen.

»Keine Sorge, deine Küchenutensilien interessieren mich herzlich wenig. Für exzellente Cocktails hat es ja gereicht. Ich war auf der Suche nach einem Zettel. Du hast so friedlich geschlafen und ich wollte dich nicht wecken.«

Er seufzt. »Typisch. Alle Frauen wollen nach spätestens einer Nacht nichts mehr von mir wissen. Da verrenkt man sich seinen Hals für sie -«, theatralisch lässt er seine Nackenwirbel knacken. »- und wie bekommt man es gedankt? Nicht mal für einen Kaffee am Morgen nehmen sie sich Zeit.«

Seine braunen Augen zwinkern mir zu und mein Herz setzt einen Schlag aus. Wie schafft er es bloß, mich so durcheinanderzubringen? Ein Lächeln von ihm und mein Verstand ist zu nichts mehr zu gebrauchen. Am liebsten würde ich hingehen und ihm seine Locken glattstreichen, die noch wilder von seinem Kopf abstehen als gestern Abend. Bei dieser Gelegenheit könnte ich sein Gesicht zwischen meine Hände nehmen und ...

Nun hör schon auf. Was glaubst du, wie du tatsächlich reagieren würdest, wenn er auch nur den Versuch wagen würde, dich anzufassen. Schlag dir das aus dem Kopf.

»Hey, schau nicht so zerknirscht. Das war ein Witz«,

sagt er, als er meinen Gesichtsausdruck bemerkt. »Du bist hier zu gar nichts verpflichtet. Ich finde es toll, dass du dich überwunden hast und mir deine Geschichte erzählt hast. Das war sicher nicht leicht für dich. Deswegen verstehe ich auch, dass du das jetzt erst mal verarbeiten musst. Mein Angebot steht weiterhin. Wann immer du jemanden brauchst, egal wofür, ich bin da.«

Mehr als ein Nicken bringe ich nicht zustande. Er kann sich nicht annähernd vorstellen, wofür ich ihn gerne brauchen würde. Auch wenn die Pessimistin vermutlich recht hat und ich schon bei der kleinsten Berührung zurückschrecken würde, momentan sehne ich mich nach nichts mehr, als dass er mich in seine Arme nimmt und die nächste Zeit nicht mehr loslässt. Sogar seine beschissene Katze ist mir in diesem Fall völlig egal. Mit Sigmund könnte ich leben.

»Ich melde mich, versprochen«, flüstere ich und gehe zur Tür.

Im Hausflur angekommen lehne ich mich gegen die kühle Wand und atme erst mal durch. Mein Kopf glüht und ich komme mir schäbig vor. Fast so, als beginge ich einen Betrug an mir selbst, wenn ich so früh schon wieder solche Gefühle zulasse. Aber habe ich eine Wahl? Mich hat niemand vorher nach meinem Einverständnis gefragt, ob ich Steffen plötzlich für einen ausgemachten Traummann halten will.

Und doch kann ich an nichts anderes denken, als daran, meine Arme um seinen Körper zu schlingen und meine Erlebnisse zu vergessen. Verwerflich?

Ja, irgendwie schon. Doch ich kann es nicht ändern. Es

ist zum Verrücktwerden.

»Mach dich nicht lächerlich«, nehme ich der Pessimistin ihre Worte vorweg.

»Sprechen Sie mit mir?«, fragt eine Frauenstimme. Verwundert schaue ich mich um. Ein platinblonder, lose gewickelter Haarknoten erscheint zwischen den Streben des Treppengeländers.

»Nein, tut mir leid. Das war eher an mich selbst gerichtet.«

Das Bild der Blondine vervollständigt sich Stück für Stück, während sie die Treppe heraufkommt. Die Frau entspricht in ihrer gesamten Erscheinung ziemlich exakt dem, was ich anhand der Stimme erwartet habe. Sie ist braun gebrannt, als hätte sie die letzten zwei Monate das Solarium lediglich für einen Toilettengang verlassen, die hautenge Jeans schmiegt sich an perfekte Beine und zu allem Überfluss schwebt sie auf ihren Pumps beinahe schwerelos durch das Treppenhaus. Und das, obwohl ihre Absätze sicherlich zehn Zentimeter höher sind als alles, was mein Schrank beinhaltet.

Mit einem abschätzigen Blick mustert die Blondine mich von oben bis unten, schüttelt verständnislos den Kopf und drängt sich ungestüm an mir vorbei. Ich beobachtete von meiner Position aus, wie sie sich nach dem Klingelschild umschaut, um dann an Steffens Tür zu klingeln.

»Was glotzt du so«, ruft sie mir zu, da sie anscheinend meinen Blick bemerkt hat.

Damit sie sich nicht an meinem vor Scham geröteten Gesicht erfreuen kann, gehe ich schnell die Treppe nach unten. Eine gewisse Enttäuschung macht sich in mir breit, auch wenn ich dazu keinen Grund und nicht im Geringsten die Berechtigung habe. Blond, überschminkt, rappeldürr. Anscheinend ist dies der Typ Frau, auf den Steffen abfährt.

Warum auch nicht, als Barkeeper mit seinem Aussehen kann, er sich unter den Mädels vermutlich jede Nacht seine persönliche Schönheitskönigin aussuchen. Dennoch habe ich insgeheim gehofft, dass der belesene und an der Persönlichkeit des Menschen interessierte angehende Psychologe anders ist als der primitive Rest der Männer. Falsch gedacht.

Sei froh, so musst du dir keine Gedanken darüber machen, ob du nun willst, dass er dich angräbt oder nicht, und ob du ihn nicht sowieso vor die Tür setzen wirst, sollte er es wagen.

Da ich keine Lust auf einen Streit habe, ignoriere ich die Pessimistin und betrete meine Wohnung. Im Flur ist es bitterkalt und aus dem Schlafzimmer weht ein eisiger Luftzug herüber. Steffens Abdichtung ist nur provisorisch und hält eher Einbrecher davon ab, mein zerbrochenes Fenster als eine Einladung anzusehen, statt das Zimmer vor den eisigen Temperaturen draußen zu schützen. Am oberen Ende der zerstörten Glasscheibe klafft ein großes Loch, durch das die Kälte weiterhin ungehindert hereinströmt.

Noch eine Sache, um die ich mich heute kümmern muss. Einen Gläser finden, der mir nicht das Geld aus der

Tasche ziehen will, die Haftpflicht verständigen, hoffen, dass diese schnell zahlt und mir darüber klarwerden, ob ich Anzeige gegen Unbekannt erstatten will. Wobei ich mir sicher bin, dass der Übeltäter alles andere als unbekannt ist.

Bevor ich mich aber um all das kümmern werde, muss ich zuerst bei Monika im Krankenhaus vorbeischauen. Ich gehe ins Bad, um mich vorher wenigstens ein bisschen frischzumachen. Da die Heizung hier über Nacht aufgedreht war, herrscht eine angenehmere Temperatur als im Rest der Wohnung, und ich nutze die Gelegenheit, mir statt einer Katzenwäsche eine komplette Dusche zu gönnen.

Die Wärme des Wassers lockert meine verspannten Nackenmuskeln und lindert die Nachwirkungen des Alkohols. Als ich mich zum Abschluss noch einmal eiskalt abdusche, fühle ich mich fast wie ein neuer Mensch. Beim Abtrocknen habe ich schon beinahe verdrängt, dass ich in der Nacht Steffen als Therapeut missbraucht und als Liebhaber in Erwägung gezogen habe. Lediglich ein kleiner Rest von Scham bäumt sich in meinen Körper auf, wenn ich an ihn denke.

Als ich gerade mit einem Bein in meiner Hose stecke, klingelt es an der Tür. Noch bevor ich in den Reisverschluss nach oben ziehen kann, klingelt es das zweite Mal. Das dritte und vierte Mal ertönt das schrille Geräusch, als ich abgehetzt im Flur ankomme.

»Ja, keine Hektik. Ich bin schon hier, wo brennt es denn?«, frage ich, öffne die Tür und kann ihr nur eben so ausweichen, da sie mir mit Schwung entgegen gestoßen wird.

»Wo es brennt? In deiner Muschi anscheinend«, schreit die Blondine, die mir vorhin auf der Treppe entgegen gekommen ist, und schubst nun mich anstelle meiner Tür.

»Ich verstehe nicht«, sage ich verwirrt und lüge dabei nicht. Was will diese Furie von mir?

»Du verstehst sehr wohl.« Ihre Stimme steigt noch eine Oktave höher. Mit ihrem perfekt manikürten Zeigefinger fuchtelt sie bedrohlich nahe vor meinen Augen herum. »Lass dir das gesagt sein, solltest du dich noch einmal an meinen Mann ranmachen, dann kratze ich dir Augen aus, das schwöre ich dir. Hast du mich verstanden, du Schlampe?«

»Von wem sprechen Sie?« Obwohl ich sehr wohl verstehe, von wem das Püppchen spricht, habe ich nicht vor, es ihr leicht zu machen.

Die Blondine macht einen Schritt auf mich zu, ist dann aber offensichtlich verwirrt, dass ich nicht zurückweiche, und stößt mich gegen die Schulter. »Stell dich nicht dumm! Lass die Finger von ihm, sonst wirst du schon sehen, was du davon hast. Ich mache dich fertig. Steffen steht nicht auf Opfer wie dich, die sich aus dem Altkleidersack bedienen«, sagt sie und zupft verächtlich an meinem Strickpullover. »Schau dich doch mal an, du hast ihm rein gar nichts zu bieten.«

»Einen großen Mund und eine gelenkige Zunge? Nein, das kann ich ihm tatsächlich nicht bieten.«

In den Augen der Blondine ist für kurze Zeit ein stolzes Flackern zu erkennen, als hätte ich ihr ein Kompliment gemacht. Dann verfinstert sich ihr Blick wieder und ihr

Mund klappt auf und zu. Sie hebt mehrere Male den Finger und sticht ihn in der Luft in meine Richtung. »Dumme Schlampe«, schreit sie. »Du weißt gar nicht, mit wem du dich anlegst. Steffen steht nur auf mich, er liebt mich. Wir ...«

»Entschuldige mich bitte«, unterbreche ich sie und knalle der Frau die Tür vor der Nase zu. In meiner Hosentasche vibriert das Handy. Ich ignoriere das Dauerschellen der Klingel und gehe ins Wohnzimmer, um ihn Ruhe mit der Mutter meiner besten Freundin sprechen zu können.

Die Antwort auf den Schmerz

Wenn ich sehe, wie Monika dort liegt, zerreißt es mir das Herz. Ihr rechter Arm ist bis zur Schulter eingegipst, ihr Gesicht wirkt eingefallen und ihre sonst stets gepflegten Haare kleben an ihrem Kopf. Unter ihren Augen zeichnen sich tiefe Ringe ab und die rechte Seite ihrer Lippe hängt seltsam verzogen und schlaff nach unten. Aber sie ist wach und hat mich erkannt. Sanft streiche ich immer wieder über die dünnen Finger, die kraftlos in meiner Hand liegen.

»Jetzt wird alles gut«, flüstere ich in unregelmäßigen Abständen. Da mir nichts Besseres einfällt, erzähle ich ihr von gemeinsamen Erlebnissen, die mir in den Kopf kommen: »Weißt du noch, als wir die grandiose Kneipentour nach unserer Abschlussprüfung gemacht haben? Du warst so betrunken, dass du dir den Arm gebrochen hast, als du dich bei deinen Eltern reinschleichen wolltest.«

»Mh«, krächzt Monika. Laut Magdalene ist ihr Hals noch gereizt von dem Beatmungsschlauch und sie sollte so wenig wie möglich sprechen.

»Ja, ich erinnere mich noch genau. Du lagst wimmernd auf der Treppe, vollkommen verdreht sahst du aus und du hast geheult wie ein Schlosshund, während ich mich totgelacht habe. Immer wieder hast du gejammert, dass dein Leben jetzt zu Ende ist und du dich niemals vom Boden hochrappeln kannst. Geschworen hast du, dass dein Arm für den Rest deines Lebens nicht mehr seine ursprüngliche Form annehmen wird.«

Auf ihrem Gesicht erscheint etwas, das ich als Lächeln interpretiere. Offensichtlich erinnert sie sich auch.

»Und dann kam deine Mutter den dunklen Flur entlang, mit dem Telefon in der Hand, weil sie die Polizei gerufen hatte. Sie dachte, du wärst ein Einbrecher. Ein ziemlich tollpatschiger Einbrecher. Mann, war die wütend. Wir dachten, dass die uns das nie vergessen wird. Und wahrscheinlich wird sie das noch deinen Kindern erzählen, wie sich ihre Mama am Tag ihrer bestandenen Lehre daneben benommen hat.«

Monika nickt und drückt leicht meine Hand. Ihre Augen werden feucht, und ich tupfe ihr die Tränen weg.

»Du wirst sehen, alles wird wieder gut. So wie damals. Schau deinen Arm an, er sieht ganz normal aus ...« Ich schlucke meine Traurigkeit herunter und füge dann schnell hinzu: »Und deine Mutter erinnert sich heute nur noch an damals, wenn sie eine lustige Geschichte für gesellige Runden sucht. An deinem dreißigsten Geburtstag war das die Topstory des Abends. Dir geht es bald wieder gut, du musst nur daran glauben.«

Meine Stimme klingt kaum überzeugend, doch ich bekomme es nicht hin, ihr mehr Nachdruck zu verleihen. So gerne ich Monika trösten möchte, ich komme mir vor wie eine Heuchlerin. Schon als Kind war ich eine miserable Lügnerin, hatte immer sofort ein schlechtes Gewissen, das man mir angesehen hat. Allerdings kann ich ihr auch nicht sagen, wie sehr sie ihre Verletzungen für den Rest ihres Lebens beeinträchtigen werden.

Magdalene hat mir am Telefon erläutert, wie schlecht es um ihre Tochter steht. Durch die Schläge auf ihren Kopf und das wiederholte Aufschlagen auf den Asphalt hat sie ein offenes Schädelhirntrauma erlitten, weshalb sie in der Zukunft durch die Vernarbung des Gehirns damit rechnen muss, epileptische Anfälle zu erleiden.

In der Folge der Hirnschwellung und des Komas kann sie sich weder an Ereignisse unmittelbar vor dem Überfall erinnern, noch wird sie sich in nächster Zeit neue Informationen einprägen können. Die gesamte Feinmotorik und einfachste, alltägliche Handlungen muss sie neu erlernen. Dieser Kerl hat innerhalb weniger Sekunden den gesamten Menschen zerstört.

Ich kann die Tränen nur nicht mehr zurückhalten und wende mich ab, damit Monika nicht sieht, dass ich weine. Es ist an der Zeit, dass ich Jörg stoppe. Er hat genug damit angerichtet, mein Leben zu zerstören, aber jetzt ist er zu weit gegangen. Monika hat das nicht verdient. Sie ist nicht auf seine Lügen reingefallen, sie hat nur das getan, was jede gute Freundin tun würde.

Monika flüstert etwas Unverständliches. Ihre Stimme klingt, als hätte sie zehn Whiskey hintereinander getrunken und dann eine Nacht lang in einer Disco jedes Lied lauthals mitgegrölt.

»Was meinst du? Willst du etwas trinken?«

Als Antwort erhalte ich lediglich ein kaum merkliches Kopfschütteln.

»Wer das getan hat?«, rate ich weiter.

»Ja«, haucht Monika und greift sich an den Hals. Jedes Wort scheint ihr Schmerzen zu bereiten.

»Du warst bei mir zu Hause. Ich habe dich angerufen, weil bei mir eingebrochen wurde und ich Angst hatte, alleine in der Wohnung zu sein.« Aus meiner Tasche nehme ich die Flasche Wasser heraus, die ich zuvor unten am Kiosk gekauft habe. Meine Zunge fühlt sich an, als würde sie an meinem Gaumen festkleben.

Monika nickt, gibt mir zu verstehen, dass sie sich noch daran erinnert und zeichnet mit ihrem Finger einen Kreis in die Luft. »Weiter.«

»Weil wir unser letztes Treffen schon einige Zeit zurücklag, ich hatte einen Unfall und war lange im Krankenhaus, hast du mich besucht und wir haben ein bisschen gequatscht. Als wir aus dem Fenster geschaut haben, ist dir ein Mann aufgefallen, der in seinem Auto vor meinem saß. Du sagtest, er sei dort schon eine ganze Weile. Ich habe befürchtet, dass er mich beobachtet, und du wolltest rausgehen und ihn zur Rede stellen.« Das Sprechen fällt mir immer schwerer. Das alles ist meine Schuld. Wenn ich doch nur die Zeit zurückdrehen könnte. Ich habe gewusst, dass Jörg hinter mir her ist. Monika hat im Gegensatz zu mir nicht die Chance gehabt, die Bedrohung richtig einzuschätzen. »Es tut mir so leid«, sage ich und drücke ihre Hand an meine Lippen.

»Du ...« Monika hustet bei dem Versuch, zu sprechen.

»Willst du jetzt etwas trinken?«, frage ich und greife nach der Schnabeltasse auf dem Nachttisch. Das Zeug darin ist dickflüssig und erinnert in seiner Konsistenz eher an einen durchsichtigen Pudding als an Wasser. Ich halte den Plastikbecher an ihren Mund und sie leert gierig beinahe die Hälfte des Inhalts.

Nach einer Weile versucht sie es erneut: »Du musst ihn finden!«

»Das werde ich.«

»Versprich es mir!«

Ich ringe nach Worten, nehme die Hand von Monika und schaue ihr eindringlich in die Augen. Schließlich sage ich: »Ich verspreche dir, verdammt nochmal, dass ich diesen Bastard finde und dass er das bekommt, was er verdient. Ich schwöre dir, dass er zutiefst bereuen wird, was er dir angetan hat.«

Und auch, was er mir angetan hat, füge ich im Stillen hinzu.

Monika schließt die Augen und es dauert nicht lange, bis ihr regelmäßiger Atem mir verrät, dass sie eingeschlafen ist. Leise stehe ich auf und verlasse das Krankenzimmer. Auf der Straße erst atme ich das erste Mal, seit ich am Krankenhaus angekommen bin, wieder bewusst durch. Es kommt mir beinahe so vor, als habe ich die ganze Zeit über die Luft angehalten.

So schnell ich kann, bringe ich Abstand zwischen mich und den schrecklichen weißen Kasten. Obwohl das Krankenhaus nichts mit der Klinik im Bayerischen Wald zu tun hat, spüre ich die Beklemmung von damals, die sich wie ein Medizinball auf meinen Brustkorb legt, sobald ich in die Nähe komme.

Statt die Bahn zu nehmen, laufe ich nach Hause, um etwas runterzukommen. Der Spaziergang tut mir gut und lenkt mich für eine Weile von meinen Problemen ab. Als ich die Unterführung am Hauptbahnhof in Richtung Intercityhotel verlasse, sehe ich Steffen aus dem Eingang des Hotels kommen.

Obwohl er allein ist, habe ich momentan wenig Lust darauf, ihm zu begegnen. Nachdem seine Freundin vor meiner Tür aufgekreuzt ist, schäme ich mich noch mehr für die letzte Nacht. Ihm unter diesen Umständen gegenüberzutreten, erscheint mir nahezu unmöglich.

Gerade will ich zurück in die Unterführung und einen anderen Weg nehmen, da dreht er sich in meine Richtung und entdeckt mich. Eine Sekunde lang erwäge ich, meinen Plan trotzdem durchzuziehen und einfach wieder in die Unterführung zu verschwinden. Doch ich bin bereits jetzt durchgefroren und will nur noch nach Hause in meine – hoffentlich einigermaßen – warme Wohnung.

»Hey«, ruft Steffen und kommt auf mich zu. »Gut, dass ich dich hier treffe. Ich muss mich dringend bei dir entschuldigen. Wegen gestern …«

»Da habe ich aber ein Glück heute«, murmle ich in mich hinein, setze ein freundliches Lächeln auf und sage laut: »So ein Zufall. Bist du auch auf dem Weg nach Hause? Mir frieren nämlich gerade die Zehen ab und ich würde sie gerne in eine etwas wärmere Umgebung bringen.«

Um ihm zu signalisieren, dass es mir ernst ist, bleibe ich nicht stehen, sondern stapfe geradewegs in Richtung Landesmuseum.

Ohne zu sprechen, läuft er einige Schritte neben mir her. Er wirkt eingeschüchtert, als sei ihm seine Freundin ebenso unangenehm, wie sie mir ist. Endlich sagt er: »Kim war bei dir, nicht wahr?« Es ist mehr eine Feststellung als eine Frage. »Das tut mir schrecklich leid.«

»Du musst dich für nichts entschuldigen. Ich bin deine Nachbarin, und ich werde den Teufel tun und mich in euer Leben einmischen. Allerdings hättest du ihr erklären können, dass zwischen uns nichts läuft, bevor sie zu mir gerannt kommt und mich beinahe lyncht.«

»Als hätte ich das nicht versucht. Dass zwischen uns rein gar nichts war, interessiert sie doch kein bisschen. Sie glaubt, was sie glauben will«, sagt er und wedelt sich mit der flachen Hand vor der Stirn herum.

»Zumindest ist sie völlig auf dem Holzweg.«

»Alles, was ihr wichtig ist, ist sie selbst, das kannst du mir glauben. Mehr als vierundzwanzig Monate war sie nun verschwunden, irgendwo in Australien verschollen, das Geld ihres reichen Papis mit ihrer eigenen Bar durchbringen. Sie nennt es einen notwendigen Selbstfindungstrip, ich nenne es ein Selbstzerstörungstrip. Eine Bar in Sydney, ohne den reinsten Schimmer von der Geschäftsführung. Kein Wunder, dass sie nun wieder hier ist.«

»Sie hat dich zwei Jahre lang gegen einen Urlaub eingetauscht?«, frage ich verwundert. Einen solchen Leckerbissen von Mann hätte ich nicht mal nur für eine Woche aus den Augen gelassen.

»Viel schlimmer. Sie hat mich quasi vor dem Altar versetzt.«

Nun bleibe ich doch stehen. »Wie bitte? Du willst mir erzählen, sie ist die Braut, die sich nicht traut?«

»Jein. Das Aufgebot war so gut wie bestellt, die Ringe gekauft. Irgendwann hat sie spontan beschlossen, dass sie in ihrem Leben noch etwas Krasses durchziehen muss, bevor sie sich offiziell für immer an mich bindet. Ich habe sie vor die Wahl gestellt: ich oder das, was sie sich unter wildem Leben vorstellt. Sie hat sich für die vermeintliche Freiheit entschieden.«

»Und nun ist sie wieder da«, stelle ich lakonisch fest.

»Momentan ist sie im Hotel.« Er deutet auf das

Gebäude hinter sich: »Ich habe sie gerade mitsamt dem Gepäck dorthin gebracht. Sigmund wird es mir danken, er hasste sie schon nach zehn Minuten. Liegt wohl daran, dass sie ihn ebenfalls nicht leiden kann. Katzen sind sehr empfänglich für miese Schwingungen. Zumindest Sigmund ist es.«

Sympathiepunkt für Sigmund, was mich mit Steffen allerdings nicht weiterbringt. Ich schüttele den Kopf. Genug der Ausflüchte. Für mich gibt es nichts Schlimmeres als Männer, die sich nicht von ihrer Vergangenheit verabschieden können. Ganz sicher scheint er sich zumindest über sein Verhältnis zu ihr zu sein. Warum sonst hätte er ihr das Gepäck ins Hotel bringen sollen?

»Weißt du, eigentlich will ich das alles gar nicht wissen. Du bist mir keine Erklärung schuldig und ich habe auch keine Zeit dafür. Ich muss mich jetzt darum kümmern, dass ich ein intaktes Fenster im Schlafzimmer bekomme. Alles Gute für euch beide.«

Mit diesen Worten lasse ich ihn auf dem Museumshof stehen und hoffe, dass er mir nicht weiter hinterherläuft.

Als ich meine Wohnung betrete, wünsche ich mir, ich hätte Steffen mit zu mir genommen, um bei einem Kaffee über seine Beinahe-Ehefrau zu sprechen. Ich kralle mich im am Türrahmen fest, um nicht umzukippen. Der Gegenstand auf dem Wohnzimmertisch springt mich nahezu an und am liebsten würde ich mich umdrehen und weglaufen. Langsam gehe ich auf den Tisch zu. Wie ein Mahnmal liegt dort ein zerbrochener Außenspiegel. Es ist der von meinem Auto.

Bis der Kopf den Geist aufgibt

Ohne Unterlass lecke ich über die trockenen Stellen auf meiner Unterlippe und verschlimmere den Zustand dadurch eher. Zusammengekauert sitze ich vor dem Sofa auf dem Boden und starre das abgerissene Teil meines Autos an. Es besteht kein Zweifel daran, dass es mein Spiegel ist.

Und doch ist es unmöglich, dass dieser sich hier in meinem Wohnzimmer befindet. In der gesamten Wohnung sind keinerlei Einbruchsspuren zu finden. Das Brett ist noch fest vor das zerbrochene Fenster geklemmt, alle weiteren Fenster sind unversehrt und die Tür war abgeschlossen, als ich eben das Haus betreten habe. Jörg hat einen Schlüssel, was ich dank Steffen seit gestern weiß. Doch er war nicht derjenige, der mir den Spiegel abgefahren hat. Ich habe den Fahrer gesehen, er war sehr viel schlanker und wirkte größer, als Jörg es ist. Das ist der Beweis, dass die beiden irgendwie zusammengehören. Aber wie?

Ist es möglich, dass Jörg den Fahrer, der irgendwie an den Wagen von Ludwig Stadler gekommen ist, beauftragt hat, mich zu verfolgen und zu bedrängen? Doch mit welchem Ziel? Was will er von mir?

Mittlerweile ärgere ich mich über mein eigenes Versäumnis. Warum habe ich nicht von Anfang an die Wahrheit über ihn ausgepackt? Wie konnte ich nur so blöd sein? Wenn ich der Polizei alles gesagt hätte, was ich weiß, wäre Monika jetzt nicht fürs Leben gezeichnet.

Hätte, hätte, Fahrradkette. Dein Geflenne über die Vergangenheit bringt dich nicht weiter. Du musst an die Zukunft denken! Jörg hat von der Staatsanwaltschaft nicht mehr viel zu befürchten. Ist dir klar, was das bedeutet?

Natürlich weiß ich, welche Folgen das hat. Er wird niemals seine gerechte Strafe bekommen, zumindest nicht vom Gesetz her. Sein Leben wird unverändert weitergehen, ohne dass er auch nur eine Sekunde darüber nachdenkt, was er all den Frauen angetan hat.

Es bedeutet vor allem, dass er aus dem Fokus der Polizei raus ist. Niemand wird sich wundern, wenn er plötzlich für eine Weile nicht erreichbar ist. Du kannst mit ihm machen, was du willst.

Vielen Dank für den Hinweis. Und wie soll ich ihn einfach mal kurz verschwinden lassen? Körperlich kann ich wohl kaum mithalten und Gift ist mittlerweile ziemlich gut nachzuweisen.

Darauf weiß anscheinend auch die sonst so vorlaute Pessimistin keine Antwort, denn sie schweigt beharrlich. Doch sie hat Recht. Ich habe Monika versprochen, nicht länger tatenlos mit anzusehen, wie Jörg seine Intrigen schmiedet und mein Umfeld hineinzieht. Sei es auf die eine oder die andere Weise. Er fühlt sich viel zu sicher, das muss ein Ende haben. Im Gegensatz zu mir macht er sich offensichtlich wenig Gedanken über die Vergangenheit. Außerdem muss ich herausfinden, wer der Mann mit Ludwig Stadlers Golf war, und sei es für Monika.

Doch alleine kann ich nichts ausrichten. Es ist an der Zeit, dass ich mir Hilfe hole. Wütend schlage ich nach dem zerbrochenen Außenspiegel. In hohem Bogen schießt er vom Tisch, fällt krachend auf den Boden und verliert dabei einen kleinen weißen Zettel, der offensichtlich an dem gesprungenen Sicherheitsglas befestigt war. Wie konnte ich den nur übersehen?

Ich bücke mich und hebe den Zettel auf. Verwundert drehe ich ihn in der Hand hin und her. Eine Nachricht von meinem Verfolger? Es muss wohl so sein, was sonst sollte dieses Stück Papier in meinem Spiegel verloren haben?

Eine Hitzewelle durchflutet meinen Körper. Mit zitternden Fingern falte ich das Stück Papier auseinander. In krakeligen Buchstaben ist eine Nachricht an mich darauf geschrieben:

DU WILLST WISSEN; WAS DICH NOCH ERWARTET? WIRF EINEN BLICK IN DEINEN BESENSCHRANK!

Unwillkürlich schaue ich mich um. Niemand ist zu sehen. Beobachtet mich dieser Kerl in diesem Augenblick? Wartet er da draußen vor meinem Fenster sehnsüchtig darauf, dass ich in Panik gerate? Was, wenn er hier irgendwo eine Kamera versteckt hat? Krampfhaft bemüht, normal zu wirken, stehe ich vom Sofa auf. Ich werde ihm nicht die Show bieten, die er sich erhofft.

In meinem Inneren tobt allerdings ein Orkan. Was, wenn das eine Falle ist? Der Besenschrank im Flur bietet genug Platz, dass ein Mann sich darin verstecken kann. Vielleicht nicht unbedingt einer mit Jörgs Statur.

Jemand mit ein paar Kilos weniger auf den Rippen könnte sich jedoch mit Sicherheit einige Stunden dort aufhalten, um mir aufzulauern. Aber so leicht werde ich es ihm nicht machen. Ganz langsam stehe ich von dem Sofa auf, streife mir die Schuhe von den Füßen und schleiche in die Küche. Dort greife ich mir das größte Küchenmesser aus dem Messerblock und stelle mich vor den Einbauschrank im Flur.

Den Arm angewinkelt, das Messer umklammert, lege ich meine linke Hand auf den Knauf. Ich nehme all meinen Mut zusammen, atme tief durch, spanne die Muskeln an und reiße die Tür auf. Mit einem entsetzten Schrei werfe ich das Messer von mir und sinke auf die Knie.

An der Stange, die quer durch den Innenraum des Schrankes verläuft und ursprünglich mal für Kleider gedacht war, baumelt eine Katze an einem Seil. Ihr Kopf hängt leblos in einer Schlinge, die straff um ihren Hals geschlungen ist. Der Innenraum des Schrankes ist gezeichnet von dem verzweifelten Kampf des Tieres, sich am Leben zu halten. Das Holz an den Schranktüren ist aufgerissen und sämtliche Putzmittel sind umgefallen.

Vorsichtig hebe ich das Tier an und lasse es beinahe wieder fallen. Bei näherer Betrachtung erkenne ich das Tier.

Sigmund.

Nein! Sie haben Sigmund umgebracht. In meiner Wohnung. Vorsichtig, als könne ich ihm noch Schlimmeres antun, hebe ich ihn an und löse den Knoten. Dann lege ich ihn auf den Boden und streichle sanft über seinen Kopf.

»Es tut mir so leid«, flüstere ich. »Was haben sie dir nur angetan?«

Wie um mir zu antworten, zuckt seine Tatze. Lebt er noch? Ich lege meine Hand auf seinen Bauch. Kaum merklich hebt und senkt sich sein Brustkorb, ganz leise ist ein Krächzen in seiner Kehle zu hören.

»Oh Gott, Sigmund. Atme, hörst du? Du musst atmen!«, sage ich, als könne ich ihn allein durch meine Worte zurück zu Bewusstsein bringen. Immer wieder lasse ich meine Finger über seinen Rücken wandern, wische ihm das Blut von den Pfoten, die bei dem Versuch, am Leben zu bleiben, erheblich gelitten haben. »Was mache ich denn nur?«

Krampfhaft versuche ich, mich an meinen letzten Erste-Hilfe-Kurs zu erinnern. Menschen, die einen Schock erlitten haben, muss man vor dem Auskühlen schützen. Sigmund hat garantiert einen Schock und es kann nichts schaden, ihn warmzuhalten.

Ich hetze ins Wohnzimmer, greife mir die Wolldecke, die über der Couch ausgebreitet liegt, um den Bezug zu schonen, und wickle Sigmund darin ein. Damit er nicht im kühlen Flur liegen muss, trage ich ihn ins Wohnzimmer, platziere ein Sofakissen vor der Heizung und bette das bewusstlose Tier darauf.

Kaum habe ich die Katze abgelegt, klingelt es an meiner Tür. Durch den Spion sehe ich Steffen. Gehetzt schaut er sich im Treppenhaus um, sein Blick wirkt todtraurig und entsetzt zugleich.

»Hast du Sigmund gesehen?«, fragt er, kaum dass ich

die Tür geöffnet habe, und versucht, an mir vorbei in den Flur zu schauen. »Nur für eine halbe Stunde war ich weg, und als ich heimkomme, steht meine Tür sperrangelweit offen und der Siggi ist weg. Ich dachte, er hätte sich vielleicht irgendwo im Haus verkrochen, im Fahrradkeller oder im Waschraum. Aber er ist nicht da, wie vom Erdboden verschwunden. Er findet sich doch draußen gar nicht zurecht. Ich mache mir solche Sorgen um ihn.«

Er wirkt so ängstlich, dass ich ihn am liebsten in den Arm nehmen würde. »Es tut mir so leid, Steffen, aber ich muss dir etwas beichten«, sage ich, weil mir sonst nichts einfällt. Wie soll ich ihm erklären, dass Sigmund mehr tot als lebendig in meinem Schrank hing?

»Nein.« In seinen Augen ist das blanke Entsetzen zu erkennen. Kaum auszudenken, wenn Sigmund tatsächlich in meiner Wohnung gestorben wäre.

»Er lebt ...«

»Oh, Gott sei Dank!«

»... Aber es geht ihm sehr schlecht. Es wäre besser, du kommst rein und siehst es dir selbst an.«

Steffen lässt sich nicht lange bitten und stürmt an mir vorbei. »Er liegt in Wohnzimmer«, sage ich unnötigerweise, da Steffen schon längst auf dem Weg dorthin ist.

»Was zur Hölle ist mit ihm passiert? Wo war er?« Den Kater mitsamt der Decke auf dem Arm kommt er mir entgegen, bevor ich die Tür vollständig geschlossen habe.

»Sieh mich nicht so an, ich war das nicht.«

»Wo hast du ihn gefunden?«, wiederholt er seine Frage und zu dem bewusstlosen Bündel auf seinem Arm gewandt: »Oh Siggi, was haben sie nur mit dir gemacht? Wer sind die kranken Wichser, die dir das angetan haben?«

Kranke Wichser, eine bessere Bezeichnung hätte ich auch nicht finden können für die Monster, die ein unschuldiges Tier missbrauchen, um mir Angst einzujagen. Doch auf Steffens Fragen finde ich keine Antwort. Wie sollte ich erklären, dass ich zwar seine Katze in meinem Wandschrank gefunden habe, trotzdem aber nicht das Geringste dafürkann? Katzen sind mir normalerweise vollkommen egal, solange sie sich nicht in meiner Nähe befinden. Aber nie im Leben würde ich ein unschuldiges Lebewesen verletzen oder auf irgendeine Art für meine Zwecke missbrauchen.

Steffen scheint keine Antwort von mir zu erwarten.

»Ich muss ihn zu einem Arzt bringen », sagt er. »Sieh nur, er blutet ja.«

»Hast du denn ein Auto? Ich kann euch fahren«, biete ich an, doch Steffen ist bereits im Hausflur auf dem Weg zur Tür. Er hat meine Hilfe nicht nötig. Vermutlich hat seine blonde Freundin ein schnittiges Cabrio, mit dem sie gleich in überhöhter Geschwindigkeit über die Bonner Straßen fliegen wird. Ich hingegen habe in seinem Leben keine Bedeutung, bin lediglich die Nachbarin, die eine interessante Geschichte zu erzählen hat. Ein netter Zeitvertreib.

Ohne sich noch einmal umzudrehen, ist Steffen nach draußen verschwunden. Ich seufze. Ist vielleicht auch besser so, versuche ich mich zu trösten. Ich habe Wichtigeres zu tun, als mir über einen Mann den Kopf zu zerbrechen. Ich brauche ein Geständnis von Jörg.

Die Illusion, dass es in ihm einen Funken Menschlichkeit gibt, dass ein versteckter Jörg existiert, der bereut, was er mir angetan hat, und der sich bei mir entschuldigen würde, habe ich aufgegeben. Jörg ist eine emotionslose Maschine ohne jeden Skrupel oder Empathie oder etwas, das man als Gewissen bezeichnet. Schon bald wird er derjenige sein, der um Vergebung wimmert, wenn auch aus einem anderen Grund als dem, den ich mir erhofft habe.

Zieh es durch! Er soll sich endlich so verhalten, wie es seiner Körpergröße angemessen ist.

»Ja«, sage ich und greife mein Telefon. »Es ist an der Zeit.«

Mit dem zerknüllten Zettel in der Hand gehe ich in die Küche. Mein Herz klopft bis zum Hals, während ich dem Freizeichen lausche.

Im besten Fall gibt es Verletzte

Ein letztes Mal werfe ich mich mit meinem gesamten Gewicht auf die Reisetasche, in der Hoffnung, ihren Inhalt noch ein wenig mehr zu komprimieren. Eigentlich ist es nur eine Hose, die über die Kanten der Tasche hinaus hängt und somit verhindert, dass sich der Reißverschluss zuziehen lässt.

Wie damals, im letzten November. Zu viele Kleidungsstücke für zwei mickrige Tage, aber ich will an diesem Wochenende auf keines verzichten. Dieses Mal noch weniger als beim letzten Urlaub. Ungeschickt reiße ich an dem Zugbändel des Verschlusses, der sich kein Stück bewegen will. Zu nervös, mir fehlt die Kraft. Obwohl der Kurzurlaub kein Spaßtrip sein wird, fiebere ich dem Wochenende in Amsterdam entgegen.

Zunächst habe ich Maries Vorschlag nicht viel abgewinnen können. Ein Kurzurlaub in einer touristischen Großstadt, eine Ferienwohnung, die Maries Eltern gehört – ich konnte auf den ersten Blick nicht erkennen, was diese Reise mit meinem Vorhaben zu tun haben soll.

Nach und nach hat Marie mich aber von den Vorzügen einer fremden Stadt überzeugen können. Zudem sie offensichtlich eine sehr viel detailliertere Vorstellung davon hat, wie wir gemeinsam – ihre Worte – seine Eier abreißen und ihm zum Frühstück servieren können.

Also habe ich Marie letztendlich zugesichert, mich nicht nur auf diese Reise einzulassen, sondern der Krankenschwester auch freie Hand bei der Planung zu gewähren. Sie musste mir lediglich versprechen, dass dabei ein Geständnis für mich herausspringt. Irgendetwas muss ich in der Hand haben, mit dem ich Jörg im Nachhinein zum Schweigen bringen kann, wenn er nicht ins Gefängnis wandern will. Marie hat allem zugestimmt und mir zugesichert, dass ich mir keine Sorgen machen muss.

Meine einzige, aber wichtige Aufgabe bestand darin, Jörg zu dieser Reise zu überreden. Erstaunlicherweise war das nicht schwer. Schätzungsweise erhofft auch er sich Antworten auf die Fragen, die ihn seit meiner völlig unerwarteten Genesung quälen. Er hat sofort zugesagt und sogar für uns Zugtickets gebucht, nachdem ich ihm von dem Appartement einer guten Freundin erzählt habe, das uns nur dieses Wochenende zur Verfügung steht, weswegen wir natürlich jetzt und sofort fahren müssen.

Jetzt, wo mir noch wenige Stunden bis zur Abfahrt bleiben, nagen Zweifel an mir. Was, wenn Marie einen Rückzieher macht? Wenn sie Angst vor der eigenen Courage bekommt? Was wenn Jörg uns überwältigt? Auch wenn er mir nur bis zum Kinn reicht, heißt das nicht, dass er deshalb körperlich unterlegen ist. Viel eher befürchte ich, dass er die mangelnde Größe durch seine Aggressivität wettmacht. Ich muss spontan an einen Jack Russel Terrier denken. Lacht bellend wie ein Chihuahua, beißt sich fest wie ein Jagdhund. Vielleicht wäre es besser, ihn anzuzeigen. Kerstin Stutzke und ihren Kollegen die Wahrheit zu erzählen und ihnen die Arbeit zu überlassen.

Dafür ist es jetzt zu spät. Marie hat dir versprochen, dass du dir keine Sorgen machen musst und dass ihr Freund euch helfen wird. Du wirst ihr vertrauen müssen. Du hättest dir vorher überlegen sollen, ob das nicht zu ihren Gewohnheiten gehört, Menschen hängen zu lassen. Einmal unzuverlässig, immer unzuverlässig.

»Sie hat mich in der Klinik nicht im Stich gelassen. Es war meine Schuld, ich war zu ungeduldig.«

Ach nein, sag bloß. Wie konntest du nur in deiner Situation nervös und ungeduldig werden? Red keinen Quatsch, sie hat es verbockt und du musst hoffen, dass sie es nun wiedergutmachen will. Danach kannst du endlich dein altes Leben fortführen.

Dieses Leben wird hoffentlich eines ohne die Stimme in meinem Kopf sein. Auch wenn ich zugeben muss, dass ich die ständige Begleiterin bei manchen Gelegenheiten vermissen werde.

Die leuchtenden Ziffern des Digitalweckers holen mich in die Gegenwart. Beinahe elf Uhr durch. Beeilung ist jetzt angesagt. Da der Inhalt meiner Tasche sich noch immer keinen Millimeter bewegt hat, räume ich die Hälfte aus, trenne mich schweren Herzens von einigen Handtüchern und stopfe den Rest wieder hinein. Endlich kann ich den Reißverschluss schließen.

Den Kulturbeutel stecke ich in die Handtasche und überprüfe bei der Gelegenheit, ob ich sonst alle wichtigen Utensilien eingepackt habe. Zu meinen liebsten Beschäftigungen vor Reisen gehört es, die notwendigen Dinge wie Personalausweis, Flug- oder Bahntickets oder Hausschlüssel irgendwo in der Wohnung zu lagern, wo sie dann meist auch noch liegen, nachdem ich losgefahren bin. In diesem Fall habe ich alles sicher in der Tasche verstaut, bis auf den Brief, den ich noch einwerfen muss.

Zuerst habe ich mir vorgenommen, mit Steffen

persönlich zu reden. Einige Male bin ich nach oben gegangen und habe dann doch nicht den Mut aufgebracht, bei ihm zu klingeln. Zu sehr plagt mich das schlechte Gewissen wegen Sigmund. Abgesehen davon will ich unter keinen Umständen erneut der gebräunten Barbie begegnen und mich als Altkleidersack beschimpfen lassen, auch wenn sie angeblich nun im Hotel wohnt.

Der passende Konter, ich hätte mir immerhin Kleidung gekauft, die meinen Körper bedeckt, im Gegensatz zu ihr, ist mir natürlich erst dann eingefallen, als es schon viel zu spät war. Ehrlich gesagt sogar erst heute Morgen, nachdem ich die halbe Nacht über im Groll an die keifende Frau vor meiner Tür denken musste. Als sie vor mir stand, war ich zu perplex, um irgendwie schlagfertig reagieren zu können. Alles, was ich ihr entgegensetzt hätte, wäre wildes Gestotter gewesen.

Um Barbie aus dem Weg zu gehen, habe ich alles, was ich Steffen gerne gesagt hätte, aufgeschrieben. Jetzt nehme ich den Brief und meine beiden Taschen und mache mich auf den Weg nach draußen. Es hat angefangen zu schneien. Ein eiskalter Wind bläst mir ins Gesicht, als ich aus der Haustür trete. Ich sollte mich beeilen, zum Bahnhof zu kommen, um dort in einem warmen Café auf Jörg zu warten. Mit dem Umschlag zwischen den Fingern bleibe ich stehen, wiege ihn in meiner Hand. Soll ich ihn wirklich einwerfen? Keine Worte auf dieser Welt können ausdrücken, wie sehr ich es bereue, ihn und Sigmund in meinen Kampf hineingezogen zu haben.

»Angelika, Sie verreisen?«

Der Brief segelt mir aus der Hand in den Schnee, als ich

Kerstin Stutzkes Stimme hinter mir höre.

»Oh, ich wusste gar nicht, dass Sie noch in Bonn sind«, sage ich und spüre, wie ich rot werde. Ich fühle mich ertappt, als hätte ich etwas Unrechtes getan. Warum muss sie ausgerechnet jetzt auftauchen? »Ja, ich muss nur mal raus. Ein Wochenende bei einer Freundin verbringen, eine andere Umgebung, auf andere Gedanken kommen. Sie verstehen?«

Die Beamtin nickt, bückt sich und hebt den Brief auf. Mit abwesendem Blick legt sie ihn oben auf die Briefkästen zu den Werbeblättchen, die sich dort stapeln. Sie öffnet ihren Mund, um etwas zu sagen, überlegt es sich aber doch anders und schweigt. Ihr Blick wirkt gequält, als müsse sie sich zwingen, mit mir vor dem Haus zu stehen. Immer wieder schaut sie sich um.

Ungeduldig und frierend trete ich von einem Bein aufs andere. Ich habe wenig Lust auf ein weiteres Gespräch mit der Polizistin, zumindest nicht jetzt.

»Mein Zug fährt bald. Wenn Sie mir also sagen würden, worum es geht?«

»Haben Sie noch einen Augenblick Zeit für mich? Ich meine, können wir reingehen?«

Einen Moment überlege ich, ob ich ihr anbieten sollte, mit ins Café zu kommen. Es scheint wichtig zu sein, sonst wäre sie nicht extra noch einmal hierhergefahren. Da Jörg auf keinen Fall misstrauisch werden darf, verwerfe ich diesen Gedanken. Ich schaue demonstrativ auf die Uhr. »Sieht schlecht aus, ich muss wirklich los. Worum geht es denn?«

Kerstin Stutzke dreht sich zur Seite, wühlt in ihrer Tasche und zieht ein Bündel loser Blätter heraus, die sie mir entgegenhält. »Lesen Sie das und melden Sie sich bei mir, wenn Sie Fragen haben. Wie versprochen, habe ich mich schlaugemacht, was den Fahrer des Wagens angeht. Ich kann Sie nur warnen. Wenn Sie noch eine Weile bei Ihrer Freundin bleiben können, sollten Sie das ausnutzen.« Wieder schaut sie sich um und ich lasse meinen Blick folgen, kann jedoch nichts Ungewöhnliches entdecken. »Die Ermittlungsgruppe ist informiert und arbeitet daran. Wenn Sie es einrichten können, erreichbar zu sein, dann melde ich mich bei Ihnen.«

Zögerlich nehme ich den Stapel entgegen. Eine Frau blickt mich von einem Foto auf der obersten Seite der handbeschriebenen Polizeiformulare an.

»Hören Sie? Sehen Sie zu, dass Ihr Handy eingeschaltet ist. Sich selbst zuliebe.«

Ich nicke und verabschiede mich in Richtung Bahnhof. Erst als ich dort ankomme, fällt mir auf, dass ich das Kuvert für Steffen liegengelassen habe. Was für ein verdammter Mist. Neben meinen Beteuerungen, wie leid mir alles tut, hatte ich ihm noch meinen Aufenthaltsort verraten. Nur für den Fall, dass ich nach dem Wochenende nicht nach Hause komme. Irgendjemand muss schließlich wissen, wo ich bin. Ich werfe einen Blick auf die Uhr. Viel zu spät, ich kann auf keinen Fall zurückgehen und riskieren, Jörg und meinen Zug zu verpassen.

Die verbleibende Wartezeit nutze ich, um einen Blick in die Unterlagen von Kerstin Stutzke zu werfen. Nach einigen handbeschriebenen Blättern folgen Formulare der

Kripo und Fotos von misshandelten Körperteilen. Vermutlich die der Frau, deren Foto auf der obersten Seite zu sehen ist. Warum zur Hölle steckt Kerstin Stutzke mir die Kopien eines solchen Berichts zu? Was hat diese Frau, die offensichtlich schwer misshandelt wurde, mit mir und meinem zerbrochenen Außenspiegel zu tun? In jedem Fall war es nicht diese Frau, die ihn mir abgefahren hat.

Die Antwort darauf muss bis Amsterdam warten. Ich falte die Kopien zusammen und verstaue sie in einem der Innenfächer der Tasche, das ich gut verschließe, damit die Unterlagen auf keinen Fall verloren gehen.

Obwohl mich das Gefühl plagt, dass meine Zehen in den wenig schneetauglichen Ankleboots jede Sekunde abfrieren, spare ich mir das Café. Ich bin viel zu nervös, um mich jetzt in Ruhe an einen Tisch setzen zu können. Stattdessen tigere ich ungeduldig unter den Anzeigetafeln der Haupthalle auf und ab und sorge immer wieder dafür, dass Reisende mich mit wütenden Flüchen bedenken, während sie sich an ihr vorbeidrängen. Einige Male bin ich versucht, die Berichte wieder rauszukramen und genauer zu studieren.

Nach einer Ewigkeit, gerade fünf Minuten, bevor der Zug den Bonner Hauptbahnhof verlässt, kommt Jörg endlich abgehetzt und mit schweißdurchtränktem Hemd in die Ankunftshalle gerannt. Seine Jacke hat er in der Hand, anscheinend hat er sich von einem Taxi hierher kutschieren lassen.

»Warum gehst du verflixt nochmal nicht an dein

Handy?«, fragt er und läuft an mir vorbei in Richtung Bahnsteig, ohne eine Antwort abzuwarten.

»Wollte mir das Gespräch mit einem Arschloch ersparen«, murmle ich und laufe ihm hinterher. An Gleis drei angekommen, sehe ich gerade noch, wie sein Hintern in der Zugtür verschwindet. Ich muss grinsen. Wenn er wüsste, was ihn erwartet, hätte er es sicherlich nicht so eilig. Im Gegenteil, er hätte vielmehr alles daran gesetzt, den Zug zu verpassen. Nachdem ich meine Reisetasche in den Gang gewuchtet habe, krame ich mein Smartphone aus der Tasche.

Alles wie geplant, sind auf dem Weg.

Als hätte Marie mit dem Mobiltelefon in der Hand auf meine Nachricht gewartete, dauert es keine zwanzig Sekunden, bis ihre Antwort auf dem Display erscheint:

Mein Bruder und ich sind vorbereitet. Gute Fahrt.

Einen Moment wundere ich mich über diese Antwort. Von Maries Bruder war nie die Rede. Eigentlich wollte sie ihren Freund bitten, uns zu helfen. Doch ich bin beruhigt, dass sie nicht auf männlichen Beistand verzichten will, egal, in welchem Verhältnis sie zu ihm steht. Dann fährt der Zug an und die Zweifel sind verschwunden. Ich wuchte meine Tasche hoch und schleppe sie zu unserem reservierten Sitzplatz, wo Jörg auf mich wartet.

Die Träume rasen fort

Wenn ich mir zuvor die Frage gestellt habe, warum ausgerechnet Amsterdam, erhalte ich in dem Augenblick die Antwort, als ich auf den Vorplatz der Amsterdamer Centraalstation trete. Das rote Backsteingebäude mit den zwei Uhrentürmen wirkt eher wie eine Kirche als wie ein Bahnhofsgebäude. Es übertrifft selbst die imposantesten Altbauten Bonns in Schönheit und fühlbarer Geschichte.

Auf dem Platz davor pulsiert das Leben und trotz der Kälte sind etliche Straßenkünstler unterwegs. Auch die erste Gracht ist schon zu sehen, sie verläuft direkt entlang der Einkaufsmeile, auf der sich Restaurant an Souvenirladen reiht. Auf den meisten Gesichtern der Menschen, wie mir entgegen kommen, ist ein Lächeln zu sehen.

Ich befinde mich nicht mal zehn Minuten in dieser Stadt und habe bereits beschlossen, Amsterdam alleine zu besuchen, wenn ich alles hinter mich gebracht habe.

»Das ist Wahnsinn hier«, sage ich mehr zu mir selbst als zu Jörg, der dennoch antwortet.

»Schon in Ordnung«, brummelt er und schaut zum ungezählten Mal auf sein Telefon. Die ganze Fahrt über hat er kaum ein Wort mit mir gewechselt und die meiste Zeit nur auf dem Display herumgedrückt.

»Wichtige Geschäfte, hm?«

Endlich schaut er auf. Allerdings nur, um mir einen

vorwurfsvollen Blick zuzuwerfen, zu nicken und dann seine Aufmerksamkeit wieder dem Handy zu widmen. »Lass mich das hier noch zu Ende führen, dann habe ich den Rest des Wochenendes frei«, murmelt er.

Unverständnis macht sich in mir breit. Wie um alles in der Welt konnte ich jemals etwas Interessantes in diesem Mann entdecken? Was für ein hirnausknipsendes Verblödungsmittel hat er mir an jenem Abend in der Bar bloß in mein Getränk gemischt? Eigentlich hätte ich nur mal genau hinsehen müssen.

Dann wäre mir nämlich aufgefallen, dass dieser übergewichtige Zwerg, der in diesem Augenblick im Entengang neben mir her watschelt, rein gar nichts Attraktives an sich hat. Fast schäme ich mich ein wenig, mit ihm durch die Straßen voller junger, gutaussehender Menschen zu laufen. Von seinem unglaublich tollen Humor kann ich mir jetzt nichts mehr kaufen.

Mit einem Anflug von Wehmut denke ich an Steffen. Wäre doch bloß er vor etwas mehr als einem halben Jahr an Jörgs Stelle in dieser Bar gewesen, mein Leben würde heute vollkommen anders aussehen. Dann wäre in diesem Moment mein größtes Problem ein blondes Modepüppchen, das mich anzickt, anstatt eines Traumas, das mich den Rest meines Lebens nicht mehr loslassen wird.

Die alte Angie hätte dieser Trulla in ihren mageren Hintern getreten und sie mitsamt ihren Extensions vor die Tür befördert, damit sie sich dort wieder an den deutschen Winter gewöhnen kann.

»Kannst du mir mal verraten, warum du kein Taxi nehmen wolltest? Wir laufen hier schon seit über zehn Minuten durch die Gegend«, beschwert sich Jörg und zerrt meine Gedanken von Steffen weg.

»Stell dir vor, wenn du ab und zu mal den Blick von deinem Handy losreißen würdest, hättest du schon etwas von der Stadt gesehen. Sieh dich doch mal um, wie großartig es hier ist. Wenn du mit dem Auto daran vorbeifährst, verpasst du all diese großartigen Gässchen. Das Wochenende gehört uns, und nicht deinem Handy. Außerdem sind die Straßen viel zu verstopft. Zu Fuß sind wir garantiert schneller am Blumenmarkt.« Zum Glück werden wir nicht allzu lange miteinander aushalten müssen.

»Ausgemachter Schwachsinn«, sagt er und steckt endlich sein Smartphone in die Manteltasche. »Wenn ich mir die verflixte Stadt ansehen will, dann schleppe ich dabei nicht mein Reisegepäck durch die Gegend.«

»Ich sehe schon, mein Plan, uns über ein gemeinsames Wochenende wieder näher zusammenzubringen, funktioniert außerordentlich gut.«

Er antwortet nicht und starrt die nächsten zehn Minuten stur geradeaus, was mich nicht sonderlich stört. Ich bewundere die windschiefen Häuser, die dicht gedrängt an den Grachten stehen und einen Hauch von Venedig vermitteln. Wie schön muss es erst im Frühjahr oder im Sommer aussehen, wenn die Bäume grün sind und der Himmel blau leuchtet und all diese wunderschönen Menschen so gut wie nichts am Körper tragen? Schon jetzt bin ich ernsthaft am Überlegen, wie ich eine Auswanderung in die Niederlange verwirkliche. Wobei ich mir hier in dieser Gegend wahrscheinlich kaum eine Wohnung leisten kann.

Mittlerweile haben wir das Viertel um das Nationalmonument erreicht, wo sich zu den zahlreichen Restaurants und Cafés zusätzlich ein Coffeeshop an den nächsten reiht. Einige haben das Aussehen von gemütlichen Pubs, manche machen den Eindruck, als seien sie Hippiehochburgen mit psychedelischen Motiven an den Hauswänden. Andere wiederum fallen mit aufdringlicher Leuchtreklame und blinkenden Schildern auf, mit denen sie versuchen, die Kunden in ihre Läden zu lotsen. Doch egal, wie sie von außen aufgemacht sind, in allen tobt das Leben, dabei ist es nicht mal vier Uhr am Nachmittag. Müde und entspannt aussehende Menschen jeder Altersklasse lümmeln sich auf den Bänken an den Fenstern der Shops und rauchen gemütlich ihre Graszigaretten.

Endlich erwacht Jörg aus seiner Lethargie. »Willkommen im Kifferparadies«, sagt er und klatscht seine teigigen Hände aneinander. »Wie sieht es aus? Schon mal so richtig stoned gewesen?«

»Vor etwa fünfzehn Jahren vielleicht. Wir sind erwachsen, Jörg, und wir sollten uns auch so verhalten.«

Er bleibt stehen und schaut mich entgeistert an, als habe ich ihm eröffnet, dass er heute ohne Abendessen ins Bett muss. »Schwachsinn. Du redest totalen Mist. Sieh dich doch um. Menschen jeden Alters sitzen in diesen Läden. Das hat nichts mit Erwachsensein zu tun. Jugendlichen ist es sogar verboten, einen Coffeeshop zu betreten.«

Ich verdrehe die Augen. Wann immer jemand etwas sagt, das ihm nicht passt oder seiner Ansicht widerspricht, dann ist das für ihn Schwachsinn. Oder – in besonders schweren Fällen - ausgemachter Schwachsinn. Dieses Wort habe ich schon so oft von ihm gehört, dass es mich auf die Palme bringt. Allein schon, wie er es ausspricht. Wie sich seine Lippen beim »Sch« nach vorne wölben und ein wenig Speichel aus seinem Mund befördern.

»Du findest es also schwachsinnig, wenn wir uns wie Erwachsene verhalten? Ich finde schon, dass ...«

»Schwachsinn ist, dass ich nach Holland, nein sogar nach Amsterdam fahre und mir nicht die Birne mit Gras zuknalle, bis ich meinen Namen nicht mehr richtig aussprechen kann«, unterbricht er mich. Eine weitere Unart von ihm. »Dabei ist mir herzlich egal, ob du mitmachst oder nicht. Aber du kannst mir glauben, dass dieses Wochenende wesentlich lustiger wird, wenn du den Stock aus deinem Hintern nimmst und dich mal gehen lässt. Das hast du dir doch verdient, findest du nicht?«

Im Grunde genommen muss ich ihm zustimmen. Wenn es jemand nötig hat, sich sein Hirn für wenigstens zwei Tage funktionsuntüchtig zu kiffen, bin ich das. Wie schlimm kann es schon werden? Das letzte Mal, als ich kurz vor meiner Lehre eine Weile mit ein paar Skatern rumhing und ihnen zuliebe immer mal an deren Joints zog, habe ich es auch überlebt. Mehr als ein wenig gute Laune und sinnloses Gekicher wird nicht passieren, und bis morgen, wenn Marie ankommt, werde ich längst keine Wirkung mehr spüren.

»Wenn du meinst, dann kaufe dir eine Kleinigkeit. Aber ich verspreche dir nicht, dass ich etwas mit dir rauchen werde.«

Jörg öffnet seinen Mund, wohl um eine weitere Reihe von überzeugenden Argumenten vorzubringen und schließt ihn verwundert gleich wieder. »Wie jetzt? Okay?«

»Soll ich es mir anders überlegen oder gehst du jetzt da rein und holst uns ein wenig Gras für heute Abend?«

Das lässt sich Jörg kein zweites Mal sagen und verschwindet in einem Laden mit dem treffenden Namen »Smokeys Café«. Nur für den Fall, dass ein Tourist noch immer nicht verstanden hat, worum es in diesen »Cafés« geht. Heraus kommt er mit zwei durchsichtigen Plastikhülsen in der einen und einer braunen Bäckertüte in der anderen Hand und einem breiten Grinsen im Gesicht.

»Bist du hungrig?«, fragt er. »Ich habe da eine Kleinigkeit für uns besorgt.«

Bevor ich antworten kann, greift er in die Tüte, holt einen Schokoladenkuchen hervor und bricht eine Ecke davon ab, das er sich in den Mund schiebt. Das nächste Stück hält er mir hin. Ich ignoriere seine Hand, die mir den Kuchen entgegenhält. Als er nicht aufgeben will, schüttele ich schließlich energisch den Kopf und sage: »Eigentlich nicht, danke. Ich bin noch satt von dem schrecklichen Käsesandwich aus dem Zug.«

»Na komm schon! Ist extrem niedrig dosiert, du musst dir keine Sorgen machen.« Er hält mir das Kuchenstück nun direkt vor den Mund. Es duftet nach Schokolade und Zuckerguss und auch nach dem eingebackenen Marihuana. »Probier wenigstens ein Stück. Er schmeckt herrlich. Los!«

»Beschwer dich nachher nicht, wenn wir die Ferienwohnung nicht finden«, sage ich und nehme den Kuchen vorsichtig mit den Zähnen entgegen. Die eingebackenen Schokoladenstückchen beginnen sofort in meinem Mund zu schmelzen und die blauen Zuckerkügelchen auf dem Zuckerguss krachen, als ich sie zerbeiße. »Mh«, brumme ich, weil die Masse in meinem Mund verhindert, dass ich ein verständliches Wort herausbekomme.

»Siehst du, du solltest öfter auf mich hören«, triumphiert Jörg und verschlingt ein weiteres Stück. Auch ich bekomme noch eines in den Mund gesteckt.

Nach weiteren zehn Minuten Fußmarsch, in denen ich darauf warte, dass die Wirkung des Kuchens einsetzt, erreichen wir die von Marie angegebene Adresse. Das winzige Haus liegt direkt an einer Gracht, zwischen dem Wasser und dem Apartment ist nur der mit Plexiglasdächern überdachte Blumenmarkt aufgebaut.

Ein Touristenmagnet - trotz des Winterwetters drängen sich die Massen durch die enge Gasse. Im unteren Teil des Hauses befindet sich ein Käseladen. In der Nacht wird es im Haus also niemanden geben, der sich an Lärm stört. Zudem befindet sich auf der Hinterseite des Blumenmarktes das Schwulenviertel mit zwei der berühmtesten Schwulenclubs von ganz Amsterdam. Wir müssen uns also keine Sorgen machen, dass die Leute sich über seltsame Geräusche wundern.

»Ist das toll hier. Ich war schon oft in Amsterdam, aber so eine Ferienwohnung ist etwas sehr Besonderes. Ein vernünftiges Hotel in dieser Lage bekommst du jedenfalls nicht«, sagt Jörg.

Ich nicke stumm. Bis auf Bonn habe ich nie eine Stadt gesehen, die mir mehr zusagt als diese hier. Amsterdam ist eine Metropole, in der das Leben pulsiert, und doch wirkt es wie ein Dorf mit den schmalen alten Häusern, den unzähligen Fahrrädern und den engen Gassen mit wackeligem Kopfsteinpflaster. Die meisten Leute wirken tiefenentspannt, sie sind guter Laune. Niemand scheint sich an dem Wetter zu stören, selbst die Verkäufer in den Häuschen des Blumenmarktes tragen ein Lächeln auf den Lippen.

Das Innere der Wohnung steht der Umgebung in nichts nach und übertrifft meine kühnsten Erwartungen. Durch einen mit dunklen Holzdielen ausgelegten Flur, von dem rechtsseitig zwei Türen – eine ins Bad und eine ins Schlafzimmer - abgehen, kommen wir in ein geräumiges Wohnzimmer. Aus der breiten Fensterfront haben wir einen wundervollen Blick auf die Gracht.

Rechts befindet sich eine offene Küche mit Gasherd und großem, amerikanischen Kühlschrank. Auf der linken Seite ein Erker mit einem Sessel in der Größe einer kleinen Couch. Eine weitere Tür geht auf der rechten Seite ab und führt in ein zweites Schlafzimmer. Maries Eltern müssen Geld haben, wenn sie sich eine solche Wohnung in der Innenstadt von Amsterdam leisten können und sie nicht mal vermieten müssen.

Die einzigen Wermutstropfen sind der muffige Geruch und die niedrige Temperatur. Hier ist wochenlang nicht gelüftet worden, was wohl bedeutet, dass es Marie noch nicht geschafft hat, hier vorbeizuschauen. Somit befinden sich weder etwas zum Essen noch Getränke in der Wohnung. Auch Jörg bemerkt den Geruch, er rümpft die Nase und stapft zum Fenster, um es zu öffnen. Ich hingegen schleppe meine Tasche in das Schlafzimmer, das an die Küche angrenzt.

Genau in dem Moment, als ich den grau gestrichenen Raum betrete, setzt die Wirkung des Kuchens ein, und mit einem Schlag Kopf fühle ich mich total benebelt. Noch nie zuvor habe ich Marihuana gegessen und die Intensität, mit der ich von der Benommenheit überrollt werde, trifft mich völlig unvorbereitet. Mein Kopf fühlt sich taub und wie in Watte gepackt an, als hätte ich drei Gläser Tequila auf einmal hinuntergekippt.

Der Raum dreht sich um mich und meine Zunge fühlt sich geschwollen an. Außerdem überkommt mich ein unbeschreiblicher Durst. Mir wird bewusst, dass ich seit der Zugfahrt nichts mehr getrunken habe. Ich fühle mich plötzlich, als würde ich an Ort und Stelle vertrocknen. Ich lasse meine Tasche auf den Boden fallen und schlurfe in die Küche. Auch wenn ich das Gefühl habe, als ginge es um mein Leben, kann ich mich unmöglich schneller bewegen. Endlich angekommen drehe ich den Wasserhahn auf und halte mein Gesicht unter den kühlen Strahl.

Nach gefühlten zehn Minuten drehe ich schweren Herzens das erlösende Wasser ab, da mir schwindelig wird und mein Rücken anfängt zu schmerzen. Ich richte mich auf, massiere mir die Schläfen und erschrecke. Jörg sitzt zurückgelehnt und mit geschlossenen Augen auf dem ausladenden Sessel. Die Schuhe hat er auf den Polstern platziert.

Ich habe vollkommen vergessen, dass er sich mit ihr in der Wohnung befindet. Ihm scheint es mit mir nicht anders zu gehen. Als mich räuspere, um mich bemerkbar zu machen, springt er auf und starrt mich mit offenem Mund an. Die zum »O« geformten Lippen in seinem runden Gesicht in Kombination mit den knallroten und aufgerissenen Augen wirken auf mich wie das Antlitz eines übergewichtigen Affen, der an Gitterstäben nach Erdnüssen bettelt. Seine Körperbehaarung passt ebenfalls zu diesem Bild. Der Vergleich bringt mich zum Kichern.

Jörg hingegen braucht einen Moment, um sich zu fangen, und stimmt erst mit ein, als ich mich vor Lachen kaum noch halten kann. Er sagt: »Oh Mann, dieser Kuchen, der haut enorm rein. Ohne Scheiß, ich dachte für einen Augenblick, du bist eine Einbrecherin.« Dann klatscht er sich vor Lachen mit seinen kleinen Händchen auf den speckigen Oberschenkel.

Anstatt einer Antwort pruste ich vor Lachen. Obwohl es keinen bestimmten Grund dafür gibt, kann ich mich nicht zusammenreißen. Mein Bauch schmerzt schon und ich kann kaum Luft holen. Mit tränenden Augen tapse ich halb blind zum Sofa und lasse mich neben Jörg in die Polster fallen.

Eine ganze Weile sitzen wir so da, von einem Lachanfall

in den nächsten katapultiert. Irgendwann quält auch Jörg sich hoch, um etwas zu trinken und mir ein Glas Wasser zu bringen. Ich habe Hunger. Wie befürchtet glänzt der Kühlschrank durch die Abwesenheit von etwas Essbarem, er ist nicht mal eingeschaltet.

»Was hältst du davon, wenn wir uns eine Pizza bestellen? Irgendwo sollte ein Italiener unter den tausenden Restaurants zu finden sein«, sage ich und meine Zunge fühlt sich schwer an. Die Wirkung des Kuchens ist bisher nicht abgeklungen und ich fühle mich müde vom gefühlt stundenlangen Gekicher.

»Nicht dein Ernst. Ist doch Schwachsinn. Wir haben hier alle Gerätschaften, um uns ein exzellentes Abendessen zuzubereiten, und du willst eine klebrige Pizza bestellen?«

Da ist es wieder, das Wort. Ich schlucke meine Wut herunter, obwohl das Wort in meinem Kopf nachhallt. »Ich kann mir momentan nichts Schöneres vorstellen. Überleg mal, eine leckere, über und über mit Käse belegte, warme Pizza. Fettig und saftig und knusprig ...« Das Wasser läuft mir im Mund zusammen und ich kann kaum sprechen, ohne dass mir etwas Speichel aus dem Mund tropft.

»Und du weißt, wo man hier eine Gute bekommt? Nein, kommt nicht in Frage. Du gehst uns jetzt ein paar Zutaten kaufen und ich koche uns frische Pasta mit herrlicher Tomatensugo. Dazu hauen wir uns einen Rotwein in den Kopf und der Abend kann beginnen. Ich gehe in der Zeit fix duschen.«

Pasta und Sugo, ist er jetzt Sternekoch, oder was?, lästert die Pessimistin.

Mein Problem liegt hingegen wo anders. Ich hasse es, wenn jemand glaubt, er könnte ungefragt über mich bestimmen, weil er ein Y-Chromosom hat. Erst recht, wenn dieser Jemand auch noch Jörg heißt. Dennoch spare ich mir jeglichen Widerspruch. Ich habe keine Lust auf einen Kampf.

Also mache ich mich auf den Weg, seine verdammten Nudeln einzukaufen. Beeilen werde ich mich allerdings nicht.

Viel eher werde ich auf dem Weg eine Kleinigkeit essen, wenn ich schon meine Pizza nicht bekomme. Ich sterbe vor Hunger, und für etwas Süßes würde ich momentan töten. Als ich die Wohnungstür hinter mir ins Schloss ziehe, höre ich Jörgs Stimme. Angestrengt lausche ich mit dem Ohr an der Tür. Hat er mit mir gesprochen?

»... ist einkaufen ... wird bestimmt eine Weile unterwegs sein ...«

Viel mehr verstehe ich nicht, und es interessiert mich auch nicht, ich brauche jetzt dringend einen Kaffee. Ich muss noch einige Stunden durchhalten, bis Marie wie abgesprochen in der Nacht zu uns stoßen wird.

Trotzdem keine Schuld

Maries Anschluss ist besetzt, also begebe ich mich auf die Suche nach dem nächsten Supermarkt, der sich zum Glück nicht weit entfernt von der Ferienwohnung befindet. Um Jörg zu ärgern, und weil ich noch immer Gelüste auf fettiges, salziges Junkfood hege, packe ich anstelle der Nudeln zwei Fertigpizzen und eine Packung geriebenen Gouda und statt des Rotweins einige Dosen Amstel-Bier ein. Obwohl die Wirkung des Drogenkuchens zwischenzeitlich schon ziemlich verflogen ist, fühle ich mich dem Verhungern nah und lege mir eine Waffel zu meinen Einkäufen. Mit einem zufriedenen Grinsen auf dem Gesicht stelle ich mich an der Schnellkasse an.

Als ich bezahlen will, entdecke ich auf der Suche nach meinem Geldbeutel die Unterlagen von Kerstin Stutzke. Die habe ich total vergessen. Bevor ich zu Jörg zurück in die Wohnung gehe, muss ich unbedingt einen Blick darauf werfen. Das Café neben dem Käseladen unter der Ferienwohnung ist fast leer und ich setze mich in die dunkelste Ecke, um in Ruhe die Papiere durchzusehen. Die Ledersessel erinnern an die Privatbibliothek eines reichen Engländers, und die alten Holztische wirken, als stammten sie noch original aus der Gründerzeit. Der Duft nach frischen Pfannkuchen umweht meine Nase und ich kann nicht widerstehen, mir eine Portion zu dem Kaffee zu ordern.

Während ich auf die Bestellung warte, nehme ich mir die erste Seite mit dem Foto der Frau vor. Blutunterlaufene Augen blicken zwischen geschwollenen Tränensäcken ängstlich in die Kamera. Weitere Aufnahmen zeigen sie von der Seite und schräg unten. Die Oberlippe der Frau weist eine klaffende Wunde auf, die sich als tiefer Kratzer quer über die Wange fortsetzt. Trotz der schlechten Bildqualität kann man das Blut erkennen, das sich in ihren Mundwinkeln gesammelt hat. Ich suche nach dem Namen der Unbekannten. Was ich entdecke, lässt meinen Puls beschleunigen. Elfriede Maria Stadler, geborene Kirschenhofer. Geboren im Jahr 1957. Ludwig Stadlers Frau? Hat er sie so zugerichtet?

Nachdem ich meinen Kaffee entgegen genommen und den herrlich nach Zimt duftenden Apfelpfannkuchen verschlungen habe, blättere ich auf die nächste Seite. Ich bin froh, dass ich mit dem Lesen bis nach dem Essen gewartet habe. Auf den folgenden Seiten der Polizeiakte befindet sich der detaillierte Bericht der Vergewaltigung von Elfriede Stadler durch sechs verschiedene Männer.

An einem Abend nach einem Tennismatch haben die Clubmitglieder ihr in der Dusche aufgelauert. Gemeinsam haben sie die wehrlose Frau überwältigt und dann einer nach dem anderen in alle denkbaren Öffnungen vergewaltigt, während sie von den übrigen festgehalten und geschlagen wurde. Mit schweren inneren und äußeren Verletzungen wurde sie schließlich unterkühlt und unter Schock auf dem Fliesenboden der Dusche zurückgelassen. Die Putzfrau hat sie gefunden und die Polizei verständigt.

Mir wird schlecht, und ich habe das Gefühl, der Ledersessel drehe sich mit mir in den Raum. Der penetrante Geruch des gegerbten Leders steigt mir in die Nase und ich muss durch den Mund atmen, um nicht zu übergeben. Ich wische mir unwillkürlich über die Wange und stelle fest, dass ich weine.

Ja, was der Frau angetan wurde, ist schrecklich. Aber warum hat Kerstin dir den Bericht ausgehändigt? Damit du Mitleid mit dem Schicksal des Mannes empfindest? Damit der Mann, der für die schlimmsten Qualen verantwortlich war, die du in deinem Leben durchleiden musstest, Mitgefühl von dir erhält? Sicher nicht.

Ich nicke und blättere weiter. Es muss einen anderen Grund geben. Nach dem Polizeibericht folgen gedruckte Seiten. Die Gerichtsakten. Die Männer wurden freigesprochen, da die Zeugin, Maria Stadler, sich zwar an jede Einzelheit der Vergewaltigung erinnern konnte, die Männer aber ein Kondom benutzt haben und zudem jede einzelne der Ehefrauen ihrem Mann ein Alibi gegeben hat. Da die Polizei damals versäumt hatte, am restlichen Körper nach Genmaterial zu suchen, wurden die Männer freigesprochen. Im Zweifel für den Angeklagten. Dieser Grundsatz bedeutete den Untergang der Frau, die nicht mal mehr auf die Revision der Staatsanwaltschaft vertraut hat. Auf der vorletzten Seite befindet ein handschriftlicher Vermerk auf einer blanko DIN A 4 Seite:

Selbstmord der Zeugin Maria Stadler, geborene Kirschenhofer am 30.04.1992

Ludwig Stadlers Frau hat sich umgebracht. Eine letzte Seite zeigt eine Zeitungsanzeige, auf der mit rotem Stift eine Markierung befestigt ist. Die Todesanzeige von Maria Stadler. Eingekreist wurden zwei Namen. Die Frau hat zwei Kinder hinterlassen. Leopold und Annemarie Stadler.

Ich merke, wie meine Hände zittern, die Schrift verschwimmt vor meinen Augen. Sein Sohn. Er ist derjenige, der mich mit dem Auto verfolgt hat. Der Sohn von Ludwig Stadler, der zuerst seine Mutter durch ein Verbrechen verloren hat und dem ich danach den Vater genommen habe. Er muss sich mit Jörg zusammengetan haben, um sicherzustellen, dass ich nicht davonkomme und dass ich Jörg nicht ins Gefängnis bringe. Dabei steht Leopold Stadler seinem Vater in Sachen Brutalität in nichts nach.

Ohne es mitzubekommen, habe ich mein Handy aus der Tasche geholt und Maries Nummer gewählt. Sie muss sofort alles abbrechen, darf sich unter keinen Umständen einmischen. Diese Männer sind gefährlich.

Viel gefährlicher, als ich vermutet habe. Für einen der Beiden geht es um Vergeltung für ein getötetes Familienmitglied.

Das Freizeichen hallt in meinem Kopf wider. Marie hebt nicht ab. Hektisch winke ich der Bedienung, um zu bezahlen. Mit quälender Langsamkeit kommt sie an den Tisch. Irgendwie muss ich Marie abfangen, um die Sache abzublasen. Die ganze Racheaktion war eine Schwachsinnsidee. Wir hätten nie hierher kommen dürfen.

Ohne lange zu überlegen, wähle ich Kerstin Stutzkes

Nummer. Wenn irgendetwas schiefgeht, muss es wenigstens eine Person geben, die weiß, wo ich mich befinde.

Auch sie geht nicht an ihr Telefon. In kurzen Sätzen erkläre ich ihrer Mailbox, dass ich in Amsterdam bin und auf welch dumme Idee Marie und ich gekommen sind.

Dann springe ich auf und verlasse das Café. Als ich mit den Einkaufstüten in der Hand auf die Straße trete, ist es hinter den Fenstern des Apartments dunkel. Ich war über zwei Stunden unterwegs. Vielleicht habe ich Glück und Jörg hat die Geduld verloren und ist etwas essen gegangen. Er hat keinen Zweitschlüssel und würde somit auch nicht mehr in die Wohnung kommen, wenn ich ihm nicht die Tür öffne. Mit weichen Knien steige ich die Treppe in den ersten Stock hinauf. Vor der Tür atme ich tief durch und drehe den Schlüssel um.

»Lass ihn nicht da sein«, flüstere ich und stoße in dem Moment die Tür auf, als das Licht im Treppenhaus erlischt.

Im Flur ist alles dunkel. So dunkel, dass ich kaum die Hand vor meinen Augen erkennen kann. Dafür sind meine übrigen Sinne geschärft. Ein süßlicher Geruch strömt mir entgegen. Mit ihm vermischt sich der Gestank nach Schweiß, Urin und Marihuana. Ich zögere. Meine Hand liegt noch auf der Türklinke. Was zur Hölle hat Jörg während meiner Abwesenheit angestellt?

»Hallo?«, rufe ich in die Stille der Wohnung. Aus meinem Mund klingt es eher wie ein heiseres Krächzen. Ich bekomme keine Antwort. Es wäre besser, wenn ich einfach verschwinde. Vor der Tür auf Marie warte. Ich werde mich unten ins Café setzen, und wenn Marie kommt, gehe ich mit ihr in ein Hotel und wir vergessen die ganze Aktion.

In dem Moment, in dem ich mich umdrehe, spüre ich einen heftigen Stoß in meinem Rücken. Ich werde nach vorne geschleudert und knalle mit dem Kopf an die Tür. Ein stechender Schmerz schießt mir ins Gehirn und ich spüre, wie eine Flüssigkeit von meinem Kopf heruntertropft. Dann wird mir schwarz vor Augen.

Den Strick verkehrt geknüpft

Benommen hebe ich den Kopf und versuche mich zu erinnern, wo ich mich befinde. Die Umgebung verschwimmt vor meinen Augen und nichts in diesem Raum – einer Küche? – kommt mir bekannt vor. Der Geruch nach Marihuana, verbrannter Pizza und Bier steigt mir in die Nase.

Amsterdam, schießt es mir durch den Kopf. Ich schaue mich um. Jede Bewegung jagt einen unerträglichen Schmerz durch meinen Nacken. Ich versuche, den Arm zu heben, um mir über die Augen zu wischen, doch ich komme kaum einige Zentimeter weit. Verdammt, ich bin auf einen Stuhl gefesselt. Wie kann das sein?

Ich stöhne vor Schmerzen. Wie als Antwort dringt ein Ächzen an meine Ohren. Es klingt verdächtig nach Jörg.

Marie, sie muss hier irgendwo sein. Ich ignoriere die Messerstiche in meinen Schläfen und blicke mich weiter um.

Langsam wird mein Blick klarer. Neben mir, auf einem Stuhl zusammengesunken und das Gesicht mit Blut verschmiert, erkenne ich Jörg. Dicke Seile, die an Schiffstaue erinnern, sind um seinen Körper geschlungen. Ein Knebel, der aussieht wie aus einem Sexshop, ist vor seinen Mund gebunden, was die erstickten Geräusche erklärt, die er von Zeit zu Zeit von sich gibt. Seine Hose ist feucht im Schritt, anscheinend hat er sich angepinkelt.

Was ist geschehen? Weshalb sieht Jörg aus, als hätte er ein Sado Maso Studio besucht, und warum sitze ich mit dröhnendem Schädel daneben, anscheinend ebenso gefesselt wie er?

Ein eiskalter Schauer durchläuft mich. Was wenn Jörg auf eine ähnliche Idee gekommen ist und mich gemeinsam mit Leopold Stadler angegriffen hat? Doch wie kann es sein, dass Jörg ebenfalls auf einem Stuhl festgebunden ist? Hat Marie sich an den Plan gehalten und gemeinsam mit ihrem Freund Jörg überfallen und ist anschließend von Leopold Stadler überrascht worden?

Mit zusammengebissenen Zähnen drehe ich meinen Kopf, soweit ich kann. Ich sitze mit dem Rücken zum Wohnzimmer, vor mir sowie zu meiner Linken ist die Küchenzeile. Rechts erkenne ich den dunklen Flur, wohin eine Blutspur aus dem Wohnzimmer führt. Mein Blut? Am Ende der Spur steht eine kleine Kamera auf einem Stativ. Ein rotes Licht an ihrer Vorderseite signalisiert: Sie zeichnet auf. Marie muss in jedem Fall hier gewesen sein, sonst wäre die Kamera für die Aufnahme von Jörgs Geständnis nicht aufgebaut.

»Mhhhie«, versuche ich zu rufen. Der Knebel schluckt das meiste davon. Ich bemühe mich, es etwas deutlicher auszusprechen: »Mrrieee?!«

Hinter meinem Rücken höre ich Schritte. Irgendjemand ist hier. Plötzlich wird mein Stuhl ruckartig bewegt. Irgendjemand dreht mich in Richtung des Wohnraumes. Dort sitzt Marie auf der Couch, eine brennende Marihuanazigarette in der Hand und einen Pizzakarton auf dem Schoß.

»Wird auch mal Zeit. Ich habe schon befürchtet, dass du gar nicht mehr wiederkommst. Wäre schade gewesen. Wirklich schade.«

»Sie hätte ja das Beste verpasst«, sagt eine männliche Stimme hinter meinem Rücken.

Erneut versuche ich den Kopf zu drehen, schaffe es aber nicht weit genug, um die Person hinter mir detailliert zu erkennen. Ist das Maries Bruder, der uns helfen wollte? Warum hat er auch mich festgebunden? Was soll das hier?

»Bruderherz, warum kommst du nicht her zu mir?«, fragt Marie den Unbekannten.

Ihr Bruder. Nicht Leopold Stadler. Doch warum haben die beiden auch mich gefesselt? Und wie wollen sie aus Jörg ein Geständnis herauspressen, wenn sie ihn bewusstlos geschlagen und zusätzlich mit einem riesigen Knebel mundtot gemacht haben? Fragend blicke ich zu Marie, die mich ignoriert.

»Ich habe mit dir gesprochen«, sagt sie zu ihrem

Bruder, da eine Reaktion ausbleibt.

Aus dem Augenwinkel sehe ich, wie die Person hinter mir den Kopf schüttelt. »Du solltest auch lieber aufstehen und am Tisch essen«, sagt er schroff. »Ich habe keinen Bock, dass wir das Sofa vollsauen.«

Ich runzle die Stirn. Eine seltsame Aussage angesichts des ganzen Blutes, das in der Wohnung verteilt ist. Es würde mich überraschen, wenn davon noch nichts auf den Polstern zu finden wäre, von denen sich Marie gerade erhebt.

»Du schaust ein wenig verwirrt, möchtest du mir etwas mitteilen?«, fragt sie in meine Richtung. »Oh, du kannst ja gar nicht. Tststs. Pech für dich.«

Sie kichert wie Norman Bates, der seine Mutter imitiert, und steckt sich den Rest des Pizzastücks in den Mund. Was ist denn in sie gefahren? Ich habe ihr doch nichts getan. Sie lässt mich weiterhin schmoren, geht an den Kühlschrank und nimmt sich eine der Bierdosen, die ich vorhin im Supermarkt gekauft habe.

»Danke für das Bier übrigens. Die Pizza haben wir leider im Ofen vergessen, als wir mit deinem Lover beschäftigt waren. Ist etwas schwarz geraten, sodass wir sie entsorgen mussten.«

»Ich hasse Fertigpizza. Ekelhafter Fraß, den kann man niemandem zumuten«, sagt ihr Bruder.

»Deswegen hast du sie ja auch verbrennen lassen.«

Jörg stöhnt. Die Pessimistin in meinem Kopf hingegen schweigt beharrlich, obwohl ich ihre Hilfe in dieser Situation dringend bräuchte.

Marie sitzt inzwischen wieder auf der Couch und pafft genüsslich. Endlich erscheint auch ihr Bruder in meinem Blickfeld, nachdem er sich anscheinend an der Pizza satt gegessen hat. Obwohl er sich seit dem Foto, das in Maries Wohnzimmer steht, verändert hat, erkenne ich ihn wieder. Er ist schlanker und hat mittlerweile einen leichten Bart, doch sein Gesicht ist unverkennbar. Er setzt sich neben seine Schwester und legt seinen Arm um sie. Die ganze Situation mutet seltsam an. Wie die beiden dasitzen, wirken sie eher, als wären sie ein Pärchen.

Als sie ihm den Joint in die Hand drückt, schaut sie ihm tief in die Augen. Dann kichert sie wieder. Wie ein kleines Mädchen. Ein verrücktes kleines Mädchen.

»Mmmhhmmm«, rufe ich ihr zu. Bind mich gefälligst los. Für mich ist das kein Spiel.

Sie macht dich nicht los, mischt sich die Pessimistin ein. *Merkst du nicht, was los ist?*

Na endlich. Natürlich merke ich, was hier los ist. Ich sitze gefesselt und geknebelt auf einem Stuhl und schaue der Frau, die mir eigentlich helfen wollte, dabei zu, wie sie ihren Bruder abknutscht.

Wie bitte, sie tut was? Ich kneife meine Augen zusammen, doch es bietet sich noch immer das gleiche Bild. Marie sitzt auf dem Sofa und schiebt ihrem Bruder ihre Zunge in den Hals, schleckt sein Kinn ab und lässt sich von ihm in ihre Unterlippe beißen. Mir wird bei dem Anblick übel, und der Pizzageruch, vermischt mit dem Gestank nach Urin, Schweiß und Marihuana, macht es mir nicht leichter. Bloß nicht kotzen, versuche ich mich zu beruhigen. Wenn mir jetzt die Pfannkuchen wieder hochkommen, dann ersticke ich hinter dem Knebel.

Endlich löst sich Marie von ihrem Bruderfreund und widmet ihre Aufmerksamkeit mir.

»Du wunderst dich, nicht wahr? Was tut sie nur da, wir haben das alles doch ganz anders abgesprochen, bla, bla, bla.« Sie steht auf, kommt zu mir und gibt mir eine schallende Ohrfeige. »Glaubst du im Ernst, dass es immer nach deiner Schnauze geht? Wie naiv musst du sein.«

Sie tritt hinter mich, fummelt an meinem Hinterkopf herum und entfernt mir endlich den Knebel. Gierig atme ich durch den Mund ein. Dank des Sauerstoffs verschwindet der trübe Schleier vor meinen Augen und ich kann einen klaren Gedanken fassen.

»Pass auf, wir machen jetzt einen Deal. Du hast genau fünf Minuten, in denen ich dir die Freiheit gebe, zu sprechen. Danach überlasse ich dich meinem Bruder, und du siehst, dass er derjenige von uns ist, dem das Quälen eher liegt.« Sie deutet auf Jörg. Anscheinend, um mir ein lebendes Beispiel der Brutalität ihres Bruders zu zeigen. Wer weiß, wie lange lebendig auf ihn noch zutrifft. Wobei mir seine Lebensdauer relativ egal ist, die Frage ist eher, wie lange ich hier noch sitzen werde und was die beiden mit mir vorhaben.

Eine gute Frage, du solltest sie aussprechen.

Endlich, da ist sie wieder. Und sie hat recht. »Was soll das?«

»Eine gute Frage«, stimmt Marie der Pessimistin zu.

»Vielleicht kannst du sie jedoch einen Deut genauer stellen.«

»Du weißt, wovon ich spreche. Warum sitze ich hier? Was ist mir dir los?«

»Oh, dafür gibt es mehrere Gründe. Das alles ist eine lange Geschichte. Aber eins nach dem anderen.« Sie trinkt die Bierdose leer und wirft sie Jörg an den Kopf, der leise stöhnt. Dann streckt sie die Hand einladend in die Richtung ihres Bruders aus. »Mein Herz, willst du es Angie bitte erklären?«

Brummend erhebt er sich. Als er zu mir geht, beben seine Bundeswehrstiefel auf dem alten Holzboden. Mein Kopf wummert bei jedem einzelnen Schritt. Er tritt in die Blutspur und hinterlässt blutige Schuhabdrücke auf den Fliesen im Küchenbereich. Maries Hand ignoriert er, stattdessen schiebt er die schmächtige Frau unsanft von sich weg. Sie lächelt und geht zurück zur Couch. Ich schaue rüber zu Jörg und frage mich, ob das Blut auf dem Boden von ihm oder von mir stammt.

Der Hüne von Mann umgreift mein Gesicht mit Daumen und Zeigefinger, presst zu und dreht meinen Kopf in seine Richtung.

»Aua«, jammere ich, was ihm ein Grinsen auf die Lippen zaubert. Unter seinem Bart kann ich eine entfernte Ähnlichkeit mit Marie feststellen. Doch er kommt mir noch aus einem anderen Grund bekannt vor.

»Hör mir gut zu«, sagt er. »Ich werde es nur einmal erklären. Wenn ich merke, dass du nicht hundertprozentig bei der Sache bist, dann gewähre ich dir im Anschluss möglicherweise auch keine weitere Frage mehr. Hast du das verstanden?«

»Ziemlich gut, ja.« Ich klinge patzig, was ein Fehler sein mag. Aber ich kann nicht anders, ich bin genervt, ich habe Durst, meine Schultern schmerzen wie Hölle und meine Hände werden langsam taub. Außerdem frage ich mich, was ich in meinem Leben getan habe, dass ich zum zweiten Mal in eine solche Situation geraten muss. Wie war das gleich mit der Statistik?

»Hey, hier ist das Vögelchen. Was habe ich gesagt?« Maries Bruder schnipst mit seinen Fingern vor meinem Gesicht herum.

Verdammt, da habe ich wohl doch nicht aufgepasst. »Entschuldigung«, murmle ich.

»Das muss ich mir noch überlegen, ob ich dir diese Unaufmerksamkeit vergebe. Zurück zum Thema, deine Zeit läuft. Wo fange ich am geschicktesten an?«, fragt er und schaut an die Decke, als würde er nachdenken. Marie setzt an, etwas zu sagen und er bringt sie mit einer Handbewegung zum Schweigen. »Ach, ich weiß. Du Schlampe hast meinen Vater getötet.«

Atem weg und Augen offen

Mein Verstand arbeitet langsam, meine Gedanken ziehen sich wie Kaugummi. Der Schlag auf den Kopf macht mir zu schaffen und verursacht mir heftige Schmerzen. Ich starre den Mann an. Jetzt erkenne ich die Ähnlichkeit. Er ist das Abbild seines Vaters, das er hinter seinem Bart versteckt. »Leopold?«, frage ich und meine Schneidezähne fühlen sich brüchig an, als ich mit der Zunge dagegenstoße.

Seine Augen weiten sich, er schnappt nach Luft. Einen Moment sieht es danach aus, als würde er die Fassung verlieren. Sein Blick geht zu Marie. Sie steht auf und kommt herüber zu uns.

»Himmel nochmal, du kennst ja sogar schon seinen Namen. Du bist cleverer als wir dachten«, sagt sie und streicht mir die Haare aus der Stirn.

»Fass sie nicht an und setz dich sofort wieder hin«, schreit Leopold sie an. Marie zuckt zusammen, gehorcht und geht zurück zum Sofa.

Mein Gehirn arbeitet noch immer auf Hochtouren. Wenn er der Sohn von Ludwig Stadler ist und sie seine Schwester ...

»Annemarie? Es tut mir so leid. Ich wusste doch nicht ...«, sage ich. Marie springt auf und hält sich die Ohren zu.

»Nenn mich nicht so«, schreit sie hysterisch. »Scheiße. Das ist der Name, den sie mir gegeben hat. Sie hat uns im Stich gelassen, hat sich einfach davon gemacht. Mein Name ist Marie. So hat es Papa entschieden. Du hast kein Recht, mich so zu nennen, also halt gefälligst dein Maul Schlampe!«

Leopold geht zu ihr, legt den Arm um sie und wirft sie zurück auf die Couch. »Wenn ich sage, setz dich, dann gehorchst du gefälligst. Hast du mich verstanden?«

»Ja, ab jetzt höre ich auf dich, ich verspreche es, aber du musst sie zum Schweigen bringen«, wimmert sie und umklammert seinen Oberschenkel. »Du liebst mich doch noch, oder? Leo, sag es mir, liebst du mich noch?«, fragt sie und macht sich an seinem Hosenschlitz zu schaffen.

Sie zieht seine Hosen herunter, steckt ihre Hand in die Öffnung und streichelt ihn. Leopold schließt kurz die Augen und seufzt, dann stößt er sie weg. Mir wird schlecht und ich bin froh, dass ich von dem Knebel befreit bin und so ungehindert atmen kann.

»Nicht jetzt«, sagt er streng, drückt die Beule in seiner Hose an seinen Bauch und zieht den Reißverschluss nach oben. »Zurück zu uns beiden.«

Ich zucke zusammen, befürchte, dass er nun seine Erregung an mir abreagieren wird. Doch er stellt sich neben Jörg, öffnet eine Dose Bier und leert sie in einem Zug. Lautstark entlässt er die Luft aus seinem Bauch und wendet sich an mich. Er sagt: »Die Kurzfassung kennst du ja nun. Lass mich jetzt weiter ausholen. Meine liebe Schwester«, er deutet auf Marie, »und ich sind weiß Gott nicht immer einverstanden gewesen mit dem, was unser Vater nach dem Tod unserer Mutter angestellt hat. All die Frauen, die versucht haben, eine Ersatzmutter zu sein und doch nur an das Geld des reichen Arztes wollten. Die jungen Dinger, die ihre Langeweile an uns Kindern ausgelassen haben. Wie oft musste ich meine Schwester vor den Schlägen einer betrunkenen Frau beschützen, weil sie eifersüchtig war? Für unseren Vater konnte nie eine an Marie herankommen, an das Abbild unserer Mutter.«

»Nein, ich bin nicht wie sie«, kreischt Marie. »Sie war kein guter Mensch. Aus purem Egoismus hat sie ihre Kinder verlassen. Ich war vier Jahre alt, Leo. Vier!«

»Schweig endlich«, poltert er und schlägt seiner Schwester ins Gesicht. Geschockt beobachte ich, wie ihr Blut aus der Nase läuft und auf ihre Lippen tropft. Sie scheint es nicht zu bemerken, sitzt jetzt völlig regungslos da. »Nachdem Mutter sich umgebracht hat, setzte unser Vater bald zweimal im Jahr eine neue Frau in unser Wohnzimmer. Dabei hat er vergessen, dass auch wir jemanden verloren hatten. Die Frauen haben ihn abgelenkt, für uns hat sich niemand interessiert. So konnte er verdrängen, dass meine Mutter sich gegen uns entschieden hat.«

»Im Gegensatz zu ihr hat Papa mich geliebt«, mischt sich Marie ein, ihre Stimme klingt nasal, noch immer rinnt Blut aus dem rechten Nasenloch. »So oft kam er spät nachts nach der Arbeit zu mir ins Bett. Um mir zu zeigen, dass ich ihm wichtig bin.«

Ich muss würgen. Die gesamte Familie ist mehr als nur krank. »Was mit eurer Mutter passiert ist, tut mir schrecklich leid. Sie hat sich doch nicht gegen euch entschieden«, sage ich, in der Hoffnung, von Ludwig Stadler abzulenken. Die beiden sind jedoch mit sich selbst beschäftigt.

»Sei nicht so naiv. Das war keine Liebe, das war Geilheit. Du bist das Abbild unserer Mutter, und er wollte ab und zu mal wieder die Vorzüge einer Ehe genießen. Die Zicken, die an sein Geld wollte, hatten keine Lust auf Sex mit einem alten Mann.«

»Rede nicht so über ihn! Du bist bloß eifersüchtig, weil er mich mehr geliebt hat.«

»Halt dein verfluchtes Maul«, schreit er, und Marie nickt demütig. Was wurde dieser armen Frau ihr Leben lang von den Männern in ihrer Familie angetan?

Bist du bescheuert? Sie lockt dich hierher, um dich niederzuschlagen, dich zu fesseln und wer weiß was noch alles mit dir anzustellen, und du nennst sie eine arme Frau? Sie ist doch total wahnsinnig ...

»Hey, Schlampe. Habe ich nicht etwas davon gesagt, dass du mir zuhören sollst? Ich werde dir zeigen, was passiert, wenn du mir nicht gehorchst.«

»Es wird nicht wieder vorkommen«, versichere ich, doch zu spät. Leopold löst den Knebel von Jörgs Mund, greift einen Hammer, der auf der Anrichte bereitliegt, schaut streng in die Kamera und schlägt dann mit voller Wucht auf Jörgs Kiefer ein. Schon mit dem ersten Schlag kann ich hören, wie die Knochen brechen. Der Zweite reißt die Haut an der Wange ein, und mit dem dritten Schlag kullern zwei Zähne aus seinem Mund. Blut fließt über sein Kinn und seinen Hals. Er gibt ein ersticktes Stöhnen von sich und ich unterdrücke mit aller Gewalt einen Schrei. Der halbverdaute Rest des Pfannkuchens bahnt sich den Weg zurück in meinen Mund und ich spucke ihn auf meinen Schoß.

»Sieh dir das an. Jetzt hast du dich dreckig gemacht«, sagt Leopold empört und kommt mit erhobenem Arm zu mir. Aus Reflex kneife ich die Augen zu und wende den Kopf an in der Erwartung, jeden Moment den Hammer in meinem Gesicht zu spüren. Stattdessen legt er mir den Knebel um und ich bin froh, meinen Magen vorher entleert zu haben. Kurzzeitig fühle ich mich, als müsste ich ersticken. Ich konzentriere mich darauf, ruhig zu atmen, und schaffe es irgendwie, nicht in Panik zu geraten. Eine Glanzleistung, wie ich finde. Jeder andere hätte in meiner Situation längst einen Nervenzusammenbruch erlitten.

Leopold hat anscheinend vorerst die Lust an mir verloren. Mit einem Ruck dreht er meinen Stuhl zurück in Richtung Küche. Seine Schritte entfernen sich und ich höre Marie vergnügt quietschen. Am liebsten würde ich mir die Ohren zuhalten, doch ich muss mit anhören, wie die beiden sich auf dem Sofa vergnügen. Also konzentriere ich mich darauf, auszublenden, dass die beiden Geschwister sind, um mich nicht wieder übergeben zu müssen.

Nach einer Weile wird es ruhig in der Wohnung, nur die entfernten Bässe der Schwulenclubs dröhnen durch die Nacht. Ich blicke rüber zu Jörg. Kaum merklich hebt und senkt sich sein Brustkorb. Obwohl ich nicht verstehe, woher dieses Mitleid plötzlich kommt, hoffe ich doch für ihn, dass sein Leiden bald beendet ist.

So solltest du besser nicht denken. Wenn sie erst mit

ihm fertig sind, beschäftigen sie sich mit dir.

Vorerst passiert jedoch gar nichts. Jörg röchelt weiter vor sich hin und für den Rest der Nacht ignorieren die beiden uns. Irgendwann steht Leopold auf und geht ins Bad. Als er zurückkommt, holt er sich ein Bier aus dem Kühlschrank, tätschelt mir unsanft die Wange und schaltet die Kamera und das Licht aus. Dann geht er ins Schlafzimmer, kickt meine Reisetasche zur Seite und wirft sich aufs Bett. Kurze Zeit später ist sein Schnarchen zu hören.

Auch ich schlafe irgendwann ein, und als ich das nächste Mal die Augen öffne, ist es draußen hell. Aus der Wohnung ist kein Laut zu hören. Entsetzt stelle ich fest, dass der Platz neben mir leer ist. Sie haben Jörg weggebracht. Soweit ich kann, drehe ich den Kopf, doch es ist niemand zu sehen. Warum haben sie mich alleine zurückgelassen?

Ich versuche, die Arme zu heben, und sofort wird meine Schulter von einem Krampf durchzuckt. Ich warte ab, bis sich mein Muskel wieder lockert, und starte einen neuen Versuch. So einfach darf ich nicht aufgeben. Das Seil schnürt sich in mein Fleisch ein, und je mehr ich mich bewege, desto enger scheint es sich um mich zu wickeln. Es gibt mir kaum genug Spielraum, um zu testen, ob die Filmmethode, bei der man das Seil durch permanente Reibung durchtrennt, tatsächlich funktioniert. Mehr als wenige Zentimeter bleiben mir nicht, um die Handgelenke auf- und abzubewegen. Auch sonst kann ich keinen geeigneten Gegenstand entdecken, der mich aus meiner misslichen Lage befreien könnte. Da auch meine Beine an den Stuhl gefesselt sind, bleibt mir nur eine Chance: Ich muss versuchen, ob ich mit dem Stuhl zur Wohnungstür hüpfen und diese mit dem Kinn öffnen kann, um Hilfe zu holen.

Nicht lang schnacken, Kopf in Nacken, oder sollte ich sagen, dann nimm die Beine in die Hand und mach dich auf den Weg.

Oder aber, du sparst dir deine bescheuerten Wortspiele.

Wenn du wirklich eine Chance haben willst, solltest du jetzt anfangen. Wer weiß, wann die beiden zurückkommen.

Schon gut, ich bin auf dem Weg. Damit ich nicht sofort wieder von Krämpfen gestoppt werde, lockere ich so gut es geht meine Muskeln vor dem Versuch. Ich lasse den Kopf kreisen, ziehe die Schultern abwechselnd nach oben und spanne nacheinander die Oberschenkelmuskeln an. Schließlich krümme ich, soweit es geht, den Rücken, spanne den Hintern an und reiße dann ruckartig meinen Körper in die Höhe.

Der Stuhl kippelt, bleibt jedoch exakt an der Position, an der er die ganze Zeit über stand. Ich lasse mich nicht entmutigen und starte einen neuen Versuch mit der gleichen Vorgehensweise, nur dass ich mich dieses Mal weiter nach vorne lehne. Meine Schultergelenke kreischen und meine Muskeln krampfen, doch so bringe ich es fertig, mich einige Zentimeter von der Stelle zu bewegen.

Richtig so, du schaffst es. Kurze Pause, schnauf durch und dann die Methode verfeinern.

Ich gönne mir keine Unterbrechung und hüpfe weiter.

Leider mit zu viel Elan, denn als ich das Ende der Küchenzeile erreicht habe, gerät der Stuhl samt mir ins Schwanken und kippt schließlich um. Der verzweifelte Versuch, mich noch in die entgegengesetzte Richtung zu lehnen, bringt gar nichts, außer, dass ich zuerst mit dem Knie auf den Boden aufschlage. Als mein Gewicht darauf stürzt, höre ich ein dumpfes Knacken und direkt danach spüre ich auch den Schmerz.

Scheiße, das ist hin.

Vielen Dank, wäre ich alleine nicht drauf gekommen. Tränen laufen mir über das Gesicht und meine Nase verschließt sich langsam. Verdammte Scheiße. Jetzt werde ich jämmerlich in der Küche ersticken. Panik erfasst mich und trotz der Schmerzen in meinem Bein, zapple ich auf dem Boden herum wie ein Fisch auf dem Trockenen. In dem Moment, als ich das Gefühl habe, das Seil würde etwas nachgeben, wird mein Stuhl nach oben gerissen. Scheiße. Das war es dann wohl mit meinem Leben.

Er schreit so laut

»Hast du ernsthaft geglaubt, dass du so leicht hier rauskommst?« Leopolds Gesichtsausdruck nach zu urteilen ist er irgendwas zwischen amüsiert und stinkwütend. Marie steht hinter ihm und schaut unbeteiligt in der Gegend herum.

Leopold bindet mich los, schleift mich zum Sofa und

schaut sich mein Bein an. Bei der Arztfamilie bin ich ja in den besten Händen. Wobei es mir deutlich lieber wäre, ich befände mich in ärztlicher Behandlung, anstatt von den beiden begutachtet zu werden.

»Das Thema haben wir doch mittlerweile ausführlich behandelt«, sagt Leopold und schlägt mit der geballten Faust auf mein gebrochenes Knie. Ich schreie vor Schmerzen, kann kaum atmen. »Du sollst mir zuhören. So langsam verliere ich die Geduld mit dir«, übertönt er meinen von dem Knebel gedämpften Schmerzenslaut.

Ich nicke. Es ist verdammt schwer, ihn nicht zu verärgern. Das musste Marie heute Nacht wohl offensichtlich auch erfahren, ihre linke Gesichtshälfte ist geschwollen und schimmert leicht bläulich.

»Da du nicht hören willst, wirst du es jetzt fühlen.«

Verfluchter Mist, ich habe schon wieder nicht zugehört. »Mhmmhh«, rufe ich. Entschuldige! Es kommt nicht wieder vor, das verspreche ich! Leopold ignoriert mein Gewimmer. Er reißt mich am Arm nach oben und schleift mich in den Flur. Verzweifelt hüpfe ich auf dem linken Bein hinter ihm her. Vor der Wohnungstür stößt er mich zu Boden. Ich falle auf mein Knie und schreie auf vor Schmerzen.

»Hier, siehst du?!« - Ja, ich sehe es. Ein Drehknauf. Ich nicke.

»Und jetzt verrate mir mal, wie du da rauskommen wolltest. Solange du nicht mit Houdini verwandt bist, wäre das wohl ziemlich schwer geworden, findest du nicht?«

Er hat recht. Ich bin ein Idiot. Vielen Dank für die

Warnung, liebe Pessimistin. Oder sollte ich eher Nichtsnutz sagen?

Also entschuldige mal, ich bin doch nicht dafür zuständig, für dich das Denken zu übernehmen. Du bist eine erwachsene Frau und solltest alleine zurechtkommen.

Ach, ist das so? Dann wäre es auch wirklich nett, wenn du dich demnächst aus meinen Gedanken raushalten könntest. Erst recht, wenn du mir so miese Tipps gibst, die meine Situation eher noch verschlimmern, als sie zu verbessern.

Leopold schleift mich zurück ins Wohnzimmer, wo sich Marie bereits den nächsten Joint angezündet hat. Ihr Gesicht wirkt gequält beim Einatmen. Kein Wunder, ihr Kopf muss sich anfühlen wie ein Boxsack. Zu gerne hätte ich auch ein oder zwei Züge von dem Rauschmittel, dem man eine hervorragende schmerzstillende Wirkung nachsagt. Zu den Schmerzen in meinem Knie gesellt sich ein unerträglicher Durst. Jeder Atemzug brennt in meinem Hals, so trocken ist er.

»Willst du wissen, wobei du uns gerade gestört hast mit deinem laienhaften Versuch, dich aus der Wohnung zu schleichen? Wir waren sehr fleißig, während du friedlich geschlummert hast«, sagt Leopold.

Ist klar. Es war äußerst bequem auf diesem Küchenstuhl ohne Polster und Nackenstütze.

Ich ignoriere die Pessimistin und nicke, aus Angst vor den Konsequenzen eines Widerspruchs. Seine Antwort interessiert mich nicht die Bohne.

»Hier«, sagt er und hält mir den Monitor des Camcorders vors Gesicht. »Dein Freund hat uns heute Nacht leider verlassen. Dabei hatten wir noch so viel vor. Aber all das fettige Essen und der Stress, da hat sein Herz einfach nicht mehr schlagen wollen. Was für ein Spielverderber. Ich hoffe, du wirst nicht so schnell aufgeben. Wobei man ja immer sagt, dass Frauen widerstandsfähiger sind. Nachher können wir den Beweis antreten.«

Die Bilder auf dem Monitor beginnen, sich zu bewegen. Ich sehe Marie und Leopold im Bad der Wohnung. Sie sind über die Wanne gebeugt, Leopolds Arm bewegt sich ruckhaft auf und ab. Das Display ist zu klein, als dass ich etwas erkennen könnte, doch ich kann mir denken, was sie dort tun. Irgendwann verschwindet Marie aus dem Bild. Die Kamera wird hochgehoben und näher an die Badewanne getragen. Jörg liegt darin. Oder viel mehr das, was von ihm übrig ist.

»Lächle mal«, höre ich Maries Stimme und Leopold gehorcht und macht eine Siegerpose dazu. Er greift in die blutige Masse, die einmal Jörgs schwabbeliger Bauch war, und zieht die Gedärme heraus. Ein Pfeifen ist zu hören, als würde Luft entweichen.

Marie auf dem Band würgt, dann sagt sie: »Scheiße!«

»Ganz genau«, antwortet Leopold. »Nicht besonders appetitlich, doch da musst du durch.«

Ich möchte wegsehen, traue mich aber nicht. Also beobachte ich auf dem Display, wie Leopold Jörgs Leiche ausweidet und die Gedärme und Innereien, die er aus ihm herausholt, in eine blaue Tüte verpackt. Die Kamera gerät ins

Schwanken und wird abgestellt. Im Hintergrund ist zu hören, wie Marie sich übergibt.

»Hab ich gesagt, dass du die Kamera hinstellen darfst«, schreit Leopold. Ein dumpfes Klatschen folgt, Marie stöhnt und schreit. Daher hat sie also ihr geschwollenes Gesicht.

Ich muss würgen und Leopold nimmt mir den Knebel ab, wobei er die Kamera weglegt.

»Bitte«, flüstere ich. »Bitte nicht weitermachen. Ich kann mir das nicht ansehen.«

»Warum nicht? Du willst mir doch nicht erzählen, dass du sentimentale Gefühle für den Mann hegst, der dich an fremde Männer verkauft hat?«

»Ganz bestimmt nicht.«

»Weshalb weigerst du dich dann, dir anzusehen, wie er seine gerechte Strafe bekommt? Es ist doch sicherlich interessant für dich, was wir mit dir und deinem kleinen Freund vorhaben.« Er lacht heiser und stößt mich kumpelhaft gegen die Schulter, die mit einem Krampf antwortet.

»Von wem sprichst du?«, presse ich zwischen den Zähnen hervor und habe das Gefühl, dass mein Hals jeden Augenblick anfängt zu bluten, so trocken ist er.

»Ach, dann war das gar nicht dein Freund, dessen Katze wir für den guten Zweck geopfert haben? Na sowas aber auch. Ein Tier völlig umsonst getötet. Was sagst du dazu, Marie?«

»Als wäre es das Erste. Ich kann nicht mehr zählen, wie viele Kaninchen mir Papi schenken musste, weil du sie jedes

Mal wieder zu Tode gequält hast. Oder den Nachbarshund. Erinnerst du dich? Wie er geschrien hat im Keller, als du ihm das Fell über die Ohren gezogen hast«, sagt sie und hustet. »Ob dieser Kerl dein Freund ist, oder nicht, wir werden sicherlich noch unseren Spaß mit ihm haben.«

»Wie seid ihr überhaupt in meine Wohnung gekommen?«

Marie lacht. »Du hast es mir wirklich nicht schwergemacht. Bei deinem Besuch hast du so tief geschlafen, es war ein Kinderspiel, den Schlüssen zu nehmen und ihn nachzumachen. Die Tür von deinem Freund mussten wir beim ersten Mal leider aufbrechen. Dafür haben wir jetzt aber seinen Zweitschlüssel und können bei ihm ein- und ausgehen, wie wir wollen.«

»Lasst Steffen da raus, er hat euch nichts getan. Ihr habt doch mich, was wollt ihr mehr?« Außerdem haben sie einen völlig ausgenommenen Jörg, der in der Badewanne liegt.

Marie steht auf und stellt sich vor mich. »Dich? Ja, wir haben dich, aber was bringt uns das? Du hast uns den einzigen Menschen genommen, den wir noch hatten. Nur weil du nicht ein wenig mehr Geduld aufbringen wolltest.« Tränen laufen ihr über die Wangen, sie schreit. »Ich sagte dir, dass ich dich dort raushole. Warum konntest du nicht einfach ein bisschen warten, es nur einen Tag länger aushalten? Die feine Frau Kiefer muss alles gleich und sofort haben.«

»Hätte ich mal gewusst, dass du dein Wort hältst, Marie. Ich dachte, dass du mich im Stich lässt, mich vergessen hast.«

»Vergessen? Denkst du, ich bin bescheuert? Unterbelichtet, nur weil ich eine Krankenschwester bin? Glaub mir, auch ich hätte Medizin studieren können. Ich hatte ein Einser-Abitur. Wenn ich dafür nicht in eine andere Stadt hätte ziehen müssen und Papi verlassen …«

Ein schrilles Geräusch unterbricht sie, die beiden zucken entsetzt zusammen. Leopold springt auf.

Die Klingel.

Jemand steht vor der Tür. Oh Gott, bitte lass mich hier lebend rauskommen.

»Kein Wort«, sagt Leopold mahnend und stopft mir den Knebel in den Mund. So leise, wie es in seinen schweren Stiefeln möglich ist, schleicht er durch den Flur. Von meiner Position aus kann ich nichts sehen, doch Marie springt plötzlich auf und stellt sich dicht hinter mich.

Mit einem Krachen wir die Tür aufgestoßen, wildes Stimmengewirr und wütendes Geschrei ist zu hören, ein Teil davon auf Holländisch. Es poltert, Leopolds Stimme ertönt, sie klingt schmerzverzerrt. »Lasst mich los ihr Hurensöhne«, brüllt er. Dann: »Marie, mach sie alle.« Er verstummt.

Eilige Schritte kommen durch den Flur gestürmt, zwei Polizisten erscheinen in der Tür, die Waffe im Anschlag. Vor Aufregung kann ich kaum klar denken. Sie haben mich gefunden.

Plötzlich spüre ich ein Stechen an meinem Hals. Marie reißt meinen Kopf an den Haaren nach hinten und schreit: »Verpisst euch, sonst steche ich sie ab.«

»Sofort Waffe fallen lassen! Kommen Sie mit erhobenen Händen zu uns, sonst schießen wir«, sagt einer der Polizisten mit holländischem Akzent.

»Frau Kiefer, sind Sie hier?«, ruft ein anderer.

»Mhhmmhh«, versuche ich, Marie davon zu überzeugen, mich loszumachen. Sie bemerkt meine Rufe nicht mal, da sie gleichzeitig mit mir herumschreit. Sie meint allerdings die Polizisten.

»Lasst ihr lieber meinen Bruder frei, sonst steche ich Angie ab. Ich will meinen Bruder! Wie geht es ihm, wo ist er?« Ihre Stimme überschlägt sich, sie wird hysterisch. »Ihr dürft ihn mir nicht wegnehmen, vorher bringe ich euch alle um!«

Ohne zu zögern, hebt sie das Messer an und zielt damit auf meinen Hals. Die Polizisten heben ebenfalls die Waffen. Sie wird mich erstechen, schießt es mir durch den Kopf. Mir wird schwindelig. Obwohl ich sitze, habe ich das Gefühl, das Bewusstsein zu verlieren. Ich war so kurz davor. Das Messer dringt durch meine Haut. Blut rinnt mir in das Dekolleté. Es durchnässt meine Bluse. Ich schließe die Augen.

So eine Scheiße. Da habe ich so lange durchgehalten, nur um jetzt so kurz vor dem Ziel doch noch erstochen zu werden. Die Pessimistin findet das sicher lustig. Wenn es so ist, lässt sie es mich nicht wissen, sie schweigt. Wahrscheinlich stirbt sie einfach mit mir.

Ein Schuss fetzt durch den Raum. Unwillkürlich zucke ich zusammen, ein weiterer folgt. Marie schreit, sie krallt sich in meinen Arm und kippt zur Seite. Ich falle mit ihr. Der Schmerz in meinem Knie, auf das ich aufschlage, betäubt mein Bewusstsein. Mir wird schwarz vor Augen.

Am Ende regnet's dann ... Voran!

Noch ungeschickter, als ich ohnehin schon bin, wuchte ich mich vom Sofa hoch. Es ist gar nicht so leicht, sich mit einem komplett eingegipsten Bein zu bewegen. Es ist mir ein Rätsel, was sich die Ärzte in Holland dabei gedacht haben, mein gesamtes Bein lahmzulegen. Meinem Oberschenkel geht es gut, wenigstens den hätten sie freilassen können.

Umständlich versuche ich, die Flasche Sekt, den Korb, vollgepackt mit feinsten Sorten Katzenfutter, und die Krücken gerecht und sinnvoll auf beide Arme zu verteilen. Als nichts funktioniert, packe ich den Korb vorsichtig in eine Jutetasche und lege das Katzenfutter oben auf.

Mit der Tasche über die Schulter gehängt, wackle ich einbeinig und auf die Krücken gestützt die Treppen rauf. Es dauert, bis Steffen auf mein Klingeln reagiert und ich befürchte schon, dass er nicht mit mir sprechen will. Dann aber höre ich Schritte, gefolgt von seiner Stimme, die Sigmund auffordert, von der Tür zu verschwinden. Ich muss schmunzeln, als ich daran denke, wie ich dem Kleinen das erste Mal begegnet bin, und mache mich bereit, ihn zur Not mit vollem Körpereinsatz von einer Flucht abzuhalten.

»Mensch hättest du doch was gesagt, ich wäre runtergekommen. Du musst dich nicht mit dem schweren

Zeug abmühen. Komm, gib das her«, sagt Steffen, nachdem er die Tür geöffnet hat. Sigmund sitzt im Flur und beäugt mich skeptisch. »Lass dich von ihm nicht verunsichern. Besuch kann er nicht mehr viel abgewinnen.«

Kein Wunder, wenn man bedenkt, was ihm angetan wurde. Nur knapp konnte die Tierklinik sein Leben retten. Ich strecke mein Gipsbein nach hinten aus, lehne mich nach vorne und kraule ihn am Kopf. Er schießt genüsslich die Augen, wenngleich sein gesamter Körper in Anspannung bleibt, bereit, jeden Moment zu flüchten.

Eine Weile stehe ich vornübergebeugt in der Diele, tätschele Sigmund, der immer weiter von mir wegrutscht, und weiß nicht so recht, wie ich anfangen soll. Zum Glück macht Steffen den ersten Schritt, indem er in die Küche geht, die Sektflasche öffnet und mit zwei Gläsern zurückkommt.

»Wolltest du nur vorbeikommen, um ein wenig Katzengesellschaft zu haben, oder begleitest du mich ins Wohnzimmer?«, fragt er und geht ohne eine Antwort abzuwarten vor.

Ich hinke ihm nach, da er dummerweise in Gedanken war und neben den Getränken auch meine Krücken mit ins Wohnzimmer genommen hat. Als ich endlich bei dem Sofa angekommen bin, habe ich das Gefühl, ich hätte einen Marathon hinter mir. Der Gips wiegt einige Kilo und meine Hüfte schmerzt vom ständigen Hochhalten. Verunsichert sehe ich Steffen dabei zu, wie er unsere Gläser füllt.

»Nun erzähl schon, ich will alles wissen«, sagt er und hält mir einen der Sektkelche hin. »Ich verspreche dir auch, dass uns weder Kim stören wird, noch irgendjemand, der in deine Wohnung einbricht.«

Die Frage ist, was schlimmer wäre, witzelt die Pessimistin. Wie befürchtet, hat sie mich noch immer nicht verlassen. Allerdings verdient sie sich in letzter Zeit mehr und mehr den Titel der Entertainerin, auch wenn dieser Witz leicht über das Ziel hinausschießt. Selbstverständlich wäre Kim, die braungebrannte Ausgeburt der Blondinenhölle, das Schlimmste, was uns beiden in diesem Augenblick widerfahren könnte.

»Du erinnerst dich an Marie, die Krankenschwester, die mir damals die Kanüle gezogen und mir versprochen hat, mich da rauszuholen?«, frage ich, weil ich nicht weiß, wo ich anfangen soll.

Steffen nickt und leert sein Glas in einem Zug. »Sie hat es ohne ersichtlichen Grund so lange herausgezögert, bis du dir selbst geholfen hast, so war es doch?«

»Nun, es sieht so aus, als hätte sie sogar einen ziemlich guten Grund gehabt. Der Chefarzt, der für meinen Zustand verantwortlich war, ist nämlich ihr Vater gewesen, den sie nicht verraten wollte. Sie und ihr Bruder, der übrigens auch im selben Krankenhaus arbeitete, waren die ganze Zeit dabei, Beweise zu suchen und zu vernichten, um ihn zu schützen. Das war anscheinend schwieriger als gedacht, Ludwig Stadler hat quasi in seinem Büro gelebt, weswegen es auch so lange gedauert hat. Sie hatte vor, mich dort herauszuholen, das war die Wahrheit. Sie konnte es wohl nicht mehr mit ihrem Gewissen vereinbaren, als sie gemerkt hat, dass ich nicht wirklich im Koma liege. Doch sie wollte gemeinsam mit ihrem Bruder ebenso ihren Vater beschützen.«

Sigmund ist in der Zwischenzeit zu uns gestoßen und hat sich auf Steffens Schoß gelegt. Mir zufriedenem Gesicht lässt er sich am Hals kraulen, während Steffen entsetzt den Kopf schüttelt. »Eigentlich wäre es meine Aufgabe, das zu beantworten, aber ich verstehe nicht, warum zur Hölle jemand akzeptiert, dass sein Vater ein brutaler Zuhälter ist? Einer, der Frauen betäubt und sie gegen ihren Willen an fremde Männer verkauft. Eine kranke Familie ist das.«

»Du ahnst nicht, wie krank sie tatsächlich sind. Wenn ich diese Leute nicht selbst erlebt hätte, würde ich es nicht glauben.«

»Ich kann kaum erwarten, es zu erfahren. Soll ich Chips holen?«

Auch wenn ich die Ironie aus seiner Stimme raushöre, verziehe ich angewidert das Gesicht. »Besser nicht. Was jetzt kommt, könnte dir auf den Magen schlagen. Mir hat es das zumindest. Marie musste als Kind und auch als junge Frau immer wieder ziemlich krasse Schicksalsschläge ertragen. Ihre Mutter, die gelangweilte Arztfrau, hat sich ihre Zeit mit allem Möglichen außer mit ihren Kindern vertrieben und außerdem ihre Depressionen mit Alkohol und Tabletten betäubt. Allerdings nur so lange, bis sie vergewaltigt wurde.« Ich stocke. Die Details der brutalen Vergewaltigung von Maria Stadler muss er nicht erfahren. Es ist mir ohnehin unmöglich, sie auszusprechen, ohne dass die Erinnerung an meinen eigenen Missbrauch hochkommt. »Die Täter wurden freigesprochen, was quasi das Ende der Familie bedeutet hat. Als Marie gerade mal vier Jahre alt war, ihr Bruder sieben, hat sich die Mutter im Garten des Hauses erhängt. Rate, wer sie gefunden hat? Ihr

Mann war es nicht …«

»Eine tragische Sache«, unterbricht mich Steffen. »Das ist aber kein Grund, blind zu akzeptieren, wenn der Vater sich an anderen Frauen vergeht und auch noch zu versuchen, ihn zu decken. Im Gegenteil, eigentlich sollte sie sensibilisiert sein und sich auf die Seite des Opfers stellen.«

»Sie hat sich ja auf meine Seite gestellt, nur wollte sie dabei ihren Vater nicht verraten. Ihre Beweggründe kann man wohl kaum nachvollziehen. Spätestens nach dem Tod ihrer Mutter hat sie angefangen, ihren Vater zu vergöttern. Dabei war es vollkommen egal, was er ihr oder ihrem Bruder angetan hat. Als Marie sechs wurde, hat er angefangen, sie zu missbrauchen. Er kam regelmäßig nachts zu ihr ins Zimmer, um sich an ihr zu vergehen. Jahre später hat der Bruder mitbekommen, was sein Vater tut, und sich das unterwürfige Verhalten von Marie zunutze gemacht. Nachdem Ludwig Stadler das Interesse an seiner Tochter verloren hat, als sie dreizehn wurde, hat der Bruder quasi dessen Rolle übernommen. Mit dem Unterschied, dass er nicht an Sex mit seiner Schwester interessiert war. Jedenfalls noch nicht. Das kam erst später hinzu. Jedenfalls haben sie es in Amsterdam ziemlich wild getrieben.« Noch immer schüttelt es mich bei dem Gedanken daran, dass die beiden Sex hatten, während ich im Raum war.

Steffens Gesichtsfarbe hat mittlerweile die Nuance gewechselt und er ist blass um die Nase. »Ich will mir lieber nicht vorstellen, wie das ausgesehen hat. Er ist derjenige, der deine Freundin zusammengeschlagen hat?«

»Genau. Er ist ein ausgemachter Sadist, hat wohl bereits im Kleinkindalter alle möglichen Tiere gequält. Das ging beim Fröscheaufblasen los und führte über Maries Kaninchen dahin, dass er den Dackel des Nachbarn im Keller des Elternhauses brutal bei lebendigem Leib gehäutet hat. Da war er so etwa zehn Jahre alt.«

Mir jagt eine Gänsehaut über den Rücken, wenn ich daran denke, dass ich ihm beinahe ausgeliefert war. »Marie hat sich ihm unterworfen, es fing anscheinend sogar an, ihr Spaß zu bereiten. Jedenfalls sah es in Amsterdam nicht danach aus, als würde sie sehr unter ihm leiden.«

»Nach all den Jahren des Missbrauches hat sie sich vielleicht einfach damit abgefunden. So etwas Ähnliches gibt es ja bei dem Stockholm-Syndrom zu beobachten.«

»Marie wurde aber nicht entführt.«

»Es ist auch ein Schutzmechanismus des Gehirns. Da der Mensch den Kontrollverlust nur schwer verkraften kann, redet sich das Gehirn ein, dass es selbst die Entscheidung getroffen hat, sich zu unterwerfen. Das Gefühl wird dann mit Sympathie für denjenigen verwechselt, der die Unterdrückung ausübt. Vielleicht ist sie aber auch einfach extrem masochistisch veranlagt.«

Ich werfe Steffen einen bewundernden Blick zu. Dafür, dass er behauptet hat, in seinem Studium bisher nicht viel gelernt zu haben, weiß er verdammt viel. »Du wirst einmal ein exzellenter Psychiater«, sage ich und hoffe, dass es nicht zu sehr nach Schleimen klingt. »Ich würde dich jedenfalls aufsuchen, wenn ich ein Problem hätte«, füge ich schnell hinzu.

»Das ist aber nett«, grinst er und füllt zur Belohnung

für das Kompliment mein Glas nach. Als er es mir rüberreicht, berühren sich kurz unsere Hände, und mir wird heiß. Ich senke meinen Blick, aus Angst, er könne mir ansehen, welcher Tornado in mir tobt.

»Wie auch immer. Ich kam den beiden zuvor, und ich habe nicht, wie sie befürchtet haben, ihren Vater ins Gefängnis gebracht. Nein, viel schlimmer, ich habe ihnen das letzte Familienmitglied genommen. Es gibt wohl noch einen Großvater, der aber seine Rente irgendwo in Thailand verschleudert. Nachdem ich die Sache im Gegensatz zu ihrem Vater wohlbehalten überstanden hatte und Jörg aus den Ermittlungen rausgehalten wurde, entschieden sie, dass wir beide den Tod verdient haben. Immerhin war Jörg derjenige, der die Frauen rangeschafft hat , und Marie hat sich wohl eingeredet, dass er ihren Vater erst zu der ganzen Sache gebracht hat. Ihr Hass ging schließlich so weit, dass sie sich zuerst bei Jörg gemeldet und ihm eingeredet hat, dass ich eine Gefahr für ihn darstelle und er mich unbedingt loswerden muss. Das Gleiche hat sie danach bei mir gemacht. Ihr Bruder hatte den Auftrag mich so lange zu bedrohen, bis ich mich an Marie wende und auf ihren Vorschlag eingehe. Er ist also bei mir eingebrochen, hat mir einen Peilsender ins Handy gebaut und hat meine Freundin auf der Straße verprügelt. Außerdem hat er sich um Sigmund ... Du weißt schon. Maries Plan ging auf und sie hat uns gemeinsam nach Amsterdam gelockt, um uns dort umzubringen.«

»Was für ein Glück, dass sie es nicht geschafft hat und du jetzt hier bei mir bist«, sagt Steffen und nimmt meine Hand.

»Ja. Ich hatte unglaubliches Glück, dass Kerstin Stutzke so schnell reagiert hat. Als ich ihr auf die Mailbox gesprochen habe, dass ich mit Marie und Jörg nach Amsterdam gefahren bin, um ein Geständnis von ihm zu bekommen, hat sie schnell geschaltet und die Beamten vor Ort informiert. Sie konnte ihnen deutlich machen, dass Gefahr in Verzug ist. Nur deshalb haben sie schnell reagiert und die Wohnung gestürmt.«

Unsicher schaue ich Steffen in die Augen. In dem dunklen Braun finden sich vereinzelt winzige grüne Sprenkel. Sein Daumen streichelt sanft über die Narbe auf meiner Handfläche.

»Ich brauche noch Zeit«, flüstere ich und wünschte, es wäre nicht so.

»Solange du mir versprichst, die nicht in Australien zu verbringen, bekommst du so viel davon, wie du willst.«

Ich lächle. Nein, Australien steht nicht auf meinem Plan. Und ich vermute, dass es gar nicht so schrecklich lange dauern wird. Sigmund, der auf Steffens Schoß liegt, reibt seinen Kopf an meiner Hand, und ich löse mich von Steffen, um die Katze zu streicheln. Irgendwie sind Katzen doch nicht so übel. Das erste Mal seit Monaten freue ich mich auf die Zukunft.

Danksagung

An dieser Stelle möchte ich zunächst Ihnen danken, liebe Leserinnen und Leser. Sie haben Injektion zu einem Überraschungserfolg gemacht. Was als Experiment gedacht war, hat sich zu einem unheimlichen Spaß entwickelt und daraus ist eine Geschichte entstanden, die sowohl Ihnen als auch mir naheging. Deshalb folgte der zweite Teil, mit dem Angies Geschichte nun abgeschlossen ist. Ich werde Sie vermissen, aber ich weiß ja, dass es ihr von nun ab gutgehen wird. Beruhigend, so kann ich mich dem nächsten Projekt widmen. Vielen Dank, dass Sie uns beide begleitet haben. Ich hoffe, dass ich Sie gut unterhalten habe.

Wenn Ihnen das Buch gefallen hat, wäre es sehr freundlich, wenn Sie Ihren Freunden von mir erzählen würden. Halten Sie auch Ausschau nach zwei großartigen Anthologien, in denen ich 2014 und 2015 vertreten sein werde.

Hinter mir steht kein großer Verlag, der Werbung für mich schaltet und die Veröffentlichung organisiert. Ich bin also auf positives Feedback von Ihnen angewiesen. Es würde mich zudem sehr ehren, wenn Sie sich die Zeit nehmen würden, meine Geschichte zu bewerten.

Sollte Sie konstruktive Kritik üben wollen oder Fragen an mich richten, schreiben Sie mir gerne eine Mail oder besuchen Sie mich auf meiner Homepage (es gibt dort immer mal wieder kleinere oder größere Gewinnspiele, melden Sie sich einfach in der Mailingliste an, wenn Sie nichts mehr verpassen wollen):

melisa.schwermer@gmail.com

www.melisa-schwermer.de

Ich bin immer bemüht, so schnell und ausführlich wie möglich zu antworten, auch wenn es manchmal einige Tage dauern kann.

Neben Ihnen gibt es auch bei diesem Buch wieder einige Menschen, die mich den gesamten Prozess über begleitet haben und die mich toll unterstützt haben.

Liebe Agnes, liebe Monja, lieber Florian, euch ein riesiges Dankeschön. Ihr habt mich motiviert, konstruktiv kritisiert und mir wirklich hilfreiche Tipps gegeben. Hoffentlich gefällt euch, was daraus geworden ist.

Vielen Dank auch an Katja, die Gespräche mit dir sind so wertvoll und ich bin froh, dass wir uns zusammengerauft haben ;-). In diesem Zusammenhang auch vielen Dank an Susanne, das Lektorat hat unheimlich viel Spaß gemacht und es gibt dem Buch sehr viel.

Ebenfalls ein kleines Dankeschön geht in Richtung Flensburg zu Turbostaat. Eure Inspiration ist großartig. Husum verdammt!

Lieber Andi, dank dir für deine Inspiration zum Cover und deine kritischen Worte. Du warst mir eine große Hilfe.

Zum Schluss ein (nicht minder wichtiges und) natürlich riesiges Dankeschön an meinen Liebsten, der mal wieder unheimlich geduldig war und immer ganz leise getippt hat, wenn es darauf ankam. Auch wenn du nicht auf diese Art von Büchern stehst, quälst du dich dennoch ab und an mal durch ein Kapitel. Du bist super! Ich liebe dich.

Danke fürs Lesen und bis zum nächsten Mal, Ihre

Melisa Schwermer

Die Kapitelnamen sind Ausschnitte aus Turbostaat-Liedern:

Band 1:

1. Surt und Tyrann
2. Gehen Sie über B…
3. Oz Antep
4. Arschkanone
5. Bei Fugbaums
6. In Dunkelhaft
7. In Dunkelhaft
8. Blau an der Küste
9. Der Frosch hat's versaut
10. Pestperle
11. Monstermutter
12. Trauertränen
13. Kussmaul
14. Die Stulle nach dem Schiss
15. Cpt. Käse
16. Charles Robotnik seine Frau
17. Hau ab die Schildkröte

18. Am Ende einer Reise

Band 2:

1. Tut es doch weh
2. Gehen Sie über Bord
3. Alles bleibt konfus
4. Schwan
5. Cpt. Käse
6. Harm Rochel
7. Prima Wetter
8. Die Stulle nach dem Schiss
9. Schwan
10. Sohnemann Heinz
11. Bei Fugbaums
12. Alles bleibt Konfus
13. Sohnemann Heinz
14. Monstermutter
15. Hau ab die Schildkröte
16. Snervt
17. Cpt. Käse
18. Urlaub auf Fuhrferden

19. Prima Wetter

20. Pop National

21. Sohnemann Heinz

Das Landbrot

Müde reibe ich mir die Augen. Mein Handy hat geschlagene fünf Minuten gebraucht, bis ich mich aufgerafft und den Weckton ausgeschaltet habe. Es ist zwanzig nach vier und noch stockfinster da draußen. Regen prasselt gegen das Fenster und schon der Gedanke daran, gleich das Bett und somit die so mühsam aufgewärmte Höhle meiner Decke zu verlassen, treibt mir eine Gänsehaut über den Körper, die meinen Unwillen noch steigert.

Ich muss aber raus, habe ich doch Jörg versprochen, dass ich ihn gemeinsam mit dem Vermieter der Hütte vom Bahnhof abhole. Um halb sieben kommt sein Zug an, eine Stunde Fahrt muss ich einrechnen. Zwischen viertel nach fünf und halb sechs will der Vermieter mich hier abholen. Vorher sollte ich etwas essen und mich schön machen. Jörg soll es schließlich nicht bereuen, dass er sich für mich entschieden hat.

Wobei das Aufhübschen in dieser Umgebung vermutlich umsonst sein wird. Immerhin befinden wir uns im Niemandsland und es herrscht Weltuntergangswetter. Wanderurlaub in Deutschland, pah. Wer kam noch mal auf diese Idee? Ich mit Sicherheit nicht. Was man nicht alles für eine neue Liebe tut. Dann auch noch die Hiobsbotschaft, er muss arbeiten. Das ganze Wochenende.

Zwei verdammte Tage habe ich jetzt alleine in dieser Hütte verbracht, in der jede Holzdiele knarrt und ächzt, selbst wenn niemand drüber läuft. Nicht wenige Male habe ich zur Selbstverteidigung bereits das größte Küchenmesser zur Hand genommen, bis ich realisiert habe, dass es nur das Haus ist, und kein Einbrecher.

Halb fünf, ich sollte langsam wirklich aufstehen.

Immerhin muss ich noch den Boiler für die Dusche anschalten. Sonst muss ich, wie schon am Freitagabend, eiskalt duschen. Wer kann denn auch ahnen, dass man sich hier sogar um sein warmes Wasser selbst kümmern muss. Ich frage mich, was Jörg für diese Bruchbude bezahlt hat. Romantische Nächte, eine Küche, damit man sich selbst etwas Leckeres kochen kann. Wahnsinnsgründe, die für diese alte Hütte sprechen.

Was würde ich nicht dafür geben, jetzt in einem gemütlichen Hotelzimmer zu sein und nach dem Aufstehen in eine geheizte Lobby zu gehen, um ein leckeres Frühstücksbüffet zu genießen. Stattdessen muss ich mir gleich dieses Brot einverleiben, was am Freitag schon steinhart war. Dazu hat mir der Vermieter nicht mal Butter bereitgestellt. Nur irgendeinen alten Käse, der fast genauso trocken ist, wie das Brot und außerdem verdammt streng schmeckt. Nichts für meinen Scheiblettenkäse verwöhnten Gaumen.

Zwanzig vor fünf, Aufstehen ist jetzt aber wirklich angesagt. Zur Probe strecke ich kurz einen Fuß unter der Decke hervor. Gar nicht so schrecklich kalt, wie ich erwartet habe. Ich drücke auf den Schalter der Nachttischlampe. Nichts passiert. Die Glühbirne scheint hin zu sein. Verdammt. Scheiß Bruchbude. Muss eben mein Handy als Taschenlampe herhalten.

Im fahlen Licht des Displays taste ich mich in die Küche. Dort funktioniert das Licht und blendet meine müden Augen. Auf dem Weg ins Bad renne ich mir den großen Zeh an der Kommode im Flur an. Der Schmerz schießt mir ins Hirn und ich stoße einige Flüche aus. Das wird beim Wandern wirklich hilfreich sein. So ein Mist.

Ich schalte den Boiler an und erleichtere mich auf der Toilette. Dann gehe ich in die Küche und setze mir einen Kaffee auf. Hinter den mit mächtigen Tannen besetzten Bergen lässt sich zwischen den aufreißenden schwarzen Wolken der dämmernde Morgen erahnen. Ich seufze. Ich muss zugeben, dass es hier doch ganz nett ist. Zumindest in diesem Moment.

So tief wie in der letzten Nacht habe ich schon lange nicht mehr geschlafen. Keine Autos, die hupend und mit quietschenden Reifen vor meinem Haus vorbeibrausen. Keine idiotischen Jugendlichen, die wie brüllende Affen das Wochenende feiern. Lediglich ein paar Käuzchen haben in der Nacht geschrien und – um ehrlich zu sein - mir damit eine scheiß Angst eingejagt. Zeitweise klang es, als würde da draußen eine Frau abgeschlachtet werden.

Der Anblick des langsam heller werdenden Himmels hat mich gefesselt. Erst das schlürfende Geräusch der fertig durchgelaufenen Kaffeemaschine reißt mich gedanklich zurück in die Hütte. Mittlerweile freue ich mich fast ein wenig auf diese Woche. Wenn ich hier nicht mehr alleine bin, dann wird das möglicherweise sogar ein fast toller Urlaub.

Ich gehe zum Kühlschrank, um mir den letzten Rest der frischen Kuhmilch zu holen. Bei allem Luxus, den man sich in der Stadt gönnen kann, an so eine Milch kommt man dort nicht ran. So etwas Leckeres habe ich selten getrunken und nur mit Mühe konnte ich mich zurückhalten, nicht alles auszutrinken, sodass ich heute noch einen Schluck für den Kaffee über haben werde.

Als ich den Kühlschrank öffne, bleibt alles dunkel. Und kühl ist es auch nicht. Super, nicht nur die Glühbirne an meinem Nachttisch hat aufgegeben, sondern anscheinend auch dieses antike Teil. Ich nehme die Milch raus und rieche daran. Sauer. Erste Sahne. Das ist der Nachteil an frischer Kuhmilch, die nicht pasteurisiert wurde. Aber den Kaffee ohne Milch zu trinken, geht nicht. Also muss ich wohl in den sauren Apfel beißen. Oder wohl eher in die saure Milch. Haha.

Blöder Wanderurlaub. Gerade hatte es angefangen,

mir Spaß zu machen und jetzt das. Ohne meinen Kaffee bin ich ungenießbar. Und der Kaffee ohne Milch ist auch ungenießbar. Kaffee mit saurer Milch auch. Egal, runter mit der Brühe. Wach wird er allemal machen. Unter größter Kraftanstrengung säble ich die letzte Scheibe von dem trockenen Randstück ab und nehme mir ein ordentliches Stück Käse dazu.

Hoffentlich gibt es am Bahnhof einen McDoof. Oder wenigstens einen Bäcker, der fettige Croissants verkauft. Und belegte Brötchen. Und Cappuccino. Mit Sahne statt mit Milch. Und ich meine keine Saure Sahne. Mir läuft bei dem Gedanken daran das Wasser im Mund zusammen und ich nutze die Gelegenheit, schnell ein Stück von dem Brot runterzuwürgen.

Kaum habe ich den harten Brocken in meinem Mund, scheint es, als hätte er meinen gesamten Speichel aufgesaugt. Mein Gaumen ist knochentrocken und das Brot klebt daran. Ich nehme schnell einen Schluck von dem Kaffee mit der geronnen Milch darin. Er schmeckt bitter und macht die Situation in meinem Mund auch nicht besser. Ich versuche zu schlucken, doch die Masse auf meiner Zunge scheint wie Beton.

Anstatt den Brei durch mein exzessives Kauen zu verringern, wirkt es, als würde sich das Brot durch den Kaffee vermehren. Ich bekomme kaum noch Luft und schnaufe durch die Nase. Angeekelt will ich das Brot ausspucken, aber es will einfach nicht aus mir herauskommen. Immer größer und dichter wird die Masse in meinem Mund, mein Kiefer schmerzt bereits höllisch.

Ein weiterer Schluck Kaffee soll es richten. Er erbringt nicht die gewünschte Wirkung. Wie ein Fisch auf dem Land reiße ich den Mund auf, um der Brot-Kaffee-Masse den Platz zu geben, den sie einfordert. Mit den Fingern schaufle ich das Zeug aus meinem Mund. Doch auch das verschafft mir keine Erleichterung. Alles, was ich aus mir herausbekomme, entsteht wie aus dem Nichts in doppelter Menge in meinem Mund.

Ich würge, Tränen laufen mir die Wangen herunter. Magensäure brennt in meiner Kehle und kann doch nirgendwo hin, da der mittlerweile teerartige Brei ihr den Weg versperrt.

Ein Knacken dringt an meine Ohren. Ihm folgt ein unerträglicher Schmerz. Mit Entsetzen stelle ich fest, dass dieses Geräusch von meinem Kiefer kommt. Die Masse hat mir die Gelenke auseinandergerissen. Mehr als ein Wimmern bekomme ich nicht zustande. Ich versuche, mich an der Tischkante festzuhalten, rutsche aber ab und taumle nach hinten.

Draußen sehe ich Scheinwerfer, die sich den Berg hochschlängeln. Das muss der Bauer sein, der mich abholen will. Nicht mehr lang, dann wird er hier sein. Ich muss durchhalten, dann kann mich der Vermieter retten. Er ist zwar gefühlte einhundert Jahre alt, aber er kann mich zu einem Arzt bringen. Um Luft ringend laufe ich nach draußen. Die kalte Morgenluft erinnert mich daran, dass ich noch im Nachthemd bin.

Egal, es geht hier um Leben und Tod. Erneut versuche ich, mir Luft zu verschaffen, indem ich mit den Fingern in meinem Mund herumwühle. Mein Unterkiefer hängt meilenweit entfernt von seiner ursprünglichen Position und baumelt herum, als ich ihn berühre. Schmerzen habe ich kaum noch. Viel mehr panische Angst.

Endlich höre ich auch den Motor zu den Scheinwerfern. Ich fange schon mal frühzeitig mit dem panischen Winken an, damit er mich auch ja nicht übersehen wird. Da ich aufgehört habe zu weinen, bekomme ich langsam wieder etwas mehr Luft durch die Nase. Der Brei in meinem Mund vermehrt sich fröhlich weiter und tropft mir von den aufgerissenen Lippen auf mein Nachthemd und von dort auf den Boden, wo er sich mit dem Matsch vermischt.

Als mein Arm gerade lahm wird, kommt das Auto um die Kurve gekrochen. Mit letzter Kraft bedeute ich dem Fahrer, dass ich dem Erstickungstod nahe bin. Entweder, er ist zu abgelenkt von meiner Fuchtelei, oder er sieht mich einfach nicht, denn anstatt zu bremsen, fährt er mir ans Knie und kommt erst zum Stehen, als ich bereits auf der Motorhaube liege.

Nachdem er angehalten hat, rutsche ich wie ein nasser Sack wieder herunter. Meine Beine halten mein Gewicht nicht. Brachial schlage ich rückwärts auf den Schotterweg. Die Steine reißen mir die Unterarme auf, mein Knie ist verdreht und ich weiß gar nicht, was genau mir an meinem Körper am meisten wehtun soll. Nach einer Ewigkeit, die ich nun blutend und jeglicher Bewegung unfähig auf dem Boden liege, geht endlich die Autotür auf.

Ich versuche mich durch erstickte Laute irgendwie bemerkbar zu machen, damit ich nicht wieder übersehen werde. Um die Ecke kommt nicht, wie erwartet, der alte Bauer. Stattdessen erkenne ich einen jungen Mann, der hämisch grinst. Er geht vor mir auf die Knie und tätschelt mir unsanft die Wange. Als er meinen Unterkiefer berührt, entfährt mir ein Schrei, der durch den noch immer aus mir herausquellenden Brei gedämpft wird. Der Mann lacht. Er wird mir nicht helfen, da bin ich mir sicher.

Ich versuche, rückwärts von ihm weg zu kriechen, obwohl ich weiß, dass ich keine Chance haben werde. Er zieht mir den Arm unter dem Körper weg und ich schlage mit dem Kopf auf den Schotter. Er lacht schon wieder, diesmal lauter. Ich merke, wie ich das Bewusstsein verliere.

18404354R00221

Printed in Poland
by Amazon Fulfillment
Poland Sp. z o.o., Wrocław